EDIÇÕES BESTBOLSO

Três semanas em Paris

Barbara Taylor Bradford nasceu em 1933, em Leeds, na Inglaterra, e começou a trabalhar como jornalista aos 20 anos. Seu primeiro livro, *Uma mulher de fibra*, tornou-se um aclamado best-seller e abriu caminho para outros 26 romances de sucesso. Consagrada como uma das escritoras mais populares da Inglaterra, Barbara vendeu mais de 80 milhões de exemplares em todo o mundo, conquistando leitores em mais de 90 países. É também autora de *O triunfo de Katie Byrne*, *Bênçãos inesperadas*, *Coração dividido*, entre outros.

BARBARA TAYLOR
BRADFORD

TRÊS SEMANAS EM PARIS

Tradução de
MARIA CLÁUDIA DE OLIVEIRA

1ª edição

EDIÇÕES
BestBolso

RIO DE JANEIRO – 2012

CIP-BRASIL. CATALOGAÇÃO-NA-FONTE
SINDICATO NACIONAL DOS EDITORES DE LIVROS, RJ

Bradford, Barbara Taylor, 1933-
B79t Três semanas em Paris / Barbara Taylor Bradford; tradução de Maria Cláudia de Oliveira. – Rio de Janeiro: BestBolso, 2012.
12 x 18 cm

Tradução de: Three Weeks in Paris
ISBN 978-85-7799-203-4

1. Romance inglês. I. Oliveira, Maria Cláudia de. II. Título.

12-0021 CDD: 823
CDU: 821.111-3

Três semanas em Paris, de autoria de Barbara Taylor Bradford.
Título número 295 das Edições BestBolso.
Primeira edição impressa em janeiro de 2012.
Texto revisado conforme o Acordo Ortográfico da Língua Portuguesa.

Títulos do original inglês:
THREE WEEKS IN PARIS

www.edicoesbestbolso.com.br

Design de capa: Leonardo Iaccarino sobre foto de Sergio Iaccarino.

Impresso no Brasil

ISBN 978-85-7799-203-4

Para Bob, verdadeiramente um homem para todas as estações, com todo o meu amor

Prólogo

Na rue Jacob, o homem tiritou de frio e virou para cima a gola do sobretudo. Era um dia rigoroso de fevereiro, gelado pelo vento que soprava das estepes russas e passava pelas planícies da Europa para açoitar Paris com uma chicotada afiada.

O céu era de um azul desbotado; o sol derretia enquanto caía sobre os telhados, quase prateado em sua luz fria e sem calor do Norte. Mas Paris era sempre bela, qualquer que fosse o tempo; mesmo quando chovia, tinha uma qualidade especial, única.

Ao avistar um táxi, ele acenou e, quando o carro veio devagar pelo engarrafamento, entrou rapidamente e pediu ao motorista que o levasse aos Correios. Lá, abriu o pacote de envelopes selados, 71 ao todo, e deixou-os cair, em pequenos maços, dentro de uma caixa de coleta, retornando então ao táxi.

Deu ao motorista o endereço do escritório da FedEx e voltou a se recostar no banco, olhando pela janela de vez em quando. Estava feliz por voltar à Cidade Luz, mas, apesar de tudo, não podia deixar de desejar que estivesse um pouco mais quente. Sentia um frio de doer os ossos.

No escritório da FedEx, o homem preencheu os formulários apropriados e os devolveu ao funcionário com os quatro envelopes brancos. Tudo foi feito de modo que a entrega se desse nas próximas 24 horas, sendo os destinos quatro cidades em cantos muito distantes do mundo. De volta ao táxi, pediu ao motorista que o levasse ao Quai Voltaire, onde se dirigiu a um de seus bistrôs favoritos da Rive Gauche. Enquanto andava, perdido em seus pensamentos, não tinha meio de saber que havia acabado de pôr em movimento uma série de eventos que teria efeitos de longo alcance. Por causa de suas ações, vidas estavam para ser irrevogavelmente transformadas de maneira tão profunda que jamais voltariam a ser as mesmas.

Parte I
As garotas

1
Alexandra

Era sua hora favorita do dia. *Anoitecer.* Aquela hora no meio, antes do cair da noite, quando tudo estava suavemente silencioso, submergindo ao mesmo tempo. A hora do entardecer.

Sua babá, uma escocesa, a havia chamado de *o crepúsculo.* Ela adorava esse nome; evocava tanta coisa... e mesmo quando era pequena, aguardava ansiosamente o finzinho da tarde, aquele período logo antes do jantar. Enquanto andava com seu irmão, Tim, da escola para casa, a babá entre eles, apertando com força suas mãos, sempre sentia uma onda de empolgação, uma expectativa, como se algo especial esperasse por ela. Esse sentimento nunca mudara. Ficara com ela ao longo dos anos e, onde quer que estivesse no mundo, o anoitecer nunca deixava de provocar-lhe uma forte expectativa.

Saiu da mesa de desenho e cruzou a sala até a janela de seu loft na cidade, observando o exterior, olhando na direção do horizonte de Manhattan. Para Alexandra Gordon o céu estava absolutamente perfeito naquele exato momento... a cor era uma mistura de roxo e violeta, suavizada por uma pincelada de cinza esfumaçado, sangrando para dentro de um rosa esmaecido. As cores da Antiguidade, reminiscências de Bizâncio, de Florença e da Grécia antiga. As torres, os espigões e os arranha-céus da grande metrópole moderna estavam borrados, confundidos, numa espécie de eternidade. Naquele momento, pareciam não pertencer a um período específico, como imagens de esboços moldados contra o céu quase violeta.

Alexandra sorriu. Desde quando podia lembrar, acreditava que essa hora do dia era mágica. No mundo do cinema, do qual agora ocasionalmente fazia parte, o crepúsculo era realmente *chamado* de A Hora Mágica. Não era curioso que ela mesma o houvesse nomeado assim quando era apenas uma criança?

Olhando para o céu, foi tomada por lembranças, fragmentos de sua infância. Por um momento, mergulhou em suas lembranças... lembranças dos anos em que crescera no Upper East Side... de uma infância cheia de amor e segurança, a mais maravilhosa das épocas. Mesmo a mãe deles tendo trabalhado fora – e de fato ainda trabalhava –, Alexandra e Tim nunca haviam sido negligenciados por ela, nem pelo pai. Mas era a mãe a sua melhor parte, e, em mais de um sentido, Alexandra era o produto dela. E, aliás, não um mau produto, pensou, ainda parada diante da janela e perdida nas lembranças de tempos passados.

Despertando de suas recordações, finalmente se levantou e voltou para a mesa de desenho, olhando para o painel que há pouco terminara. Era o último de uma série de seis, e, juntos, eles compunham uma paisagem de inverno no campo.

Ela sabia que havia efetivamente capturado a essência de uma noite fria e cheia de neve na floresta, e, curvando-se para a frente, pegou o painel e carregou-o para o outro lado do estúdio, colocando-o num grande cavalete no qual os demais painéis estavam alinhados. Olhando com atenção a cena quase completa, ela os viu como um gigantesco cenário de fundo no palco, o que em breve seriam. Em sua opinião, eram notáveis e descreviam exatamente o que o diretor pedira.

– Quero experimentar o frio, Alexa – dissera Tony Verity na primeira reunião de produção, depois que a apresentara à peça. – Quero tremer de frio, me enfiar no sobretudo, *sentir* a noite gelada nos ossos. Seus cenários devem fazer com que eu queira correr para dentro, ficar na frente de um fogo crepitante.

Ele *vai* sentir tudo isso, disse a si mesma, e deu um passo para trás, admirando seu último trabalho a distância, de forma objetiva, a cabeça caída para um lado, pensando na maneira como criara os painéis primeiramente em sua imaginação. Havia mentalizado São Petersburgo no inverno, e então fixara sua atenção numa floresta imaginária próxima à cidade.

Em sua mente, o cenário se tornara vivo, quase como a bobina de um filme que rodasse em sua cabeça... árvores desnudas cintilando com gotas de gelo, depósitos de neve fresca caindo entre as árvores como dunas brancas. Noites brancas. Céu branco. Lua branca. Silêncio branco.

Esse era o sentido que ela buscara, que se esforçara por obter, e que desejava transmitir ao público. E acreditava que tinha conseguido com aqueles painéis, que seriam fotografados durante a semana e então colocados no palco.

Não havia usado outras cores que não uma sugestão de cinza e de preto em alguns dos ramos esqueléticos. Seu toque final, e talvez o mais imaginativo, fora uma série de pegadas solitárias na neve. Pegadas que se movimentavam por entre as árvores, como se conduzissem a um destino especial, talvez secreto. Enigmático. Misterioso. Até inquietante, de certa forma...

O zunido agudo da campainha fez com que levantasse a cabeça rapidamente, e sua concentração foi quebrada. Ela foi até o interfone na parede e pegou o fone.

– Sim?

– É o Jack. Sei que cheguei cedo. Posso subir?

– Pode, tudo bem. – Ela pressionou o botão que abria a porta da rua e depois desceu a escada correndo para recebê-lo.

Alguns segundos depois, Jack Wilton, metido num casaco preto de acampamento e carregando uma grande sacola de compras marrom, saía do elevador, andando pelo corredor em sua direção, com um sorriso malicioso no rosto inteligente e perspicaz.

– Desculpe se estou atrapalhando o seu trabalho, mas estava aqui por perto. Na Galeria Cromer, com Billy Tomkins. Achei besteira ir para casa e depois voltar mais tarde. Vou ficar sentado num canto por aqui e ver a CNN até você acabar.

– Eu já acabei – disse ela rindo. – Na verdade, terminei o último painel.

– Que maravilha! Parabéns. – Enquanto ele entrava no pequeno saguão do apartamento, largou a sacola de compras, puxou Alexandra para seus braços e empurrou a porta, fechando-a com as botas.

Ele a abraçou com força, trazendo-a para mais perto de si, e, quando seus lábios roçaram o rosto de Alexandra e fizeram cócegas em sua orelha, ela sentiu um leve *frisson*, um estremecimento que percorreu seu corpo da cabeça aos pés. Havia entre eles uma eletricidade que esteve perdida por décadas. Ela ficou assustada.

Pelo visto, ele também. Jack se afastou, olhou-a de relance e então imediatamente colou sua boca à dela, beijando-a com intensidade e paixão. Em um segundo, moveu a boca para perto de sua orelha e murmurou:

– Vamos para a cama.

Ela se inclinou para trás e encarou os olhos dele, de um cinza transparente, que naquele momento estavam mais cheios de sentimentos que nunca.

– Não seja bobo. – Quando ela falou, um pequeno e tentador sorriso alcançou seus lábios e seus olhos cintilantes ficaram subitamente convidativos.

– Bobo? Não há nada bobo em ir para a cama. Acho que é uma coisa muito séria. – Jogando seu casaco no chão, próximo à sacola de compras, e colocando o braço em torno dela, ele a levou para o quarto.

Parou no meio do quarto. Pegando-a pelos ombros, ele a virou a fim de encará-la, olhando dentro dos olhos dela, enquanto os seus estavam questionadores.

– Perdi você por um tempo – disse ele, parecendo mais inglês que nunca.

Ela olhou de volta para ele e não disse nada.

Ele levantou o queixo dela, inclinou-se e beijou-a levemente na boca.

– Mas tenho a nítida sensação de que você de repente está de volta.

– Acho que sim.

– Fico feliz, Lexi.

– Eu também – respondeu.

Ele sorriu e levou-a para a cama sem mais palavras. Eles se sentaram juntos, lado a lado, e ele começou a desabotoar a camisa dela; ela puxou o casaco de *tweed* dele e em questão de segundos estavam ambos despidos, esparramados na cama.

– E onde é que você esteve? – perguntou ele.

– Não tenho certeza. Caí num poço profundo com meu trabalho, acho.

Ele assentiu, compreensivo, uma vez que era um artista e tendia a fazer o mesmo quando estava pintando. Mas ele realmente sentira sua falta, e seu afastamento, sua distância, o preocuparam. Sua boca buscou a dela, e seus beijos eram ternos, suaves.

Alexandra sentiu aquele *frisson* mais uma vez e começou a tremer suavemente sob os toques e os beijos dele, que se tornavam mais provocantes. Ele continuou a beijá-la enquanto apertava sua coxa, e ela experimentou um súbito calor, um latejamento entre as pernas.

Inesperadamente ela se enrijeceu. Ele logo levou sua boca à dela; sua língua sugou a dela, chupou-a, e eles partilharam um momento de total intimidade.

E o tempo todo ele não parou de tocar o interior de sua coxa e o centro de sua feminilidade, seus dedos trabalhando gentilmente, mas com destreza. Para ele logo pareceu que ela se abria como uma flor suculenta, explodindo sob o sol quente.

Quando ela começou a arfar um pouco, ele aumentou a pressão e a velocidade, querendo que ela alcançasse o êxtase. Ele amava essa mulher e queria amarrá-la a ele, queria fazer amor com ela imediatamente, estar unido a ela.

Rapidamente ele a penetrou, com uma pressão tão grande que ela gritou. Deslizando suas mãos sob suas nádegas, ele a suspendeu e a apertou ainda mais forte, chamando seu nome enquanto fazia isso.

– Vem para mim de novo, vem comigo, vem para onde estou indo, Lexi! – exclamou, sua voz rouca, rascante.

E ela fez o que ele pedia, enroscou as pernas nas costas dele, deixou suas mãos pousarem suavemente nos ombros. Juntos eles levantaram voo e, quando ele começou a estremecer contra ela, disse muitas e muitas vezes quanto adorava fazer amor com ela.

Mais tarde, quando finalmente se deitaram tranquilos, relaxados e esgotados, ele puxou o edredom e os cobriu, depois pegou-a em seus braços. Ele disse, roçando a boca em seu cabelo:

– Isso tudo não é bom demais?

Como ela continuava em silêncio, ele acrescentou:

– Você sabe como é bom quando estamos juntos...

– Sei.

– Você não vai fugir de mim de novo, vai?

– Não... era *mesmo* o trabalho, a pressão.

– É um alívio saber que não era eu. Que você não estava em dúvida sobre mim.

Ela sorriu.

– Você é o melhor, Jack, o melhor de todos. Especial... *unique*, de verdade.

– Ah, a lisonja a levará a toda parte.

– Eu acabei de estar lá, não?

– Onde?

– Em *toda parte*. Com você... em algum lugar maravilhoso.

Ficando sobre um cotovelo, ele a observou na luz turva do dia que escurecia, imaginando se ela o estaria provocando. Então viu a intensidade nos olhos dela, verdes iluminados, e disse, suavemente:

– Vamos tornar isso permanente.

Aqueles olhos verdes lúcidos que ele amava se arregalaram.

– Jack... não sei o que dizer...

– Diga sim.

– Está bem. Sim.

– Estou falando sobre casamento – murmurou ele, uma súbita impaciência na voz. Ele concentrava toda a atenção nela, seus olhos sondando-a.

– Eu *sei* disso.

– Você vai?

– O quê? – Agora ela o estava provocando e gostando de fazer isso, como sempre acontecia.

– Você vai se casar comigo?

– Sim, vou.

Um sorriso apaixonado se espalhou pelo rosto fino dele, e ele se curvou para ela e a beijou na testa, no nariz, nos lábios. Deixando a cabeça descansar próximo à dela no travesseiro, ele continuou:

– Estou feliz. Realmente feliz *demais*, Lexi, porque você vai ser minha, toda minha. Uau! Isso é maravilhoso! E nós vamos ter um filho ou dois, não vamos?

Ela sorriu, feliz por ele estar tão claramente delirando de alegria.

– Claro. Sabe, talvez tenhamos feito um agora.

– É uma possibilidade. Mas, para ter certeza, não devemos tentar novamente?

– Você quer dizer agora?

– Quero.

– Você consegue?

– Não seja ridícula, claro que consigo. Sinta isto. – Ele pegou a mão dela e a pôs sob o edredom. – Veja o que você faz comigo. E eu sempre estarei pronto para fazer bebês com você, querida.

– Então pare de se gabar e vamos fazer um! – exclamou, deslizando uma perna sobre ele, beijando-o na boca. – Vamos fazer a noite toda, na verdade. É uma das coisas que adoro fazer com você, Jack.

– Você não quer jantar? – Ele levantou uma sobrancelha.

– Ah, quem liga para comida, quando temos algo tão importante e crucial para fazer...

Ele começou a rir.

– Eu ligo. Mas não temos de nos aventurar lá fora, meu doce. Eu trouxe o jantar comigo. Na sacola de compras.

– Oh! Então você planejou isso tudo, é? Muito maquiavélico, você, Jack Wilton. Seu homem malvado e sexy. Eu deveria ter sabido que você veio aqui para me seduzir. Para me engravidar.

– Seduzir você! Que atrevimento! Você acabou de dar o mais incrível exemplo de esplêndida cooperação que eu jamais tive. E quanto a engravidar você, pode apostar esse seu traseiro delicioso que vou fazer isso.

Eles começaram a rir com alegria, agarrando-se e rolando pela cama, cheios de satisfação e prazer um com o outro e com a felicidade completa de serem jovens e vivos. Mas, depois de alguns momentos dessa discussão de brincadeira, o rosto de Jack ficou sério e ele abraçou Alexandra.

– Você não vai mudar de ideia, vai, Lexi?

– Claro que não, seu bobo. – Ela tocou gentilmente o rosto dele, sorrindo, sedutora. – Acho que devemos começar então... a fazer bebês, quero dizer.

– Tente me impedir... – Tinha começado a falar, mas parou quando o interfone soou.

O ruído surpreendeu Alexandra. Confusa, ela olhou para Jack. Então se arrastou para fora da cama, pegou um roupão de lã no closet e se enfiou nele enquanto corria para o saguão. Segurando o interfone, disse:

– Alô?

– Entrega da FedEx para a Srta. Gordon.

– Obrigada. Pode subir. Estou no décimo quarto andar.

A CÓPIA EM CARBONO do formulário original na frente do envelope da FedEx estava tão apagada que ela mal pôde decifrar o nome e o endereço do remetente. De fato, a única parte que conseguiu ler foi *Paris, França.*

Ficou segurando o envelope, uma pequena ruga amassando seu nariz. E então seu coração falhou.

Da porta do quarto, Jack disse:

– De quem é? Você parece surpresa.

– Não consigo ver o nome. O melhor a fazer é abrir, eu acho – disse ela, forçando um sorriso.

– Essa pode ser uma boa ideia. – A voz de Jack estava com um toque de acidez.

Ela olhou para ele rapidamente, detectando certa sugestão de impaciência... como se fosse culpa dela que a transa deles tivesse sido interrompida pela entrega da FedEx. Mas desejando manter as coisas equilibradas como antes, para acalmá-lo, ela exclamou:

– Oh, isso pode esperar! – Jogou o envelope na pequena mesa no saguão, acrescentando: – Vamos voltar para a cama.

– Ah, não, a disposição já foi embora, meu bem. Vou tomar um banho rápido, fazer uma xícara de Rosy Lee e começar a preparar o jantar – respondeu ele, com um sotaque artificial do subúrbio de Londres.

Ela ficou olhando para ele, mordendo o lábio.

Observando a expressão desapontada em seus olhos, Jack Wilton imediatamente se arrependeu de sua atitude truculenta. Abrandou-se, puxou-a para si e a abraçou.

– Desculpe, *fiquei* um pouco humilhado, Lexi. *Desculpe, desculpe, desculpe*. Está bem? – Seus olhos procuraram os dela, uma sobrancelha se levantou zombeteiramente. – Você não está vendo? Fiquei desconcertado... e você *sabe* por quê. Eu estava pronto para fazer um bebê. – Ele sorriu, beijando a ponta do nariz dela. – Então... – Ele encolheu os ombros relaxadamente. – Vamos tomar um banho juntos.

– Acho que eu deveria abrir...

Ele a interrompeu:

– Isso pode esperar. – Pegando-a pela mão, levou-a para o banheiro e para debaixo do chuveiro, ligou o registro, checou a temperatura e segurou-a bem perto de si novamente enquanto a água escorria por seus corpos.

Alexandra se aconchegou a ele, fechou os olhos, pensando no envelope que deixara sobre a mesa. Estava começando a se preocupar com aquilo, a ansiedade tomava conta dela. Podia muito bem imaginar de quem era. Só podia ser de uma pessoa, e aquele pensamento a aterrorizava.

MAS ESTAVA ERRADA.

Pouco mais tarde, quando finalmente abriu o envelope, não era uma carta o que havia dentro dele, como pensara, mas um convite. Seu alívio foi enorme.

Sentou-se no sofá da sala, olhando para ele, e um sorriso apareceu iluminando seu rosto. Pulando para ficar de pé, ela atravessou correndo o quarto, dirigindo-se à cozinha, onde Jack preparava o jantar, exclamando:

– Jack, é um convite. Para uma festa. Em Paris.

Jack levantou os olhos da bacia de tomates frescos que ele misturava, tomou um gole de chá e perguntou:

– De quem é a festa?

– Anya. Minha maravilhosa Anya Sedgwick.

– A mulher que é dona da escola que você frequentou... como se chama mesmo? Ah, sim, a Escola de Artes Decorativas Anya Sedgwick!

– Isso mesmo.

– E qual é o motivo da festa?

– É o aniversário dela. – Recostando-se no batente da porta, começou a ler o convite impresso: – "O prazer de sua companhia é requerido numa celebração em honra de Anya Sedgwick na ocasião de seu octogésimo quinto aniversário. No sábado, 2 de junho de 2001. Em Ledoyen, Carré Champs-Élysées, Paris. Coquetel às 20 horas. Jantar às 21 horas. Dança das 22 horas em diante." Ei, Não é demais, Jack? É um jantar com dança. Oh, que maravilha!

– Parece que vai ser uma superfesta. Será que você pode levar um amigo?

Alexandra olhou o convite novamente. Seu nome havia sido escrito no topo, na caligrafia mais elegante que ela jamais vira. Mas era apenas o *seu* nome. As palavras *e acompanhante* não existiam.

– Acho que não. Só tem o meu nome aqui. Tenho certeza de que é apenas para a família e alunos antigos... – A voz de Alexandra tremeu.

Ele ficou um instante em silêncio, concentrando-se na cebola que cortava fininha. Ao levantar a cabeça, perguntou:

– Você vai?

– Não tenho certeza. Não sei. Depende do trabalho, acho. Só falta concluir um pequeno cenário para o *Fim de semana de inverno*, e então termino. Vou ficar sem trabalho, se não surgir algo.

– Estou certo de que vai, Lexi – assegurou ele, olhando para ela, sorrindo. – Agora se mande daqui e me deixe terminar a massa ao pomodoro. E antes que você possa dizer "Jack Robinson", vou servir o jantar para a minha dama.

Ela sorriu, disse "certo" e voltou para o sofá, com o convite ainda na mão. Sentada, olhou para o papel por um longo momento, pensando em Anya Sedgwick, a mulher que fora sua professora, mentora e amiga. Havia um ano que elas não se viam. Seria ótimo estar em sua companhia novamente, para celebrar essa importante data em sua vida... Paris na primavera. Seria verdadeiramente glorioso aquilo...

Mas Tom Conners estava em Paris.

Quando pensou nele, não conseguiu respirar.

2

Alexandra se levantou com um sobressalto e depois de um instante se sentou, piscando, ajustando os olhos à escuridão. O quarto estava quieto, completamente em silêncio, mas por um momento ela sentiu uma presença, como se alguém estivesse em pé ali, pairando próximo à cama.

Permaneceu tranquila, respirando profundamente, afastando a sensação para longe, sabendo que era só aquilo... apenas uma *sensação*, a impressão de que ele estava com ela no quarto, porque seu sonho havia sido muito real.

Sempre sonhava aquilo. Tudo o que acontecia tinha legitimidade, era vívido, natural; mesmo agora, enquanto se recostava nos travesseiros, podia sentir o cheiro dele, de seu corpo, dos cabelos, da colônia que ele usava, *Jicky by Guerlain*. Parecia que mesmo o gosto dele se prolongava em sua boca, como se a tivesse beijado profundamente.

A não ser pelo fato de que ele não havia estado lá naquela noite... só no sonho, um sonho tão extraordinariamente vivo em sua mente que depois de acordar acreditara que ele estivera mesmo no quarto. Mas, claro, ela estava sozinha.

Subitamente, sabendo que tentar dormir seria inútil, pelo menos naquele momento, Alexa se sentou, acendeu a luz da cabeceira e deslizou suas longas pernas para fora da cama.

Enquanto andava com passos leves, percebeu que estava banhada de suor, como normalmente ficava depois desse sonho tão recorrente.

Enrolando-se no roupão de lã azul-claro, ela se apressou pelo pequeno saguão da frente e entrou na cozinha, acendendo as luzes por onde passava.

Precisava de uma xícara de chá. Chá de camomila. A acalmaria, a ajudaria a dormir. Depois de encher a chaleira de água e de colocá-la no fogo, sentou-se num banquinho, pensando no sonho que tinha com tanta frequência.

Estranho... O sonho era sempre exatamente igual. Nada jamais mudava. De repente ele estava ali com ela, vindo da porta ou em pé perto da cama, olhando para ela. E inevitavelmente ele deslizava para a cama, fazia amor com ela, ninando-a em seus braços, dizendo que sentia sua falta, que a queria, que precisava dela. E toda vez ele a lembrava de que ela era o amor de sua vida. Seu único amor verdadeiro.

E o sonho estava enraizado numa realidade tão estranha que ela ficava invariavelmente abalada; até seu corpo parecia ter sido invadido por um homem sensual e viril. E tinha sido, murmurou, sem ar, enquanto enchia a caneca com água quente. Pelo menos havia sido essa tarde. Jack Wilton fez amor comigo quando chegou aqui hoje... no crepúsculo, ele me amou, e muito bem.

Sim, disse uma pequena voz em sua cabeça, mas no sonho que você acabou de ter era Tom Conners quem fazia amor com você. Nunca é mais ninguém além de Tom Conners no sonho, e este é seu principal problema.

Suspirando, Alexa acendeu um abajur e se sentou na confortável poltrona estofada junto à lareira, tomou o chá de camomila e ficou olhando para as brasas que morriam no fogo a lenha.

O que estava errado com ela? A pergunta pairou sobre ela como uma nuvem negra.

Fizera amor com Jack, gostara de cada momento, e houvera um renascimento inesperado e maravilhoso da paixão entre eles, uma paixão que estivera tristemente ausente durante meses. Para justificar isso, ela havia alegado cansaço, trabalho, a pressão e o estresse de desenhar cenários em alta velocidade para a nova peça. Mas, com toda a honestidade, algo mais havia estado em jogo. Exatamente o que ela não tinha certeza. Havia evitado fazer sexo com Jack, fugira disso. Sentira uma estranha relutância em ter intimidade com ele e mentalmente recuara. Mas por quê? Ele era atraente, interessante, bonito de uma maneira discreta e tinha uma personalidade muito amável. Era até engraçado: ela ria muito com ele.

Tantas imagens a invadiram, girando dentro de sua cabeça, e mais pensamentos conflitantes lutavam para se formar. Fechou os olhos por um momento, esforçando-se por ordená-los. Subitamente ela se sentou ereta e pensou: Meu Deus, eu aceitei me casar com Jack! Estou noiva dele!

Isso não era uma piada, até onde ela sabia. Ele havia falado muito seriamente. Ele havia continuado a falar durante o jantar sobre se casar, constantemente tocando seu copo de vinho tinto no dela, e eles haviam rido juntos, e flertado, e estado em sintonia em todos os níveis.

Embora eles não tivessem marcado uma data exata para o casamento, ela mais ou menos concordara quando ele falara sobre o inverno, no final do ano.

– Em Nova York. Um casamento de verdade – insistira ele. – Com sua família e a minha, e todos os adereços. É isso o que eu quero, Lexi. – E ela havia assentido.

Terminado o jantar, ele a ajudara a lavar a louça e depois foram para a cama. Mas ele saíra às 5 horas, beijando seu rosto e sussurrando que queria começar a trabalhar cedo numa grande tela para sua próxima exposição.

Quanto a ela, tinha sonhado com outro homem, e da maneira mais íntima possível. *Havia* alguma coisa errada com ela? Isso não era normal, era?

Apesar do chá de camomila e de suas propaladas propriedades calmantes, de repente ela estava totalmente acordada. Olhando para o pequeno relógio portátil de metal sobre a lareira, viu que já eram 6h10.

Meio-dia e dez em Paris.

Num impulso, antes que pudesse mudar de ideia e interromper o que ia fazer, pegou o telefone na mesa lateral e ligou para o número do escritório de Tom, a linha direta dele. Em um segundo o número em Paris estava tocando.

E então ele atendeu:

– *Allo.*

Ela apertou com força o telefone. Não conseguia falar. Mal conseguia respirar. Ela ouviu um som impaciente, e então ele falou novamente.

– Tom Conners *ici.* – Então, de novo, dessa vez em inglês, ele disse: – Alô? É Tom Conners. Quem está falando?

Muito cuidadosamente ela recolocou o fone no gancho. Suas mãos estavam úmidas e trêmulas, e seu coração martelava sem nenhuma regularidade em seu peito. Como era boba de fazer isso consigo mesma! Respirou fundo várias vezes e se reclinou contra as almofadas na poltrona, olhando para o nada.

Ele estava lá. No escritório dele. Ainda estava em Paris. Estava vivo e bem.

E se fosse a Paris, à festa de aniversário de Anya Sedgwick, ela faria exatamente o que havia acabado de fazer. Não seria capaz de resistir. Ligaria para ele, e ele diria: "vamos tomar um drinque", porque ele era assim, e ela diria sim, que ótimo, e tomaria um drinque com ele. E depois disso, estaria inteiramente perdida. Debatendo-se mais uma vez. Sim, uma alma perdida.

Porque para ela Tom Conners era devastadoramente irresistível, um homem tão poderoso, tão atraente, que vivia em seus pensamentos e em seu coração, se não o tempo todo, ao menos em boa parte dele.

Embora eles tivessem terminado o namoro três anos antes, e tivesse sido ele o responsável pelo fim, ela sabia que, se falasse com ele, ele iria querer vê-la.

Mas não podia vê-lo. Porque tinha medo dele. Medo do que aconteceria a ela se fosse exposta ao hipnotizante encanto dele mais uma vez.

Você é uma idiota completa, ralhou consigo mesma. A raiva tomou conta dela. Uma raiva de si mesma e de seu prolongado envolvimento emocional com Tom Conners. E ela sabia que fora tolice dar aquele telefonema, ainda que não tenha falado com ele. Só o fato de ter ouvido aquela voz impressionante e doce deixara seus nervos realmente à flor da pele.

Alexa agora se forçou a pensar em Jack Wilton. Ele a amava, queria que ela fosse sua esposa, e ela na verdade tinha aceitado a proposta dele. Além do mais, ele era um ser humano verdadeiramente decente, um bom homem, honrado, doce, amável e generoso demais, às vezes. Seu sucesso não o havia corrompido, e ele era bastante pé no chão naquele seu bem-humorado jeito inglês de ser, que não levava nem a si mesmo nem a vida muito a sério.

– Só meu trabalho deve ser levado a sério – estava sempre dizendo, e ela entendia exatamente o que ele queria dizer.

Ela sabia que ele a adorava, que admirava seu talento como designer de cenários, e aplaudia sua dedicação e disciplina. Ele a encorajava, confortava-a quando ela precisava, e podia contar sempre com ele. E era verdade que ele havia se mantido no relacionamento e sido extremamente paciente com ela, mesmo quando ela fora fisicamente fria com ele naqueles últimos meses.

E mais: os pais dela gostavam dele. Um bom sinal, pois eles sempre haviam sido muito críticos em relação a seus namorados. Não muito com Tom Conners, porque ele os havia seduzido sem querer. Entretanto, eles nunca o conheceram realmente, nem entenderam de verdade a extensão de seu envolvimento com ele, porque o relacionamento havia evoluído depois que ela deixara a escola de Anya, em Paris.

Jack seria um marido maravilhoso, decidiu ela. Ele a amava e ela o amava. Do seu jeito.

Alexandra se levantou da poltrona decididamente e, desligando o abajur, voltou para a cama. Jack Wilton seria seu marido e pronto.

Infelizmente, ela teria de esquecer a festa de aniversário de 85 anos de Anya. Para seu próprio bem.

3

Sentada à mesa de mogno na elegante sala de jantar do apartamento de seus pais na rua 79 Leste, Alexandra saboreava a omelete de tomates que sua mãe havia acabado de fazer, pensando em como estava deliciosa. As que ela fazia sempre viravam um mexido horroroso, apesar de ela ter tido a mãe, a melhor chef do mundo, como professora ao longo dos anos.

– Isso está ótimo, mamãe – disse depois de um momento. – E obrigada por arranjar tempo para mim hoje. Eu sei que você gosta de ter os sábados só para você.

– Não seja boba, estou feliz que esteja aqui – respondeu Diane Gordon, levantando os olhos e sorrindo calorosamente. – Eu ia mesmo telefonar para você hoje de manhã, para saber o que estava fazendo, quando o telefone tocou e era você querendo vir almoçar.

Alexa retribuiu o sorriso de sua mãe e perguntou:

– Quando o papai vai voltar do litoral?

– Terça-feira, foi o que ele disse. Mas poderia ser na sexta. *Você* sabe como é a emissora. Você cresceu em emissoras e seus prazos, vivia em função deles quando era criança.

– E como! – exclamou Alexa. – Acho que papai vai encontrar Tim neste fim de semana.

– É, eles vão jantar hoje à noite. Seu pai vai levá-lo ao Morton's.

– Tim vai adorar: é o lugar preferido dele em Los Angeles. Acho que ele vai acabar ficando por lá, no fim das contas. Quando conversamos na semana passada, ele parecia muito bem em Los Angeles e com o novo emprego na NeverLand Produções. Ele me disse que nasceu para ser cineasta.

Diane riu.

– Bem, acho que é verdade. Lembre-se de como ele era quando criança, sempre querendo ir com seu pai para os estúdios de televisão, para ficar no set. E não podemos esquecer que vovô Gordon foi um excelente diretor de cena por muitos anos. O *show business* está no sangue de Tim, muito provavelmente. – Diane tomou um gole de água e então perguntou à filha: – Quer uma taça de vinho, querida? – Uma sobrancelha loura se levantou inquisidoramente.

– Não, obrigada, mamãe, não durante o dia. Me deixa com sono. Além do mais, engorda... todo aquele açúcar. Prefiro ganhar minhas calorias comendo pão. – Enquanto falava, pegou um pedaço da baguete que mais cedo a mãe havia cortado e colocado numa cesta de prata. Ela passou uma porção generosa de manteiga e deu uma mordida.

– Não tem que se preocupar com seu peso, você sabe disso. Você está maravilhosa, realmente está bem – disse Diane, olhando para a filha. Ela não podia deixar de pensar em quanto Alexandra parecia jovem para a idade dela. Não era possível que tivesse 30 anos. De fato, no verão ela faria 31, e parecia que ainda ontem era uma criancinha correndo em volta dos pés da mãe. Meu Deus, quando eu era da idade dela já tinha dois filhos, pensou Diane, e o marido para cuidar, e um negócio em expansão para tocar... 31, pensou ela, e em maio eu terei 58. Como o tempo voa, simplesmente desaparece! Onde foram parar todos aqueles anos? David fará 59 em junho. Ainda mais inacreditável é o nosso casamento. Durou tanto, tantos anos, e ainda é tão forte. Um recorde e tanto, não?

– Mãe, em que está pensando? Você está com um olhar estranho. Está tudo bem? – sondou Alexa.

– Estou sim. Só estava pensando em seu pai. E em nosso casamento. É maravilhoso que estejamos casados há 33 anos. E ainda mais incrível é que os anos pareçam ter passado num flash. Assim. – Ela estalou os dedos e sacudiu a cabeça subitamente estupefata.

– Vocês dois foram sortudos – murmurou Alexa –, muito sortudos em terem encontrado um ao outro.

– Isso é verdade, absolutamente.

– Você e papai são farinha do mesmo saco. Vocês já começaram sendo tão parecidos? Ou *se tornaram* parecidos um com o outro? Eu sempre fico imaginando isso, mãe. – Com a cabeça inclinada para o lado, Alexandra olhou para a mãe, pensando em quanto ela era bonita, provavelmente uma das mulheres mais bonitas que já tinha visto, com aquela pele de pêssego, os cabelos louro-claros e aqueles extraordinários olhos de um azul líquido.

– Você está me encarando, Alexa. Vai ver todas as minhas rugas!

– Oh, mãe, você não tem uma única ruga. Falando sério, como o papai diz.

Diane riu e murmurou:

– Como você, minha menininha, você não parece ter nem um dia a mais que 25 anos. É difícil acreditar que você vai fazer 31 em agosto.

– É esse meu novo cabelo curto. Ele me tira vários anos.

– Acho que sim. Cabelos curtos fazem a maioria das mulheres parecer mais jovem e atrevida. E certamente é o corte chique este ano.

– Você uma vez me disse que cabelos curtos eram o único estilo chique, e que nenhuma mulher poderia ser elegante com cabelos que se arrastem em seus ombros. E você deve saber, pois é considerada uma das mulheres mais chiques de Nova York, se não *a* mais chique.

– Oh! Na verdade eu não sou, mas obrigada pelo elogio. Embora eu devesse lembrar que o mundo inteiro desconfia de que você é um tanto suspeita para falar.

– Todo o mundo, inclusive a imprensa, cita *você* como um ícone da moda, uma lenda em sua própria época. E suas butiques são o número 1 há anos.

– *Nós todos* trabalhamos duro para torná-las o que são, não apenas eu, Alexa. De qualquer forma, e você, querida? Finalmente terminou aqueles painéis de inverno?

O rosto de Alexa se iluminou.

– Terminei o último painel da floresta com neve no início da semana; na terça-feira, na verdade. Ontem eu vi ampliações de todos eles no estúdio fotográfico, e são ótimos, mãe, mesmo que só eu ache isso.

– Eu disse a você muitas vezes: não esconda seu talento dos refletores, querida. Também não é bom ficar alardeando, claro, mas não há nada errado em saber que você é boa no que faz. Você é muito talentosa, e pessoalmente fiquei impressionada com os painéis que vi. – Os olhos azul-claros de Diane, sempre tão expressivos, fixaram-se em sua filha, pensativamente. Depois de um momento, ela continuou: – E então... o que vai acontecer com você agora?

– Tenho um pequeno cenário para terminar para essa peça e depois disso meu contrato estará cumprido. – Alexa riu um pouco abafado e acrescentou: – E então estarei desempregada, acho.

– Duvido – replicou Diane, a expressão em seu rosto refletindo o orgulho por sua única filha. – Não você.

– Para ser honesta, não estou preocupada. Algo vai acabar aparecendo. É sempre assim.

Diane concordou, e então seus olhos se estreitaram levemente.

– Você disse ao telefone que queria falar comigo. O que...

– Podemos falar sobre isso depois, na hora do café? – cortou Alexa suavemente.

– Sim, claro, mas há alguma coisa errada? Você me pareceu preocupada.

– Honestamente, não há nada errado. Eu só preciso... de uma opinião, uma realmente boa, e você é a melhor que conheço nisso.

– É sobre Jack?

– Não, e agora você está se parecendo com todas as outras mães, o que na maior parte das vezes você não parece, graças a Deus. E *não*, não é sobre Jack.

– Não seja tão impaciente comigo, Alexa. E por falar nisso, Jack Wilton é bem bacana.

– Eu *sei* que ele é, e ele acha o mesmo de você e papai.

– Fico feliz por ouvir isso. Mas como ele se sente *a seu* respeito? Isso é muito mais importante.

– Ele gosta.

– Seu pai e eu achamos que ele daria um bom, um ótimo genro.

Alexa não respondeu.

Meia hora depois, Alexandra se sentou em frente à mãe na sala de estar, observando-a enquanto ela servia café em belas xícaras de porcelana. Ela estudava Diane de modo objetivo, os olhos esforçando-se para vê-la o mais claramente possível. Subita e impetuosamente ela se deu conta da pessoa única que a mãe era: uma mulher experiente, esperta, bem-sucedida e muito inteligente também. Alguém que realmente entendia as fragilidades e fraquezas humanas, porque sua percepção e seu discernimento eram bastante afiados, e ela era uma pessoa compreensiva. Mas ela compreenderia o *seu* dilema, um dilema envolvendo dois homens?

Apesar de tudo, houvera apenas um homem na vida de sua mãe, que ela soubesse, e aquele homem era seu pai, que Diane Carlson conhecera aos 24 anos e com quem se casara no mesmo ano. Eles eram profundamente devotados um ao outro desde então. Sei que ela vai entender, assegurou Alexandra a si mesma. Ela não é moralista, não tem a mente fechada e nunca julga ninguém. Mas como contar a ela minha história? Por onde começar?

Foi como se Diane tivesse lido os pensamentos da filha quando ela anunciou:

– Estou pronta para ouvir, Alexa, quando quiser começar. E seja qual for o assunto, você terá toda a minha atenção e o melhor conselho que eu puder lhe dar.

– Eu sei, mãe – respondeu Alexa, e acrescentou, enquanto aceitava a xícara que a mãe lhe passava: — Obrigada. — Ela a colocou na mesa baixa antiga que havia entre elas e se recostou nas almofadas de veludo veneziano no sofá creme. Depois de um ou dois segundos, explicou: – No fim da tarde de ontem, recebi um convite para ir a uma festa em Paris. De Anya. Ela vai fazer 85 anos.

Um largo sorriso se espalhou pelo rosto de Diane, e ela exclamou:

– Meu Deus, não posso acreditar! Ela é um milagre, aquela mulher.

– Oh, eu sei que ela é, e, além de parecer muito mais jovem que a idade dela, ainda é cheia de energia e vitalidade. Sempre que falo com ela ao telefone ela parece mais ocupada que nunca, dirigindo a escola, se divertindo e viajando. Só no mês passado ela me disse que ia começar a escrever outro livro, sobre o período *art déco* de design. Ela é simplesmente maravilhosa.

– Eu diria que sim, e há de ser uma viagem excelente para você. Quando será a festa?

– No dia 2 de junho, no Ledoyen. Será um jantar com dança, na verdade.

– Isso vai ser divertido, precisamos encontrar algo bonito para você vestir. É black tie?

– É, mas olhe, mãe, não tenho certeza se vou.

Diane ficou estarrecida e franziu as sobrancelhas.

– Mas por que não? Você é tão próxima a Anya e sempre foi uma de suas favoritas! Certamente mais que as outras... – Diane parou abruptamente e encarou a filha. – Mas claro! É *isso*: você não quer ir porque não quer ver as outras três. Não posso dizer que a censuro, pois elas se revelaram muito traidoras, aquelas mulheres.

Com um pequeno choque, Alexandra se deu conta de que nem mesmo tinha pensado sobre suas antigas melhores amigas, que acabaram se tornando suas inimigas. Ela simplesmente concentrara toda a atenção em Tom Conners e em seus sentimentos por ele. Mas agora, subitamente, percebeu que deveria lançá-las na equação ao lado de Tom. Sua mãe estava muito certa: elas também eram mais uma excelente razão para ficar longe de Paris. Certamente estariam na festa... Anya as teria convidado, como a ela... juntas, as quatro haviam sido seu maior orgulho no ano em que se formaram... suas pupilas, estrelas. Claro que elas estariam lá... com toda a pompa.

– Você tem razão, mãe, não tenho vontade de vê-las – disse Alexa. – Mas elas não são a razão de eu não querer ir a Paris. É outra coisa, na verdade.

– E o que é?

– O nome dele é Tom Conners.

Diane ficou momentaneamente perplexa. O nome soou familiar, mas ela não conseguia se lembrar de quem ele era. Inclinou-se para a frente suavemente, com olhos perscrutadores.

– *Tom Conners*. Eu o conheço? Oh, sim, agora estou me lembrando. Não é o francês que você nos apresentou há alguns anos?

– Exatamente, mas Tom é *meio* francês, *meio* americano. Se você se lembrar, eu lhe contei sobre a família dele. O pai é um americano que foi viver em Paris no final dos anos 1950, casou-se com uma garota francesa e ficou por lá. Tom cresceu e foi educado lá, e sempre viveu na França.

– Sim, eu me lembro, querida. Se não me engano, ele é advogado, e muito bonito. Mas não imaginei que houvesse nada sério entre vocês dois. Achei que tivesse sido um namoro rápido, uma espécie de diversão, se você preferir, e que tivesse acabado rapidamente.

– Durou quase dois anos, na verdade.

– Sei. – Diane se recostou, imaginando como teria ficado por fora daquele relacionamento em particular. Fora o período em que Alexa vivera em Paris e trabalhara com os dois sobrinhos de Anya em filmes e no teatro. Entretanto, ela sem dúvida ficara estranhamente calada sobre Tom Conners, não havia confidenciado nada. Diane de fato achava esquisito, agora que pensava sobre isso. Falou vagarosamente:

– De alguma maneira você ainda está envolvida com Tom Conners, eu acho. É o que está tentando me dizer?

– Não... sim... não... olhe, mãe, nós não nos vemos mais, e eu nunca tive notícias dele, ele nunca fez contato, mas é como se estivesse por aí... dentro de mim, em meus pensamentos... – Sua voz tremeu sem querer, e ela olhou para a mãe pedindo socorro.

– Por que você terminou com ele, Alexa? – perguntou Diane, curiosa.

– Eu não terminei. Foi ele. Faz três anos agora.

– Mas *por quê*? – pressionou Diane.

– Porque eu queria me casar, e ele não podia se casar comigo.

– Ele é casado?

– Não. Não agora, nem na época.

– Realmente não estou conseguindo entender. Não faz sentido para mim. Não consigo saber qual é o problema – murmurou Diane, com embaraço muito aparente.

Alexa hesitou, imaginando se seria capaz de contar à mãe a história de Tom. Era tão dolorosa, tão angustiante. Mas, quando olhou para o rosto repleto de preocupação da mãe, percebeu que não tinha opção. Ela queria que a mãe entendesse...

Muito suavemente, Alexa disse:

– Tom se casou muito jovem, mãe, com a namorada de infância, Juliette. Eles cresceram juntos e seus pais eram amigos. Tiveram uma filhinha, Marie-Laure, e aparentemente, segundo ele me disse, formavam um casal maravilhoso... o casal perfeito, eu acho. Muito bonitos, muito felizes juntos. E então algo ruim aconteceu...

Alexa fez uma pausa, respirou profundamente e continuou:

– Em julho de 1985, eles foram a Atenas. De férias. Mas Tom também precisava ver um cliente de Paris, que tinha alugado uma casa de verão lá. No fim das férias, marcou um último encontro com seu cliente antes de levar a família de volta a Paris. Naquela manhã, ele disse a Juliette que a encontraria, e a Marie-Laure, para almoçar no café favorito deles, mas Tom se atrasou e chegou lá um pouco mais tarde. Havia um caos quando ele entrou no quarteirão em que ficava o café. Carros de polícia e ambulâncias convergiam para o centro e a carnificina humana era horrenda. As pessoas estavam mortas ou morrendo, havia sangue e partes de corpos por toda parte, como se houvesse acontecido um massacre. A polícia disse a Tom que uma bomba havia explodido minutos antes de sua chegada, muito provavelmente uma bomba terrorista plantada num desses grandes ônibus de turismo — aquele, em particular, cheio de americanos do hotel que ficava no quarteirão. Cerca de sessenta pessoas estavam no ônibus, e todas morreram.

"Enquanto o ônibus deixava o quarteirão, ele subitamente explodiu, bem em frente ao café onde Juliette e Marie-Laure esperavam por Tom. O impacto da explosão foi enorme. As pessoas sentadas nos vários cafés do quarteirão foram lançadas para longe de suas cadeiras. Muitas morreram ou ficaram feridas."

Alexa parou, e um momento se passou antes que ela pudesse continuar. Depois de respirar profundamente várias vezes, foi em frente:

– Tom não conseguiu encontrar Juliette e Marie-Laure, e, como você pode imaginar, ficou preocupado, assustado, louco, enquanto procurava por elas. E finalmente as encontrou, embaixo dos destroços no fundo do café. O teto havia caído sobre elas. As duas estavam mortas. – Alexandra pestanejou, e sua voz estava tão baixa que era quase inaudível quando ela terminou: – Sabe, ele nunca se recobrou daquele... daquele... *pesadelo*.

Diane encarava Alexandra, horrorizada, e lágrimas haviam brotado de seus olhos azul-claros.

– Que horror, que tragédia terrível aconteceu a eles, a ele – murmurou, e então, olhando para a filha, viu que o rosto de Alexa estava rígido, tenso e sem nenhuma cor.

Levantando-se, ela foi se sentar próximo a ela no sofá, colocou o braço em torno dela e a segurou bem perto de si.

– Oh, querida, você ainda está apaixonada por ele...

– Estou? Não tenho certeza, mãe, mas ele realmente ocupa grande parte de mim, isso é verdade. Ele está aqui, aqui dentro, e sempre estará, eu acho. Mas sou esperta o suficiente para saber que não tenho futuro com Tom. Ele nunca vai se casar comigo, ou com qualquer outra pessoa. Nem terá um relacionamento duradouro, porque não consegue. Sabe, ele simplesmente não consegue esquecê-*las*.

– Ou ele não vai se permitir esquecer – sugeriu Diane suavemente.

– Talvez isso seja verdade. Talvez ele ache que, se as esquecer, ficará despedaçado de culpa pelo resto da vida, e não conseguirá lidar com isso. Você me ensinou a ser sensível, prática, e acredito que eu seja. Depois que terminamos, eu sabia que tinha de seguir em frente com a minha vida... que não podia ficar sonhando por aí, sentindo a falta de Tom. Eu entendi que não havia futuro.

– Você estava certa – concordou Diane –, e acho que conseguiu seguir em frente com sua vida profissional extremamente bem. Estou orgulhosa de você, Alexa, que não deixou os problemas pessoais interferirem em sua carreira. Tudo o que posso dizer é: bravo!

– Você certa vez me disse que eu não devo nunca negar meu talento ao não usá-lo, ao desperdiçá-lo, e eu escutei o que você disse, mãe. Também sabia que tinha de ganhar a vida, não ia deixar você e papai me sustentarem, especialmente depois que vocês me mandaram para escolas tão caras, particularmente a de Anya.

Diane assentiu.

– Só por uma questão de interesse, que idade ele tem? Tom, quero dizer.

– Tem 42.

Diane assentiu observando atentamente o rosto da filha, e quis saber:

– Você ama Jack Wilton pelo menos um pouco?

– Sim, eu o amo, de certa forma.

– Não como ama Tom? – arriscou-se Diane a perguntar.

– Não.

– Mas você poderia construir uma vida ao lado de Jack?

Alexandra assentiu:

– Acho que sim. Jack tem muito a seu favor. Ele é muito atraente e charmoso, e nós nos damos bem. Somos compatíveis, ele me faz rir, compreendemos um ao outro, compreendemos de onde ambos viemos, que muitas vezes é o mesmo lugar. Nós admiramos os talentos um do outro, e respeitamos um ao outro. – Ela deu um meio sorriso para a mãe. – Ele me ama, sabe? Ele quer se casar comigo.

– Você se casaria com ele? – perguntou Diane suavemente, com esperanças de ter uma resposta afirmativa.

Alexa se recostou em sua mãe, e um longo suspiro escapou dela. Inesperadamente, lágrimas brotaram de seus olhos. Ela então se ajeitou rapidamente, afastando as lágrimas com as pontas dos dedos.

– Achei que pudesse, mãe, realmente achei. Mas agora não sei. Desde que esse convite chegou ontem, tenho estado perturbada.

– Você não vai ser capaz de resistir à ideia de ver Tom se for a Paris, é isso o que está me dizendo?

– Acho que sim.

– Mas você é forte... sempre foi forte, mesmo quando era uma garotinha.

Alexa ficou em silêncio.

Depois de um instante, Diane disse vagarosa e cuidadosamente:

– Eis o que sua amada e muito devotada fonte de opiniões acha. Você tem de esquecer Tom, como você sabe que deve. Você precisa tirá-lo de sua cabeça de uma vez por todas. Ele não é para você, Alexa, ou para qualquer outra pessoa, na minha opinião. O que aconteceu com a mulher e a filha dele foi insuportável, muito, muito trágico, extremamente desolador. Mas isso foi *há muito* tempo. Há 16 anos, para ser precisa. E se ele não superou até agora...

– Ele não superara até há uns três anos, mas não sei agora...

– ...então ele nunca vai superar – continuou Diane numa voz muito firme. – Sua vida é aqui em Nova York, não em Paris. Geralmente trabalha aqui, e você sabe que pode construir uma vida maravilhosa com Jack. E isso é o que você tem de fazer. – Diane parou, estreitou seu abraço e disse através dos brilhantes cabelos negros de sua filha: – Há muitos tipos de amor, sabe? Graus de amor. E às vezes o grande amor da vida de alguém não pode durar... talvez seja assim que ele se torne o *grande* amor... ao terminar. – Diane suspirou, mas depois de um momento prosseguiu: – Eu sei que é difícil desistir de alguém. Mas, na verdade, Tom Conners desistiu de você, Alexa. Não foi o contrário; então, por que se torturar? Meu conselho é que você não vá a Paris. Assim você não ficará tentada a ver Tom, e então reabrir todas essas feridas.

– Acho que você está certa, mãe. Normalmente está. Mas Anya vai ficar muito chateada se eu não for à festa.

– Tenho certeza de que vai. – Houve uma pequena pausa e então Diane exclamou: – *Há* uma alternativa! Você e Jack poderiam ir juntos a Paris. Obviamente você não poderia procurar Tom se estivesse lá com outro homem.

Quer apostar?, pensou Alexandra, mas disse:

– O convite não inclui outra pessoa. Apenas meu nome está escrito nele. E estou certa de que Anya convidou apenas as antigas alunas e a família.

– Mas ela não recusaria isso a *você*... não se você disser que está indo a Paris com seu... noivo.

– Não sei o que ela faria, de verdade. Tenho de pensar sobre isso, mãe, sobre tudo o que você acabou de me dizer... e me orientar.

O CONVITE FICOU APOIADO sobre a lareira, próximo ao relógio, e a primeira coisa que Alexandra fez quando chegou foi pegá-lo e ler novamente.

Embaixo, no canto esquerdo, sob as letras RSVP, estava a data do prazo para aceitar ou recusar o convite: *primeiro de abril de 2001*. No canto direito dizia black tie e, sob isso, vestido longo. Toda a informação de que ela precisava estava bem ali, incluindo o que vestir; com o convite impresso estava um pequeno cartão RSVP e um envelope endereçado a Madame Suzette Laugen, nº 158, Boulevard St. Germain, Paris.

Então Alexandra tinha o restante de fevereiro e todo o mês de março para tomar uma decisão, para pensar sobre o aniversário de Anya e resolver o que fazer: ir ou não. Aquilo era um alívio. Mas ela sabia que passaria as próximas semanas vacilando.

Bem no fundo ela queria ir, queria celebrar esse aniversário especial com Anya, uma mulher extraordinária, que teve uma influência muito grande em sua vida. Mas havia o problema de Tom Conners, e também de suas antigas amigas... Jessica, Kay e Maria. Três mulheres que já haviam sido tão próximas dela, e ela delas. Haviam sido inseparáveis, mas agora eram inimigas declaradas. Não suportava a ideia de ver nenhuma delas.

Primeiro de abril, pensou. Dois aniversários, já que ela conhecera Tom Conners no dia 1º de abril. Em 1996. Tinha então 25 anos, e ele, 37.

Primeiro de abril, Dia da Mentira, pensou com um sorriso amargo. Mas não tinha certeza se se referia a ela ou a ele.

Colocando o convite de volta no aparador, ajoelhou-se em frente à lareira, acendeu um fósforo e levou-o ao papel e aos pequenos galhos de madeira. Em poucos minutos tinha acendido o fogo, a lenha sendo rapidamente tomada, as chamas subindo pela chaminé.

Ficando de pé, Alexandra acendeu um abajur. Junto com o fogo, ele ajudou a iluminar a sala, já cheia de sombras por causa da luz turva de fim de tarde de inverno. Ela estava cansada. Depois de sair da casa da mãe, havia andado pela Park Avenue, da rua 79 até a 39. Quarenta quarteirões de bom exercício, mas finalmente havia desistido, pegando um táxi de volta ao loft.

Depois de olhar pela janela para as luzes de Manhattan lentamente se acendendo, Alexa se sentou no sofá em frente ao fogo, olhando para as chamas que tremiam e dançavam na lareira. Sua mente estava inundada em tantos pensamentos distintos, mas o mais persistente dizia respeito a Tom.

Fora Nicky Sedgwick quem os havia apresentado quando Tom chegara aos estúdios em Billancourt para ver o cliente dele, Alain Durand, que produzia o filme. Era uma coprodução franco-americana, muito elaborada e cara. Nicky e o irmão, Larry, eram os diretores de arte e estavam criando os cenários; por sugestão de Anya, haviam contratado Alexa como assistente. Mas ela se tornara mais uma espécie de parceira, por causa de todo o trabalho e responsabilidade que haviam empilhado em cima dela.

Que desafio fora fazer aquele filme, e quanto ela havia aprendido! Era um drama histórico sobre Napoleão e Josefina, do início do relacionamento deles, e Nicky, que estava no comando, era um maníaco por exatidão e detalhes históricos. Mesmo agora, quando pensava nas horas sem fim que passara em Malmaison, involuntariamente se contraía. Havia tomado notas incontáveis, conhecia aquela casa pelo avesso e muitas vezes imaginara por que o famoso casal vivera ali. Devido aos parques que a cercavam e à proximidade de Paris, supunha. Nicky havia ficado muito entusiasmado com ela... com seu trabalho, sua dedicação e, mais que tudo, com seus cenários. Em geral, fora uma experiência positiva, e ela trabalhara na maior parte dos filmes e das peças deles depois daquilo, até ir embora de Paris.

No dia em que Tom Conners apareceu no estúdio, a filmagem estava indo bem e Alain Durand ficara animado. Ele e Tom convidaram os irmãos Sedgwick para jantar quando tivessem terminado as tarefas do dia, e ela fora incluída no convite, uma vez que os sobrinhos de Anya a haviam adotado, de certa forma.

Ela ficara pasma com a aparência extraordinária de Tom, o charme e a sofisticação dele. Tanto que se sentira como uma adolescente com ele. Mas ele a havia tratado como uma mulher crescida, com galanteria e graça, e ela ficara caída por ele antes que o jantar tivesse terminado. No fim daquela noite ela se encontrava nos braços dele, no carro, depois que ele a levara para casa; duas noites depois, ela estava na cama dele.

Combustão espontânea fora como ele chamara aquilo, mas depois emendara dizendo que era um *coup de foudre*, explosão de trovão, amor à primeira vista. E ambos sabiam que era mesmo.

Mas aquele charme fácil e a graça sem esforço escondiam um homem difícil, de muitos humores, um homem que estava sobrecarregado com a morte brutal da mulher e da filha, e com um sofrimento agudo que ele tinha tanto cuidado em esconder em público.

Nicky algumas vezes a provocara sobre Tom e uma vez ele dissera:

– Acho que as mulheres devem achar esse humor negro byroniano sexy e atraente nele – e lançara a ela um olhar estranho. Ela sabia a que ele se referia, mas Tom não estava representando. Ele realmente sofria. Mas tinha sido Larry quem a alertara:

– Ele chegou até você trazendo uma grande bagagem atrás de si, bagagem emocional – dissera. – Então preste atenção e proteja os flancos. Ele é fatal, um homem perigoso.

Alexa procurou a manta no braço do sofá e se esticou embaixo dela. Seus pensamentos ficaram com Tom e os dias que passaram juntos em Paris. Apesar da depressão dele, daqueles horríveis momentos de tristeza, o relacionamento dos dois sempre fora bom, até mesmo maravilhoso, quando ele deixava de lado a sobrecarga do passado. E só haviam terminado porque ela quisera algo mais permanente com ele. Casamento. Filhos.

Ela pensava nele com frequência, imaginava com quem ele estaria, como estaria a vida dele, o que ele estaria fazendo. Ainda sofrendo de vez em quando, achava. Não fora capaz de transmitir à sua mãe a extensão daquilo. Nem mesmo tentara. Era muito difícil de explicar. Você tinha de viver aquilo para poder entender.

Ele tinha 42 anos agora, e ainda não se casara, Alexa tinha certeza. Que desperdício!, pensou e fechou os olhos, subitamente desejando dormir. Queria esquecer... esquecer Tom e seus sentimentos por ele, esquecer aqueles dias em Paris... ela nunca voltaria para lá. Nem mesmo para a festa de 85 anos de Anya Sedgwick.

4
Kay

Lembro-me de ter dançado com ele aqui, bem no centro deste quarto, sob o lustre, pensou ela, e se moveu para a frente, saindo da porta onde estava parada.

Com os braços estendidos como se estivesse abraçando um homem, Kay Lenox se virou e girou à melodia de uma valsa antiga que tocava apenas em sua cabeça. Sussurrando para si mesma, moveu-se com ritmo e graça, e a expressão em seu rosto delicadamente moldado, por um momento fugaz, cheia de entusiasmo, perdida como ela estava em seus pensamentos.

As lembranças a inundaram.

Lembranças de um homem que a havia amado e tratado com carinho, que fora um amante e marido adorável, um homem com quem ela ainda estava casada, mas que não parecia mais o mesmo. Ele tinha mudado e, mesmo que a mudança fosse minúscula, ela a havia reconhecido desde o momento em que acontecera.

Ele negava a acusação de que estava com um comportamento diferente em relação a ela, insistindo que estava imaginando coisas. Mas ela sabia que não estava. Houvera um esfriamento nele. Era como se ele não mais a amasse tanto quanto antes.

Sempre atento e solícito, ele agora parecia distraído, até mesmo descuidado, ocasionalmente esquecendo-se de dizer a ela se planejava trabalhar até mais tarde ou comparecer a um jantar de negócios, ou alguma outra coisa desse tipo. Ele telefonaria para ela no último minuto, não lhe dando tempo para pensar ou fazer qualquer outro plano, deixando-a sozinha à noite. Embora fervendo por dentro, não dizia nada. Era sempre paciente, compreensiva e dedicada.

Kay nunca acreditara ser possível que um homem como Ian Andrews se casasse com ela. Mas se casara. O namoro havia sido idílico, e também os primeiros dois anos e meio de seu casamento, que foram, para ela, como se um sonho tivesse se tornado realidade.

E essas eram as lembranças que a assaltavam agora, que a mantinham cativa enquanto se movia pela sala, oscilando, flutuando, guiando, como em uma espécie de sonho. E enquanto dançava com ele, tão vivo em sua cabeça e em seu coração, lembrou a juventude dele, seu entusiasmo pela vida, sua galanteria e seu charme. Ele a havia levado às alturas e ao altar apenas um mês depois do primeiro encontro. Surpresa como estava, não fizera objeção; estava tão loucamente apaixonada por ele quanto ele por ela. Além do mais, também era sua vontade casar-se com ele rapidamente. Kay tinha muito a esconder.

Uma discreta tosse se intrometeu, tirou-a de seu devaneio e a fez parar. Ela olhou para a porta, sentindo-se embaraçada de ter sido apanhada dançando sozinha, e deu a Hazel, a cozinheira de Lochcraigie, um meio sorriso nervoso.

– Desculpe interromper, lady Andrews, mas eu estava pensando no jantar... – A cozinheira hesitou, olhando firmemente para ela, e então terminou numa voz baixa: – Milorde estará aqui à noite?

– Sim, Hazel, estará sim – respondeu Kay, em tom firme e confiante. – Obrigada, Hazel. Oh!, a propósito, você viu o menu do jantar que deixei para você?

– Sim, eu vi, lady Andrews. – A cozinheira inclinou a cabeça e desapareceu.

Mas *será* que ele estará aqui?, perguntou Kay a si mesma, andando até a janela, onde ficou olhando para fora, para os gramados e as árvores na direção das montanhas que margeavam o horizonte azul-claro. Depois do café da manhã ele tinha anunciado que iria a Edimburgo comprar um presente de aniversário para a irmã gêmea, Fiona. Era verdade que o aniversário deles seria no dia seguinte e eles comemorariam com um almoço. Mas ela não podia deixar de pensar em por que ele não havia pedido a ela que comprasse algo antes, pois ela ia ao estúdio na cidade três vezes por semana. Por outro lado, ele e Fiona eram extraordinariamente unidos, e talvez Ian sentisse necessidade de fazer ele mesmo a escolha.

Afastando-se da grande janela, Kay andou pelo chão de terracota em direção à enorme lareira de pedra. Deu as costas para o fogo, pensando, como sempre, que aquela era uma sala estranha, mas, ainda assim, aconchegante, apesar de sua estranheza. Ou talvez por causa dessa estranheza.

Era uma estufa que havia sido acrescentada a uma ponta da casa, e fora construída pela tataravó de Ian na era vitoriana. Arejada e iluminada por causa de suas muitas janelas, tinha ainda uma atmosfera de aconchego, devido à lareira de pedra, um acréscimo pouco usual a uma estufa, mas necessário por causa do gelado inverno escocês. Mesmo no verão era igualmente prazeroso estar ali, com suas numerosas janelas, portas francesas e o chão frio de pedra. Plantas em vasos e móveis de vime pintados de marrom-escuro ajudavam a dar um clima de jardim de inverno à estufa, além de algumas antiguidades escolhidas que lhe acrescentavam charme e uma sensação de permanência. Um toque curioso, mas caprichoso era o lustre veneziano de vidro soprado que pendia do teto iluminado, e de alguma forma isso também funcionava na sala, apesar da extravagância.

Kay mordeu o lábio, pensando em Ian, preocupada com a relação, com os últimos tempos. Ela sabia por que houvera essa leve mudança, esse afastamento... era porque ela não tinha engravidado. Ele estava desesperado para ter um filho, ansiava por um herdeiro de suas terras e daquela casa, onde a família Andrews tinha vivido por quatrocentos anos. E até agora ela não fora capaz de dar um filho a ele.

Minha culpa, sussurrou ela para si mesma, pensando em sua juventude em Glasgow e no que acontecera com ela quando era adolescente. Um tremor atravessou sua estrutura frágil e ela se virou para o fogo, procurando aquecer as mãos, tiritando inesperadamente enquanto se enchia daquela velha e familiar frieza.

Abaixando-se atrás do protetor de lareira coberto de couro, ela se sentou olhando para as chamas, o rosto subitamente tenso, os olhos pensativos. Todavia, apesar da tristeza, não havia como negar sua beleza excepcional. Com sua compleição de marfim, olhos tão azuis quanto hortênsias e cabelos vermelho-dourados que brilhavam à luz do fogo, era uma verdadeira celta. Mas naquele momento Kay Lenox Andrews não estava pensando em sua beleza ou em seu imenso talento, que a havia levado tão longe em sua juventude, mas na feiura e na degradação de seu passado.

AO OLHAR PARA TRÁS, sua infância em Gorbals, bairro pobre de Glasgow, havia sido uma espécie de educação por si só. Havia vezes em que Kay imaginava se seria uma pessoa diferente, caso o meio em que fora criada não tivesse sido tão difícil e cruel. Inevitavelmente ela dava sempre a mesma resposta a si mesma... ela simplesmente não tinha certeza.

Sabia que havia quem dissesse que o meio ajudava a criar personalidade e caráter, enquanto outros acreditavam que se nascia com o caráter, que o caráter era o destino, determinando os caminhos que a pessoa tomava, a vida que levava no final das contas. Ela mesma tendia a aceitar essa segunda premissa.

O caminho que *ela* seguira era o caminho do sucesso. Pelo menos era isso o que ela repetidamente dizia a si mesma quando começou a mudar a própria vida. E sua atitude positiva, mais sua determinação, haviam-na ajudado a realizar milagres.

Quando adolescente, o que a havia guiado era a necessidade de sair de Gorbals, onde nascera. Felizmente sua mãe, Alice Smith, sentia-se da mesma forma, e fora Alice quem a ajudara a se mudar, quem a empurrara para novos horizontes.

– Um mundo bem melhor que esse, Kay – dizia sempre sua mãe, e acrescentava: – E eu quero que você tenha uma vida melhor que a que eu tive. Você tem tudo: beleza, inteligência e esse talento maravilhoso. Não há nada que possa impedi-la... a não ser você mesma. Espero estar certa de que você vai ser muito bem-sucedida, mocinha. Eu prometo isso a você, vou me matar para conseguir isso.

Sua mãe havia organizado e planejado, apertado e economizado, e houve até um momento em que ela havia de fato lançado mão de chantagem, a fim de trazer Kay para todos os seus planos especiais. Alice tinha enormes ambições para Kay, ambições que alguns achavam absurdas, além do alcance. Mas não Alice Smith. Nada e ninguém iriam fazer com que ela parasse de arrancar o melhor de Kay. Finalmente, todos aqueles empurrões, promoções e esforços haviam vingado. Sua querida filha foi lançada à luz com uma nova identidade... uma jovem mulher com um bom berço, boa criação e educação, que era incrivelmente bonita, extraordinariamente bem-dotada e pronta para se tornar uma estilista de bom gosto e talento.

Eu não teria conseguido chegar onde estou hoje sem mamãe, pensava Kay, ainda olhando para as chamas do fogo crepitante, ruminando seu passado.

Um momento depois, foi trazida para o presente pelo som de uma forte batida na janela.

Sentou-se rapidamente e olhou para o outro lado da sala.

Kay ficou surpresa ao ver John, gestor da propriedade, parado na varanda, vestindo uma jaqueta impermeável e um cachecol. Ela correu para recepcioná-lo, ainda espantada por receber uma visita dele em pleno sábado.

– John, entre rápido! Está congelando aqui fora! – exclamou, abrindo a porta.

Com um sorriso jovial, ele entrou rapidamente no conservatório, retirando o boné de *tweedy*.

– Bom dia, Kay. Sei que eu deveria ter ligado, em vez de vir incomodá-la, mas estava passando aqui perto e lembrei que tinha prometido a Ian que ia mantê-lo informado sobre os ataques sépticos lá da sede da fazenda. Ele está?

– Não, John, ele saiu. Foi de carro para Edimburgo hoje de manhã, mas deve voltar à tarde. Quer deixar recado, ou talvez um bilhete?

– Não, eu ligo depois. Tudo está em ordem agora, só queria contar os detalhes.

– Eu digo a ele. E Margo, como vai?

– Ah, ela está ótima. Bastante ocupada com os preparativos para o festival de primavera da igreja. Ainda falta um pouco, você sabe, mas ela gosta de adiantar as coisas.

Kay assentiu e depois sorriu para ele. Sempre gostara daquele homem leal e inteligente.

– Bom, é melhor eu ir – disse ele. – Não quero tomar seu tempo. E ainda tenho uma pilha de papéis esperando por mim.

– Está tudo bem, John. Mas, como você, tenho muito a fazer e a manhã parece estar voando.

– *Tempus fugit* – murmurou ele. Em seguida, despediu-se e partiu.

KAY DEIXOU A ESTUFA e caminhou ao longo do saguão no centro da casa. Era um espaço vasto, aberto, com teto alto de catedral e uma escadaria dupla, com balaustradas entalhadas que levavam ao amplo salão superior, cuja característica principal era uma janela alta de vitrais que banhava o saguão frontal abaixo numa luz multicolorida, quase como um arco-íris eterno.

Ela pegou o lado esquerdo da escadaria, subindo correndo para o segundo andar, onde seu estúdio de design estava instalado no que já havia sido o quarto de brinquedos das crianças em Lochcraigie.

Quando abriu a porta e entrou, naquela amarga manhã de fevereiro, ficou feliz ao ver que Maude, a governanta, já havia acendido um brilhante fogo na lareira. Era um aposento grande, de teto alto, com seis grandes janelas, banhado pela fria luz do norte, que ela amava e que era tão perfeita para seu trabalho. Nessa luz cristalina, todas as cores eram *verdadeiras*, e aquilo tornava bem mais fácil desenhar.

Indo em direção à velha mesa de refeitório do período jacobita, que servia de escrivaninha, estendeu a mão e alcançou o telefone quando ele começou a tocar.

– Castelo de Lochcraigie – falou, dando a volta e se sentando em sua poltrona de espaldar alto.

– Sou eu, Kay – disse sua assistente.

– Olá, Sophie. Algo errado?

– Não, nada. Por quê? Oh! Você quer dizer por eu estar ligando num sábado. Não, tudo está bem no mundo, ao que eu saiba. Pelo menos no meu mundo, de qualquer forma.

Kay sorriu. Sophie era encantadora, cheia de energia e vida e era uma alegria trabalhar com ela. Aos 23 anos, explodia em talento, entusiasmo e ideias.

– Então você é *mesmo* uma sortuda – disse Kay finalmente, desejando que tudo também estivesse bem em seu pequeno mundo. Ela prosseguiu: – Acabei de entrar no estúdio e, enquanto estou sentada aqui, falando com você, posso ver aquele tecido vermelhão que veio da fábrica outro dia... Eu gosto dele, Sophie, realmente gosto. É uma boa mudança em relação às cores que venho usando neste último ano.

– Concordo. É realmente vibrante, mas também meio... meloso.

– Como assim, meloso?

– Sabe, meloso, como em "beijinho-beijinho"...

Kay explodiu numa risada.

Baixando a voz, Sophie passou a falar em tom confidencial:

– Liguei porque finalmente consegui aquela informação para você.

– Que informação?

– Sobre o homem de quem minha irmã ouviu falar há pouco tempo... você sabe, falamos sobre isso duas semanas atrás.

– Ah, sim, claro! Desculpe-me, Sophie, acho que estou um pouco burra hoje. – Ela agarrou o fone com mais força, subitamente cheia de expectativa.

– O nome dele é François Boujon e ele está morando de novo na França.

– Onde, exatamente?

– Logo na saída de Paris. Um lugar com um nome peculiar: Barbizon. Minha irmã conseguiu todas as informações para mim. Você quer saber tudo agora ou conto o resto na segunda-feira?

– Segunda está ótimo, vou estar no estúdio por volta das 10 horas, podemos conversar lá. Mas só me diga uma coisa agora... é difícil conseguir marcar uma hora com ele?

– É, bastante, eu acho. Mas Gillian vai ajudar.

– Ela pode?

– Oh, sim, muito, na verdade... a amiga dela, Mercedes, conhece alguém que trabalha com ele, o que é bom.

– Certamente é, e ouça, estou muito grata, Sophie, de verdade. Obrigada por ter todo esse trabalho.

– Não foi nada, de verdade. Fiquei feliz em fazer isso. Então, vejo você na segunda-feira.

– Isso. Tenha um bom fim de semana.

– Terei. E você também.

– Vou tentar – respondeu Kay, e, depois de se despedir, recolocou o fone no gancho. Descansando a cabeça no desbotado veludo vermelho que cobria o encosto da cadeira, deixou os olhos percorrerem o aposento, a mente girando com todos os tipos de pensamentos. Então subitamente se lembrou do envelope que chegara via FedEx no dia anterior e procurou a caixa decorativa de madeira numa das extremidades da mesa. Levantando a tampa, tirou o envelope com a bela caligrafia – seu nome escrito tão elegantemente –, abriu-o e retirou o convite.

Mais uma vez ela o leu cuidadosamente.

A festa de Anya era no dia 2 de junho, só dali a quatro meses. Ela imaginou se conseguiria marcar uma hora com François Boujon aproximadamente naquela data.

Seria perfeito se pudesse, porque Ian não fora convidado, e assim ela poderia viajar sozinha para Paris. "Mataria dois coelhos com uma cajadada só", pensou, e então se recostou na cadeira com força, franzindo as sobrancelhas. Seus vívidos olhos azuis ficaram nebulosos, e sua expressão se tornou inesperadamente amarga.

Elas estariam lá, e ela teria de vê-las. Não, não apenas vê-las, mas socializar com elas, passar o tempo com elas. Não era possível. Elas a odiavam. O sentimento era recíproco.

Alexandra Gordon, a esnobe de Nova York. Da elite da alta sociedade, Liga Júnior e todas aquelas coisas ridículas. Sempre com o nariz tão empinado para ela, convencida, afetada.

Jessica Pierce, a própria Miss Beleza do Sul, com seus suspiros femininos e o langor e o abandono de lenços de renda pelo caminho. Gracejando com *ela*, provocando-a sem piedade, nunca a deixava sossegada, com seus insultos.

Maria Franconi, outra esnobe, esta da Itália, com seus cabelos pretos, olhos negros brilhantes e temperamento feroz do Mediterrâneo. E todo aquele dinheiro de sua rica família têxtil milanesa, exibindo-o, assim como suas relações pessoais, tratando-a como a uma empregada.

Não, não é possível, disse Kay a si mesma novamente; não posso ir à festa de Anya. Porque minhas torturadoras estarão lá... e quão infeliz elas sempre tornaram a minha vida!

Ela sabia o que deveria fazer. Deveria ir a Paris o mais rápido possível para encontrar esse homem, François Boujon. Talvez ele pudesse marcar uma hora relativamente cedo. Ela trataria de tudo na segunda-feira, pediria para vê-lo no mês seguinte. E não importava quanto fosse custar.

Ela colocou o convite de volta no envelope e na caixa de madeira, fechou a tampa e girou a chave. Então mais uma vez se sentou recostada na cadeira, seus olhos se tornando leves e longínquos enquanto pensava em Ian. O homem que ela amava. Seu marido... que deveria permanecer seu marido a qualquer custo.

5

Mesmo quando era criança, no subúrbio de Glasgow, Kay sempre tinha dado um jeito de fugir, simplesmente se refugiando em si mesma. Quando o apartamentozinho apertado em que ela vivia com a mãe e o irmão, Sandy, se tornou excessivamente opressivo, ela encontrou um pequeno canto onde podia se enroscar, esquecer de onde realmente estava e sonhar.

Grande parte de sua infância foi passada sonhando, e ela encontrava consolo em seus sonhos. Ela podia fugir do mundo empobrecido e obscuro que ocupava e ir para outro lugar, qualquer lugar que desejasse. Aquilo tornou sua juventude mais suportável.

E ela sempre sonhava com beleza... jardins floridos, casas de campo pitorescas com telhados de palha, prados cobertos de capim inundados de flores silvestres e grandes espaços abertos com árvores enormes e abobadadas onde o cantar dos pássaros se tornava vivo. E às vezes seus sonhos eram com roupas bonitas, presilhas para seus cabelos e sapatos pretos robustos brilhando de graxa para Sandy, e um belo vestido de seda para sua mãe... um vestido azul-claro para combinar com seus olhos.

À medida que crescia, contudo, suas prioridades mudaram, e Kay substituiu os sonhos por concentração e ambição, e foram essas duas novas qualidades, mais seu talento único, que a ajudaram a fazer um sucesso tão grande no mundo da moda.

Agora, enquanto se sentava à sua escrivaninha, pensamentos sobre Ian insistiam em aparecer, perturbadores, no fundo de sua mente. Mas finalmente ela deixou de lado suas preocupações sobre o casamento e ficou totalmente absorta em seu trabalho, como sempre fazia.

De muitas maneiras, ela gostava mais daquele velho quarto de brinquedos em Lochcraigie que de seu estúdio high-tech barulhento em Edimburgo, por causa do espaço, do teto alto e da claridade que jorrava das seis grandes janelas.

Depois de examinar alguns rascunhos para sua coleção de outono recém-finalizada, ela se levantou e foi até os retalhos de tecidos pendurados em ganchos de arame pregados à parede do lado oposto. O tecido vermelhão em que ela havia reparado agora mesmo atraiu novamente sua atenção, e ela o desdobrou e o carregou para a janela, onde o observou com atenção.

Subitamente, um sorriso brilhou em seus olhos quando se lembrou do comentário de Sophie pouco antes. *Melosa*, ela chamara a cor, como num beijinho, e Kay sabia exatamente o que sua assistente queria dizer. *Era* um adorável matiz de batom, que a lembrava das glamorosas estrelas daqueles filmes dos anos 1950.

Como sempre acontecia com Kay, a inspiração surgiu de repente. Ela visualizou uma série de modelos... cada um numa versão diferente de vermelhão. Ela pensou em ciclame primeiro, depois em rosa-choque, a cor das peônias, tons pálidos de rosa emprestados de um ramo de ervilhas-de-cheiro, vermelho brilhante roubado de um vaso de gerânios e todos aqueles outros vermelhos tornados mais vibrantes por um toque de azul. E misturados com eles ela podia ver uma seleção de azuis... celeste, espora e água-marinha, bem como um violeta profundo e tons de tilápia, um lilás mais suave e a sombra lavanda de hortênsias.

É isso, pensou, de repente cheia de entusiasmo. Uma coleção de inverno com roupas baseadas naquelas duas cores – vermelho e azul –, intercaladas por outros tons desses espectros de cores. Que mudança dos bege, marrons, verdes, castanhos e terracota de sua coleção de primavera!

Virando-se da janela onde ainda estava, Kay foi até as outras amostras de fábrica e procurou rapidamente entre elas, buscando as cores que agora queria usar. Ela encontrou algumas delas e as carregou de volta para sua mesa, onde as espalhou. Então começou a comparar as amostras de cores dos rascunhos que já havia feito para sua coleção de inverno, imaginando um casaco, um terno ou um vestido em um daqueles vermelhos, púrpura ou azuis.

Logo ela estava perdida em seu trabalho, completamente distraída de tudo, borbulhando por dentro de entusiasmo, sua criatividade brotando enquanto ela começava a desenhar, amando cada momento daquilo.

Aos 29 anos, Kay Lenox era uma das jovens estilistas mais conhecidas do mundo. Em Londres, suas roupas eram vendidas em sua butique, na Bond Street, e em Nova York, na Bergdorf Goodman. Tinha uma butique em Chicago, uma em Dallas e outra na Rodeo Drive, em Beverly Hills.

Seu nome era sinônimo de qualidade, estilo e usabilidade. As roupas que ela desenhava eram elegantes, mas de uma maneira descontraída e casual, e eram extremamente bem-cortadas e bem-acabadas.

Os tecidos que Kay preferia davam a suas roupas uma grande sensação de luxúria... as lãs finas e leves, cashmeres, crepes de lã, suaves *tweeds* escoceses, camurça, couro, veludo amassado e uma seda pesada que ela comprara na França. Seu talento e imaginação eram visíveis na maneira como ela misturava esses tecidos com cada um dos outros em um traje – o resultado, uma aparência inteiramente única para ela.

Kay trabalhou duro durante a manhã e tão concentrada estava, focada em seus desenhos, que quase pulou quando o telefone próximo ao cotovelo soou, estridente.

Pegando-o, ela disse "Lochcraigie" num tom algo apressado.

– Olá, querida – disse o marido. – Você parece um pouco esnobe esta manhã.

– Ian! – exclamou, o rosto se iluminando. – Desculpe. Eu estava perdida no meio dos panos, literalmente.

Ele riu.

– Então seu trabalho está indo bem?

– Eu diria que sim: tive uma inspiração mais cedo. Estou fazendo toda a coleção de inverno em tons de vermelho até o rosa mais pálido, e de azul até lilás, violeta e roxo-escuro.

– Parece bom para mim.

– Você encontrou um presente para Fiona?

Houve um momento de hesitação antes que ele dissesse, parecendo vago:

– Ah, sim, encontrei.

– Então você está vindo para casa?

– Não exatamente – respondeu ele, limpando a garganta. – Hã... humm... estou um pouco faminto, então vou dar uma parada para almoçar. Devo estar de volta lá pelas 16 horas.

O brilho em seus vívidos olhos azuis se turvou suavemente, mas ela disse:

– Tudo bem, então estarei aqui, esperando você.

– Tomamos chá juntos – murmurou ele. – Tchau, querida.

Ele desligou antes que ela pudesse dizer outra palavra, e ela ficou ali de pé, confusa, olhando para o fone em sua mão, depois voltou para o trabalho.

MAIS TARDE, depois de comer um sanduíche de salmão defumado e beber uma caneca de chá com limão, Kay vestiu um suéter de pescador de tricô creme, das ilhas Orkneys, meias grossas de lã e botas verdes Wellington. No armário de casacos próximo à porta dos fundos ela pegou seu casaco verde-escuro de seda acolchoado, empurrou seus cabelos vermelho-dourados sob um gorro vermelho de tricô, adicionou um cachecol e luvas que combinavam e saiu.

Ela foi golpeada por uma lufada de ar gelado que tirou sua respiração, mas suas roupas eram quentes, o casaco particularmente, e ela se dirigiu ao lago, precisando de ar puro e exercício.

Essa era uma de suas caminhadas favoritas na propriedade, que em sua totalidade cobria mais de três mil acres. Um caminho largo saía do jardim, começando logo atrás da porta dos fundos, passava por amplos gramados e densos trechos de floresta que bordejavam um lado dos gramados. A distância estava a faixa estreita de água gelada que era o lago Craigie.

Em um momento Kay parou e ficou olhando ao longe, para as montanhas distantes, parcialmente obscurecidas naquela tarde por uma neblina brumosa em seus cumes iluminados, cobertos de neve. Então ela balançou a cabeça, os olhos fixados na grande casa de pedra onde vivia, construída em 1559 por William Andrews, então o novo senhor de Lochcraigie. Daquela época em diante, o filho mais velho herdara tudo devido à lei da primogenitura, e por sorte houvera sempre um homem ali para continuar com o nome dos Andrews. Uma linhagem inquebrantável durante séculos.

Ian era o *laird* agora – o senhor –, embora ninguém jamais usasse o nome antigo escocês, exceto alguns anciãos do tempo de seu avô que ainda viviam no vilarejo.

Além dessas vastas terras, a família Andrews tinha muitos outros interesses, principalmente empresas, incluindo manufaturas, editoras e têxteis. Tudo pertencia a Ian, mas ele era um milionário modesto, que se contentava em levar uma vida tranquila no campo.

Kay recomeçou a andar, caminhando em ritmo firme, os olhos pensativos enquanto contemplava o passado. Não podia deixar de pensar no que Ian diria se soubesse de seu início miserável e golpeado pela pobreza. Ele ficaria horrorizado, chocado, e talvez até nem acreditasse...

Ela deixou esses pensamentos voarem e respirou profundamente várias vezes. Seus problemas começaram quando era adolescente, mas sempre soubera que eles terminariam, que ela teria uma vida diferente quando ficasse mais velha.

E agora tinha. Tinha tudo o que sempre desejara e sempre sonhara... um marido que não era apenas jovem e bonito, mas também aristocrata, uma casa histórica antiga que ela chamava de lar, uma grande carreira como estilista, fama, sucesso...

Mas não um filho.

Não um herdeiro para Ian.

Não um menino para ser o senhor dessas vastas propriedades e terras, um dia no futuro distante, quando Ian morresse e eles proclamassem um novo governante para Lochcraigie.

Ela suspirou com força. Era uma velha história. Depois de um momento ela acelerou o passo, quase correndo em direção ao lago. A faixa de água era lisa e cinza, triste sob o céu invernoso, e ela não planejava demorar muito. O ar havia ficado bem mais frio e havia uma sugestão de neve no vento. Mas ela andou ao longo da margem por 15 minutos, sempre gostando da vista tranquila, da sensação de paz provocada pelo lugar.

Na volta, tomou o caminho pavimentado que levava até a Dower House, onde a mãe de Ian vivia. Por um minuto ela pensou em entrar para ver a sogra, mas mudou de ideia. Logo seriam 16 horas e Ian estaria em casa; ela ansiava por vê-lo, para aliviar sua angústia em relação a ele. Tinha planos para aquela noite, grandes planos, e queria que ele estivesse no estado de espírito correto. Se ela estivesse ausente quando ele chegasse, ele poderia ficar irritado.

Então ela passou pela Dower House e subiu os degraus estreitos, pensando na mãe de Ian. Ela era uma mulher adorável, com maneiras impecáveis, extremamente educada, e um coração caloroso e amável. Ela sempre havia sido *sua* defensora, e por isso Kay lhe era grata.

Margaret Andrews havia nascido em Hepburn, e sua família tinha, de alguma forma, um distante parentesco com o fracassado James Hepburn, conde de Bothwell, terceiro marido de Mary, rainha da Escócia, que morrera de maneira terrível na Dinamarca, aprisionado nas masmorras de um castelo longínquo. Kay odiava a história da morte de Bothwell. Sempre a aborrecia; ela não podia suportar pensar naquele homem viril, vigoroso e bonito morrendo de maneira tão medonha. Além do mais, a história a assombrava... ela se censurou por seus pensamentos mórbidos sobre Bothwell e correu ao longo do gramado do jardim em frente ao conservatório. Um segundo depois, entrou na casa.

KAY SOUBE QUE IAN estava de bom humor assim que ele entrou na estufa, um pouco depois das 16 horas. Ele estava sorrindo, e, quando ela foi cumprimentá-lo, ele a abraçou com força e beijou seu rosto.

– Você está bonita – disse-lhe enquanto se afastava para ficar de costas para o fogo.

Ela sorriu de volta para ele.

– Obrigada. Hazel acabou de trazer o chá, Ian. Quer um pouco?

Ele assentiu.

– Foi uma longa viagem de volta. Pensei que fosse encontrar neve, mas até agora não nevou.

– Nem tanto – disse Kay, e mostrou o que acontecia através das portas francesas. – Acabou de começar.

Ele seguiu seu olhar, viu os flocos de neve chegando, muitos. Mas sorriu e disse:

– Parece que nós podemos ficar cobertos de neve, Kay.

– Eu não ligo! E você?

– Não. Bem, vamos tomar o chá, então.

Eles se sentaram nas poltronas de vime agrupadas em frente ao fogo, e Kay serviu o chá, olhando disfarçadamente para ele enquanto o fazia.

Ian parecia estar mais feliz esta tarde do que estivera havia tempos, mais alegre e despreocupado que o normal. Também parecia mais jovem, incrivelmente juvenil, mas talvez fosse porque seus belos cabelos estivessem desarrumados pelo vento e ele usasse uma camisa com a gola aberta, sob um suéter azul-claro com gola em V. Muito colegial e vulnerável, pensou ela, e sorriu internamente, pensando em seus planos.

– Na verdade, espero que a neve não permaneça – disse Ian. – Seria realmente desagradável se tivéssemos de cancelar o almoço de aniversário amanhã.

Kay assentiu, concordando.

– Não vamos nos preocupar. Ouvi a previsão do tempo mais cedo no rádio, e espera-se que faça sol amanhã, e também que esquente um pouco.

Ian sorriu para ela e inspecionou a bandeja de pequenos sanduíches e bolos saborosos.

– Por falar nisso, Ian, o que você acabou comprando para Fiona?

– Como assim?

Kay lançou a ele um olhar confuso, os olhos cheios de perguntas, e exclamou:

– O presente para o aniversário. O que é?

– Ah, sim... um par de brincos. Bem bonitos. Vou mostrá-los a você mais tarde.

Eles caíram num silêncio amigável, bebendo o chá e comendo os sanduichinhos e fatias de bolo de creme em frente ao fogo brilhante. Do lado de fora das janelas nevava pesadamente agora, e os flocos se acumulavam no solo, mas nenhum deles notou, absortos em seus próprios pensamentos.

Kay não conseguia deixar de se sentir tensa por dentro, mesmo que Ian parecesse tão relaxado e tranquilo.

Ele estava mais parecido com o que era antigamente, e esse era um bom presságio. Ela planejava seduzi-lo mais tarde, planejava uma noite de amor, e era importante que ele estivesse no espírito certo. Acreditava que ele estava... pelo menos naquele momento. Ela rezou para que aquilo durasse. E com sorte ela engravidaria. Com certeza. Muita coisa dependia daquilo.

Por sua vez, Ian estava pensando em sua viagem a Edimburgo. Fora interessante, para dizer o mínimo, e ele estava feliz por ter feito o esforço de ir. E estava feliz com as compras. Esperava que Fiona gostasse de seu presente; certamente ele havia sido cuidadosamente escolhido. Prestou atenção em sua esposa, e não pôde deixar de pensar em quanto ela era bonita e desejável... e deixou *aquele* pensamento deslizar para longe...

Kay quebrou o silêncio quando confidenciou:

– O envelope da FedEx que recebi ontem era um convite... um convite para ir à festa de aniversário de 85 anos de Anya Sedgwick, em Paris.

– Eu não preciso ir, preciso? – perguntou Ian, franzindo o cenho, parecendo preocupado. – Você sabe que odeio viajar.

– Não, claro que não – respondeu ela rapidamente. Ela não se incomodou em dizer a ele que apenas o nome dela

estava no convite. Mas ela realmente pensou ao acrescentar:
– Também não vou.

Ian a encarou, aparentemente confuso e surpreso.

– Por que não?

– Realmente não quero estar com pessoas que não vejo há sete anos... perdi o contato com meus amigos quando me formei.

– Mas você sempre admirou Anya.

– Isso é verdade, ela é a mulher mais fascinante que já conheci, um gênio também.

– Bem, e então? – Ele levantou uma sobrancelha loura.

– Não sei...

– Acho que você deveria ir à festa dela, Kay, ao menos por consideração.

– Talvez você tenha razão. Vou pensar nisso.

6

Assim que terminaram o chá, a neve cobria o solo e continuava a cair sem parar. Do lado de fora, escurecia cada vez mais; a penumbra do crepúsculo há muito havia se apagado, e algumas estrelas precoces esparsas já se espalhavam pelo céu.

Mas na estufa confortável tudo era calor e aconchego. O fogo rugia na grande lareira de pedra, constantemente reabastecida de lenha e turfa por Ian; os candelabros da mesa lançavam um adorável e tremeluzente calor por toda parte, e, ao fundo, a música tocava suavemente.

Ian ligara o rádio mais cedo para ouvir a previsão do tempo e, depois de escutar que era esperada uma neve pesada, havia mudado para uma estação que tocava música popular. Agora a melodia de *Lady in Red*, cantada por Chris De Burgh, ecoava suavemente pela estufa.

Os dois estavam em silêncio havia algum tempo. Em certo momento Ian olhou para Kay intencionalmente, seus olhos estreitando-se.

– Você está muito quieta esta tarde e parece terrivelmente melancólica. Triste até. É algum problema, querida? O que está remoendo?

Kay despertou de seus pensamentos e sacudiu a cabeça.

– Não estou remoendo nada, Ian. Só pensando... as pessoas *realmente* sofrem por amor, não sofrem?

Suas sobrancelhas se juntaram rapidamente, mas sua expressão era difícil de decifrar. Depois de um segundo, ele respondeu:

– Acho que algumas sofrem. – Ele fez uma pausa e encolheu os ombros imediatamente. – Mas aonde você está querendo chegar *exatamente*?

– Estive pensando em Bothwell, e em como ele amava Mary. Como ele morreu por causa dela... bem, de certa forma foi assim. E aquela morte terrível... encoleirado como um pobre cachorro a um poste durante anos... – Sua voz tremeu e ela deixou escapar um longo suspiro. – *Ele* sofreu por amor. É tão dolorosa essa história, quando se pensa nela.

– Mas isso aconteceu há centenas de anos. E acho que minha mãe anda enchendo sua cabeça com histórias novamente...

– É, mas todas elas são parte da história escocesa – disse ela categoricamente. – Eu nunca acho que é o suficiente. Acho que não prestei bastante atenção quando estava na escola... mas sua mãe consertou tudo isso. Ela tem sido uma professora maravilhosa.

Seus penetrantes olhos castanhos se fixaram nela e depois ele deu um meio sorriso.

– Minha mãe é a melhor professora que conheço. Ela é um gênio nisso, especialmente quando se trata de história, e da história dos clãs. Ela me hipnotizava com isso quando eu era criança.

– Ela me contou muito sobre as famílias nobres, mas ainda mais também. Aprendi bastante sobre os Stuart. Como eles eram extraordinários. Tão arrojados e corajosos, tão bonitos...

– E com muita má sorte – atalhou ele, apropriadamente. – Pelo menos alguns deles. A tola Mary, guiada por seu coração e não pela cabeça. Ela não era páreo para a esperta Elizabeth Tudor, eu acho. Não a longo prazo. Sua prima era muito mais inteligente.

– O problema de Mary e Bothwell era o fato de serem muito enrolados na política da época. Isso os amaldiçoou.

– *Essa* é uma velha história de família, não é? – Ian sacudiu a cabeça, e sorriu um tanto cinicamente. – Ela tentava manter o trono e proteger seu herdeiro, e ele queria se sentar próximo a ela em seu próprio trono, então os lordes se rebelaram. Deus sabe: era uma época perigosa e infernal para se viver.

– Sua mãe explicou tudo. Ela é um tanto nacionalista.

Ele sorriu.

– Você também!

– Algo deve ter vazado.

Ele sorriu para ela indulgentemente. Ela era cheia de ideias românticas, mas isso talvez fosse uma prerrogativa feminina.

Houve um pequeno silêncio.

– Sua mãe uma vez me disse que sofrer por amor é nobre – murmurou Kay finalmente. – Você concorda com ela?

Ian explodiu numa gargalhada.

– Não tenho certeza se concordo! E não vamos esquecer que minha mãe é um tanto romântica, sempre foi, sempre será, exatamente como você. Mas, pensando bem, não, eu não quero *sofrer* por amor. Não, não mesmo. Quero saboreá-lo, aproveitá-lo, ter prazer com ele.

– Comigo? – Uma sobrancelha vermelho-dourada se levantou, provocante.

– Isso é um convite? – perguntou ele, olhando-a ardentemente.

Ela simplesmente sorriu, sedutora.

Ian se levantou e cruzou o aposento, pegou suas mãos e a fez levantar-se. E então ele a levou para a frente do fogo, empurrando-a para baixo, para o tapete, com ele.

Ele passou a mão pelos cabelos vermelho-dourados dela, que brilhavam com as chamas do fogo, e enfiou os dedos neles.

– Veja isso... ouro celta... é bonito, Kay.

Ela ficou em silêncio. Seus olhos não deixavam o rosto dele. Ele começou a desabotoar sua blusa de seda branca, inclinou-se para a frente, beijou seu rosto, seu pescoço e sua boca, então a moveu para uma posição deitada. Ele a beijou com paixão crescente.

Mas, depois de um instante, Kay o empurrou.

– Ian, pare! Não podemos. Não *aqui*! Alguém pode entrar.

– Ninguém vai entrar.

– Maude pode entrar, ou Malcolm. Para retirar as coisas do chá.

Ele sorriu, afastando a ideia. Mas, apesar de tudo, levantou-se e andou até a porta que ficava à direita da lareira. Ela levava à casa principal.

Riscos, pensou Kay. Ele adora correr riscos, pegar as oportunidades. Isso o excita. E eu não devo lutar contra ele agora. Ele quer fazer amor... eu devo agarrar este momento.

Ela o ouviu trancando a porta e seus passos ecoando no piso de terracota enquanto voltava até ela.

Ian se ajoelhou no chão perto de Kay. Ele pegou seu rosto com as duas mãos, levou gentilmente seus lábios aos dela e deu um leve beijo.

– E as portas francesas? – perguntou ela, empurrando-o, olhando preocupada para o terraço.

– Ninguém vai sair nesse tempo, pelo amor de Deus! Há uma tempestade de neve se formando!

Ele não liga, pensou. Ele não liga se alguém nos vir através das janelas. Ou entrar. Mas ela sabia que isso não ia acontecer.

Ele estava certo. Hoje, todo mundo estava preso na neve, a salvo em suas casas. Sua mãe, colina abaixo na Dower House; sua irmã, Fiona, escondida em seu chalé próximo ao lago; John Lanark e sua família, seguros na casa do administrador da propriedade, próximo à Home Farm. Ninguém se aventuraria a sair, a menos que houvesse uma emergência.

Ian havia tirado o cardigã dela, a blusa de seda branca, e estava lutando com os fechos do sutiã. Ela o ajudou a abri-lo, então estendeu as mãos e puxou-o para seus braços. Eles caíram no tapete juntos e ela o beijou intensa e profundamente. Ele respondeu com ardor e então quase imediatamente se sentou, tirou o suéter, arrancou a blusa, depois os jogou impacientemente para um lado.

Kay fez o mesmo e, dentro de poucos segundos, estavam ambos completamente sem roupa no tapete em frente ao fogo. Ian se sentou, olhando para ela. Ela nunca falhava em atiçar seu sangue. Era uma mulher tão bonita, alta, magra, longilínea, e sua pele era branca como marfim. Mas agora, à luz do fogo, ganhava uma luz dourada, e seus cabelos vermelhos eram como um halo brilhante em torno de seu rosto pequeno. Como eram azuis seus olhos, ele fixou-se naquilo.

Ao retribuir o olhar, Kay viu a intensidade em seus luminosos olhos castanhos, reflexos gêmeos dos dela, cheios de desejo crescente. Ela estendeu os braços para ele.

Em resposta, ele se lançou para cima dela. Como eles se encaixavam perfeitamente!, pensou ele.

– Quero você – sussurrou ela contra o pescoço dele, e seus dedos longos e finos se enfiaram nos cabelos dele.

Ele a desejava na mesma intensidade, mas também queria prolongar o ato de fazer amor. Às vezes era rápido demais. Ele era muito rápido. Hoje ele tinha a necessidade maior de satisfazê-la, de dar prazer a ela, antes que tivesse seu próprio prazer.

Então ele a beijou muito suavemente, quase langorosamente, e estremeceu quando sua boca se abriu sob a dele. Ele sentiu sua língua procurando a dele e ficou mais inflamado que nunca.

Quando ele começou a acariciar seus seios, as mãos dela se moveram para suas costas largas e chegaram às nádegas. Passando suavemente a mão por toda a sua perna, ele a deslizou por entre suas coxas; seus suspiros suaves aumentaram quando ele finalmente tocou aquele local úmido, quente e acolhedor. Ela arqueou o corpo e depois caiu, gemendo.

Agora ele mal podia se conter. Abriu suas pernas e entrou nela rapidamente, sem conseguir mais resistir.

Kay começou a se mover freneticamente contra ele, suas mãos agarrando fortemente seus ombros, todo o seu corpo irradiando calor e um desejo que ele nunca antes vira nela. Excitado além do limite, ele sentiu cada fibra de seu corpo explodir enquanto entrava no calor dela, e ela o recebeu com êxtase.

William Andrews, que herdara Lochcraigie com a morte de seu tio solteirão, tinha uma família em crescimento, então era necessário prover uma grande habitação para acomodar a todos. Com esse fim, ele construiu uma nova casa, terminada no final do verão de 1559, e nos últimos 442 anos ela ficara de pé firmemente na pequena elevação acima do lago.

Ao longo de todas essas décadas, o grande quarto de dormir, que tinha vista para a longa faixa de água e as colinas que se elevavam do outro lado, fora chamado de O quarto do Senhor. Na época de William, sempre fora o refúgio privado do chefe da família, do momento em que herdara o título e a propriedade até sua morte.

Como o restante dos aposentos na grande mansão de pedra, o quarto de dormir tinha um toque de grandeza e de dignidade. De proporções espaçosas, tinha oito janelas, uma em cada lado da lareira central e três em cada canto da parede. A lareira por si só era imponente e altiva, com uma grade de ferro enorme para segurar grandes pedaços de lenha e placas de turfa, o tipo de fogo forte necessário no final do inverno escocês. O console de mogno combinava com as ripas escuras que se espalhavam pelo teto e pelo chão altamente polido, de madeira pregada.

A elegância do quarto não era apenas encontrada em suas belas proporções, mas também em seus móveis. Instalada contra a parede principal em frente à lareira ficava a cama de mogno esculpido, dossel com cortinas e colcha de seda rosa.

O mesmo brocado rosa, com um padrão de espinheiras, cobria as paredes e pendia nas cortinas das muitas janelas. Ele estava esmaecido agora, tendo sido escolhido pela tataravó de Ian, a famosa Adelaide, renomada na família pela instalação do conservatório vitoriano.

Embora tivesse bom gosto e um olho bom para decoração, bem como para a moda, Kay não tinha mudado nada no quarto principal. Por uma razão: Ian amava o quarto exatamente como era, e ela também. Então não havia um bom motivo para aborrecê-lo fazendo mudanças numa decoração tão bonita e repleta de tradição e história familiar.

Em particular, ela admirava as belas arcas antigas, a penteadeira, outras peças pequenas do período jacobita e o tapete persa no centro do quarto. Esse era muito velho, seus tons de rosa e azul gastos, mas parecia perfeito contra a madeira escura, e não tinha preço, ela sabia. Um bonito espelho dourado sobre uma das arcas, antigas lâmpadas e vasos de porcelana e um charmoso relógio do velho avô a um canto eram itens do quarto de dormir dos quais Kay gostava tanto quanto Ian.

Poltronas confortáveis estavam arranjadas próximo à lareira, e Kay se enroscava numa delas agora.

Era tarde, já passava muito de meia-noite.

Ian já estava completamente adormecido. Ela podia ouvir o fraco subir e descer de sua respiração profunda; os outros sons no quarto eram o estalar da lenha na lareira e o tique-taque do relógio no canto.

Kay pensava em Ian. Ficara impressionada com a paixão dele essa noite, não apenas no conservatório, depois do chá, quando ele a pegara de surpresa e fizera um amor delicioso com ela no chão, mas também mais tarde, na cama, quando o desejo o havia invadido novamente. Ele fora incapaz de satisfazer-se o suficiente com ela, ou pelo menos parecia assim.

Ela se vira respondendo com doçura, indo ao encontro de suas necessidades sexuais, tão selvagem e necessitada quanto ele.

Crescia em seu coração a esperança de que tivesse concebido.

Kay queria um filho tanto quanto o marido, não que Ian alguma vez tenha feito menção à sua vontade de ter um filho. Mas ela sabia bem lá no fundo o quanto ele ansiava por um herdeiro, um garoto para seguir seus passos como o senhor de Lochcraigie.

O que aconteceria se ela não engravidasse? Nunca? Ele se divorciaria dela e encontraria outra mulher que lhe desse um herdeiro? Ou ele não se importaria e esperaria que sua irmã, Fiona, se casasse e gerasse um menino para herdar o título e os vastos negócios da família? O mais horrível era que ela não tinha ideia do que Ian faria.

Levantando-se, Kay andou até a janela e olhou para fora. Ainda nevava; havia um vento forte que levava os flocos cristalinos dançando por ali, e no solo eles ainda se acumulavam. Havia um cobertor de neve embaixo, e sob a pálida lua essa pura coberta parecia tecida com fios de prata. O vento subitamente sacudiu todas as janelas, mas a casa permaneceu firme e sólida, como sempre fora. William Andrews de Lochcraigie havia construído uma propriedade que desafiara o tempo e os rigorosos invernos escoceses.

Se pelo menos tivesse com quem conversar, pensou Kay, pressionando o rosto contra a fria vidraça. Ela nunca conversara sobre a falta de filhos com Ian por medo de abrir uma caixa de Pandora, nem com sua sogra, pela mesma razão. Se pelo menos mamãe ainda estivesse viva, pensou, e inesperadamente uma explosão de emoção a sacudiu. Sua mãe a fizera ser o que era, e a pusera onde estava, de certa forma, mas sua mãe não estava mais por perto para colher os benefícios ou dividir a alegria. Seu irmão, Sandy, há muito partira, tendo emigrado para a Austrália oito anos antes, e ela nunca mais ouvira falar dele. Uma tristeza.

Não tenho amigos, ao menos não amigos próximos, deu-se conta, e pensou instantaneamente em Alex Gordon. Elas já haviam sido tão próximas, até sua terrível briga. Às vezes, quando não fechava a mente para aqueles tempos maravilhosos na escola de Anya, lembranças de Alex a envolviam, e ela se via sentindo falta da garota americana. Não da italiana, entretanto: Maria era uma chata. E Jessica também havia sido difícil. Além do mais, Jessica fora dura com ela, provocando-a e colocando-a para baixo. A Srta. Jessica Pierce era cruel e vingativa.

Um suspiro longo e murmurante escapou de sua garganta, e ela sentiu uma tristeza envolvê-la. Mas *havia* Anya Sedgwick. Ela sempre fora boa, não apenas como professora e mentora, mas também como uma verdadeira amiga, quase como uma mãe adorável. Talvez ela pudesse ir à festa de Anya, afinal de contas. Se fosse alguns dias antes da festa, poderia se encontrar com Anya em particular, e talvez desabafar com ela. Mas por que esperar até junho?, pensou. E pensou instantaneamente em François Boujon. Uma vez que tivesse marcado uma hora com ele, poderia combinar um encontro para almoçar, tomar chá ou jantar com Anya, que ficaria feliz por vê-la, ela não tinha dúvidas disso.

Subitamente, com valentia, Kay tomou uma decisão. Ela iria à festa de qualquer jeito. Pelo menos por consideração a Anya, como Ian sugerira mais cedo.

Não podia deixar de imaginar como suas antigas três amigas se comportariam com ela. Ela se tornara uma estilista de certo renome, afinal de contas. E embora raramente usasse seu título fora da Escócia, era agora, apesar de tudo, lady Andrews de Lochcraigie.

7
Jessica

Jessica Pierce se sentia furiosa.

Estava de pé na elegante sala de visitas de sua casa em Bel Air, olhando para baixo, para seu namorado, Gary Stennis. Ele estava quase caindo do sofá de veludo creme, esparramado nas almofadas, inteiramente bêbado.

Seus frios olhos cinza, sempre penetrantes e observadores, percorreram o ambiente.

Tudo parecia limpo e arrumado no aposento maravilhosamente decorado. Exceto pela bagunça das coisas que ele havia conseguido acumular sobre a antiga e baixa mesa de café chinesa em frente à lareira. Uma peça que custara a ela o mundo.

A incomum mesa de ébano, ricamente incrustada com flores de laranjeira em madrepérola, estava imunda, com um monte de copos de uísque, uma de suas melhores taças de cristal Baccarat, uma garrafa pela metade de Stolichnaya Cristall e uma garrafa vazia de seu Château Simard Saint-Émilion 1988. Um de meus melhores vinhos tintos, pensou, enquanto seus olhos se fixavam num antigo prato de cristal. Com um momento de irritação, ela viu que aquela valiosa peça assinada de Lalique, presente de um cliente, fora descuidadamente usada como cinzeiro. Estava cheia de guimbas de cigarro. E Deus sabe mais o quê.

Arfando, Jessica pegou-a e cheirou. O inconfundível cheiro de *cannabis* não estava lá. Pelo menos daquela vez ele não estava queimando fumo com os amigos e colegas. Ela a colocou na mesa, aliviada.

Subitamente enrugou as sobrancelhas, e se inclinou para mais perto da mesa de café, olhando para a taça de cristal. Tinha vestígios de batom na borda. Mas obviamente fora uma reunião de negócios, disso ela tinha certeza.

Páginas do novo roteiro dele estavam espalhadas no chão, junto com um talão de cheques amarelo no qual inúmeras folhas haviam sido rabiscadas. Com a letra dele.

Recompondo-se, agora focando toda a sua atenção em Gary, ela o estudou por um momento com olhos imparciais. Os cabelos grisalhos estavam bagunçados, o rosto estava abatido e pálido, com olheiras. Ao dormir, a boca ficara frouxa, parcialmente aberta, o que, em combinação com o pescoço cheio de rugas, fazia com que ele parecesse curiosamente velho e gasto.

Fracassado, pensou ela, e sentiu um tom de tristeza.

Mas não, ele não era aquilo. Pelo menos ainda não.

Gary ainda era um roteirista brilhante, um dos melhores, se não *o* melhor naquele negócio, e seu passado era cheio de momentos de glória. E de Oscars.

Ele havia escrito muitos dos maiores roteiros jamais levados ao celuloide e para algumas das mais talentosas estrelas, homens principalmente. Durante sua carreira tão celebrada ele havia feito, perdido e recuperado muitas fortunas, havia se casado com duas famosas atrizes de cinema, se divorciado delas e tido uma filha com uma que não falava mais com ele.

E agora, aos 51 anos, ele a estava cortejando e implorando que se casasse com ele.

Quando estava sóbrio.

Com muita frequência, ele ficava bêbado. E por causa desse vício, que ele se recusava a admitir que era uma doença, ela sabia lá no fundo que não se casaria jamais com ele. No fundo de sua alma ela sabia que jamais seria capaz de conviver com um alcoólatra a longo prazo, e aquilo era o que ele estava se tornando, se é que já não houvesse se tornado.

Constantemente Jessica implorava a ele que fosse ao A.A., mas ele simplesmente sorria para ela e de alguma maneira conseguia fazê-la acreditar que não precisava dos Alcoólicos Anônimos. Em seus momentos de tranquilidade, quando estava sozinha, ela sabia com absoluta certeza que ele precisava ir. Bem como sabia que devia terminar tudo com ele.

Em duas ocasiões Jessica o havia posto para fora; mas ele conseguira seduzi-la para voltar para sua vida. Bem, ele tinha uma personalidade sedutora, todo mundo sabia disso, e era *o* mestre quando se tratava de palavras. Ele ganhara milhões e milhões com suas palavras, não ganhara?

– Não se esqueça: ele é um escritor, sabe exatamente o que dizer para mexer com você – sua amiga Merle estava sempre dizendo. Sua resposta para Merle nunca variava:

– E *você* não se esqueça de que Jeremy é ator. Ele sabe que papel representar para mexer com *você*. Uma vez ator, sempre ator, Merle.

Merle normalmente ria, e ela também. Elas conheciam seus homens, aquilo era certo. E ambos são errados para nós, pensou Jessica; ela se virou suavemente em seus saltos altos, saiu da sala de estar e fechou a porta silenciosamente atrás de si.

Ainda estava furiosa com Gary por encontrá-lo nesse estado de embriaguez ao voltar para casa, e a melhor coisa era deixá-lo dormir o quanto precisasse.

Jessica estivera em Santa Bárbara por cinco dias, supervisionando uma instalação na nova casa de um cliente, e Gary havia prometido a ela um jantar a dois em casa à noite... não importava a que horas ela chegasse. Um jantar que ele faria. Ele era um grande chef quando queria ser, e um grande amor quando estava totalmente sóbrio.

Sim, ela o amava, com certas qualificações. Apesar de tudo, ele a deixava totalmente louca às vezes. Como agora.

Quando alcançou o hall frontal circular, com seu chão de granito preto opaco e a elegante escadaria em curva, Jessica pegou sua mala e a frasqueira e subiu para seu quarto de vestir, ao lado do quarto de dormir.

Quando entrou no aposento, de formato octogonal, teve um vislumbre de si mesma em um dos quatro espelhos, e, depois de largar a mala e colocar a frasqueira num canto, se virou e se olhou no espelho mais próximo.

Aproximando-se mais, ela moveu seus longos cabelos louros sobre os ombros, depois ajeitou o casaco. O que viu foi uma mulher jovem e alta de 31 anos, que não era feia, muito elegante em calças de gabardine branca e mules de saltos altos, com um círculo de pérolas no pescoço e brincos de pérolas. Mas uma mulher um pouco cansada esta noite, murmurou e depois voltou a descer as escadas.

A bolsa de mão de couro marrom de Jessica estava numa banqueta Luís XIV no hall. Pegando-a enquanto passava pela banqueta, ela se apressou pelo corredor acarpetado na direção de seu escritório. Abrindo a porta, acendeu a luz e se moveu até seu *bureau plat* francês do século XVIII em frente à janela. A primeira coisa que viu, apoiado contra o abajur de porcelana amarela chinesa, foi um envelope FedEx.

JESSICA FICOU SENTADA olhando para o convite por um longo tempo, perdida em seus pensamentos, enquanto se deixava carregar para o passado.

Uma década ficou para trás.

Ela era jovem, apenas 21 anos, e estava começando na Anya Sedgwick Escola de Artes Decorativas, Design e Couture, situada na rue de l'Université, em Paris, aonde fora para estudar design de interiores.

Em suas lembranças ela podia se ver como era então... alta, muito magra, com cabelos lisos louros caindo espetados sobre os ombros e a pele sem uma mancha. Uma garota do interior do Texas em sua primeira visita à Europa. Uma inocente no exterior.

Ficara cativada por Paris, pela escola, por Anya, é claro, e pela pequena pensão familiar na Rive Gauche, onde ela vivia. Fora tudo novo, diferente e estimulante. Também muito excitante e bem longe de San Antonio e de seus pais. Ela sentia muito a falta deles, enquanto tentava aproveitar cada nova experiência na escola e em sua vida diária.

E foi em Paris que ela conheceu Lucien Girard e se apaixonou pela primeira vez. Fora no fim do primeiro ano que ela e Lucien haviam sido apresentados por Larry Sedgwick, sobrinho de Anya. Jessica tinha apenas 22 anos; ele era quatro anos mais velho, um ator profissional. Ela sorriu por dentro agora, pensando na maneira como impiedosamente provocava Merle sobre o fato de viver com um ator.

Lucien e ela haviam sido o par perfeito, completamente compatíveis. Eles gostavam dos mesmos filmes, livros, música e arte, e se davam tão bem que chegava a ser estranho. Dividiam a mesma filosofia de vida, queriam coisas parecidas, e eram ambos ambiciosos.

Jessica acreditava que conhecia bem Paris – até conhecer Lucien; ele rapidamente mostrara a ela que ela mal conhecia a cidade. Ele a levou a locais maravilhosos, fora do comum, bistrôs charmosos, butiques pequenas e exclusivas, galerias de arte, lojas e cantinhos obscuros cheios de paz. Mostrou a ela igrejas interessantes, museus pouco conhecidos, e a levou em viagens à Bretanha, Provence e Côte d'Azur.

O tempo que passaram juntos foi de ouro, cheio de céus azuis e sol, dias tranquilos e noites repletas de paixão.

Ele lhe ensinara tanto... sobre coisas tão diferentes... sexo e amor... os melhores vinhos e comidas, e como saboreá-los...

com ele, comera mexilhões numa sopa deliciosa cheirosa, omeletes tão leves e fofas que eram como ar, queijos suaves e aromáticos do interior e pequenos *fraises du bois*, minúsculos morangos silvestres que tinham um perfume indefinível, suntuosos para comer com um grosso creme azedo.

Com ele, tudo era felicidade.

Ele a chamava de sua beleza americana por muito tempo desejada, a havia amado e adorado profundamente, como ela a ele, e seus dias juntos foram sublimes, de tanto que estavam em sintonia e felizes. Eles fizeram tantos planos...

Mas um dia ele foi embora.

Lucien desaparecera.

Confusa, ela tentou encontrá-lo, juntando-se a seu melhor amigo, Alain Bonnal. Seu apartamento não fora mexido, nada fora removido. Seu agente não tinha ideia de onde ele estava e estava tão desconcertado e preocupado quanto eles. Ele era órfão; não sabiam de ninguém da família que pudessem procurar, ninguém a quem pedir alguma informação. Ela e Alain vasculharam hospitais, o necrotério, colocaram-no na lista de pessoas desaparecidas. Sem resultados. Ele nunca foi encontrado, nem vivo nem morto.

Naquela primavera de 1994, Lucien Girard desaparecera da face da Terra. Ele não devia ter existido nunca. Mas ela sabia muito bem que existira...

Subitamente se levantando, Jessica correu pelo escritório até o grande armário francês no qual guardava amostras de tecidos, abriu a gaveta no fundo e puxou um álbum de fotografias de couro vermelho. Carregando-o de volta para a mesa, ela se sentou, abriu o álbum e começou a virar as páginas. Era uma lembrança plena e completa de seus três anos em Paris estudando design de interiores. Quase todo mundo que ela havia conhecido e gostado estava ali.

Aqui estamos, Lucien e eu, pensou ela, olhando para a fotografia deles na margem do Sena, ao lado da Pont des Arts, a única ponte de ferro de Paris. Ela examinou a foto, imediatamente baqueada pela semelhança que tinham um com o outro; Lucien era alto e magro também, com um rubor saudável e olhos cinza-azulados. O amor da minha vida, pensou ela, e suavemente virou a página.

Ali estavam ela e Alexa, Kay, Maria e Anya, no jardim da casa de Anya. E ali estava uma fotografia engraçada, de Nicky e Larry fazendo palhaçadas com Alexa, e Maria Franconi parecendo desolada atrás.

Jessica experimentou uma inesperada sensação de grande tristeza...

Lucien desaparecera e tudo começara a dar errado depois daquilo. "*Les girls*", como Nicky Sedgwick chamava seu quarteto, haviam brigado e se separado. E tudo fora tão... tão bobo e juvenil.

Jessica fechou o álbum. Se fosse à festa de aniversário de Anya, indubitavelmente encontraria suas antigas amigas. Encolheu os ombros mentalmente... não sabendo como realmente se sentia sobre elas. Sete anos. Tudo acontecera sete anos atrás... um longo tempo, muita água correra sob a ponte depois disso.

E ela poderia realmente encarar o fato de estar em Paris? Ela não sabia. Paris era Lucien.

Lucien não existia mais.

Aquilo tinha de ser verdade, porque ele nunca dera as caras, nunca reaparecera. Ela ainda tinha notícias de Alain Bonnal ocasionalmente, e ele continuava tão confuso quanto ela; eles haviam imaginado cada história que podia ter acontecido e nunca ficaram satisfeitos com nenhuma delas, nunca ficaram certos do que poderia ter acontecido.

Aceite o convite. Vá a Paris, justamente por causa desse inferno, disse a si mesma. Então mudou de ideia imediatamente: *Não, recuse. Você só vai reabrir velhas feridas.*

Jessica fechou os olhos, se reclinando na cadeira... suas lembranças de Paris e Lucien eram maravilhosas... cheias de felicidade e de uma alegria que ela nunca mais experimentara desde os tempos que passara com ele.

Melhor manter as memórias intactas.

Ela mandaria os parabéns.

GARY DISSE DA PORTA do escritório:

– Então finalmente resolveu voltar para casa.

Assustada, Jessica se virou na cadeira e olhou. Ele estava encostado no batente da porta, usando roupas amarrotadas e com uma expressão hostil.

Ele é um bêbado irritado, pensou, mas disse:

– Você parece que levou uma surra.

Ele franziu o cenho; nunca havia gostado de seu humor do sul do Texas.

– Por que voltou tão tarde? – perguntou ele.

– Que diferença isso faz? Você estava caído de bèbado no meu sofá.

Ele deixou escapar um longo suspiro e deslizou para dentro do quarto, para ficar perto de sua cadeira, subitamente sorrindo para ela.

– Tivemos de festejar. Harry e Phil estavam loucos a respeito do primeiro tratamento do roteiro, e, depois de fazer nossas anotações, algumas mudanças, nós ficamos muito certos de que era quase bom o suficiente para ser um roteiro de filmagem. Então... decidimos comemorar...

– Acho que você simplesmente perdeu o controle.

– Não. Foi você que chegou muito tarde.

– Nove horas não é tão tarde assim.

– *Por que* você estava tão atrasada? Mark Sylvester deteve você... de alguma maneira? – Ele ergueu uma sobrancelha negra e olhou para ela furioso.

– Não seja ridículo! E não gosto dessas indiretas. Ele nem mesmo estava lá. Eu me atrasei porque havia muito trânsito na Santa Bárbara Freeway. E como Gina estava?

– Gina? – Gary franziu as sobrancelhas, depois se sentou no sofá.

– Não me diga que Gina não estava aqui hoje à noite, porque eu senti o perfume dela na sala de estar. E ela está sempre em suas reuniões de roteiro, bebe meus melhores vinhos e deixa seu batom nas taças. Harry não começou a usar batom, começou?

– Seu sarcasmo é perda de tempo comigo, Jessica. E eu não consigo entender por que você é sempre tão dura. Gina é minha assistente há anos.

E parceira na cama quando você deseja, pensou ela; depois disse:

– Este não é meu primeiro rodeio... eu percebo as coisas.

Gary pulou e ficou em pé, a cor enchendo seu rosto. Ele parecia apoplético quando falou:

– Posso ver o tipo de pensamento que você está tendo, e não vou ficar ao alcance do seu chicote, moça. Vou para meu canto. Pego minhas coisas amanhã. Eu a vejo por aí, garota.

Jessica não respondeu. Ela apenas o olhou friamente, compreendendo subitamente como estava mesmo cansada de ser usada por ele. E de ele usar mal a casa dela.

Ele saiu batendo os pés e a porta do escritório. Um momento depois ela ouviu a porta da frente bater e o cantar de pneus enquanto ele saía com o carro de seu jardim fronteiro numa velocidade perigosa.

E nesse preciso momento Jessica Pierce se deu conta de que realmente não se importava com o fato de ele ter saído num ataque de fúria... ou que ela o tivesse pressionado num mau momento, e ele quase houvesse sucumbido.

Ela abriu o álbum de couro vermelho e virou as páginas, olhando para as fotografias de seus três anos em Paris, e, com um flash de inesperado discernimento, reconheceu que Gary Stennis significava muito pouco em sua vida. Sim, tinha sentimentos por ele, e no início de seu relacionamento havia acreditado de verdade que eles tinham uma chance de ficar juntos a longo prazo. Mas agora as chances de seguir em frente com aquilo eram remotas. Se fosse honesta consigo mesma, sabia que não o aturaria mais. Não era justo com ele, ou com ela tampouco. Ela devia terminar o relacionamento.

Bem, talvez ela tivesse acabado de fazê-lo. Ele havia saído furioso, e podia nunca mais voltar.

Ela pensou novamente em Lucien, olhando uma fotografia dele entre ela e Alexa, do lado de fora da escola de Anya, na rue de l'Université. Como todos nós parecemos jovens na foto!, pensou ela. Jovens, inocentes, com a vida pela frente... como nós éramos despreocupados do futuro... de nossas vidas! Pensávamos que éramos invulneráveis, imortais.

– Lucien – murmurou ela em voz alta, passando um dedo por sua face. – O que aconteceu a você?

Ela não tinha resposta, como nunca tivera. Seu desaparecimento era um mistério. Um mistério que jamais seria resolvido.

8

Para Jessica, o Pacífico jamais parecera tão bonito.

A profundeza do azul, reluzindo brilhante na luz do entardecer, era ofuscante para os olhos ao se estender até o infinito.

Seu olhar continuou no oceano enquanto ela se voltava para dentro, perdida em seus pensamentos, perguntando a si mesma de que servia toda a sua vida, aonde ela estava querendo chegar e onde terminaria.

Nas últimas 24 horas ela se sentira extremamente deprimida com seu relacionamento com Gary, que agora acreditava estar fadado ao fracasso. O fim estava próximo, disso ela estava certa; só podia esperar que não fosse muito desgastante.

Era a tarde de segunda-feira, e Jessica estava sentada no pequeno e antigo mirante que havia transportado de uma suntuosa casa na Inglaterra. Ele agora ficava na extremidade da propriedade de Mark Sylvester, em Santa Mônica.

Num penhasco de frente para o oceano, o mirante era um ponto cheio de paz, um lugar para reflexão e tranquilidade, como ela sabia que seria. Mark o adorava, como também adorava a nova casa. Jessica tinha certeza de que ele gostaria, mas foi um alívio, apesar de tudo, saber que ele realmente ficara entusiasmado. Ele se mudaria no próximo fim de semana, e hoje ela o levara para ver a casa pela primeira vez desde que os móveis haviam sido instalados.

Tudo está indo bem com a casa; tudo está indo mal em minha vida pessoal, pensou, sua mente se fixando em Gary. Ela ligara para ele no dia anterior, querendo ser conciliatória, consertar as coisas, mas ele não havia atendido. Nem tinha retornado as ligações. Pelo menos não as dela.

Então, que seja assim, pensou subitamente. Devo seguir adiante com minha vida, andar para a frente. Tenho de fazer isso, a fim de me salvar. Instintivamente, Jessica sentiu que Gary Stennis apenas a puxaria para baixo com ele. Ela fez uma pausa em seus pensamentos, franzindo o cenho. Aí estava de novo a ideia assustadora de que Gary estava numa espiral que apontava para baixo.

– Que estranha conclusão – murmurou para si mesma, então se levantou e deixou o mirante.

Lentamente andou pela casa, através dos belos jardins que haviam sido planejados e executados por um dos maiores paisagistas do mundo, vindo da Inglaterra. Eles estavam em perfeita harmonia com a nova casa, construída onde a antiga, uma *hacienda* espanhola, estivera.

Em seu lugar, cintilando à luz do sol, estava uma *villa* paladiana de incomparável simetria e estilo. Construída com pedras brancas, tinha a clássica fachada de igreja com arcos e colunas tornada famosa por Andrea Palladio, o arquiteto renascentista.

Jessica parou por um momento, ficou olhando para a nova *villa* e se deu conta mais uma vez de quanto aquilo a fazia se lembrar das grandes casas nas plantações do Sul. Mas, como ela bem sabia, essas também haviam sido adaptações de Palladio, bem como muitas daquelas adoráveis mansões georgianas da Irlanda.

Jessica havia contratado um arquiteto conhecido por sua experiência em arquitetura paladiana para projetar a casa, e havia trabalhado bem próxima a ele para alcançar o que ela sabia que Mark queria e de que ele gostava. Dentro, o hall central era o ponto de convergência, com todos os aposentos agrupados em torno dele com total simetria, seguindo a regra básica de Palladio.

Assim que a casa ficara pronta, Jessica decorara o interior com seu inimitável e distinto estilo, usando muitas cores em tons pastéis, creme e branco na maior parte. Sua assinatura, bem conhecida, era um aposento baseado num esquema monocromático, os móveis finos antigos e as obras de arte que o dinheiro podia comprar combinados com tecidos luxuosos, carpetes e objetos de arte elegantes. Já que Mark tinha dado a ela carta branca e um orçamento ilimitado, ela fora capaz de criar uma casa de extraordinária beleza e estilo, mas totalmente desprovida de pretensão ou exagero.

Andando ao longo do terraço, Jessica abriu as portas francesas que levavam à biblioteca e deu de cara com Mark.

– Onde você estava? – perguntou ele, olhando para ela com curiosidade.

– Você ficou tão envolvido com seu telefonema de negócios que pensei que seria melhor deixá-lo em paz. Saí para andar um pouco.

– Eu não precisava de privacidade, você podia ter ficado – disse ele, e sentou-se no sofá.

Ela se sentou no sofá oposto e disse:

– Estou feliz por ter colocado o mirante lá fora, no penhasco... desfrutei bons momentos de perfeita quietude, só passando o tempo, olhando para o mar.

– É um grande local... – Sua voz tremeu e ele olhou para ela por um instante, antes de dizer: – Você parece terrivelmente preocupada a manhã inteira, Jessica. Quer falar sobre isso?

– Não sei – murmurou ela.

– Ele tem sido difícil com você tantas vezes, e ele... – Mark se interrompeu e olhou para ela, subitamente parecendo desgostoso.

Ela o encarou, seus olhos cheios de surpresa.

– Desculpe, Jessica, eu não devia ter dito isso. Não é da minha conta. Passei dos limites.

– Não, não, tudo bem – disse ela suavemente, dando a ele um pequeno sorriso. – Eu estava encarando você só porque pensei a mesma coisa ontem. Gary e eu estamos brigados, e não tenho certeza se a situação vai mudar.

– É aquela história, "pau que nasce torto"... – disse Mark, sacudindo a cabeça. – Ele está bebendo de novo?

– Não, de jeito nenhum, não é isso. – Jessica foi rápida. – Brigamos por causa de outras coisas. Para dizer a verdade, é parcialmente culpa minha. Eu tenho estado tão envolvida com o trabalho nos últimos seis meses que acho que o negligenciei um pouco. E também acho que simplesmente nos afastamos.

– Isso pode acontecer quando há duas carreiras se desenvolvendo. Separações, preocupações. – Ele se levantou e andou até o bar embutido num dos cantos da biblioteca. – Quer beber alguma coisa? Uma Coca? Água?

– Um suco de amora, por favor, Mark. – Ela riu. – Sei que há uma garrafa aí, eu a coloquei na geladeira sábado de manhã.

Ele assentiu e se levantou para servir os drinques, imaginando por que Jessica se envolvera com Gary Stennis. Ela merecia muito mais. Ele era um sujeito legal, ainda tinha boa aparência, mas parecia acabado. Em parte por causa das bebedeiras e da vida desregrada ao longo dos anos De certa forma, Gary estava chegando ao limite agora, um cara que tinha sido tão bom nos negócios.

É uma cidade cruel demais essa em que vivemos, pensou ele, servindo o suco de amora numa taça. Ele sabia muito bem o que a indústria pensava de Stennis: que ele faria apenas mais uns dois bons roteiros, e era tudo. Ele tinha sido o maior, na opinião de Mark. Mas a bebida e as mulheres haviam cobrado um preço alto, fazendo-o sofrer e derrubando-o às vezes. A vida podia ser bem dura em Hollywood, no rápido caminho da fama e da fortuna, dos louvores e do álcool.

Ele sorriu consigo mesmo. Você tem de ter força, força de vontade e a rudeza de um Gêngis Khan para sobreviver aqui.

Enquanto andava pelo aposento, não podia deixar de pensar em como Jessica era bonita. Ela parecia particularmente maravilhosa hoje. Usava um terno azul-lavanda com uma camisa curta e sapatos de saltos altíssimos; ele sempre admirara suas pernas longas e sedosas. Era um pouco magra demais para o gosto dele, mas estonteante de qualquer forma, com um tom de pele lindo.

– Obrigada, Mark – disse ela quando ele colocou o suco na frente dela, em uma mesa de café com tampo de vidro.

Os pensamentos dele permaneceram nela enquanto voltou para o bar para pegar seu *ginger ale*. Jessica Pierce era uma das melhores pessoas que ele conhecia. Havia uma doçura e bondade em sua natureza que eram muito recomendáveis e que ele admirava.

Ele *sabia* que ela tinha consciência de que Gary estava bebendo muito, e que ela havia evitado concordar com ele, admitir isso, a fim de proteger Gary aos olhos dele. Garota leal e honrada. Boa demais para Stennis, na verdade.

Quando ele voltou e se sentou em frente a ela, levantou o copo.

– Saúde, Jessica! E obrigado por tornar este local tão bonito. Você é simplesmente... milagrosa.

Ela sorriu para ele, seus olhos subitamente cintilantes de prazer.

– Obrigada, Mark, fico feliz que você tenha gostado de sua nova casa. Saúde! – Houve um momento de pausa. – E obrigada por confiar em mim, dando-me carta branca para fazer o que eu quisesse.

– Tenho um grande respeito por você, sabe? Respeito por seu conhecimento, seu gosto, sua contenção, seu talento, seu estilo. Você é simplesmente a... a... você é tudo, Jess.

Ela riu da frase dele, tomou um gole do suco e estudou-o por um instante. Ela se pegou pensando pela milésima vez por que Kelly O'Keefe havia se separado dele, pedindo o divórcio no ano anterior. Ele era um homem tão bacana – pelo menos com ela –, leal, sábio, era um prazer trabalhar com ele, e, além do mais, tinha boa reputação em Hollywood. Mas ela sabia que ele era um homem de negócios duro, motivo pelo qual era um produtor de sucesso. Pessoas frágeis não dão certo na indústria do cinema. Pelo menos não a longo prazo.

Jessica sabia que Mark Sylvester tinha 45 anos, mas não parecia. De fato, ele parecia bem mais jovem, um homem com trinta e poucos. Era magro, bronzeado, de aparência um tanto atlética, com o rosto bonito e anguloso e olhos castanhos atentos e muito astutos. Olhos doces que podiam ficar tão duros quanto pedras negras se ele ficasse irritado. Ela havia visto aquele olhar dirigido a um de seus associados duas vezes, e tinha ficado feliz por não ser ela quem o estava recebendo.

– Você está me encarando, Jessica.

Sorrindo, ela admitiu:

– Para ser honesta, Mark, eu estava pensando em você e em Kelly, e no divórcio de vocês, e me perguntava por que cargas-d'água ela se separou de você.

Ele lançou para ela um olhar rápido e especulativo, e replicou:

– Eu deixo essa ideia se espalhar pela cidade. Mas, na verdade, Jessica, fui eu que pedi o divórcio.

– Oh! Eu não sabia.

– Ninguém sabia. Ninguém sabe. Todos acham que ela é que quis.

– Sei.

Mark se recostou no sofá e olhou para fora, ao longe, por um instante, e uma expressão reflexiva entrou em seus olhos escuros. Como se chegasse a uma súbita decisão, ele se sentou ereto e disse:

– Eu nunca realmente expliquei esse divórcio. Para ninguém, Jessica. Entretanto, acredito em você de uma maneira que não consigo explicar muito. Então, aí vai. Tive um problema com Kelly. Ela bebia muito, e isso era difícil para mim. De fato, ela estava a caminho de se tornar uma alcoólatra.

Jessica ficou tão surpresa ao ouvir isso que exclamou:

– Mas eu nunca teria imaginado! Ela era sempre tão... *adequada*.

– Credite isso ao fato de ela ser atriz. Ela era muito boa em esconder as coisas.

– Mas vocês eram... o casal *perfeito*.

– Quer apostar? – perguntou ele, sacudindo a cabeça. – De qualquer forma, eu a deixei da maneira mais suave possível. Foi tudo relativamente amigável. Ela ganhou um bom dinheiro e foi para Nova York. Acho que está tentando voltar a trabalhar lá.

– Ela ainda está bebendo?

– Parou um pouco. Acho que o fim do nosso casamento e o divórcio realmente... a deixaram mais sóbria. Se você perdoar o trocadilho. – Ele sorriu amargamente. – Ela parece estar fazendo um grande esforço e eu realmente espero que continue assim. – Ele se reclinou de volta em seu assento, cruzou as longas pernas. – Nesse meio-tempo, eu tenho que seguir com minha própria vida... e o que você vai fazer, Jessica?

– Tenho umas duas casas para reformar em Beverly Hills e...

– Quero dizer, o que você vai fazer com sua vida... *e* Gary Stennis?

Deixando escapar um longo suspiro, ela desmoronou no sofá.

– Não sei. Bem, isso não é verdade, sei o que eu *devia* fazer, e é terminar o relacionamento. Terminar de verdade, Mark, é só uma questão de conseguir sair fora.

– Conheço Gary há anos; ele escreveu muitos filmes para mim no passado. Ele é um grande cara, não me entenda mal, mas sempre foi um tanto autodestrutivo.

– Você acha? – Ela lançou um olhar firme a ele.

– Claro. E ele é. Escute: não há maneira de você sair facilmente dessa situação. Você tem de pular fora. Simplesmente. Respire fundo e pule.

– Acho que você está certo. Ficar pisando em ovos por aí não resolve as coisas e pode ser mais doloroso a longo prazo.

– É melhor você acreditar nisso, Jess.

Ela assentiu e então, mudando de assunto, perguntou:

– E o que você vai fazer agora que está com o novo filme pronto?

– Há uma peça que quero comprar. Está sendo ensaiada, prestes a entrar em cartaz em Nova York. Acho que será um grande sucesso na Broadway. É dramática e daria um bom filme, meu tipo de filme. Infelizmente o dramaturgo não deixa seu agente negociar comigo. Ele quer fazer isso pessoalmente. Então vou vê-lo daqui a duas semanas. Depois vou para Paris a trabalho para o cinema. Devo filmar lá ainda este ano.

– Acabo de receber um convite para ir a uma festa em Paris.

Os olhos dele se iluminaram e ele exclamou:

– Vai estar lá na mesma época?

– Não sei. Acho que não. A festa é no dia 2 de junho. É de minha antiga professora, que vai fazer 85 anos.

– Parece bom. Mas, que pena, provavelmente eu já terei partido nessa época. Adoraria levar você para sair uma noite. Nós poderíamos pintar a cidade de cor-de-rosa, ou de vermelho brilhante.

Ela deu um meio sorriso, depois virou a cabeça, olhando para uma pintura.

Observando-a intencionalmente, ele disse:

– Você está com aquele olhar triste no seu rosto de novo.

– Receber esse convite me fez voltar no tempo... há sete anos, na verdade. E abriu uma série de velhas... *feridas*, acho que posso chamar assim. Eu nunca mais fui a mesma depois daquilo.

– Trouxe de volta lembranças?

– Sim. – Inesperadamente lágrimas encheram seus olhos.

Mark se inclinou para a frente.

– Ei, coração, o que é? Lágrimas? Tem de ser um homem. – Uma sobrancelha negra se levantou inquisidoramente.

Jessica só conseguiu assentir.

– Um antigo amor... um romance terminado... está com saudades dele? Você quer falar sobre isso? Sou um bom ouvinte.

Suspirando, ela disse baixinho:

– Sim, um amor antigo, um amor maravilhoso. Nós fizemos tantos planos. Na verdade, planejamos um futuro juntos, e aí tudo acabou.

– Pelo tom de sua voz, ele terminou com você.

– Não, ele não terminou comigo. Ele desapareceu.

– Como assim?

– Um dia ele desapareceu. Foi simplesmente como se ele tivesse dobrado o fim do mundo sem deixar rastros. Eu nunca mais o vi.

– Me conte essa história, Jessica.

E ela o fez. Falando suave e cuidadosamente, contou a Mark tudo o que havia para contar sobre Lucien Girard – seu primeiro encontro, seu relacionamento e como ela e Alain Bonnal haviam tentado muito encontrá-lo, depois de seu desaparecimento.

Quando ela terminou, Mark disse num tom pensativo:

– Nós temos três escolhas aqui: ele pode ter sido morto, e seu corpo, muito bem-enterrado; estar vivo e andando por aí, com amnésia, ou ele escolheu desaparecer de propósito.

– Mas por que faria isso? – exclamou Jessica, sua voz se erguendo. Ela parecia espantada.

– As pessoas que desaparecem têm suas próprias razões para isso. E normalmente é difícil encontrá-las, porque elas pensaram em tudo muito cuidadosamente. Elas só são encontradas quando querem.

– Alguém que desaparece obviamente o faz porque quer começar uma nova vida – começou ela, e parou. Recostando-se nas antigas almofadas Aubusson no sofá de tecido azul, ela ficou pensando por alguns segundos. Então, olhando para Mark, arriscou:

– Alain e eu imaginamos se ele havia sido agredido ou morto e seu corpo levado para o oceano. Ambos aceitamos na época que seria relativamente fácil se livrar de um corpo. Como você, também pensamos que ele podia ter perdido a memória.

– Há pessoas que recobram a memória. – Ele esfregou o queixo com uma das mãos e prosseguiu: – *Na noite do passado*. Perda de memória sempre me traz esse filme à cabeça. Greer Garson, Ronald Colman. Um bom filme, um clássico agora, e um de meus favoritos, tanto quanto podem ser os filmes antigos. *Muito* sentimental, de qualquer forma.

– Eu nunca o vi.

– Você é muito jovem.

– Não, não sou. Você não é tão mais velho que eu, Mark.

Ele sorriu.

– Catorze anos. De qualquer forma, esse filme passa na sessão da madrugada, ligue a TV à noite.

– Vou fazer isso.

– Sempre penso em termos de filmes, sabe – disse ele. – É só um pequeno costume que tenho. Mas, voltando a seu amigo Lucien... por favor, me conte novamente, Jess. Quero dizer, a parte sobre ele dizer que teria de sair por alguns dias.

– Nós estávamos jantando; foi a última vez que o vi, na verdade. Durante o jantar, ele disse que estaria fora da cidade por alguns dias, que iria a Monte Carlo gravar um comercial. Achei que era ótimo e disse isso a ele. Fizemos planos para a semana seguinte. Ah, e ele me disse que iria para Monte Carlo no dia seguinte.

– Ele ligou para você de lá?

Jessica sacudiu a cabeça.

– Não. Eu não esperava que ele ligasse, já que eu sabia que estaria extremamente ocupado. Mas depois de uma semana de silêncio eu comecei a ficar ansiosa. Telefonei para seu apartamento e não houve resposta. Depois falei com seu amigo Alain Bonnal, que também ficou perturbado porque Lucien não havia aparecido para um almoço que haviam marcado. Fomos ao prédio de Lucien e falamos com o porteiro. Ele nos disse que Lucien ainda estava fora. E mencionou que o vira sair, que falara com ele quando ele saiu com sua mala.

– E ninguém nunca mais ouviu falar dele? – perguntou Mark suavemente.

– Não. Na verdade, Alain e eu fomos ver o agente dele, e ele ficou tão confuso quanto nós.

– É tudo muito estranho. E a polícia nunca apareceu com nada? Nunca tiveram nenhuma informação para você?

– Não. Nem os hospitais ou o necrotério. Alain continuou a checar as coisas com eles durante um longo tempo, mesmo depois que eu deixei Paris e voltei para a América. Mas nunca houve nada.

– Como isso deve ter sido penoso para você! Não é de estranhar que você seja tão distraída. – Ele sacudiu a cabeça, parecendo perplexo. – Odeio esse tipo de situação, que não tem uma explicação satisfatória.

Jessica não disse nada, mas o olhar que dirigiu a ele era cheio de gratidão.

Mark se recostou nas almofadas. Passado um segundo, perguntou num tom cauteloso:

– Há alguma razão que você possa pensar, *qualquer* razão, que pudesse levar Lucien a querer engendrar o próprio desaparecimento?

– Nenhuma, Mark. Eu procurei lembrar sobre o que aconteceu com ele há anos, mas o pensamento de que ele tenha forjado seu próprio desaparecimento jamais passou por minha cabeça. Ele não era esse tipo de homem; tinha um verdadeiro senso de honra. Lucien tinha mais integridade que qualquer pessoa que eu conhecia. Ou conheço.

– Acredito em seu julgamento. Obviamente você o conhecia bem o suficiente para saber o que ele era capaz ou não de fazer. – Houve uma breve pausa antes que ele perguntasse: – Você jamais voltou a Paris desde então?

Jessica sacudiu a cabeça.

– E nem tenho certeza de que irei à festa.

– Ah, mas você deve ir! – exclamou ele. – Para brindar à sua antiga professora, desejar-lhe felicidades... fazer 85 anos é um marco e tanto na vida de alguém.

– Sei que é, mas não guardo recordações felizes de Paris, Mark, como você pode imaginar. Para mim, Paris é Lucien... não acho que eu pudesse suportar sentir a dor de perdê-lo, experimentar o sofrimento todo de novo. Tenho certeza de que não gostaria da viagem de jeito nenhum.

– Entendo o que você está dizendo, mas todos temos de conviver com o sofrimento, de um tipo ou de outro. A vida é dura, Jess, e sempre foi. Ninguém jamais disse que este mundo era um lugar fácil de se viver, é um lugar arriscado e cheio de perigos. As pessoas sofrem coisas tão terríveis. Na verdade, você ficaria surpresa com o tipo de coisa que uma pessoa pode suportar. Os seres humanos são tremendamente resistentes, sabe? O segredo é ser forte, continuar lutando.

– Mas eu não sei. Se vou, quero dizer.

– Tive uma ideia – disse ele. – Você gostaria que eu fosse com você em junho? Para lhe dar apoio?

Ela ficou tão surpresa com essa oferta que ficou olhando boquiaberta para ele, sem palavras. Finalmente, replicou:

– Você iria para me dar coragem?

– Se você quiser definir as coisas assim.

Jessica ficou verdadeiramente emocionada por tanta generosidade de espírito da parte de Mark, e se sentiu tranquila. Eles eram realmente bons amigos; ela já projetara muitas de suas casas e escritórios, e eles haviam se tornado muito camaradas. Que ele fosse querer ajudá-la a tornar sua visita a Paris mais fácil, se ela realmente fosse, era algo que a fazia ficar sem ar.

– Obrigada por ter um gesto tão adorável e generoso... estou muito agradecida, Mark, de verdade. – Um suspiro escapou dela. – Realmente adoro Anya Sedgwick, e ela foi uma influência extraordinária em minha vida... mas... ah, eu não sei... – Ela sacudiu a cabeça muitas vezes e lançou a ele um olhar perdido.

– Às vezes ter outra pessoa com você torna uma viagem dura muito mais fácil. E, como eu disse, devo estar em Paris na época, de qualquer forma, pois espero filmar parte de meu próximo filme lá.

– Como você já disse – respondeu ela. – Mas eu ainda não tomei uma decisão sobre ir à festa de Anya. Só encontrei o convite esperando por mim quando cheguei no sábado à noite. Mas o que quer que eu decida, você será o primeiro a saber.

Mike deu-lhe um sorriso caloroso; ele estava cheio de afeição por ela. Mas ele realmente se perguntava por que havia subitamente se insinuado na vida dela. Ele se surpreendera tanto quanto ela, e estava confuso com seus atos.

Jessica também ficara confusa com a atitude. Além disso, não sabia se teria ou não estômago para ir a Paris e confrontar o passado. Ela simplesmente não sabia.

9
Maria

Sua vida havia mudado. Milagrosamente. Da noite para o dia. Ela mal podia acreditar que aquilo tivesse acontecido.

Durante os últimos dias ela sentia como se estivesse andando no ar. Seu comportamento era mais positivo do que havia sido por um longo tempo. Estava entusiasmada e cheia de expectativas, como não se sentia há anos. De certa forma, era como se ela tivesse subitamente renascido.

A mudança começara na última sexta-feira, quando voltara ao escritório depois do almoço. Em sua mesa havia uma entrega da FedEx, vinda de Paris. Momentaneamente desconcertada, incapaz de ler adequadamente o nome do remetente e o endereço, ela havia puxado o pequeno adesivo nas costas do envelope e retirado dele outro envelope, branco.

O modo como seu nome estava escrito, a caligrafia primorosa, logo deu a entender que aquilo era um convite. Ela não podia imaginar para que evento seria, e, quando removera o cartão do envelope branco, ficara emocionada enquanto rapidamente o esquadrinhava, lendo cada palavra.

Seu coração apertara e sentira um rasgo de genuína felicidade correndo por ela... como era maravilhoso ser convidada para essa ocasião tão especial para Anya; que honra ser uma convidada nas festividades dela.

Anya Sedgwick era uma pessoa única na vida de Maria e também sua professora favorita, e tinha feito mais por ela que qualquer outra pessoa. Exceto Fabrizio. E Ricardo, claro.

Fora Anya quem a havia tomado sob suas asas quando ela começara na escola, quem havia encorajado sua criatividade, levando-a a conhecer novas áreas do design e abrindo as portas do mundo das artes, da música e da cultura em geral. Anya fora como uma mãe para ela às vezes, bem como sua heroína e uma amiga de verdade.

Quando começara a frequentar a Anya Sedgwick Escola de Artes Decorativas, Design e Couture, Maria fizera muitos outros amigos também – além das três que acabaram se tornando suas amigas mais próximas, até a briga.

Em sua opinião, não fora nada de maiores consequências. A separação dos caminhos não deveria jamais ter acontecido... elas tiveram desavenças umas com as outras num momento, e parecera não haver alternativa a não ser seguirem caminhos separados. Ela ficara aborrecida depois do fim da amizade e perturbada, sentindo um pouco de dificuldade sem as garotas em sua vida.

Certamente elas compareceriam à festa de aniversário de 85 anos de Anya. Como ousariam perder aquilo?

Ela queria que estivessem lá. Mal podia esperar para vê-las novamente, querendo elas vê-la ou não. Estava mais que curiosa por elas e por suas vidas. Não tendo tido notícias de nenhuma delas nos últimos sete anos, não podia deixar de imaginar se estavam casadas, divorciadas, se tinham filhos ou não. E ela estava igualmente interessada em saber se elas haviam seguido as carreiras que escolheram, se haviam sido bem-sucedidas.

Sete anos depois, não poderia mais haver animosidade, poderia? *Talvez.* Maria deu de ombros. Ninguém nunca sabe sobre as pessoas; elas podiam ser muito estranhas, como já sabia bem demais, e para seu amargo desapontamento.

Maria Pia Francesca Theresa Franconi, chamada simplesmente de Maria por sua família e seus amigos, tinha toda a intenção de ir a Paris celebrar com Anya. De fato, ela não pensou duas vezes sobre aquilo.

Sua reação ao convite havia sido positiva, e ela já enviara o cartão de confirmação, dizendo que estaria lá.

O convite para a festa e a perspectiva da viagem eram as razões por que sua depressão havia ido embora: ela estava tão flutuante e entusiasmada que mal podia se conter. Para ela, o convite era de alguma forma como a mesada que recebia toda semana quando criança. Sua avó Franconi lhe dava a quantia toda quinta-feira, mas ela não conseguia gastá-la até o fim de semana, quando sua mãe a levava a Milão. E então o dinheiro ficava queimando em seu bolso até o momento de usá-lo.

E estava encarando aquele convite da mesma maneira como olhava para suas liras quando criança, contando o dinheiro muitas e muitas vezes, e então colocando sua pequena carteira num local bastante seguro. E ela mal era capaz de esperar até chegar o sábado para sua viagem às lojas.

Além de querer muito comparecer à festa de Anya, Paris era o lugar favorito de Maria. E também a ideia de uma escapada era muito sedutora para ela... escapar de sua família dominadora, de um trabalho que a entediava, uma empresa familiar na qual ela não tinha o menor interesse e uma vida pessoal que era maçante e sem acontecimentos especiais.

Ela *ia* a Paris e tinha toda a intenção de passar bons momentos lá.

Não seria apenas uma visita de fim de semana para comparecer à comemoração. Ela planejava tirar suas férias em junho e ficaria em Paris por uma semana. Talvez até duas. Ou até mesmo três.

Três semanas em Paris. Esse mero pensamento tirou sua respiração. Que ideia maravilhosa!

Agora, nessa noite de quinta-feira, quase uma semana desde que havia recebido o envelope da FedEx, Maria ainda estava empolgada, como se tivesse inalado algum tipo de gás de alta octanagem. Ela não podia esperar para contar a Fabrizio sobre a festa e a viagem que estava planejando. Seu irmão estava vindo para o jantar; ele normalmente fazia isso às quintas-feiras, quando estava em Milão.

Fabrizio estivera fora nas duas últimas semanas, visitando alguns de seus clientes em Viena, Munique e Londres. Ele era o chefe de vendas em sua empresa, a Franconi e Filhos, fabricantes de têxteis por excelência desde 1870.

Com alegria e rapidez, Maria se moveu pela cozinha de aço inoxidável e vidro em seu moderno apartamento, checando a massa fresca que havia acabado de fazer com as próprias mãos, mexendo o molho à bolonhesa que colocara numa panela de vidro alguns minutos antes. Indo até a geladeira, pegou a *mozarela* e os tomates, começando a fatiá-los. Depois, arranjou-os em dois pratos e adicionou folhas de manjericão. Mais tarde derramaria azeite por cima.

Enquanto cozinhava, Maria olhava pela janela, pensando em como o céu estava belo. Negro, salpicado de estrelas cristalinas e um círculo perfeito de lua, sem nuvens naquela noite.

Ela podia ver pelo delicado bordado da geada na vidraça que havia ficado gelado do lado de fora. Mas normalmente era frio em Milão em fevereiro mesmo.

Maria estava feliz por Fabrizio estar vindo jantar. Ela sentira sua falta enquanto ele estivera fora. Ele não era apenas seu favorito na família, mas também seu aliado nos negócios. Não que ela realmente precisasse de um hoje em dia, já que tinha agora 29 anos e era capaz de se sustentar sozinha. Entretanto, ele ficava ao seu lado sempre que tinha uma opinião indigesta, e concordava com a maior parte dos pontos que ela expunha nas reuniões. Seu avô normalmente não fazia isso.

Frequentemente seu pai a apoiava, pois ele também via necessidade de modernização em vários de seus ramos. Isso era algo pelo qual Maria lutava continuamente, mas ela nem sempre era bem-sucedida, o que a deixava muito irritada.

Nos anos que se passaram desde que ela se graduara na escola de Anya em Paris, ela se tornara uma das top designers na Franconi, e Fabrizio, em particular, estava sempre aplaudindo seu talento, cantando louvores a seus tecidos.

No fundo, ela realmente não gostava mais de seu trabalho, sentindo às vezes que estava presa à rotina. E aquela sua frustração sempre tiraria o melhor dela.

Pensando subitamente nisso, ela suspirou profundamente e logo enterrou esses sentimentos negativos, preferindo se concentrar em seu irmão. Sua chegada era iminente. Isso imediatamente a animou. Fabrizio gostava de sua comida e eles normalmente passavam bons momentos juntos, não importando o que fizessem.

Como a irmã, Fabrizio, que tinha 31 anos, era solteiro; como a irmã, ele também era continuamente importunado pela mãe... casamento sendo a razão da incessante chatice. Sua mãe e suas avós Franconi e Rudolfo não podiam esperar para segurar *bambini* em seus colos, e por isso ficavam vociferando a respeito. De fato, nenhuma das velhas mulheres da família deixava os dois esquecerem que não estavam cumprindo suas obrigações.

Seu irmão mais velho, Sergio, que faria 34 anos na semana seguinte, se casara e se divorciara, sem filhos. Obviamente ele estava além do limite no que dizia respeito às avós; muito por causa de sua história marital, o gosto pela conduta leviana e pelas mulheres exuberantes.

Sergio era o herdeiro evidente. Mas Maria sabia que Fabrizio era o verdadeiro favorito na família. E ela entendia profundamente o porquê. Ele era o mais bonito. Alto, de olhos azuis e louro, era um verdadeiro Franconi na aparência, enquanto ela e Sergio eram morenos e haviam puxado os Rudolfo. Além do mais, Fabrizio era o mais inteligente, o mais brilhante e trabalhava duro. Sem mesmo tentar, fazia todo mundo gostar dele. Até estranhos rapidamente caíam em sua lábia.

Sem manchas em seu currículo, pensou, sorrindo interiormente. Fabrizio era o astro, e ela não se ressentia disso. Amava e admirava o irmão mais que qualquer pessoa no mundo. E acreditava nele de olhos fechados. Ele tinha duas características em que ela depositava grande confiança: honra e integridade.

Dez minutos depois, Fabrizio estava recostado contra o batente da porta de sua cozinha, observando-a enquanto ela terminava de cozinhar, sorvendo uma taça de vinho tinto, parecendo despreocupado.

Ele estava contando a ela sobre sua viagem, e ela se virou e sorriu, ardendo por dentro quando ele disse que o trabalho dela, de renovação e atualização na famosa Coleção Renascença, estava fazendo grande diferença na empresa.

– A renovação dos pedidos é enorme, Maria – explicou ele. – Então eu a saúdo, pequena, por desenhar uma coleção que foi um sucesso tão extraordinário. – Ele levantou a taça.

Pegando sua própria taça de vinho tinto, ela a tocou na dele.

– Obrigada, Fab. E vovô não vai ficar surpreso? Ele era tão contrário às minhas ideias. – Ela sorriu deliciada. – Não posso esperar para ver o rosto dele quando você lhe contar.

– Nem eu. Não apenas isso: os compradores estavam realmente cantando louvores a você. Eles gostam do que você fez com alguns dos outros velhos estilos também. Eu disse a eles que mostraria uma nova coleção inteira na próxima estação. Uma que não tem como base nenhum dos padrões da companhia.

– Você disse isso? – Ela o encarou, seus olhos escuros fixos nos dele.

– Disse. E também estou querendo que você, Maria, produza uma coleção que leve *apenas* a sua assinatura.

– Isso é um desafio e tanto! Vou tentar. – Ela fez uma pausa. – Fabrizio...?

– Sim? – Ele olhou para ela em alerta, detectando um novo tom em sua voz. – Você parece entusiasmada.

– Estou. Recebi um convite na semana passada para ir à festa de aniversário de 85 anos de Anya, em Paris.

Fabrizio enrijeceu suavemente, embora ele se esforçasse para disfarçar isso, e seu rosto não mudou quando ele perguntou, o mais casualmente possível:

– E quando é essa festa?

– No início de junho.

– Sei... – Ele deixou a voz tremer num tom neutro, querendo ouvir o que mais Maria tinha a dizer.

– Eu vou, é claro. Não perderia isso por nada no mundo. Já mandei o cartão de confirmação, aceitando, e estou planejando ficar duas ou três semanas por lá.

Seu irmão franziu o cenho.

– Duas ou três semanas! – exclamou, e olhou para ela descrente. – Para quê? – Esse anúncio o *havia* surpreendido.

– Porque eu amo Paris e quero passar minhas férias de verão lá.

– Mas nós sempre vamos para a casa em Capri no verão.

– Não este ano... pelo menos eu não vou.

– *Eles* não vão gostar.

– Não ligo. Tenho 29, quase 30 anos, e acho que posso passar umas férias sozinha, para variar. Você não acha?

– Mas é claro, você é adulta. – Ele sorriu para ela gentilmente, decidido a não dizer mais nada, e tomou o resto de seu vinho sem mais comentários.

Mais tarde, depois do jantar, ele teria de lhe dizer que ela não poderia ir a Paris. Temeu aquela ideia.

10

Maria observou seu irmão sub-repticiamente, satisfeita por ele estar saboreando seu prato, obviamente apreciando o jantar que ela havia preparado tão cuidadosamente para ele.

Depois de comer um pouco do espaguete à bolonhesa, uma de suas especialidades, ela colocou o garfo no prato e pegou a taça de vinho tinto. Tomou vários goles e disse:

– Estou me sentindo tão melhor, Fabrizio, tão menos deprimida. Sei que foi esse convite para a festa que me animou.

Levantando a cabeça, ele olhou para ela com atenção, engolindo sua consternação.

– Fico feliz que esteja melhor. Mas talvez essa mudança se deva realmente à maneira como papai vem apoiando você e suas ideias nos últimos tempos.

– Não tem nada a ver com trabalho. Nada mesmo!

– Tudo bem, tudo bem, não precisa se exaltar.

– Não estou me exaltando. Estou simplesmente dizendo a você como as coisas são. E eu sei o que me faz feliz. O pensamento de ir a Paris foi... muito liberador nesses últimos dias.

Essa era a última coisa que Fabrizio Franconi desejava ouvir, e ele deu mais algumas garfadas na massa antes de afastar o prato.

– Estava delicioso, Maria, e, obrigado, você é a melhor cozinheira que conheço.

– Seria melhor não deixar nenhuma de nossas avós ouvir você dizer isso – disse ela, sorrindo para ele. Então, levantando-se, levou os pratos para a cozinha.

– Posso ajudá-la? – perguntou seu irmão, atrás dela.

– Não, não, está tudo sob controle. – Maria retornou alguns segundos depois, carregando um prato de biscoitos ainda quentes. – Não fiz sobremesa, porque você nunca come. Mas fiz café. Quer um pouco?

Ele sacudiu a cabeça.

– Não, obrigado. Vou saborear meu vinho.

– Como estava Londres? – perguntou ela, sentando-se em frente a ele.

– Fria e úmida. Mas foi bom voltar, mesmo por alguns dias. Você sabe, eu realmente tenho boas lembranças de meus dias de escola lá. Eu gostei daquele período da minha vida, minha época em Harrow. Você não gostou do tempo em que estudou na Inglaterra?

– Sim, acho que sim. Mas, para ser honesta, gostei muito mais do tempo que passei na escola de Anya, em Paris. – Seu rosto mudou, tornou-se animado enquanto ela acrescentava: – Por sinal, a festa de aniversário dela é black tie. Vou ter de comprar um novo vestido de noite e não posso esperar pela hora de comprar algo bem especial.

Por um segundo seu irmão ficou em silêncio, imaginando como começar. Depois de alguns instantes de reflexão, ele disse numa voz suave:

– Queria que você ainda não tivesse aceitado esse convite, Maria. Acho que foi um pouco prematuro de sua parte.

– Como assim? – perguntou ela, elevando levemente o tom. Ela detectara algo estranho na voz dele, detectara problemas fermentando: – Oh, meu Deus! Você acha que mamãe vai interferir, que ela vai tentar me impedir de ir!

– Você sabe muito bem que ela não fará isso. Você tem 29 anos, como você mesma apontou para mim.

– Então, por que você diz que foi prematuro?

Ele ficou em silêncio, olhando para sua taça de vinho tinto. Quando levantou os olhos, sua expressão era indecifrável. Muito cuidadosamente, ele começou:

– Você sabe que não pode ir a Paris porque... – e então sua voz vacilou.

Ela olhou para ele.

Ele olhou para ela.

O rosto para o qual ele olhou era um dos mais bonitos que já vira. O rosto de uma Madonna, digno de ser pintado por um grande artista. Ela possuía olhos profundos e cheios de alma, tão pretos quanto carvão; nuvens de cabelos negros brilhantes e grossos que caíam sobre os ombros, o rosto perfeitamente oval, com covinhas nas faces quando ela sorria. E cada traço era delicada e claramente definido, como se esculpido no mármore por um mestre do cinzel.

Os olhos de Maria perfuraram Fabrizio enquanto ela murmurava, insegura:

– *Você* não quer que eu vá porque eu estou tão... pesada. É isso o que você quer dizer, não é?

– Não posso impedi-la de ir, se você quer tanto. Afinal de contas, para lembrar sua amiga Jessica, que *você* está sempre citando, você é livre e maior de idade. Mas minha razão é só esta, Maria: *Jessica*. E também Alexandra e Kay. Três razões muito boas por que você não deveria ousar ir a Paris. Você não está simplesmente pesada, você está *gorda*, e eu sei que vai se sentir deselegante e *humilhada* quando vir suas amigas. Porque elas certamente estarão tão esbeltas e bonitas como sempre foram.

– Você não sabe disso! – gritou, e então fechou os olhos com força. *Claro que ele estava certo.* Elas pareceriam belíssimas, ela não tinha dúvidas disso. E se sentiria como uma baleia encalhada, uma enorme esfera de gordura. Ainda assim ela queria tanto ir a Paris que não podia suportar a ideia de declinar o convite. Então ela disse, de forma desafiadora: – Eu ainda posso ir. Não ligo para o que elas pensam.

Fabrizio se levantou, andou até o sofá e disse:

– Venha e se sente aqui comigo, vamos falar sobre isso, pequena. – Ele deu a ela um sorriso encorajador e ela sorriu de volta, embora o sorriso instantaneamente tenha tremido quando ela se levantou.

Quando ela se juntou a ele no sofá, ele pegou a mão dela na sua e olhou dentro de seus olhos amorosamente.

– Já que você quer tanto ir, há um jeito. Entretanto, será difícil.

– O que quer dizer?

– Antes de tudo, vamos falar sobre o seu amor pela cozinha. É um hobby divertido, eu sei, mas você faz porque está frustrada com muitas coisas.

– Mas eu cozinho para você – protestou ela.

– Isso é verdade, mas você também cozinha para si mesma. Você se conforta com comida, Maria.

Ela não disse nem uma palavra.

Fabrizio continuou:

– Se você vai a Paris, então eu sugiro que perca algum peso. Você tem uns bons três meses para fazer isso. Você vai ficar muito mais bonita e se sentirá muito melhor.

– Dietas não funcionam comigo – resmungou ela.

– Elas vão funcionar se você não parar no meio – devolveu ele suavemente, dirigindo a ela um olhar penetrante. – Você tem de parar de cozinhar tanto. *Imediatamente*. De cozinhar para mim, para seus amigos e, mais importante, parar de cozinhar para si mesma.

– Você acha que eu posso emagrecer com uma dieta, Fab? – perguntou ela, parecendo subitamente esperançosa.

– Claro que sim. Vou levá-la a uma nutricionista amanhã e ela indicará um regime adequado para você. Então você poderá se matricular na minha academia e começar a malhar todos os dias. Muito além de sua viagem a Paris, e de ficar em forma para encontrar velhos amigos, sua saúde vai se beneficiar disso.

Ela quase visivelmente se encolheu contra o sofá e olhou boquiaberta para ele, seus olhos abertos, sua expressão amedrontada.

– Não acho que eu possa enfrentar tudo de uma vez só, Fabrizio.

Ele sacudiu a cabeça com impaciência.

– Ah, Maria, você *pode*. Eu sei que pode.

Lágrimas surgiram em seus olhos e ela começou a chorar.

– É tão duro para mim fazer dieta e ginástica. Dieta e ginástica. É tão monótono e fico sempre com tanta fome.

– Então sugiro que cancele sua viagem a Paris, porque você não vai gostar da viagem com a aparência que está.

Mais tarde, depois que Fabrizio saiu, Maria ficou em frente ao espelho comprido, vendo-se e analisando-se pelos próprios olhos.

Pela primeira vez em muitos anos, ela se via como verdadeiramente era. As cortinas estavam abertas e ela encarava a realidade. Finalmente admitiu que seu irmão estava certo. Ela havia ganhado bastante peso nos últimos anos.

Sim, estou gorda, disse a si mesma. Não, não apenas gorda. Muito gorda.

Olhando para seu corpo, totalmente nu, viu que estava enorme, seus braços grossos saindo dos ombros, suas coxas largas como os grandes presuntos pendurados na despensa de inverno de sua avó.

Piscou várias vezes enquanto as lágrimas brotavam e virou-se de costas para o espelho, cheia de asco por si mesma. Procurando o robe de seda, ela o vestiu rapidamente e foi se deitar na cama, empurrando o rosto contra o travesseiro.

Deixou as lágrimas correrem, soluçando como se seu coração fosse se partir, até que finalmente não havia mais lágrimas dentro dela. Exausta, ficou ali deitada no travesseiro ensopado, consumida por seu desejo de ir à festa de Anya, seu problema de peso e pelo apuro em que estava. O que fazer? O que fazer?, perguntava-se repetidamente.

Fabrizio estava certo. O ideal seria utilizar os próximos meses para perder peso, mas tinha tanto medo de fracassar e da dureza de fazer exercícios e dieta que ficava paralisada. E ela estava consciente de que se sentiria da mesma forma no dia seguinte. Sempre desistia antes mesmo de ter começado.

Ricardo, pensou subitamente. Tudo começou quando empurraram Ricardo Martinelli para fora de minha vida. Fechando os olhos, Maria olhou para o passado, como se por dentro de um longo e escuro túnel, vendo-o de pé no final dele. Como ela o amara, e ele a ela! Mas seus pais o haviam considerado inadequado, e eles terminaram o namoro. Ele fora embora e ela jamais o vira novamente. Isso acontecera há quatro anos.

Fora quando ela havia começado a engordar, depois que Ricardo saíra de sua vida. Uma coisa era certa: ela *realmente* comia para ter conforto e consolo. Ela se mimava com comida porque o havia perdido, porque seus pais e avós eram dominadores, sempre tentando controlá-la, e também porque ela estava desesperadamente solitária. Ela odiava seu trabalho, estava enjoada e cansada de desenhar tecidos, achava aquilo tudo constrangedor.

Fugir.

Isso era o que ela realmente queria.

Fugir para sempre de Milão. De sua família. De seu trabalho.

Mas você não pode fugir de si mesma, Maria, lembrou-se, sentando-se, tirando os cabelos de seu rosto. Você tem um corpo gordo, grande e terrível, horrível e tosco, e nenhum homem vai amá-la com seu aspecto elefantino. Você não pode culpar a família por comer tanto, só indiretamente. Você e só você é responsável pelo que põe em sua boca.

Ela pensou nisso mais e mais enquanto se sentava apoiada contra os travesseiros. Então, depois de um tempo, ela saiu da cama e foi se sentar a sua penteadeira veneziana espelhada, olhando atentamente para o espelho.

Ela se viu como realmente era; havia um belo rosto olhando de volta para ela. Se apenas não tivesse esse corpo horrível... todo cheio de repugnantes cilindros de gordura. Por toda parte.

Você *pode* fazer isso, insistiu ela em sua cabeça. Você *pode* perder peso. Você tem uma ótima motivação agora. Ir a

Paris... para ver Anya... para ficar novamente amiga de Jessica, Alexandra e Kay. E talvez, se você ficar magra o suficiente, possa ir ver Ricardo. Ela sabia onde ele estava, o que estava fazendo; ela sabia que ele não estava casado.

Talvez seu amor ainda sentisse saudades suas, como ela sentia dele. Ela pensou sobre isso por alguns minutos, depois se levantou, tirou o robe e foi novamente se olhar no espelho de corpo inteiro. Ela era gorda. Que homem iria querer você com um corpo como esse?, perguntou a si mesma.

Virando-se, desgostosa, ela se enrolou no robe e foi para a cozinha. Acendendo a luz, abriu a porta da geladeira; sua mão procurou o grande pedaço de queijo. Imediatamente ela retirou a mão, fechou a porta e se virou com as mãos vazias.

Vagarosamente ela voltou para o quarto, prometendo a si mesma que *tentaria* perder peso.

Parte II
Decana

11

Anya Sedgwick estava tão surpresa que se recostou no sofá e encarou a visita sentada à sua frente. Havia um olhar questionador em seus olhos e sua surpresa era evidente.

Depois de ajustar as costas às antigas almofadas bordadas, ela franziu a testa suavemente e perguntou:

– Mas o que foi que fez você ter essa atitude tão... tão... *impetuosa*? – Ela sacudiu a cabeça. – Não é típico seu... – Sua voz tremeu; seus olhos ficaram fixos no belo rosto do homem à sua frente.

Nicholas Sedgwick pigarreou várias vezes.

– Por favor, não fique com raiva de mim, Anya.

– Por Deus, Nicky, não estou com raiva. – Ela deu a ele o benefício de um sorriso caloroso, querendo assegurar que ele ainda estava em suas boas graças. Ele era seu favorito na família, e, embora não fosse seu filho, nem mesmo seu próprio sangue, ela pensava nele como se fosse. Ele era muito especial para ela.

– Tudo bem – continuou ela. – Você está me dando uma festa de aniversário e já enviou um monte de convites, o que talvez me impeça de cancelar. Então é melhor você me falar a respeito. Vamos lá, sou toda ouvidos.

– Eu queria fazer algo realmente especial para o seu aniversário, Anya – respondeu ele, recostando-se com um ímpeto que deu um ar infantil a seu rosto. – Eu sei quanto você gosta do Ledoyen, então esse foi o restaurante de minha escolha. Eu fui até lá e reservei o restaurante inteiro para a noite. Haverá um coquetel, depois o jantar e dança no final. E algumas surpresas também, ao longo do caminho.

– Tenho certeza de que há muitas surpresas a caminho, conhecendo você – disse ela, rindo.

– Até agora convidei 75 pessoas, mas podemos convidar muitas mais, dobrar essa quantidade, se você quiser.

– Olhe, 75 já soa um pouco demais! – exclamou ela, mas imediatamente sorriu para ele quando viu sua expressão desapontada. – Só estou provocando, Nicky. Continue, querido.

– Depois que fui ao restaurante, fiz um tour por ele, fiquei cheio de todo tipo de ideias para a festa e suponho que tenha ficado excessivamente entusiasmado, muito animado. Fui em frente e criei um convite, imprimi e pedi ao calígrafo que endereçasse os envelopes. Uma vez prontos, eu os coloquei no correio. Mas entrei em pânico no dia em que coloquei todos no correio. Ocorreu-me a ideia de que eu havia passado à frente do restante da família, que eu tinha tomado o poder, por assim dizer.

– Como você normalmente faz – disse ela em tom neutro.

Ele assentiu; estava aliviado por ela parecer tão calma. Ela estava obviamente surpresa por suas ações, mas definitivamente não estava chateada com ele.

– De qualquer forma, Anya, eu ia telefonar para você na Provence naquele dia, mas decidi não fazê-lo. Às vezes falar ao telefone é muito pouco satisfatório. – Nicky levantou suas mãos num gesto impotente e terminou: – Então, aqui estou, contando a você agora, e esperando que você não queira que eu cancele tudo.

– Não sei. – Ela olhou para ele, sacudindo a cabeça. – Realmente não sei, Nicky.

– Você *precisa* ter uma comemoração para o seu aniversário de 85 anos. É um marco e tanto... e você deve estar cercada por todo mundo de quem gosta.

– Eu gosto tanto... de 75 pessoas? – Ela franziu a testa, apertando a boca e parecendo refletir.

– Deixe-me dizer de outra maneira, Anya. Eu tentei incluir aqueles que a amam e as pessoas que foram especiais em sua vida de um jeito ou de outro.

– Bem, há pouquíssimos desses ainda vivos – concedeu, sua expressão reflexiva se intensificando. – Trouxe a lista de convidados?

– Sim, trouxe. – Ele sorriu ironicamente enquanto acrescentava: – Temo que eu tenha sido um tanto vil. Fiz Laure pegar a maior parte dos endereços de seus arquivos. – Sem esperar um comentário dela, seguiu em frente: – Aqui está a lista. – Retirando-a do bolso de sua jaqueta, ele se levantou e foi juntar-se a ela no sofá.

DEPOIS DO ALMOÇO, quando Nicky finalmente foi embora, Anya voltou para sua sala de estar no andar de cima. Era uma sala em torno da qual ela sempre girara, desde que fora viver ali mais de meio século atrás, um lugar para entreter a família e os amigos, relaxar e ler quando estava sozinha, ou ouvir a música de que tanto gostava.

E, tão importante quanto isso, era seu local preferido para trabalhar, cercada de conforto, de suas amadas fotografias, livros e bens acumulados durante toda uma vida, e tão significativos para ela. A grande e antiga mesa cheia de papéis, que ficava num canto, era testemunha de sua vida inteira de ética e trabalho duro, disciplinado.

Andando ligeiramente pela sala, Anya parou brevemente na janela, olhando para o jardim embaixo, pensando em quanto ele parecia gelado naquela fria tarde de fevereiro.

Uma pintura em tons de cinza, murmurou ofegante, como sempre pensando em termos de arte. *Todos esses cinza e prateados misturando-se...*

As árvores estavam esqueléticas, despojadas de folhas, eram entalhes escuros contra o céu cinza-pálido, mas luminoso, de Paris. E as pedras redondas molhadas no jardim brilhavam com um resplendor prateado depois do recente aguaceiro.

Plátanos maduros e limeiras circundavam a casa, e havia uma adorável cerejeira antiga no meio do pátio que dominava o cenário. Agora seus galhos desnudos esparramados lançavam uma intrincada rede de sombras cinzentas ao longo do jardim. Mas na primavera ela florescia suavemente, os galhos pesados com cascatas de flores rosa cheirosas; no calor do verão, sua abóbada fresca e cheia de folhas oferecia uma sombra bem-vinda.

Mesmo estando o jardim tão gélido quanto estava hoje, Anya tinha consciência de que em um mês ou dois ele estaria brilhando de verde, com grama verdejante e tufos de samambaias, com toques de diversificados tons de rosa das flores de cerejeira e os pequenos não-me-toques plantados nas bordas em torno do gramado.

Então, a cerca de estacas que guardava o gramado e o jardim numa extremidade do pátio estaria brilhando com pintura branca fresca, bem como os muitos vasos e os velhos móveis de jardim de ferro batido. Uma súbita transformação tomava lugar a cada primavera, como acontecia sempre, desde que ela podia se lembrar. Ela estava ali no verão de 1936, quando tinha 20 anos, testemunhando aquilo pela primeira vez.

Agora o olhar de Anya parou no muro alto coberto de hera, o qual, ao lado das muitas árvores, tornava o jardim e a casa tão isolados e privados, protegidos que estavam de seus vizinhos. Ela sempre fora encantada pelo jardim, o pátio estranho e a casa pitoresca de fachada preta e branca com madeira até a metade. Era uma casa que parecia ter sido totalmente construída na Normandia e depositada bem ali no meio de Paris.

Ela ficava apenas a um pulo do barulhento Boulevard des Invalides, e na esquina estava a rue de l'Université, local de sua agora famosa escola.

Anya sorriu interiormente, pensando na surpresa que muitas pessoas tinham quando vinham da rua através das grandes portas de madeira e se confrontavam com o pátio. A velha casa, que estava ali havia mais de cem anos, e o bucólico cenário, tão reminiscente de Calvados, normalmente tiravam a respiração de qualquer um.

Como acontecera com ela quando havia visitado a casa pela primeira vez, no dia em que estava celebrando seu vigésimo aniversário... tantos anos há agora... 65, para ser exata.

Ela fora até ali com Michel Lacoste. Para conhecer a mãe dele. Ele fora o grande amor de sua juventude, seu primeiro marido, o pai de seus dois filhos, Dimitri e Olga.

Essa casa pertencera à mãe dele, Catherine Lacoste, e a Michel, depois que sua mãe morrera. Michel e ela haviam começado a criar a família ali... e então a casa se tornara dela quando Michel morrera.

Muito jovem para morrer, murmurou ela baixinho, enquanto se afastava da janela.

Ultimamente, muitas lembranças e recordações do passado a assaltavam com frequência. Era como se toda a sua vida estivesse sendo mostrada a ela numa bobina de filme, que passava diante de seus olhos em intervalos muito constantes. Talvez aquilo fizesse parte de envelhecer, lembrar-se de tantas coisas que aconteceram muito tempo atrás. E não lembrar os acontecimentos do dia anterior.

Entretanto ela não podia permanecer no passado nesse momento. Nicholas Sedgwick, seu sobrinho-neto da parte de seu segundo marido, Hugo Sedgwick, a havia forçado a olhar para o futuro. Para o dia 2 de junho, precisamente, e a festa fantasiosa que ele planejara para ela.

Na verdade, seu aniversário era no dia 3 de junho, e ela o havia lembrado disso durante o almoço. Naturalmente Nicky já sabia. Ele nunca devia ser subestimado. Mas, como ele cuidadosamente explicara a ela, não conseguira reservar o restaurante para a noite real de seu aniversário, pois o dia 3 de junho era um domingo.

Sentando-se à mesa próxima à lareira, feliz por ter o calor das lenhas ardentes por perto, Anya olhou novamente para o convite, pensando que ele havia sido feito com muito bom gosto. Mas, claro, Nicholas era conhecido por seu excelente bom gosto. Voltou a atenção para a lista de convidados que ele preparara, concentrando-se nos nomes.

As escolhas dele haviam sido corretas e de certa forma bastante inteligentes, porque ele pensara em alguns velhos amigos que ela raramente via então – mas com quem gostaria de estar novamente, ela decidiu de súbito.

Havia cerca de noventa pessoas na lista original dele, embora Nicky houvesse enviado apenas 75 convites até agora.

Ele não se arriscou, pensou ela, e estudou os nomes mais uma vez. Ela aprovou a família e os amigos que ele já havia convidado, ao lado de algumas antigas alunas de anos diferentes. Sempre as melhores e mais brilhantes.

Em particular, ela ficou feliz ao ver que ele havia incluído quatro brilhantes garotas da turma de 1994. Jessica Pierce, Kay Lenox, Maria Franconi e Alexandra Gordon. Mais especialmente Alexandra. Sua pupila favorita durante os anos 1990, talvez mesmo a pupila predileta de todas ao longo de todos os longos anos em que ela havia dirigido a escola. Minha garota especial, pensou ela.

Anya se recostou na cadeira, pensando em Alexandra com amor e afeto, e no envolvimento dela com aquele pobre e complicado Tom Conners. Tudo culpa de Nicky, pois fora ele que os havia apresentado. Bem, para ser honesta, não havia sido exatamente assim. Tom havia ido ao estúdio ver um cliente, se ela se lembrava das coisas corretamente. Então ela não poderia culpar as mãos intrometidas de seu sobrinho. Não dessa vez.

E será que alguma vez era culpa de alguém quando as vidas se tornavam tortas?

Certamente era sorte, intromissão do destino... ela considerou a própria vida e o papel que a sorte desempenhara nela. Tinha certeza absoluta de que era seu destino terminar onde estava hoje, tendo vivido a vida que vivera. E então ela não se preocupava sobre o que poderia ter sido. Ela nunca se preocupara.

12

Embora gostasse do clima suave da Provence nos meses de inverno, e frequentemente fosse para lá, Anya estava feliz por estar de volta a Paris. E de volta à casa que significava tanto para ela, cheia que estava com a história de sua vida.

Esse aposento em particular contava toda a história. Fechadas entre suas paredes estavam lembranças acumuladas ao longo dos anos. Algumas ela havia comprado, outras eram presentes, ainda outras eram herdadas; certas coisas ela mesma havia criado.

A decoração de sua sala de estar descrevia uma mulher de discernimento, bom gosto e talento, uma mulher com um passado exótico que se havia aventurado corajosamente adiante quando jovem.

Ela havia seguido seu coração e seus sonhos, dado rédeas soltas à sua criatividade, acreditado em seu destino como mulher e artista. Vivera sua vida ao máximo, jamais havia se arrependido de nada que fizera, apenas das coisas que não encontrara tempo para fazer ou completar.

Depois de estudar a lista de convidados para sua festa de aniversário e de fazer anotações, acrescentando alguns nomes, ela a colocara de lado. Mas continuara a trabalhar em sua mesa, analisando papéis que haviam se acumulado durante as duas semanas em que estivera na Provence. Finalmente ficando um pouco cansada, colocou a caneta sobre a mesa, sentou-se ereta na cadeira e olhou em volta.

Anya sorriu, pensando que naquele momento o aposento tinha uma adorável névoa dourada, mesmo que estivesse cinza do lado de fora e o crepúsculo estivesse se aproximando rapidamente. Mas ali havia uma impressão radiante, de estar ensolarado a qualquer hora, como ela muito pretendera.

Embora tivesse começado sua vida profissional como artista, Anya era talentosa em muitas áreas e tinha grande habilidade para design de interiores. Há alguns anos, querendo ter um ar de brilho do sol de verão dentro da grande sala de estar com teto alto, ela cobrira as paredes com um tecido listrado em tons de amarelo. Ele há muito empalidecera de um narciso forte para uma prímula muito clara, mas, apesar de tudo, era suave e caloroso.

Em vívido contraste com essas agora sossegadas paredes amarelas havia grandes faixas de tafetá escarlate, que Anya havia selecionado para as longas cortinas nas duas janelas. Elas pendiam de ganchos de madeira, caindo retas, mas então, a meio caminho, ondulavam suavemente, como as saias de vestidos rodados.

Anya adorava essas cortinas, o efeito impressionante que ela havia criado, e, quando a cor brilhante esmaeceu, ela simplesmente as substituiu por outras novas, feitas de tecido idêntico. Ela estava sempre mexendo nelas, ajeitando-as com as mãos, e às vezes até colocando papel de parede atrás delas para a desejada forma de sino.

Essas cortinas eram seu orgulho, davam a ela imenso prazer. Embora Nicky tendesse a provocá-la a respeito delas, ele secretamente admirava sua coragem, sabendo que apenas Anya Sedgwick teria ousado utilizá-las, segura no conhecimento de que eram um escândalo. Ela quisera surpreender e fora admiravelmente bem-sucedida.

Naturalmente, Anya não prestava atenção à provocação dele, confiante em seu próprio gosto e escolha das cores. De fato esse aposento inteiro era uma peça em escarlate e amarelo, com toques de branco mostrados na pintura. Também esfriando as cores fortes havia uma seda clara, verde-maçã, usada em muitas bergères francesas, essas poltronas elegantes espalhadas pela sala. Anya acreditava que os tons suaves balanceavam um quarto essencialmente ativo por suas cores vibrantes.

Em frente à lareira havia um grande sofá Chesterfield forrado com veludo vermelho; o mesmo tecido era usado em duas poltronas grandes e volumosas, típicos toques Anya Sedgwick. Ela sempre optava por conforto e estilo. Até a mesa retangular de café era sua invenção, originalmente um velho portão de jardim de ferro batido que ela encontrara num mercado de pulgas local. Ela contratou um serralheiro para fabricar pequenas pernas de ferro, e então pôs por cima um tampo de vidro grosso. Tinha muito orgulho de sua mesa de café, única, e olhava para ela agora, assentindo com a cabeça em aprovação.

O fogo na lareira se somava à sensação de calor e intimidade naquela tarde invernosa, e Anya se considerou abençoada por ter um porto seguro, tão maravilhoso para si mesma; ela voltara da Provence havia apenas dois dias e sentira o frio imediatamente depois de sua chegada. Ela ainda sentia frio às vezes, embora a casa estivesse aquecida.

Velhos ossos, murmurou enquanto se esforçava para ficar de pé. Velhos ossos... ficando *mais velhos*. Ela deu a volta na mesa e foi até a lareira, mas então parou por um segundo para admirar algumas de suas coisas.

Era como se ela tivesse momentaneamente esquecido, durante sua ausência no Sul, como seus objetos eram bonitos, e quisesse se reconhecer neles, tocá-los, lembrar quem os tinha dado, lembrar o que significavam para ela.

Isso não está no lugar certo, pensou ela enquanto seus olhos afiados paravam num samovar de prata. Ele havia sido colocado numa mesa circular coberta por uma toalha de Jouy vermelha e amarela, que ficava entre as duas janelas.

Inclinando-se para a frente, ela empurrou o samovar para o centro da mesa, onde era o seu lugar, depois ficou de pé, olhando para ele com amor; era muito especial para ela.

O samovar havia sido resolutamente carregado da Rússia por sua mãe quando eles haviam partido para sempre daquele país, uma mulher que se determinara a não deixar para trás certos objetos preciosos de família.

Anya não tinha recordações desse evento, mas sua mãe o contara a ela e a seus irmãos inúmeras vezes, e então isso se tornara parte da história de sua família.

Enquanto ela andava na direção de uma cômoda, parou para admirar a coleção de ícones de sua mãe, alguns deles muito antigos, e todos muito valiosos. Também estavam em sua bagagem quando eles escaparam dos bolcheviques, considerados por seu pai tão sedentos de sangue.

Na outra extremidade, estavam dispostas fotografias de familiares da Rússia. Elas estavam em molduras de ouro Fabergé incrustadas com pedras de malaquita verde e lápis-lazúli, e haviam sido cuidadosamente guardadas como tesouros por seus pais. Como eles haviam sentido falta de suas famílias, que deixaram para trás na Rússia! Sentiriam falta da Mãe Rússia também, apesar das enfermidades do país, do tumulto e do derramamento de sangue da revolução.

E essas fotografias de belos homens, finamente vestidos, e bonitas mulheres em trajes da moda e com esplêndidas joias eram tristes lembranças da monarquia Romanov, uma aristocracia perdida, assassinada, de um mundo desaparecido de dinheiro, poder e privilégios, uma sociedade dizimada que uma vez fora a deles.

Anya se afastou dessas evocativas fotografias familiares que haviam sido o legado de seus pais para ela, ao lado de tantas outras coisas que trouxeram da Rússia.

Rapidamente seus olhos percorreram as estantes de livros ao longo de uma parede no final do aposento. Tudo era preenchido com uma mistura eclética de livros, alguns escritos por ela, outros por seus amigos. Em breve, esperava ela, outro de seus trabalhos estaria ali, em cima de uma prateleira: seu livro sobre o período *art déco*, que ela estava terminando no momento. Ela o mandaria para a editora em um mês.

Foi uma reação automática a maneira como seus olhos se desviaram para uma pintura impressionante, que exalava força e dominação e pendia da parede junto às estantes. Era uma paisagem, toda em ângulos agudos e planos, uma pintura moderna, inundada de verdes profundos, amarelos ricos e vermelhos escuros, cores balanceadas por marrons-terra e cobre, tons outonais. Era uma pintura muito poderosa e fora feita por seu pai, Valentin Kossikovsky, o grande artista russo. Ela susteve o olhar, como sempre fizera e sempre faria. Sentia muita admiração pelo extraordinário talento que ele tivera.

Finalmente ela desviou o olhar e se moveu.

Havia duas de suas próprias pinturas penduradas ali. Uma sobressaía em particular. Ela a pintara há mais de sessenta anos, e era o retrato de corpo inteiro, em tamanho natural, de uma mulher jovem.

Pendurada sobre a lareira, era o foco de interesse nessa extremidade do aposento; todo mundo era atraído na sua direção, instantaneamente cativados quando a viam.

Anya agora se aproximou da lareira, ficou olhando para a tela e, como sempre, seus olhos eram criteriosos. Ela jamais poderia pôr defeitos nessa pintura, mesmo que fosse um de seus próprios trabalhos e geralmente tivesse a tendência de ser muito crítica.

A pintura retratava sua irmã Ekaterina, cujo apelido era Katti, pintada quando tinha 20 anos. Como fora bela!

E lá estava seu nome, Anya Kossikovskaya, e a data, 1941, no canto esquerdo, na base do quadro.

Ela mesma tinha 25 anos quando pedira a Katti que posasse para o retrato, e, relutantemente, sua irmã concordara. Apesar da grande beleza, ela era singularmente sem vaidade e modesta em sua opinião sobre si mesma.

Quando a pintura finalmente foi terminada, seu pai ficara assombrado e momentaneamente sem palavras. E quando ele por fim reencontrara a voz, havia se maravilhado com o trabalho de Anya e referia-se à pintura como um tesouro. Imediatamente ele pedira à renomada galeria de arte de Londres que o representava e negociava os trabalhos dele para expô-la, e eles lhe fizeram esse favor. Foram longe a ponto de dar a Anya uma exposição de suas outras pinturas; e tudo havia sido imediatamente vendido, para sua surpresa e deleite.

Muitas pessoas tentaram comprar a pintura de sua irmã, que ela chamara *Retrato de Ekaterina*, porque era muito interessante. Mas quisera mantê-la consigo. Por algum tempo, pelo menos.

No fim, mesmo depois de a exposição ter encerrado, ela ainda não tinha sido capaz de deixá-la partir. A pintura era especial para ela, cheia de significado e extremamente pessoal. Era importante de uma maneira que ela achava difícil explicar, exceto para dizer que se tornara parte de si mesma.

E passados os longos anos, muitas outras pessoas haviam tentado comprá-la, mas sua resposta era sempre a mesma: *Não está à venda.*

Anya fixou seus olhos perscrutadores na pintura, estudando-a, esforçando-se para ser objetiva, querendo analisar seu extraordinário apelo para tantas pessoas tão diferentes.

Ali estava a querida Katti, loura, bela, com maçãs do rosto altas e inclinadas, testa larga, olhos grandes e um nariz improvável, delgado e aristocrático. Sua irmã parecia literalmente cintilar na luz clara que ela de alguma maneira conseguira capturar na tela. A pintura virtualmente brilhava com luz incandescente, normalmente uma marca de seu trabalho.

Os olhos de Katti eram de um azul adorável, como pedaços do céu, e refletiam a cor do traje de tafetá azul que ela usava.

Mesmo agora Anya sentia, como sempre, que, se estendesse a mão para a pintura, seus dedos tocariam seda, e não tela, tão real parecia ser o tecido, com suas dobras, sombras e brilhos prateados. Ela quase podia ouvi-lo farfalhar.

Uma vez mais ela se surpreendeu com a aparência de sua irmã, tão inglesa; na verdade, a pintura inteira dava uma sensação de anglicismo.

E por que não seria?, perguntou a si mesma. Ela havia pintado o retrato numa manhã ensolarada, no auge do verão, num jardim de uma mansão em Kent. O fundo tinha um toque de Gainsborough, modéstia à parte. Não que ela estivesse se comparando com o mestre, o grande retratista do século XVIII, mas se referia à maneira como ele havia pintado paisagens inglesas da época. De alguma forma em seus quadros, ele fora capaz de casar a paisagem aos personagens, o que era raro. Era essa técnica que ela havia tentado seguir, nada mais. Ninguém jamais fora capaz de competir com aquele extraordinário artista, Thomas Gainsborough, exceto, talvez, Sir Joshua Reynolds, outro grande mestre retratista na Inglaterra do século XVIII.

Será que as pessoas eram atraídas por essa pintura por causa da moça retratada nela?, imaginou ela. Ou era por seu jeito inglês? Ou o vislumbre da paisagem pastoral por trás dela? Ou talvez o espírito de épocas passadas que ela parecia capturar?

Ela não fazia ideia; nunca soubera o que o quadro significava para as outras pessoas, que poderosa resposta emocional evocava nelas. Mas o fazia, isso era certo.

Afastando-se da pintura, seus pensamentos permaneceram em sua irmã; Katti nascera na Inglaterra, mas no fundo, acreditava Anya, ela tinha a alma verdadeiramente russa. Era muito parecida com a mãe delas, Natasha, quase sua cópia perfeita. O irmão delas, Vladimir, também nascido em Londres, era inteiramente inglês, e não parecia ter nenhum toque dessa herança russa. Ele era três anos mais jovem que Katti, oito anos mais novo que ela.

Seus dois irmãos ainda estavam vivos, e ela era imensamente grata por isso. Sabia que eles ficariam muito felizes de vir à sua festa de aniversário; os três eram muito próximos, amavam-se e ao longo dos anos haviam sempre contado uns com os outros quando precisavam. Eles não viviam muito longe, apenas do outro lado do Canal da Mancha, no amado país de seu nascimento.

Obviamente Nicky os havia colocado no topo da relação de convidados, junto com toda a sua extensa família. Anya riu alto quando pensou em quanto a lista era grande e em suas misturas ecléticas.

Sua irmã, Katti; o marido dela, Sacha Lebedev, outro russo nascido na Inglaterra, de pais que emigraram de Moscou via Paris; os filhos deles, Charles e Anthony, e a filha, Serena. E o marido de Serena e as mulheres dos garotos Lebedev. Seu irmão, Vladimir; a mulher dele, Lili, e seus três filhos, Michael, Paul e Peter, com as mulheres.

E então vinham seus filhos do primeiro marido, Michel Lacoste. Sua filha, Olga, e seu filho, Dimitri; haveria as filhas de Olga, suas netas Anna e Natalie, do primeiro marido de Olga, Adam Mattison, com quem ela ainda mantinha relações amigáveis. Anya vira o nome dele na lista e ficou feliz com isso. Ela sempre gostara de Adam. Dimitri traria sua esposa, Celestine, e a filha deles, Solange, com o genro, Jean-Claude.

Oh! E então havia a tribo Sedgwick, que ela herdara de Hugo, seu segundo marido, e que amava tanto quanto sua própria família. Larry e sua mulher, Stephanie; Nicky, seu favorito, e a esposa, Constance. Mas não, talvez Constance não viesse, já que ela e Nicky estavam aparentemente brigados, se estranhando no momento. Ela não tinha visto o nome de Connie na lista de convidados. E claro que havia a irmã deles, Rosamund, que nunca se casara, embora tivesse ficado noiva várias vezes. Ela era esperada com seu atual parceiro, Henry Lester.

Tratava-se de fato de uma mistura complexa, mas eram todos de sua família e ela gostava de cada um deles. A festa vai ser divertida, pensou ela, sentando-se no sofá de veludo vermelho. Ela se reclinou nas suaves almofadas, gostando do calor do fogo, do cheiro floral das velas acesas, do conforto do que a cercava em geral, da tranquila atmosfera que havia ali.

A pintura de sua irmã, Katti, havia lhe despertado inúmeras lembranças... lembranças do passado, de pessoas que ela amara e que haviam ido embora para sempre... outros que ela amava, e que, afortunadamente, ainda estavam vivos...

Oitenta e cinco, pensou, não posso acreditar que vou fazer 85 anos daqui a três meses. Sinto-me interiormente tão jovem!

Anya sorriu consigo mesma e olhou para o retrato de Katti. Ela se sentia tão jovem quanto aquela garota ali, que sorriu de volta para ela com olhos tão inocentes...

Ela nascera em São Petersburgo, em 1916, praticamente na véspera da Revolução Russa, embora não tivesse recordações daquela cidade como era na época. Nem sabia dos tumultuados eventos de 1917 e 1918, que haviam levado seus pais a fugirem do país.

Mas seu pai, o príncipe Valentin Kossikovsky, lhe contara tudo quando tinha idade suficiente para entender. As políticas daquela época caótica eram seu assunto favorito, e, além disso, ele era um contador de histórias impressionante, que a mantinha fascinada com seus contos e reminiscências.

Seus pais eram da sociedade mais elitizada e privilegiada da Rússia; seu pai era um homem de linhagem antiga, com uma grande riqueza originada de vastas terras herdadas da família na Crimeia, uma variedade de conglomerados industriais em Moscou e interesses financeiros no exterior. Sua mãe, Nathalie, sempre chamada de Natasha, era a filha do conde Ilya Devenarskoe, também um proprietário de terras e homem de posses.

Na época de seu nascimento, o pai de Anya estava ganhando notoriedade como artista de formidável talento. A mãe e os irmãos de seu pai viam sua pintura mais como um hobby que como qualquer outra coisa; de fato, sua mãe, a princesa Irina, pensava que era mais uma distração que uma vocação.

Como finalmente se revelou, porém, ela estava totalmente errada. Valentin Kossikovsky *havia* encontrado sua verdadeira *vocação* quando começara a pintar seriamente e, na hora apropriada, ele impressionaria, com seu trabalho, amantes da arte em todo o mundo; se tornaria tão famoso como seu talentoso contemporâneo: Marc Chagall.

Cerca de 15 anos depois de sua partida da Rússia, Valentin seria aclamado como um dos grandes pintores russos do século XX.

Entretanto, em 1917, Valentin não estava pensando em fama, mas em fuga. Anya tinha na época 1 ano de idade e ele estava preocupado com a segurança da filha e da jovem esposa. Em certo nível ele estava envolvido em política, como outros russos de sua classe, e tinha bastante consciência do problema que fermentava. Inteligente, intuitivo e bem-informado, ele tinha certeza de que a Rússia estava prestes a mergulhar no desastre e na baderna da qual jamais se recuperaria. Ele havia muito tinha antecipado a revolução, a vira chegando e consequentemente fizera alguns planejamentos financeiros.

Na época, como Anya soubera depois, seu pai acreditava que eles haviam sido levados à beira da ruína pela esposa germânica do czar, que nascera princesa Alix de Hesse. Até o dia de sua morte, Valentin Kossikovsky tendia a culpar a czarina Alexandra pela revolução, como faziam muitos de seus contemporâneos e alguns membros da família imperial Romanov. Dentro do círculo de sua pequena família, ele calmamente a castigava, caracterizando-a por mentirosa, manipuladora, controladora e intrometida. Quanto ao czar Nicolau II, Valentin achava que ele era fraco, vacilante e submisso à esposa.

E mesmo assim o príncipe Valentin Kossikovsky também sabia, como muitos russos educados, que basicamente Nicolau era um homem bom e não o tirano que os bolcheviques professaram. A História provaria que Valentin estava certo em sua opinião; no tempo apropriado, o czar Nicolau II foi considerado um mártir.

Quando as coisas se complicaram dentro da Duma – o governo nacional, no início de 1917 –, Valentin literalmente prendeu a respiração, preocupando-se, esperando, pesando as possibilidades, imaginando que movimentos fazer.

Então, inesperadamente, em março daquele ano, o czar Nicolau II abdicou em defesa própria e do regime czarista, em favor de seu irmão, o grão-duque Michael Aleksandrovich.

Por pouco tempo Valentin pensou que o desastre havia sido evitado, que Michael se tornaria um monarca constitucionalista, como seu primeiro primo, o rei George V da Inglaterra. Isso era o que o governo dizia querer.

Valentin, como boa parte da aristocracia, admirava o grão-duque Michael, celebrado herói de guerra, um homem de grande honra, honestidade e habilidade, que favorecia a monarquia constitucional e havia advogado no passado a favor de seu irmão.

Desde que Anya era criança, Valentin costumava contar-lhe que havia conhecido o grão-duque Michael com o tio dela, Sergei, que estava no exército, em Gatchina, onde Michael também estava.

– Nós frequentemente nos encontrávamos na escola de equitação dos *Blue Cuirassiers*. Ele teria dado um bom imperador.

Embora soubesse a história de cor, Anya sempre pedia para ouvi-la novamente.

– O que aconteceu com Michael, papa? Conte-me a história, por favor, por favor!

E o pai explicava:

– Michael foi czar apenas por um dia. Abdicou imediatamente, porque era o que os bolcheviques queriam que ele fizesse. Já que *ele* queria prevenir o derramamento de sangue, assinou os papéis da abdicação. Mas não previu a matança ou o terrível banho de sangue, Anya. Michael foi o último Imperador e Autocrata de Todas as Rússias, e o primeiro dos Romanov a ser executado, poucas semanas antes que seu irmão Nicolau e sua família fossem mortos a sangue-frio naquele porão em Ekaterinburg.

O grão-duque Michael foi assassinado às 2 horas do dia 13 de junho de 1918. O medonho assassinato de Michael e de seu secretário, Nicholas Johnson, tomou lugar nas florestas do lado de fora de Perm, a cidade onde eles estavam em prisão domiciliar no hotel local. Mas os assassinos não foram conhecidos então; as notícias da morte de Michael não chegaram por um longo tempo. A princípio se presumiu que ele houvesse conseguido escapar com Johnson, e que haviam fugido da Rússia.

Valentin e Natasha não acreditaram naquela história. Eles estavam convencidos de que o crime fora perpetrado por parte dos bolcheviques. Cinco semanas mais tarde, quando o czar e sua família foram tão brutalmente assassinados, as notícias vazaram quase imediatamente. Valentin fez seus movimentos com grande rapidez. Foi ver seu tio Sandro, primo de seu pai, que era um amigo bem próximo do almirante Kolchak, na época o supremo comandante do Exército Branco.

Muitos pauzinhos foram mexidos por diversas pessoas, e Valentin, Natasha e a filha, Anya, ainda bebê, finalmente conseguiram deixar a Rússia seis meses depois, em janeiro de 1919, escapando pela Finlândia. De Helsinki foram para a Suécia, e de Estocolmo viajaram para Oslo. Depois de muitas semanas na Noruega, finalmente conseguiram embarcar num navio mercante inglês e partiram para a Escócia.

Esperava por eles a irmã mais velha de Valentin, Olga, que em 1910 havia se casado com um rico banqueiro inglês, Adrian Hamilton, e mudara-se para Londres.

Para Anya, as primeiras lembranças conscientes de sua infância eram da Inglaterra e, em particular, da bela mansão de sua tia em Kent, onde anos mais tarde ela pintaria o retrato de Katti no terraço.

Foi naquela casa, Haverlea Chase, que os Kossikovsky viveram até encontrar um lugar para morar. Valentin e Natasha falavam várias línguas, inclusive o inglês, então se adaptaram rapidamente à vida no bucólico interior da Inglaterra. E pela primeira vez em anos se sentiram a salvo de perigos.

Depois de seis meses em Kent, Valentin sabia que precisava se mudar. Ele e Natasha rapidamente encontraram uma casa pequena, mas atraente em Chelsea; o que a tornava tão atraente para eles era a estufa no jardim. Construída quase inteiramente em vidro, era ideal como estúdio no qual Valentin poderia pintar.

Felizmente, Valentin Kossikovsky havia sabiamente transferido dinheiro para fora da Rússia, em 1912: enviado para a Inglaterra, ele fora bem-investido por seu cunhado banqueiro. E, ao contrário de muitos outros imigrantes russos que haviam fugido para Londres e Paris, eles não estavam pobres.

Foi na adorável velha casa em Chelsea que Anya cresceu, cercada pelas coisas que sua mãe havia conseguido trazer da Rússia... o samovar de prata no qual ela fazia chá todos os dias... os ícones arranjados numa mesa na sala de estar, ao lado das fotografias de família em suas molduras Fabergé.

Anya comia comida russa, aprendia história russa com seu pai e a língua de seus pais, que falavam apenas russo quando estavam a sós.

Em essência, ela foi criada como uma aristocrata russa em São Petersburgo. Mas também era uma garota inglesa criada à maneira de seu país adotado. Frequentou um jardim de infância particular e depois um dos melhores internatos; mais tarde tornou-se aluna do Royal College of Art.

– Sou uma mistura engraçada – disse ela a Michel Lacoste quando o conhecera em Paris. – Mas no fundo sei que minha alma é russa. – E ela continuara a acreditar nisso pelo resto de sua vida, exatamente como seu pai, o príncipe, havia tencionado.

13

A chuva não conseguiu estragar o bom humor de Nicholas Sedgwick. Enquanto ele andava pelo Boulevard des Invalides, em direção à rue de l'Université, não levou a sério o súbito aguaceiro, pensando nele como uma mera chuva de abril que pararia a qualquer momento. E parou, quase antes de ele ter completado o pensamento.

Fechando o guarda-chuva, ele o pendurou no braço e andou num passo rápido, num só fôlego. Havia acabado de terminar os rascunhos de cenários para um novo filme a ser rodado nos estúdios, em Billancourt e no vale do Loire, e estava entusiasmado com o fato de o produtor e o diretor terem gostado de seus desenhos; na verdade, ambos estavam impressionados com eles.

Nada como um pequeno sucesso para deixar um homem num bom estado de espírito, pensou ele enquanto cruzava o bulevar, em direção à escola de Anya. E então num segundo sua expressão mudou e uma sombra cruzou seu belo rosto, fixando-se em seus olhos azul-esverdeados, nublando-os. Profissionalmente ele estava num alto patamar, mas em sua vida pessoal a felicidade o evitava havia muito tempo, e isso o perturbava enormemente.

Até onde ele sabia, seu casamento com Constance Aykroyd, a atriz inglesa de teatro, estava acabado. Ele havia tentado fazer com que desse certo, mas eles simplesmente se afastaram cada vez mais à medida que os meses passavam, e tudo o que ele queria agora era terminar com ela. E o mais pacificamente possível.

Mas Connie não queria um divórcio; ela se amarrara a ele e ao casamento. Ele tomou uma atitude de mínima resistência, não fez nada legalmente, porque não tinha razão real para pressioná-la ao divórcio no momento. Não havia outra mulher em sua vida; ele estava tão ocupado com seu trabalho que não tinha muito tempo para procurar advogados e dar início aos procedimentos legais, embora interiormente soubesse que isso seria inevitável se fosse querer sua liberdade. Certamente Connie não o deixaria livre por sua própria vontade, embora ele houvesse saído de casa muitos meses atrás.

Nicky suspirou, pensando em quanto Connie havia se tornado difícil e temperamental. E anoréxica. Ele realmente estava preocupado com ela nos últimos dias. Ela estava tão dolorosamente magra que era como se estivesse querendo morrer de fome, e parecia uma dessas trágicas vítimas do Holocausto libertadas de Bergen-Belsen ao fim da guerra. Ele estremeceu involuntariamente; só de *pensar* em sua aparência medonha ficava apavorado. Ela era um esqueleto ambulante.

Subitamente Nicky ficou agradecido de não haver filhos envolvidos nesse casamento desastroso. Seria uma separação clara quando finalmente acontecesse, e sem vítimas adicionais do divórcio, graças a Deus.

E ele tinha apenas 38 anos.

Podia recomeçar. Esperava. Ele sorriu para si mesmo. A esperança floresce eternamente... esta era a frase favorita de Hugh Sedgwick, seu tio. Hugo, como ele era comumente chamado, era o segundo marido de Anya; fora um homem muito especial, um gênio dos negócios e o centro da família, o homem em torno de quem todos e tudo giravam. Carismático, confiável e forte, havia sido firme como uma rocha e a influência mais duradoura na vida de Nicky.

Pelo menos meu trabalho está indo bem, pensou Nicky enquanto virava a esquina. Ele e o irmão, Larry, estavam mais ocupados do que nunca, e sua empresa de cenários teatrais, com escritórios em Paris e em Londres, prosperava.

Não apenas isso: ele estava particularmente adorando dar aulas nessa estação. Dava duas aulas toda semana, de design de cenários e de decoração, na escola de Anya, e este ano havia descoberto que tinha vários alunos brilhantes em sua classe. Frequentemente eles o faziam perder o fôlego com seus trabalhos.

Larry, que o substituía quando estava fora trabalhando num filme, concordava com ele sobre os talentos únicos, e também estava cheio de prazer.

Nicky sempre achara recompensador encorajar alunos promissores, e ele tinha prazer em mostrar a eles como desenvolver seu trabalho e alcançar seus objetivos.

A MEIO CAMINHO da rue de l'Université, ele finalmente chegou aos enormes portões de madeira que levavam ao pátio da escola. Entrou pela pequena porta lateral criada para os pedestres; enquanto a fechava atrás de si, esperou que Anya estivesse feliz com os esboços que havia feito para sua festa de aniversário. Ele mostraria a ela mais tarde.

Nicky entrou no elevador antigo e subiu para seu escritório no quarto andar do prédio em que a escola original havia começado nos anos 1920 e permancera aos anos 1940, quando novas construções adjacentes haviam sido adquiridas.

Enquanto saía do elevador e seguia pelo corredor, não podia deixar de pensar na história do lugar. A escola faria 75 anos no fim do ano, e que história de sucesso era aquela...

Se aquelas paredes falassem, pensou ele, entrando no escritório. Colocou seu guarda-chuva no closet, sentou-se à sua grande mesa e começou a olhar para os esboços que havia feito para a festa de Anya. Mas sua mente se deixou levar depois de um tempo; seus pensamentos se prenderam na escola e no que ela se tornara, tudo por causa de Anya Sedgwick.

ORIGINALMENTE ELA FORA uma escolinha de arte modesta, dirigida por Catherine Lacoste, sogra de Anya.

A jovem viúva do renomado escultor francês Laurent Lacoste, que havia inaugurado a escola em 1926, lutara para mantê-la em funcionamento depois da morte de Laurent, no início dos anos 1930.

Apesar de pequena, a escola tinha uma boa reputação por causa dos professores talentosos que empregava, muitos deles artistas que precisavam de um rendimento fixo para financiar sua arte. Mesmo naquela época, tinha certo prestígio por causa do nome de Laurent Lacoste.

Incrivelmente, e para seu crédito, Catherine havia conseguido manter a escola aberta mesmo durante os anos da guerra e da ocupação alemã de Paris. De alguma maneira ela fora capaz de sobreviver na época terrível e problemática da dominação nazista em Paris, durante os muitos períodos de escassez e dificuldades de todos os tipos.

Depois do fim da Segunda Guerra Mundial, a escola começara a florescer novamente. Mas em 1948 Catherine percebeu que não poderia dirigi-la sozinha por muito mais tempo. Ela estava ficando terrivelmente debilitada pela artrite e perdendo os movimentos progressivamente. Finalmente ela havia pedido à sua jovem nora que dirigisse a escola para ela. Anya concordara, sabendo que teria sempre os conselhos e a orientação de sua sogra.

Anya e Catherine foram sempre muito próximas. Elas se conheceram em 1936, quando, no aniversário de 20 anos de Anya, Michel a levara para conhecer a mãe dele. Anya falara a Nicky certa vez que elas se sentaram no jardim, beberam champanhe e riram como colegiais enquanto começavam a se conhecer. Aparentemente, se deram muito bem; Catherine havia mesmo predito, já naquela tarde, que Anya e seu filho se casariam um dia.

Durante a guerra, Michel Lacoste, jornalista de profissão, estava baseado em Londres, onde era membro do *staff* do general Charles de Gaulle, líder da Resistência francesa, que tinha seu quartel-general em Londres.

Anya e Michel, que haviam se apaixonado em Paris antes da guerra, continuaram a namorar na Inglaterra despedaçada pela guerra. Eles se casaram em 1941, durante a Blitz. O casamento aconteceu na casa dos Kossikovsky, em Chelsea, numa Londres austera e bombardeada. Anya tinha 25 anos, e Michel, 31.

Em 1946, meses depois do fim da guerra, Michel pegou Anya e seus dois filhos pequenos, Olga, de 3 anos, e Dimitri, de 2, e voltou para Paris.

A vida na França, em 1946, era cheia de problemas e carências do pós-guerra, bem como no restante da Europa também.

Por causa da ausência de casas disponíveis, e de sua situação financeira instável, Michel e Anya foram morar com a mãe dele. Catherine ficou muito feliz; ela os recebeu calorosamente, animada e deliciada por ter finalmente consigo a jovem família de seu filho. Os anos da guerra haviam sido duros e solitários; ela recebeu muito bem sua companhia, e mimava os belos netos.

Eles todos viveram em harmonia na adorável velha casa de fachada preta e branca com madeira até a metade, onde Anya ainda vivia. A casa era grande o suficiente para todos, e o jardim era uma bênção, um lugar para as crianças brincarem e correrem livremente, especialmente no tempo quente.

A pedido de Catherine, Anya fora ensinar na escola, no período de meio expediente; para seu contentamento, ela descobrira que tinha esse dom. E então, dois anos mais tarde, quando Catherine lhe pedira que dirigisse a escola, ela concordara em fazer isso, confiante em sua habilidade.

Anya era uma jovem esperta e, sob sua orientação, logo a escola começou a prosperar. Anya tinha talento para organização, gerenciamento e divulgação, além de um nariz aguçado para farejar professores excepcionais. Como Catherine fizera antes dela, sempre procurava artistas que precisavam se sustentar num meio compatível enquanto continuavam as próprias carreiras criativas. Era uma política que sempre funcionara.

Mas, talvez o mais importante, Anya tinha visão. Mentalmente, vislumbrava muitas possibilidades maravilhosas, maneiras excitantes de expandir a escolinha de arte, acrescentando a seu currículo novos cursos de outras importantes artes decorativas.

Entretanto, em respeito a Catherine, Anya não implementou tantas de suas novas ideias, nem fez nenhuma mudança realmente séria até depois da morte de Catherine, em 1951. Foi nessa época que ela, vagarosa e cautelosamente, começou a aprimorar a escola, acrescentando os novos cursos que ensinavam moda e design têxtil, bem como figurinos e cenários de teatro.

As aulas de pintura e escultura ainda eram o principal suporte da escola, e, como sempre, o mais importante para Anya. Mas os estudantes começaram a se inscrever nos outros cursos, e ela e Michel ficaram muito satisfeitos.

Suas inovações, por muito tempo no estágio de planejamento, estavam dando certo, e ambos ficaram surpresos de como os novos cursos estavam se tornando populares. Tanto que eles compraram o prédio adjacente quando ficou vago, e outro um ano mais tarde.

E então, em 1955, uma tragédia se abateu sobre eles.

Súbita e inesperadamente Michel morrera de um ataque cardíaco fulminante; tinha 45 anos. Ele e Anya haviam sido casados por 14 anos, sendo felizes, e por um momento ela vacilou, pelo choque terrível da perda devastadora.

Abalada e deprimida pela morte iminente de Michel, Anya continuou a dirigir a escola. De certa forma, aquilo a manteve inteira, ajudou-a a passar pelos meses dolorosos. Quando Nicky uma vez perguntou a ela como havia conseguido fazer aquilo, ela respondeu:

– Simplesmente continuei trabalhando. Mesmo com o coração despedaçado, eu sabia que não podia desistir, ou desmoronar. Tinha muitas responsabilidades na escola e muitas pessoas dependiam de mim para seu sustento, especialmente os professores. E havia também meus dois filhos pequenos... para criar e educar, e eu tinha de ganhar a vida. Eu tive de continuar em frente, sabe? Mas foi o trabalho que fez isso... este foi o segredo. De qualquer forma, eu senti que devia isso à memória de Catherine, manter a escola aberta.

Dois anos depois da morte de Michel, em 1957, Anya conheceu Hugh Sedgwick, um empresário inglês que vivia e trabalhava em Paris. Viúvo, sem filhos, ele fora apresentado a Anya por amigos em comum que pensavam que essas duas pessoas sozinhas eram uma boa aposta. Hugo vinha de uma família ligada ao teatro; seu irmão, Martin, e a irmã, Clarice, eram ambos atores, e Hugo era um pouco artista amador: pintava em suas horas livres. Eles pareciam ter muito em comum.

Hugo e Anya haviam jantado juntos muitas vezes, quando ela deixou a amizade se desfazer. Ela estava muito envolvida com seus filhos e com a escola para se incomodar em desenvolver um relacionamento, e, como ela dissera mais tarde, não era a hora.

Um ano mais tarde eles se encontraram por acaso numa exposição de arte, descobriram naquela noite quanto gostavam um do outro e logo começaram a sair juntos novamente. Muito rapidamente se envolveram e, em 1960, se casaram em Paris.

Hugo era um empresário ousado, de incomum perspicácia e visão. Quando Anya pediu a ele que a ajudasse na administração financeira da escola, um ano depois que se casaram, Hugo concordou. Ele alegremente tomou essa responsabilidade de Anya, que estava sobrecarregada. Dentro de um ano a escola conseguiu subir mais um degrau; ela se tornou altamente lucrativa pela primeira vez em sua história.

Não apenas isso, sua reputação começou a crescer nos anos seguintes. Mais que nunca, estudantes estavam pipocando na escola, muitos deles vindos do exterior. Ela adquirira certa fama e prestígio, no mínimo porque muitos de seus graduados haviam se tornado famosos em seus campos de trabalho. E a própria fama de Anya como professora de jovens talentos começara a se espalhar. Um lugar em sua escola havia se tornado caro e muito disputado.

No meio dos anos 1960, ela foi batizada de Escola de Artes Decorativas Anya Sedgwick. Poucos anos mais tarde o nome foi mudado novamente, dessa vez para Escola de Artes Decorativas, Design e Couture Anya Sedgwick. Ela continuou crescendo e formando graduandos verdadeiramente excepcionais, e a fama de Anya aumentou cada vez mais. Ela se tornara uma lenda viva.

O TELEFONE ESTRIDENTE assustou tanto Nicky que ele deu um pulo. Estivera tão perdido em seus pensamentos que levou um momento para se recuperar e atender à chamada.

– Nicholas Sedgwick.

– É Anya, Nicky.

– *Olá!* Eu estava exatamente pensando em você, ou melhor, na história da escola.

– E em que *exatamente* você estava pensando?

– Para dizer a verdade, eu imaginava se você estava planejando dar algum tipo de recepção no fim do ano. Afinal de contas, a escola estará celebrando 75 anos em novembro.

Ela começou a rir.

– Você não acha que a minha festa de aniversário já é uma celebração suficiente?

Rindo com ela, ele respondeu:

– Uma coisa não tem nenhuma relação com a outra. Só uma *pequena* recepção, Anya.

– Não sei, Nicky. Deixe-me pensar sobre isso.

– Sim, faça isso. E podemos conversar mais tarde. Agora, a que horas devo ir ao seu escritório para mostrar os esboços do tema de sua festa?

– Não quero vê-los, Nicky, é por isso que estou ligando para você. Francamente, eu preferiria que a festa fosse uma surpresa *total*... em todos os aspectos. Eu vou deixar você fazer todas as escolhas e tomar todas as decisões.

– Mas, Anya...

– Não, não – cortou ela. – Confio totalmente em você, querido garoto. Você tem o melhor gosto que qualquer pessoa que conheço.

– Isso é muito lisonjeiro de sua parte, mas realmente acho que me sentiria melhor se você os visse – protestou ele.

– Quero ficar surpresa. Nada mais me surpreende nos dias de hoje, devo admitir, então realize meu desejo. Sei que vou adorar tudo.

– Sinceramente, espero que sim – murmurou ele, depois acrescentou: – Mas, para ser honesto, eu realmente estava esperando ansiosamente para ver você.

– Então você pode me levar para tomar um chá. Isso seria *ótimo*, Nicky, e podemos conversar um pouco, trocar ideias. Nós não fazemos isso há algum tempo.

– Que boa ideia, será um prazer. A que horas devo passar no seu escritório para pegá-la?

– Não estou na escola. Estou... fora. Então, que tal se nos encontrássemos no hotel Meurice? Está muito bonito depois da reforma. Você o viu recentemente?

– Não.

– Então nos encontraremos lá. Às 16 horas. Ah! E, Nicky, a entrada principal é agora pela rue de Rivoli.

– Estarei lá. Às 16 horas em ponto.

14

Eles se sentaram juntos no *Jardin d'Hiver* – o jardim de inverno –, bem atrás do saguão do recém-reformado hotel Meurice, na rue de Rivoli, em frente às Tulherias.

Palmeiras em vasos e muitas outras plantas exóticas ajudavam a criar a sensação de jardim tão predominante nesse charmoso e confortável lugar onde almoço e chá eram servidos.

Suspenso, colocado no centro do grande teto redondo, havia uma abóbada, trabalhada em metal. A opacidade leitosa do vidro filtrava a luz natural do dia e dava a esse aposento que se inspirava num jardim uma suavidade única.

– Eles descobriram essa abóbada quando começaram a pôr o hotel abaixo – disse Anya subitamente, olhando para o teto e depois para Nicky. – Ele foi coberto, emassado e pintado durante muitos anos. Ninguém tinha nenhuma ideia de que a abóbada central era na verdade feita de vidro, até a restauração e a renovação começarem, há muitos anos.

– Que interessante! E o que é melhor ainda é a condição em que se encontra o vidro – exclamou Nicky, seguindo o olhar dela um momento antes. – Ele *não pode* ser original, pode?

– Não, na verdade não é. É vidro novo, e, claro, uma abóbada totalmente nova, Nicky, feita no estilo *art nouveau*, como pode ver – disse Anya. – Os arquitetos e designers fizeram uma cópia do original. Sabe, quando eles descobriram a abóbada de vidro lá em cima, estava rachada e quebrada, arruinada. Ela foi danificada pela massa e pela pintura jogadas por Deus sabe quantos anos. Mas está bonito agora, não está? Eu sempre fui um pouco parcial com o *art nouveau*, você não?

Nicky assentiu e deu a ela um olhar curioso.

– Como sabe isso tudo? Sobre o telhado, quero dizer.

Anya sorriu um tanto orgulhosamente.

– Um dos diretores é amigo meu, e ele me contou tudo sobre esse telhado de vidro quando me mostrou o hotel recentemente e depois me trouxe para jantar aqui.

Sorrindo, Nicky sacudiu a cabeça.

– Por que eu sempre faço a você uma pergunta simples quando se trata desse tipo de coisa? Eu deveria ter sabido que você obteve sua informação diretamente da fonte.

Ela não fez comentários, simplesmente assentiu levemente e então se recostou na cadeira, olhando em volta.

– Catherine Lacoste sempre amou esse hotel – confidenciou ela depois de um instante. – Ela costumava me trazer aqui para tomar chá. Ou champanhe. Ele também se tornou um dos meus favoritos. Claro, quando a guerra começou, ela nunca mais pôs os pés aqui. E como poderia? Durante a Ocupação, o hotel era o quartel-general do Alto Comando alemão, sabe? Como Catherine odiava *les boches*.

– Bem como o restante da França.

– Bem, agradeço a Deus uma coisa... os nazistas não destruíram Paris, embora pudessem tê-lo feito.

– Eu estremeço só de *pensar* nisso. Teria sido terrível, uma verdadeira profanação.

– Hitler ordenou que prédios históricos fossem destruídos em 1944, quando as tropas Aliadas estavam se aproximando. Mas o general Dietrich von Choltitz, o governador da Ocupação, não foi capaz de perpetrar esse sacrilégio. Ele se rendeu e entregou a cidade intacta ao general Leclerc, o libertador de Paris – explicou ela.

– Hugo uma vez me contou algo a esse respeito – disse Nicholas, e pegou sua xícara, tomando um gole de chá e encarando Anya por sobre a borda, pensando em como ela parecia bem naquela tarde: usava um traje de lã crespa azul-claro e seu adorado colar de grandes pérolas dos Mares do Sul com brincos combinando, que eram uma obrigação para ela, e, de certa forma, haviam se tornado sua marca registrada.

Seus cabelos louro-escuros suavemente ondulados e curtos estavam penteados com elegância, como sempre, e ela parecia realmente radiante, simplesmente maravilhosa para Nicky. Ela sempre cantava louvores à sua irmã, Katti, considerando-a a mais bonita, mas, na opinião dele, não era assim. Elas tinham uma aparência muito semelhante, as duas irmãs Kossikovsky, mas o jeito de Anya era decididamente o mais impressionante, acreditava Nicky. Seus olhos eram maiores e de um azul adorável; o nariz, mais bem-construído, e suas maçãs do rosto, mesmo em sua idade, eram pronunciadas sensacionais. Ela parecia vinte anos mais jovem do que era na verdade. Um ponto a seu favor era sua perfeita saúde, que ela atribuía a seus genes russos.

Interrompendo seus pensamentos, Anya perguntou:

– Você já recebeu a confirmação de muitos convites para a minha festa, Nicky?

– Muitos, realmente, e estou esperando mais esta semana. O dia 1º de abril foi o prazo que dei, mas algumas pessoas se atrasarão, isso é normal.

– Você recebeu notícias de Alexa? Ela aceitou vir?

– Não, ainda não. Mas tenho certeza de que vou ter notícias dela a qualquer momento.

– Ela pode não vir. Não voltou a Paris desde que terminou com Tom Conners, e, se você se lembra, isso foi há três anos, na mesma época em que ela parou de trabalhar com você e Larry. Eu a vi em Nova York quando estive lá no ano passado para receber aquele prêmio. – Ela fez uma pausa, deu a ele um olhar muito revelador e terminou: – Particularmente tive a impressão de que Alexa estava evitando a França... Paris em particular. Por causa dele.

– Está querendo dizer que ela continua apaixonada.

– Acho que sim.

Nicky suspirou.

– Eu sempre a alertei sobre ele, e Larry também. Repetidamente. Tom carrega uma bagagem emocional muito pesada. Nenhuma mulher precisa disso, Anya.

– Talvez ele tenha descarregado um pouco dela? Agora.

– É possível pensar que sim, não é verdade?... Mas eu realmente não sei... – Sua voz tremeu e então ele lançou a ela um olhar impotente. – Tom sempre foi um cara estranho.

– De que maneira?

– Solitário. Mantinha seus pensamentos para si mesmo. Orgulhoso. Sim, acho que é isso o que quero dizer. Ele era muito independente e contido. Nem um pouco confiável.

– Você ainda o vê? – Anya se inclinou para a frente, os brilhantes olhos azuis focados nele mais intensamente. – Eu tinha a impressão de que ele representava algumas pessoas no show business.

– É verdade, ele fazia isso. Provavelmente ainda faz. Mas eu não o encontro há muito tempo, pelo menos um ano. Talvez ainda mais. – Seus olhos se estreitaram suavemente. – Por quê? O que você está querendo?

– Eu realmente quero que Alexa esteja na festa. Eu só estava imaginando se haveria alguma maneira de tornar isso mais fácil para ela.

– Convidando-o também?

– Não, não seja tolo, Nicholas! Isso não faria com que ela se sentisse mais confortável, muito pelo contrário. O que eu quis dizer é que talvez ele tenha deixado Paris.

– Duvido. – Nicky ficou ereto, uma expressão de alerta em seu rosto.

– Mas se ele não morar mais aqui, nós podemos dizer isso a ela, você não vê? – pressionou Anya.

– Sim. Mas eu tenho quase certeza de que ele ainda é um morador desta bela cidade. Ele nasceu aqui, é o lugar dele.

– Algumas pessoas vão embora, se mudam, vão para a Provence, ou a algum lugar parecido.

– Não o Tom, acredite em mim. Por acaso, eu recebi notícias daquela garota italiana bacana que era da turma de Alexa. Maria Franconi. Ela foi praticamente a primeira a aceitar.

Um largo sorriso se espalhou pelo rosto de Anya.

– Estou tão feliz que ela venha! É adorável! E tem um talento muito grande, provavelmente desperdiçado agora.

– O que você quer dizer? – perguntou Nicky, franzindo as sobrancelhas.

– Ela poderia fazer muito mais do que desenhar tecidos para aquela empresa antiquada da família na qual ela está enfiada, posso dizer isso a você, meu menino querido. A garota é uma artista extraordinária, um gênio. – Não dando a ele a chance de fazer nenhum tipo de comentário, continuou: – Kay Lenox virá, disso eu tenho certeza, mas Jessica não. Não acho que será capaz de encarar Paris, em vista do que aconteceu com ela.

– Você está falando do desaparecimento de Lucien?

– Estou. Aquilo foi um mistério nunca resolvido, e acho que jamais será. *C'est dommage.*

– Concordo com você. E então você acha que Jessica vai perder sua festa porque Paris guarda más lembranças, muito sofrimento para ela?

Anya assentiu e se recostou na cadeira.

– Realmente acho, Nicky: nunca vi ninguém tão perturbada. Me lembro muito claramente de tudo, poderia ter acontecido ontem mesmo. Num minuto, ela estava cheia de vida, feliz, loucamente apaixonada, vendo um futuro com ele, e, no outro, estava mergulhada na mais horrenda angústia e desespero. – Ela sacudiu a cabeça. – Honestamente, achei que ela jamais se recuperaria. É diferente quando a pessoa que amamos morre. Há uma finalidade horrível na morte. Mas é um término. O fim. E há o funeral, reunião de família, luto, todos esses rituais necessários, e eles ajudam, acredite em mim, eles ajudam. De alguma maneira você continua vivendo – por costume, talvez, e por um longo tempo é por costume. Finalmente, entretanto, você começa a se sentir um pouco melhor. A vida *é* para ser vivida, você sabe. Eu passei a acreditar firmemente nesse clichê. Mas, quando o objeto de seu amor simplesmente... *desaparece*, como por encanto, então tudo se torna impossível, e de uma forma peculiar realmente não há meio de lidar com o pesar e a dor.

– Porque não há um fim – sugeriu Nicky.

– Exato. Não há corpo. Não há enterro. Não há luto também. Logo, não há um fim. Não há fim para a dor, porque você não sabe o que aconteceu com ele. É simples assim. Para Jessica, foi um pesadelo. Eu realmente fiquei preocupada com ela, preocupada até a morte. Para ser muito franca, achei que ela estivesse correndo o risco de se tornar... bem, mentalmente doente. Por um tempo ela *ficou* louca, não conseguia lidar com a perda, e, como Lucien Girard não tinha família, realmente não havia ninguém a quem ela se juntasse no luto, ou maneira de ser consolada como precisava. Alain Bonnal foi maravilhoso, mas ele também ficou confuso, perdido e, naturalmente, arrasado. Pelo menos eles apoiaram um ao outro, ajudaram-se por um tempo.

– E nada jamais se revelou? Nenhum corpo foi encontrado na costa? Ou em outro lugar qualquer? Não houve jamais nenhuma informação da polícia?

– Nenhuma. Eu teria dito a você. Veja, Nicky, foi como se Lucien jamais tivesse existido.

Por um instante Nicky não respondeu. Ele conhecera Lucien, e Larry havia apresentado o jovem ator a Jessica. Que história estranha aquela. Finalmente ele disse:

– Eu lembro que os pais dela vieram a Paris para ficar com ela e depois a levaram de volta ao Texas. Mas o que realmente aconteceu com Jessica, Anya? Ela se casou? Você tem notícias dela?

– Oh, sim, eu tenho, eu recebo bilhetes e cartões dela de tempos em tempos, ou um recorte da *Architectural Digest* quando uma das casas decoradas por ela aparece na revista. Ela tem um talento enorme, é uma das maiores designers de interiores de hoje, e isso, em parte, se deve à sua formação clássica. E não, ela não se casou. Vive em Bel Air, faz muita decoração para ricos e famosos. Mas nunca se esquece de me mandar um cartão de Natal com uma mensagem adorável. Na verdade, eu recebo cartões de Natal de Kay e de Maria também.

– E Alex?

– Oh, ela está sempre em contato. Eu recebo cartas, cartões, fotografias e telefonemas. Alexa sempre foi muito devotada a mim, calorosa, amorosa.

– Você a viu em Nova York no ano passado. Como ela estava? Como está a vida pessoal dela?

– Muito bem, mas você sabe disso, Nicky. Você sabe quanto sucesso ela teve fazendo cenários para peças de teatro. Eu pensei que ela mantivesse contato com você.

– É verdade, mantinha. Mas nunca discutiu sua vida pessoal. Nunca.

– E você nunca mencionou Tom Conners?

– Claro que sim. Uma vez. Ela não me deixou falar, estava realmente bastante humilhada. Então, aprendi a lição. É algo infernal uma mulher apaixonada por um homem que ela não pode ter porque ele é um imbecil.

– É realmente isso o que você pensa de Tom? – Ela olhou para ele com firmeza, a testa enrugada.

– É. – Depois ele sacudiu a cabeça, parecendo levemente desgostoso. – Não, não, não é verdade. De muitas maneiras, ele é um bom homem. Mas Tom viveu uma grande tragédia, e ele deixou que essa tragédia arruinasse a vida dele, que destruísse qualquer chance de felicidade com uma mulher. E isso é certamente ser um imbecil, não é?

– Sim, tenho de concordar. E tem mais: não posso imaginar nenhum homem que deixe uma mulher bela e jovem escapar por entre seus dedos como ele deixou Alexa. – Anya levantou sua xícara, bebeu o chá e continuou. – É engraçado, não é, como uma garota em particular se torna muito importante na vida de alguém? Eu tive alguns alunos verdadeiramente maravilhosos, homens e mulheres, ao longo de muitos anos de ensino, mas nunca houve ninguém que chegasse perto dela. Pelo menos não para mim. Ela era... *a garota perfeita*. Não, não perfeita, não quero dizer exatamente isso, na verdade, porque ela tinha seus defeitos, como tem agora, não tenho dúvida. Mas ela era a personificação de tudo o que eu pensava que uma jovem mulher devesse ser. Você entende o que estou querendo dizer, Nick?

– Sim, eu compreendo, muito bem até. Acho que sempre fui um pouco apaixonado por Alexa quando ela trabalhava comigo e com Larry. – Ele sorriu melancolicamente, pegando a mão de Anya. – Talvez eu ainda seja. Você sabe por quê?

– Não, não sei.

– É porque Alexandra Gordon é parecida demais com você, Anya, e de muitas maneiras. É por isso que você gosta tanto dela, você sabe. Ela deve ter sido tirada do mesmo molde que você, e é muito mais parecida com você do que Olga, e isso da maneira mais agradável, quero dizer, não estou criticando sua filha. O que tento dizer é que Alexa é um reflexo seu, e totalmente por acaso. Ou talvez ela tenha se espelhado em você. Em qualquer área, ela tem muitos do seus talentos especiais.

– Ela tem, sim, acho que você está certo.

Ele riu.

– Sim, estou. Ela é criativa, mas também muito competente, isso era muito óbvio quando ela trabalhava para nós. Sabe, ela pode fazer tantas outras coisas tão bem quanto desenhar cenários. Você poderia dar a ela esta escola para dirigir, que ela o faria muito bem. Ela poderia desenhar figurinos ou roupas da moda, até mesmo decorar uma casa. Ela é esse tipo de pessoa, e o trabalho dela será sempre excelente. Sim, ela é como você, nesse sentido.

– Acho que você deve estar um tanto influenciado, Nicky – respondeu ela com um pequeno sorriso. – Ouça-me: pensando bem, não acho que devemos nos intrometer na vida dela. Eu não teria sugerido isso. – Ela deu tapinhas na mão dele, que ainda segurava a dela, e o olhou com firmeza. – Intromissão pode ser perigoso, não podemos brincar de Deus, Nicky.

– Como eu faço às vezes?

– Exatamente. Hugo costumava me dizer: o que será, será. E ele estava certo. Você sabe, a vida tem uma maneira de cuidar de si mesma. Então vamos deixar tudo para a vida, deixar que as coisas tomem seu rumo. Se não recebermos notícias de Alexa em uma semana, mais ou menos, eu telefonarei para ela e pedirei que venha à minha festa de aniversário. Por mim. – Seus olhos estavam calorosos e amáveis ao continuar: – Estou feliz, Nicky, tenho estado preocupada com você, preocupada com seu jeito, muito tenso ultimamente. Eu sei que você está tendo problemas com Constance. Será que não dá para acertar as coisas?

– Acho que não. O casamento acabou, só que ela não aceita isso. Mas ela vai ter de aceitar em algum momento. Eu saí de casa há muito tempo. Agora tenho de seguir em frente, seguir com a minha vida.

– Há alguma outra pessoa? – perguntou Anya suavemente. Ele era muito bonito, moreno, impressionante, como Hugo fora, e ela sabia que muitas mulheres achavam Nicky irresistível.

– Não, não há ninguém. Eu diria a você se houvesse. – Ele deixou escapar um longo suspiro. – Veja, ela e eu nos afastamos, e, acima de tudo, eu ando realmente muito preocupado com o regime dela. Na verdade, já passou muito disso. Ela está anoréxica. Connie está parecendo doente de verdade, como um esqueleto, como se tivesse saído de um daqueles campos de concentração da época da guerra.

– Vamos dar a esses lugares horrendos o nome correto, Nick. *Eles eram campos de morte.*

– Eu sei.

– É uma doença, a anorexia. Como a bulimia também, você sabe. Ela precisa de ajuda. Você não consegue convencê-la a procurar um médico que trate de distúrbios alimentares?

– Eu tentei, e a irmã dela também. Mas ela é muito resistente à ideia, é como se estivesse cega.

– Isso é parte da doença, eu sei. – Anya se recostou na cadeira. – Se houver algo que eu possa fazer, você só precisa pedir.

– Obrigado, Anya.

Um silêncio amigável caiu sobre eles. Mas finalmente Anya murmurou numa voz reflexiva:

– A vida é estranha, imprevisível, bem como este mundo em que vivemos. Aqui estamos. Nicky, sentados no Meurice, muito relaxados, tomando o chá da tarde. Mas, pense: há sessenta anos os nazistas estavam instalados neste mesmo hotel, dirigindo a Ocupação alemã na França. Bem, eles tiveram o destino da França nas mãos deles. Como foram temidos e odiados! E então, subitamente, eles acabaram. Os conquistadores foram derrotados. A Resistência francesa marchou para Paris e libertou a cidade. E tudo muda novamente.

– Tio Hugo costumava dizer que a única coisa permanente é a mudança.

Parte III
Investigação

15

Anya a convencera a mudar de ideia.

E então aqui estava ela, em Paris, na primavera. Em maio, para ser exata. Três semanas antes da festa de aniversário, no dia 2 de junho. Cedo demais. Por outro lado, Alexandra Gordon sabia que tinha muito com que se ocupar durante esse período.

Ela planejava passar momentos especiais com Anya; faria muitas compras, pois queria se cuidar com roupas novas, das quais precisava, e as sentia merecer, depois dos longos meses de trabalho duro na peça da Broadway. E também, como havia acabado de aceitar trabalhar com Nicky num novo filme, que começaria a ser filmado em outubro, era imperativo que ela tivesse uma série de encontros com ele imediatamente.

E aí havia sua agenda secreta.

Tom Conners.

Alexandra tinha toda a intenção de procurá-lo. Precisava saber onde ele estava nesse estágio da vida dele. E onde ela ficava nele. E havia algo mais... tinha de saber como se sentia a respeito dele. Apesar de tudo, não o via fazia três anos; talvez, quando finalmente se vissem face a face, seus sentimentos fossem bastante diferentes.

Em sua cabeça – na maior parte das vezes – estava tudo terminado.

Ele *tinha* terminado tudo, dizendo que ela não teria futuro com ele, que não poderia se casar com ela, e que não se casaria, com mais ninguém. Aparentemente, seu passado havia interrompido seu futuro.

E mesmo assim, de certa forma, *não estava* terminado para ela. Parte dela ainda sentia saudades dele, secretamente. Ele ocupava grande parte dela, continuamente se esgueirando para seus pensamentos quando ela menos esperava. Mas ultimamente tinha conseguido reconhecer que nada daquilo era muito saudável, e que não poderia conviver com aquela situação por muito tempo.

Alexa aceitou que tinha de estar emocionalmente livre, de modo que pudesse seguir adiante; que não poderia se casar com Jack Wilton até que tivesse confrontado os demônios que a assombravam. Não seria justo com Jack, que era um ser humano tão decente, nem com ela.

Se ela se casasse com Jack, teria de ser com o coração livre, em que houvesse amor apenas por ele. Qualquer outra coisa não seria decente.

E então ela viera matar o dragão em sua própria toca.

Depois disso, talvez pudesse virar a página e seguir com sua vida. Afinal de contas, ela já tinha quase 31 anos, e parecia-lhe que o tempo corria mais rápido que nunca naqueles dias.

Alexa admitia para si mesma que se sentia muito mais relaxada agora que tomara a decisão de encontrar Tom. Não apenas confortável a respeito de vir a Paris para a celebração especial de Anya, mas também mais em paz consigo mesma. Era como se só o fato de tomar a decisão de lidar com Tom houvesse tirado um peso de cima dela.

ELA CHEGARA A PARIS na quinta-feira, de manhã, tendo tomado um voo noturno de Nova York, e, depois de desfazer as malas e descansar a maior parte do dia, agora estava pronta para agir.

Eram 11 horas de sexta-feira. Dia 11 de maio, e a tentação de ligar para Tom Conners era forte. Mas Alexa resistiu, largando o telefone. Ela ainda não estava pronta para encará-lo.

Então olhou em torno no quarto, dando uma última conferida, e pegou sua bolsa. Na mesa, onde os havia colocado, estavam seus óculos escuros, sua agenda de endereços, um *notepad* e seu telefone celular, mais a chave da porta. Pegando tudo e jogando em sua bolsa, ela deixou o quarto e se dirigiu ao elevador.

Poucos segundos depois estava andando pelo elegante lobby de piso de mármore do hotel Meurice, que Anya havia recomendado muitas semanas antes. Estava feliz por ter seguido o conselho de Anya; seu quarto era confortável e agradável, e a localização do hotel era ideal para ela.

Alexa passou pela porta giratória e desceu os degraus, ficando de pé do lado de fora do hotel por um instante, indecisa sobre o que fazer. Fora convidada para o almoço na casa de Anya às 13 horas, então tinha duas horas para preencher. E várias opções.

Estava em sua cidade preferida em todo o mundo, e ela a conhecia bem; como não a visitava havia três anos, estava cheia de excitação, uma enorme nostalgia e o desejo de ir às partes mais amadas da cidade.

Se virasse à esquerda, poderia andar até o Louvre, onde ficava uma de suas pinturas favoritas, e certamente teria um grande momento de prazer ao vê-la novamente.

Ou poderia se virar para a direita, andar ao longo da rue de Rivoli, olhando as vitrines, até que chegasse à Place de la Concorde, com os Champs-Élysées atrás e o Arco do Triunfo no final. Para ela, sempre uma visão de parar o coração.

Por outro lado, a Place Vendôme estava logo atrás do hotel, como também a rue du Faubourg St. Honoré, onde ficavam algumas de suas butiques favoritas. Mas ela não estava realmente no espírito de fazer compras e experimentar roupas. Ela faria isso outro dia. O dia todo. Tomando uma decisão de estalo, começou a andar na direção do Louvre.

Que dia glorioso era aquele!

Paris cintilava sob o céu iluminado. Era um céu brilhante, limpo pela luz do sol, e não havia nenhuma nuvem visível. O céu parecia estar flutuando muito alto, uma grande abóbada que lembrava uma taça virada de cabeça para baixo, com seu interior vitrificado por um suave pó azul. Não havia brisa; não estava quente também. Estava, muito simplesmente, fazendo o tempo mais perfeito.

Como Paris parecia magnífica hoje, ela pensou enquanto olhava em volta, andando ao longo da rue de Rivoli num passo firme. Então ela fez uma anotação mental para visitar o Louvre des Antiquaires, na Place du Palais-Royal, perto dali. Ela esperava que naquela galeria única de lojas antigas pudesse encontrar algo realmente especial e original para o aniversário de Anya. Devia haver algo russo ou inglês, alguma pequena lembrança que evocaria todos os tipos certos de recordações em Anya.

Um fluxo de suas próprias lembranças engolfou Alexa; elas fizeram seu coração se apertar de amargura. Lembranças de Tom e dos dois anos que passaram juntos... sua maneira sensual de fazer amor, sua alegria por estarem um com o outro. Lembranças de trabalhar em diferentes filmes com Nicky e Larry. Dias tão felizes ao lado deles, com quem ela aprendera tanto... noites tão felizes ao lado de Tom, com quem ela também aprendera bastante... incluindo o sofrimento e a dor...

Ela foi assaltada de repente pelo cheiro perfumado, de dar água na boca, de café fresco. Atormentando-a, ele pairava no ar, flutuava até ela. Ab-ruptamente ela parou do lado de fora de um café, na calçada; imediatamente se sentou a uma das mesas, incapaz de resistir.

– *Café au lait, s'il vous plaît* – disse ao sorridente garçom que de imediato apareceu na frente dela.

– *Mais oui* – disse ele, despachando-se.

Alexa se recostou na cadeira de metal, pensando em como era maravilhoso estar ali, em como fora boba de ficar tanto tempo longe.

Alguns segundos se passaram e então o garçom voltou, colocando um bule de café e uma jarrinha de leite quente fumegante na sua frente.

– *Voilà, madame!* – exclamou ele com um aceno de cabeça, e trouxe mais itens para sua mesa rapidamente.

– *Merci* – disse ela, sorrindo de volta, enquanto ele colocava na mesa uma cesta de pães. Então ela pegou o bule, serviu o café na grande xícara e acrescentou o leite espumante.

O primeiro gole foi delicioso; depois ela olhou a cesta de diferentes pães. Ela podia sentir o cheiro dos croissants frescos, que também tinham surgido miraculosamente na mesa, junto com pequenas fatias de manteiga cremosa num prato, além de um pote de geleia escura de framboesa.

Oh, que inferno, por que não?, pensou, e pegou um croissant, partiu um pedaço, passou manteiga e uma generosa porção de geleia. Parecia derreter em sua boca, e ela pensou em todos os cafés da manhã que havia tomado, exatamente como aquele, quando era estudante ali.

Isso há nove anos. Tinha acabado de completar 21 anos quando começou na escola de Anya. E do primeiro ao último dia ela adorara cada momento, não tendo se desapontado nem uma vez.

Havia uma atmosfera extraordinária na escola. Os prédios ao longo da rue de l'Université eram repletos de um tipo especial de... *felicidade*. Aquela era a única palavra em que ela podia pensar para descrever o espírito das muitas diferentes salas de aula e estúdios de arte. Esse sentimento de genuína euforia e excitação envolvia todo mundo que chegava ali. Claro que aquilo emanava de Anya, de quem mais? E também os outros professores eram tão inspirados e inspiradores quanto ela.

Eles todos inculcaram nela e nos outros alunos um amor pelo aprendizado, e eles eram os melhores, sempre os maiores especialistas em suas áreas, escolhidos a dedo por Anya Sedgwick devido a uma variedade de qualidades, bem como a seus talentos.

Como foram maravilhosos aqueles anos!, pensava ela agora, reclinada na cadeira, lembrando, deixando sua mente se encher de recordações daqueles dias. Eles haviam sido cheios de maravilhas, antecipação, expectativa e uma sensação de aventura. Tudo estava à sua frente, sua vida inteira, e o futuro brilhava diante de seus olhos. Ele guardava muitas promessas e prêmios deslumbrantes.

Sim, todas as suas esperanças e ambições haviam sido encorajadas ali por Anya e seus outros professores. E que sonhos de glória ela tivera! Graças a Anya, muitos deles haviam se tornado realidade... pelo menos no que dizia respeito ao seu trabalho. Mas muito mais dera errado... em sua vida pessoal. Mas não era culpa de Anya. E agora ela queria consertar isso Ela viera terminar um negócio inacabado.

16

A mulher era tão impressionante e de aparência tão dramática que as cabeças se viravam quando ela passava.

Era alta, cerca de 1,70 metro de altura, curvilínea, e havia certa realeza em sua postura, uma fluidez na maneira como se movia com uma graça medida.

Mas era seu rosto o que fazia as pessoas olharem para ela novamente. A mulher era estonteantemente bonita, com cabelos negros que caíam por suas costas, sobrancelhas negras perfeitamente curvadas sobre olhos negros grandes, e uma boca muito voluptuosa.

Suas roupas eram de corte simples e elegante. Usava uma calça preta de gabardine, leve, uma camisa masculina de seda branca e sandálias pretas de saltos altos. Uma bolsa de couro preta estava pendurada em seu ombro e ela carregava um par de óculos escuros numa das mãos.

A essa elegância simples somavam-se suas joias. Não havia nada ostensivo no relógio que usava no pulso esquerdo, no bracelete de ouro no outro, ou nos pequenos brincos de diamantes nas orelhas.

Naquela manhã ela se movia num passo vagaroso e descansado através dos silenciosos corredores do Louvre, parando aqui e ali para olhar uma obra que chamava sua atenção, sem grande pressa para chegar à pintura que ela realmente fora ver. Tinha muito tempo antes de partir para comparecer ao encontro na hora do almoço no hotel Ritz, na Place Vendôme, que não era muito longe do museu.

A mulher ficou consciente do tumulto que provocava enquanto seguia em frente, com autocontrole, e mantendo uma distância amigável. Ela se assombrava com isso. Três meses atrás não teria acreditado que fosse possível que ela, entre todas as pessoas, criasse uma reação tão surpreendente nos outros.

Mas Maria Franconi havia passado por uma enorme transformação, e tão extraordinária, tão radical que seu irmão, Fabrizio, poderia descrevê-la apenas como inacreditável e miraculosa. E realmente era ambas as coisas. O milagre não era acidental. Ocorrera por causa de um trabalho tremendamente duro, disciplina rígida, muitas provações de vários tipos e total dedicação a uma causa: *Um peso imenso perdido no menor tempo possível.*

Maria levara pouco menos de três meses para perder 21 quilos, um a menos que seu objetivo. Ela havia conseguido isso com a ajuda de um médico, um nutricionista, um personal trainer e seu irmão – e o foco tão intenso que ela pusera naquilo.

Durante esse tempo, ela havia se jogado de coração inteiro num regime brutal, que compreendia ginástica pesada, uma dieta totalmente livre de gordura, açúcar e carboidratos; vinho e álcool de qualquer tipo foram proibidos, bem como chocolates, balas e todas as sobremesas.

Se ela tivesse fome, frequentemente os resultados muito visíveis da dieta eram merecedores daquilo e a mantinham firme, e eram realmente animadores para ela. Durante todos os meses de fevereiro, março e abril ela não pensou em nada além de ir à festa de Anya em Paris, e foi esse incentivo e sua extraordinária força de vontade que a capacitaram a continuar. Ela até se surpreendia consigo mesma às vezes.

Um dia, a meio caminho de seu programa, houve uma súbita e marcante mudança em seu rosto. Ela sempre fora bonita, tinha bastante consciência disso, mas agora seu rosto havia se tornado dramaticamente belo. Não havia uma pitada de gordura excedente nele, e as maçãs saltadas do rosto eram mais aparentes do que nunca. Seu pescoço estava mais fino e por causa disso parecia mais longo e elegante, somado à harmonia de sua cabeça.

Logo ficou claro para Maria que ela estava perdendo peso na maior parte, em primeiro lugar, no torso superior. Seus ombros, braços e costas estavam ficando mais delgados agora, e seus seios não eram mais tão grandes. O que a desapontava era a lentidão da perda de peso nos quadris. Mas seu trainer assegurou a ela que finalmente emagreceria, mais provavelmente quando ela menos esperasse. Tudo o que ela tinha de fazer era manter rigidamente o regime. E isso ela fez. Vaidade era o estímulo, e foi o que a fez seguir em frente.

Muito simplesmente, Maria Franconi estava começando a gostar de si mesma e mal podia acreditar em sua incrível transformação. Ela também descobrira que ser bonita era realmente bastante viciante.

Por intermédio de seu nutricionista, Maria aprendeu tudo sobre modificação de comportamento, bem como ganhou compreensão sobre as comidas certas – que manteriam sua saúde. E magreza.

E então, nada mais de cozinhar para seu irmão, nada mais de jantares festivos para os amigos. Ela virtualmente trancou as portas de sua charmosa cozinha moderna, levava seus amigos para almoçar ou jantar em restaurantes, onde ela mesma comia frugalmente e ficava longe do vinho.

Muitas semanas antes que ela deixasse Milão em direção a Paris, Maria visitou um conhecido estilista, recomendado por seu irmão Sergio, que tinha inumeráveis amigas que iam lá. O estilista imediatamente compreendeu seus problemas e criou muitas calças bem-cortadas, conjuntos de saia e paletó e alguns vestidos elegantes e de corte simples, tudo em tecidos muito bonitos.

As roupas foram desenhadas para ressaltar especificamente seus pontos positivos e também esconder certas partes de seu corpo. Os segredos eram os casacos compridos, que terminavam bem abaixo da coxa, cortados de ponta a ponta, sem botões; as pernas estreitas das calças, e as saias finas nos vestidos e nos conjuntos.

Essas roupas ajudaram a afinar a parte de baixo de seu corpo, dando a ela uma aparência mais magra e alongada. As cores escuras que escolheu, em sua maior parte preto e vários tons de cinza, ajudavam na camuflagem, e também se encaixavam em suas cores escuras e compleição cor de oliva. Em muito pouco tempo ela havia adquirido um certo tipo de elegância, e isso, junto com sua saúde crescente e a aparência adorável, fazia as cabeças se voltarem à sua passagem. Ela se sentiu gratificada. Todo o seu trabalho duro e a persistência haviam valido a pena admiravelmente.

Mesmo que agora já estivesse em Paris, Maria não abandonou seu regime. Ela sabia que teria de segui-lo pelo resto de sua vida se quisesse continuar magra. Agora era menos difícil, mas mesmo assim ela era muito disciplinada e dedicada. Frequentava o spa no hotel todos os dias, nadava, fazia exercícios e malhava com aparelhos. Tudo isso deu a ela força extra e tônus muscular, o que lhe agradava.

Ela também manteve sua dieta restrita, apesar da tentadora comida francesa que sempre adorara desde a época em que vivera ali como estudante.

Embora Fabrizio tivesse dado um grande apoio e a ajudado a alcançar seu objetivo, ele fora contra ela gastar boa parte de junho em Paris, o que originariamente planejara fazer.

Toda a família Franconi ia para sua espetacular *villa* em Capri no início de junho, onde passavam a maior parte do verão. Fabrizio insistiu para que ela acompanhasse a família e, depois de muita discussão, às vezes esquentada, ela finalmente concordara.

Mas ela estava determinada a passar três semanas em Paris, o que prometera a si mesma, tirando aquelas tão necessitadas férias por sua conta, fazendo exatamente o que queria.

Então ela havia chegado no dia 3 de maio e planejava ficar até o dia 5 de junho, quando encontraria a família em Capri, viajando via Milão.

Maria estivera bastante ocupada desde que chegara. Fora visitar sua amada Anya muitas vezes, almoçara na casa dela e a levara para jantar no Chez Benoît. Fizera compras, passara o tempo em galerias de arte e fora a Versalhes, um de seus lugares favoritos.

E ela adorava cada minuto de sua liberdade, bem longe de seu trabalho e de sua família dominadora.

Eu escapei, pensava ela agora, enquanto vagarosamente começava a se aproximar da pintura que tinha ido ver. Se pelo menos eu não tivesse de voltar... se pelo menos eu pudesse ficar em Paris. *Para sempre*. Ela imediatamente afastou esses pensamentos, não desejando mergulhar em ideias infelizes.

A PINTURA ERA SUBLIME. INCOMPARÁVEL.

Maria ficou diante dela por um longo tempo, olhando-a como se em transe. Sempre tinha esse efeito nela... a deixava enfeitiçada.

A Mona Lisa.

Pintada há centenas de anos por Leonardo da Vinci, o maior artista que existira neste planeta, com exceção de Michelangelo, em sua opinião, claro.

Ser capaz de pintar assim era o maior dom do mundo, ela se maravilhou, hipnotizada pelo rosto da mulher, captado tão belamente na tela... como ela se comunicava com ela, de maneira tão eloquente...

E como Leonardo da Vinci havia sido verdadeiramente ta lentoso, um dos maiores gênios do mundo, e em áreas muito diferentes. Ela o conheceria antes de entrar na escola de Anya. Vinda de Milão como viera, tinha familiaridade com a igreja de Santa Maria delle Grazie, em cujo refeitório Leonardo havia pintado a *Última ceia*. Era provavelmente a *Última ceia* mais famosa do mundo.

Foi Anya Sedgwick quem ensinou a Maria muito, muito mais sobre Da Vinci em sua aula de artes clássicas – sua aula principal. E Maria nunca cessara de se maravilhar com seus extraordinários feitos em tantas outras áreas. Ele fora arquiteto, bem como pintor e escultor, um especialista na arte de armas, em hidráulica, ótica, anatomia e mecânica.

Que homem encantador ele fora! pensou Maria. Um homem da Renascença que fora talvez *o* homem da Renascença de todos os tempos. Para ser capaz de pintar assim!, pensou, um pequeno suspiro escapando. Era um suspiro de absoluta nostalgia... ela se aproximou para ver mais intensamente a *Mona Lisa*.

Quando ela o fez, viu pelo canto dos olhos um vislumbre de uma mulher que vinha em sua direção. O coração disparou. Mas ela virou a cabeça para ter certeza de que não estava enganada, então rapidamente se virou de costas para olhar a pintura.

Depois de um último olhar no Da Vinci, Maria se apressou na direção oposta.

A MESA DELE no L'Espadon ficava de frente para a porta, e a viu no minuto em que ela chegou. Ele afastou a cadeira e se levantou antes que ela chegasse à mesa, com um largo sorriso de boas-vindas.

Quando ela parou, ele pegou seu braço quase possessivamente, beijou seu rosto e então a encarou intencionalmente por um instante.

Maria sorriu para ele e disse, enquanto deslizava para a cadeira:

– Desculpe o atraso.

Ele se sentou diante dela e sacudiu a cabeça.

– Mas você não está atrasada, e, mesmo se estivesse, certamente merece ser esperada. Você está muito bonita, Maria.

– Obrigada – murmurou ela, baixando a cabeça levemente.

– Eu pedi suco de *grapefruit* para você – continuou ele –, espero que esteja bom.

– É perfeito, obrigada.

Levantando a taça de vinho, ele disse:

– *Santé.*

– *Santé* – respondeu ela, levantando seu copo, tocando-o na dele.

– Então, o que você fez nesta manhã?

– Fui ao Louvre. Para ver a *Mona Lisa*, particularmente. Sempre fico hipnotizada diante dessa pintura.

Como eu estou hipnotizado por você, pensou ele, mas disse:

– Como Leonardo era genial! Ele teve sorte suficiente para desenvolver seu intelecto para explorar e compreender todo o conhecimento humano.

O maître chegou com os menus do almoço e eles os estudaram por alguns momentos. Ele sabia o que ia pedir; presumiu que Maria faria o mesmo. Já que ele normalmente vivia numa dieta rígida, como ela, eles pareciam escolher os mesmos pratos. Na outra noite ela contara a ele sobre sua dieta tenaz e seu programa de exercícios – havia confidenciado bastante sobre si mesma no segundo jantar. Ele a ouvira atentamente, impressionado com sua honestidade e simpatia.

Ele saíra bastante com ela desde que ela chegara a Paris e queria continuar a vê-la. Estava caído por ela, e de certa forma não se sentia assim tomado por uma mulher havia anos. Mas tinha consciência de que naquele momento a cautela era necessária.

– Você está me encarando.

– Sinto muito – desculpou-se ele. – Não consigo evitar. Seu rosto é tão... *sublime*. Esta é a única palavra que encontro para descrevê-lo.

Maria riu abertamente e sacudiu a cabeça.

– Não sei disso... eu uso essa palavra apenas quando penso na *Mona Lisa... aquele sim* é um rosto bonito.

– Sim, é, e na verdade *você* deveria ser pintada por um grande artista, um Da Vinci dos tempos modernos.

O garçom chegou à mesa antes que ela pudesse responder. Ela pediu ostras e peixe no vapor, e ele também. O fato de terem escolhido o mesmo prato o divertiu.

Quando ficaram a sós, Maria arriscou:

– Vi Alexandra Gordon no Louvre esta manhã.

Os olhos dele se estreitaram; olhou para ela cuidadosamente.

– Como ela estava? Ela deve ter ficado satisfeita em ver você.

– Não falei com ela – disse Maria, suspirando. – Subitamente me senti envergonhada, um pouco nervosa, e escapuli antes que ela me visse. Pelo menos eu acho que ela não me viu. – Maria sacudiu a cabeça e acrescentou: – Foi uma besteira, talvez. Depois de sete anos, eu gostaria de estar com ela e as outras.

– Foi um rompimento tão ruim entre vocês quatro? – perguntou ele, tomado de curiosidade.

– Na época, pareceu assim. Mas agora tudo parece um pouco infantil, até bobo... – Sua voz tremeu sem querer.

Compreendendo que ela não quisesse continuar com o assunto, ele desconversou:

– Você está gostando muito de Paris, não está, Maria?

– Sim, estou. Graças a você. Você tem sido maravilhoso comigo. Eu fiquei tão excitada para vir a Paris, para ficar sozinha, longe da família. Mas, sabe, eu realmente acho que me sentiria solitária se você não estivesse por perto e tivesse piedade de mim.

– Anya teria colocado você sob a asa dela.

– Eu gosto de estar sob a sua asa também, você... – Ela parou ab-ruptamente, cortando a frase, parecendo embaraçada.

Ele viu o rubor rosa-pálido crescer de seu pescoço e tomar conta de seu rosto, e exclamou tranquilamente:

– Não fique embaraçada. – Estendendo a mão, ele pegou a dela sobre a mesa e a apertou. Depois de pigarrear várias vezes, disse numa voz baixa: – Estou muito apaixonado por você, Maria. E estava esperando que você se sentisse da mesma maneira.

Depois de um instante de silêncio, ela disse:

– Estou. Oh! Nicky, eu *estou*.

Ele apertou os dedos dela.

– Fico muito feliz que não seja um caminho de mão única.

Ela apenas sorriu e olhou para ele, seus olhos negros hipnotizando os dele.

Eles ficaram sentados de mãos dadas sobre a mesa, olhando um para o outro em silêncio e com grande intensidade até que as ostras fossem servidas.

Finalmente soltando a mão dela, ele pegou seu talher de ostras e imaginou o que estava acontecendo consigo. Ali estava ele, com 38 anos, um homem experiente no mundo e se sentindo como um adolescente. Idiota, pensou, sou um idiota. Mas sabia exatamente o que estava acontecendo com ele, e descobriu que estava feliz.

Depois de comer muitas ostras, Maria colocou seus talheres na mesa e se inclinou sobre a mesa, lançando um olhar para ele novamente.

– Quando eu cheguei a Paris uma semana atrás, pensei que tomaria o trem para Londres para ver Ricardo. Como eu disse a você, ele está trabalhando lá. Mas não quero fazer isso, não agora, Nicky.

– Por minha causa? – arriscou ele cuidadosamente.

– Sim. – Ela levantou os olhos para ele, encarando-o.

Nicky viu desejo refletido neles, uma necessidade dele, e seu peito se apertou. Lentamente ele ficou em alerta. Leve isso muito, muito vagarosamente. Não a assuste. Ele queria possuí-la, não podia esperar para levá-la para a cama, mas sabia que deveria esperar a hora certa.

17

Voltar a Paris *havia* sido um erro, pensou Jessica enquanto andava pela rua estreita que passava ao lado do hotel Plaza-Athénée, onde estava hospedada. Exatamente como ela sempre soubera, *havia* muitas lembranças ali, e obviamente a maioria delas era associada a Lucien Girard.

Elas evocavam uma imensa tristeza pelo que poderia ter sido... um casamento que nunca acontecera, filhos que nunca nasceram, uma vida não vivida com o homem que ela amara verdadeiramente.

Agora ela desejava que não tivesse telefonado para Alain Bonnal de Los Angeles na semana passada para marcar esse encontro para o almoço de hoje. Fizera isso porque ficara nervosa com o fato de estar em Paris sozinha após uma ausência de sete anos. Com medo das lembranças, supôs, e do sofrimento recorrente e da dor de velhas feridas sendo reabertas.

Alain Bonnal e ela eram amigos por causa de Lucien, mas ele não era mais alguém de quem ela estivesse próxima. Ela o vira apenas duas vezes nos últimos anos, quando ele estivera na Califórnia a trabalho. Por outro lado, no passado ele fora bom, tivera consideração e a ajudara, e ela nunca esquecera sua compaixão por ela quando estava perturbada e tomada pelo sofrimento.

Ele era uma ligação com o passado, um passado que ela aparentemente não fora capaz de deixar ir embora, se fosse honesta consigo mesma. Lucien e seu intenso caso de amor a assombravam desde que ele desaparecera. E assombravam qualquer outro relacionamento que ela tentava ter. Ela realmente entendia isso agora. Gary Stennis fora uma vítima de seu passado, de certa forma, embora seu comportamento tivesse sido deplorável. No fim das contas, ele lhe tinha dado várias razões para terminar. Não me arrependo nem um pouco, pensou ela, nem um pouco por ter dito adeus a Gary.

De todos os homens que conhecera, Lucien tivera o maior impacto sobre ela. Não é uma questão de amor não correspondido, disse ela a si mesma enquanto se apressava, mas de uma vida não correspondida. Lucien e eu fizemos tantos planos, traçamos um futuro para nós dois, juntos, até escolhemos nomes para os filhos que planejávamos ter. Todas aquelas noites sonhamos nossos sonhos e construímos nosso futuro...

Mas não era para acontecer, pensou, indo na direção do Chez André, onde encontraria Alain. Até a escolha daquele restaurante era um sinal de nostalgia, do passado dividido com Lucien, já que os três iam lá juntos frequentemente quando ela era estudante na escola de Anya.

Ela ainda não tivera chance de visitar Anya, mas elas haviam se falado ao telefone várias vezes. Talvez amanhã ela fosse capaz de ir até a casa para tomar um chá ou um drinque, como Anya sugerira. Jessica percebeu quanto queria ver sua antiga professora e mentora; apesar de suas dúvidas a respeito da viagem, ela *viera* a Paris, no final das contas, a fim de homenagear Anya.

Jessica chegara a Paris três dias antes, mas o trabalho havia tomado todo o seu tempo. Aceitara um trabalho algumas semanas antes, para redecorar a casa que um cliente rico queria refazer em Bel Air. Jessica sugerira um tema em torno de antiguidades e tecidos da França provençal, e o cliente concordara.

Durante os dois últimos dias, estivera visitando os melhores antiquários, procurando tecidos que se harmonizassem com o estilo campestre francês, procurando os principais vendedores de tapetes Aubusson e Savonnerie. Naquela mesma manhã havia acidentalmente encontrado uma coleção de antigos tecidos de toalhas de Jouy e a havia comprado imediatamente, junto com uma tapeçaria extraordinária, que ela sabia que ficaria muito elegante pendurada no saguão de entrada da casa.

Bem satisfeita com seu sucesso, voltara ao hotel para deixar a maleta, retocar a maquiagem e pentear os cabelos. Depois de se trocar, vestindo um terninho azul-marinho de gabardine mais leve, ela havia se apressado, dando-se conta de que estava atrasada.

Mas em alguns minutos estava empurrando a porta do Chez André e entrando no barulhento e agitado bistrô, que tinha um charme tipicamente parisiense, antigo, com seu bar de mármore, o latão polido e um ar de antigamente. Estava cheio de fregueses naquela hora, mas, quando ela olhou em volta rapidamente, viu Alain.

Ele acenou quando a viu, ficou de pé e deu a volta na mesa para cumprimentá-la. Ele fez a maior festa com ela, e depois que haviam se abraçado e se beijado afetuosamente, sentaram-se juntos nas banquetas.

– Você está mais bonita do que nunca, Jessica! – exclamou Alain. Ele sacudiu a cabeça pensativamente. – Você *nunca* envelhece. Ao contrário de mim.

– Obrigada, Alain, por essas palavras gentis, mas você sempre foi tendencioso. De qualquer forma, você me parece muito bem.

– Alguns cabelos brancos esses dias, *chérie*.

– Mas um rosto jovem, apesar disso – lançou ela de volta, sorrindo para ele, pensando que ele estava tão atraente como sempre.

– Um aperitivo, talvez?

– Obrigada, seria ótimo. Vou tomar a mesma coisa que você – respondeu ela, olhando seu kir royale.

Depois que acenou para o garçom e pediu o drinque, Alain se virou para encará-la e continuou:

– Sei que veio celebrar o aniversário de sua antiga professora, mas você disse alguma coisa a respeito de comprar antiguidades, tapetes, obras de arte em geral para a casa de um cliente. Como eu posso ajudar? – Uma sobrancelha escura se levantou inquisidoramente enquanto ele fixava seus olhos cinza-claros nela. Alain Bonnal sempre admirara Jessica; ele estava genuinamente interessado em sua vida. Também havia partilhado sua grande sensação de perda depois que Lucien Girard desaparecera, e ficara tão confuso quanto ela pela estranha e misteriosa tragédia.

– É uma casa em Bel Air, na verdade – replicou Jessica. – Uma bela casa, Alain, que acredito que deva ter sido originalmente decorada com antiguidades campestres da França. Agora o comprador enfim decidiu seguir esse caminho. – Ela sorriu alegremente. – Às vezes, quando os clientes me pedem para redecorar, querem exatamente a mesma coisa com a qual vêm convivendo durante anos, exceto *novidades*.

– Sei o que você quer dizer. As pessoas parecem odiar as mudanças.

Jessica levantou sua taça, que se materializara à sua frente enquanto eles estavam conversando.

– Saúde, Alain, é bom ver você depois de todo esse tempo.

– Dois anos. E *à votre santé*, Jessica. Bem-vinda a Paris.

– Então você ainda não se casou – lembrou ela depois de tomar um gole do champanhe misturado com licor de kir.

Ele deu uma risada.

– Temo que eu seja um solteirão inveterado. Nunca encontrei a mulher certa, acho.

Ela sorriu para ele e sacudiu a cabeça.

– Eu tenho um monte de amigas bonitas que poderia apresentar-lhe quando você for a Los Angeles novamente – brincou ela.

Ele simplesmente sorriu, bebendo seu drinque. Depois de um instante, ele continuou:

– Você me perguntou se eu tinha algumas pinturas realmente interessantes, e por sorte nós acabamos de receber uma coleção de uma propriedade que está sendo vendida por causa da morte de seu dono. O filho dele quer vender algumas obras de arte, boas, e acho que você deveria ver a coleção. É bastante incomum, e acredito que poderia fazer boas compras.

– Eu adoraria fazer isso... ir vê-las.

– Você gostaria de visitar a galeria depois do almoço, hoje?

Jessica pensou por um instante.

– Não, acho que não, Alain, mas só porque estou muito cansada. Fuso horário, eu acho.

– Então eu devo alimentá-la imediatamente. – Ele acenou para o garçom que estava ali por perto, que lhes trouxe os menus, recitou os pratos do dia e depois os deixou para que fizessem suas escolhas.

– Oh, meu Deus, meu favorito! – exclamou Jessica enquanto olhava para o menu. – *Cervelle au beurre*. É isso o que vou comer.

– Lembro como você e Lucien adoravam vísceras. Mas não para mim, eu vou comer um *steak*. E o que você gostaria para começar? Vejo que eles ainda têm aspargos.

– Está ótimo para mim, Alain. Obrigada.

Depois de escolherem os pratos, Alain pediu mais dois kir royales e a carta de vinhos.

– Oh, nada de vinho para mim, obrigada! Não posso beber muito durante o dia – explicou Jessica.

– Vou pedir um vinho branco seco, um Pouilly-Fumé, e, se você quiser, pode tomar uma taça mais tarde.

– Vou ver como me sinto. Você estará disponível amanhã, Alain? Ou a galeria estará fechada no sábado?

– Não, estaremos trabalhando. Ficarei feliz em vê-la, e realmente acho que você vai ficar impressionada com algumas pinturas.

Enquanto tomavam seus aperitivos, esperando pelo primeiro prato, Jessica conversou com Alain sobre arte e suas próprias preferências, o que ela gostava de fazer, já que era tão conhecedora. As aulas de arte de Madame Sedgwick haviam valido a pena, decidiu ele enquanto a escutava continuar com confiança.

Alain Bonnal trabalhava com o pai e o irmão na galeria da família, que havia sido fundada pelo avô de Alain, Pierre Bonnal, antes da Segunda Guerra Mundial. Era uma das melhores de Paris, particularmente bem-conhecida e tida em alta conta, pois era especializada em pinturas impressionistas e pós-impressionistas, e tinha um bom catálogo.

Enquanto ela falava, Alain a estudava, pensando em como ela estava bem. Parecia que não tinha envelhecido nada. Pelo menos no que dizia respeito à sua aparência. Claro que ela estava muito mais madura e sofisticada em suas maneiras e atitudes atualmente, mas teria sido estranho se não tivesse mudado com o passar dos anos. Seu rosto não tinha rugas e ela usava seus cabelos louro-claros no mesmo estilo, longos e lisos, caindo nos ombros. E ela continuava magra, havia mantido sua silhueta adorável.

Por um instante, ele sentiu como se o tempo tivesse parado. Mas foi apenas um pensamento passageiro, e logo ele se foi.

Seu pedido de aspargos chegou e Alain murmurou:

– Não somos sortudos que esteja na estação bem agora?

Jessica assentiu e começou a comer, falando com a boca cheia:

– Não tinha percebido que estava com tanta fome.

Quando o garçom chegou com o vinho, Jessica concordou em tomar uma taça, e mais tarde, uma vez que seus pratos foram retirados, ela se recostou na cadeira. Um olhar reflexivo se instalou em seu rosto.

Depois de um momento ou dois de crescente silêncio entre eles, Alain disse:

– Você parece pensativa, Jessica.

– Pareço? Bem, para dizer a verdade, há algo que quero falar com você. A respeito de Lucien.

Ele assentiu, olhou para ela atentamente, seus olhos alerta, questionadores.

Ela continuou:

– Recentemente, eu estava contando a um amigo sobre o desaparecimento de Lucien e ele apresentou um novo panorama para mim. Eu gostaria de contar a você.

– O que você quer dizer com um novo panorama? – perguntou ele franzindo as sobrancelhas, obviamente confuso.

– Você e eu trabalhamos com todas as possibilidades todos esses anos. Mas nunca consideramos uma coisa... que Lucien possa ter desaparecido por conta própria. Sabe, *de propósito*.

Alain ficou boquiaberto, um olhar de surpresa cruzando seu rosto pálido.

– *Mais non, non, c'est pas possible!* – exclamou ele, falando em francês. Ele sacudiu a cabeça veementemente e seus olhos se abriram enquanto a surpresa se intensificava. – Ele não era esse tipo de homem, Jessica. Ele não desapareceria de propósito. Que razão possível ele teria para fazer isso?

– Ele pode ter querido começar uma nova vida.

– *Ah, non, non!* Isso é *ridículo*! Você e ele tinham tantos planos maravilhosos. E você o conhecia tão bem, ele tinha tanta... *integridade*. Ele era um homem honrado. Não, não, ele não teria feito nada parecido.

Jessica ficou sentada muito ereta, encarando Alain.

Era mais que óbvio para ela que ele estava surpreso e consternado por sua sugestão, exatamente como ela ficara quando Mark Sylvester apresentara essa teoria a ela três meses atrás.

Desde então, sempre, de tempos em tempos, ela havia pensado em Alain Bonnal, imaginando se ele saberia mais sobre o desaparecimento de Lucien Girard do que admitia. Mas ele havia acabado de provar a ela, por sua reação estarrecida, que sabia apenas o que ela sabia. Alain nunca fora muito bom em dissimular as coisas. Apenas Lucien fora um bom ator.

Ela franziu a testa. Uma vaga lembrança se moveu no fundo de sua mente... ela não conseguia atingi-la muito. Era algo que havia ficado adormecido durante anos. Ela se esforçou, mas não conseguiu trazer aquilo à tona. Ela desistiu, deixe que vá.

Alain, os olhos nela, disse num tom preocupado:

– O que é, Jessica? O que está errado? Você tem a expressão mais peculiar... – Ele não terminou a frase.

Vagarosamente, ela respondeu:

– Sabe, Alain, eu sempre tive essa estranha sensação, bem no fundo, dentro de mim... de que Lucien ainda está vivo. Em algum lugar aí fora. E eu simplesmente não consigo superar isso.

Alain Bonnal ficara branco e ficou sentado olhando para ela, sem falar, completamente espantado.

Pouco mais tarde, quando voltou para o hotel, separando as amostras de tecidos que encontrara mais cedo, Jessica pensou no atônito descrédito de Alain Bonnal, sua total negação da teoria que ela havia apresentado.

Será que era uma representação? Alain *sabia* mais do que estava dizendo? Ele tinha ficado tão pálido, tinha parecido tão... *amedrontado*. Sim, era isso, ele subitamente pareceu aterrorizado. Será que ela havia acertado o alvo? Ele sabia de fato que Lucien *havia* representado o ato de seu próprio desaparecimento? Uma pessoa precisaria de ajuda a fim de desaparecer sem deixar rastros? Talvez. Mas, por outro lado, talvez não.

– Ah! Pelo amor de Deus, ele está morto! – gritou ela para o quarto vazio. Algo realmente terrível acontecera a Lucien quando estava em Monte Carlo, ela acrescentou silenciosamente. Ela estava determinada a parar de insistir nesse trágico evento de sua vida. Estava encurralando-a, subitamente.

Vá em frente, instruiu a si mesma, você tem de seguir em frente. Você tem de ter uma vida. Você não pode viver no passado, ou...

O ruído estridente do telefone cortou seus pensamentos, assustando-a.

Pegando-a, ela falou:

– Alô?

– Oi, Jess, sou eu. Mark Sylvester.

– Mark, olá! Como vai?

– Estou ótimo. E você, como está indo?

– Um pouco cansada devido ao fuso horário, mas tudo bem. Ei, é maravilhoso ouvir sua voz! Você está em Los Angeles? Ou em Londres?

Ele riu.

– Estou em Paris.

Ele a havia pego de surpresa, e houve um breve silêncio da parte dela. Então ela disse:

– Onde você está?

– Na porta ao lado. Bem, não *exatamente* na porta ao lado, mas no fim do corredor. Estou no Plaza-Athénée – respondeu ele, subitamente rindo.

Ela riu com ele, mas não disse nada.

Mark perguntou, depois de um segundo:

– Que tal jantarmos hoje à noite? Você está livre?

– Bem, sim, estou, na verdade.

– Então temos um encontro marcado. Você gostaria de ir ao Tour d'Argent?

– Adoraria.

– Então vou bater à sua porta às 20 horas. Tudo certo para você, Jess?

– Claro. Mal posso esperar para vê-lo.

18

Elas se sentaram juntas no jardim, sob a velha cerejeira, a senhora e sua companheira mais jovem. A renomada professora e sua antiga aluna favorita.

Anya e Alexandra.

Farinha do mesmo saco, chamava-as Nicky, porque ele achava que elas eram muito parecidas. Duas mulheres com passado e educação tão diferentes, mas, ainda assim, se ele não soubesse da história delas, teria dito que eram do mesmo sangue, da mesma família. Por outro lado, muitas pessoas achavam que *ele* era um parente consanguíneo de Anya, não seu sobrinho-neto por casamento.

De certa forma, isso era compreensível, pois ela exercera seu encanto sobre ele desde o dia em que nascera. Ele era sua criatura, bem como Alexandra.

Nicky estava de pé do lado de dentro da casa de Anya, olhando pela janela para as duas mulheres. Elas estavam bebendo café depois do almoço na mesa de ferro batido e conversando tão animadamente como sempre faziam. Pareciam muito à vontade uma com a outra, pensou. Alexa era exatamente como uma jovem mulher fazendo confidências à sua avó.

Sua antiga assistente estava tão adorável como sempre, notou ele, embora seus cabelos escuros estivessem mais curtos. Era chique, e ela estava certamente arrumada de maneira inteligente em seu casaco masculino cinza listrado com a saia curta combinando. Ótimo para ver aquelas belas pernas, pensou ele, seus olhos deslizando por ela. Ele gostou do estilo mais curto dos cabelos; deixavam à mostra seu longo pescoço e as orelhas bonitas. Ela usava brincos e uma corrente de ouro no pescoço. Como sempre, estava suave durante o dia. Alexa sempre tivera um estilo perfeito a seus olhos.

Próxima a Alexandra Gordon, Anya era a grande dama personificada, tão real em sua atitude, e tão bonita como sempre com seus cabelos louros bem-penteados e maquiagem perfeita. Anya estava vestida com o que ela chamava de seu uniforme de trabalho: calças de flanela cinza, uma blusa de seda branca e um blazer azul-marinho. Isso a faz parecer tão inglesa, decidiu Nicky, mas, claro, ela é muito inglesa em muitas coisas, mesmo que tenha vivido na França desde os vinte e poucos anos. Quando ela falava inglês, parecia uma inglesa de classe alta; uma vez que passasse para seu francês perfeito, poderia facilmente ser tomada por uma parisiense, e, naturalmente, quando falava em sua língua natal, aprendida com o pai, ela parecia russa, como o príncipe fora. Aquele era um talento especial, ser capaz de falar bem línguas estrangeiras. Seu tio Hugo fora igualmente poliglota como Anya.

Olhando para o relógio, percebendo que o tempo estava passando, Nicky desceu para o jardim, exclamando:

– Boa tarde, damas!

Ambas pararam de falar e olharam para ele. Então Alexa se levantou, correu para cumprimentá-lo, jogou seus braços em torno do pescoço dele. Depois de um longo e caloroso abraço, ele a segurou.

– Bem, você está linda, senhorita – disse ele, em seu melhor sotaque suburbano.

Ela riu. Ele parecia Jack quando falava com aquele sotaque. Nicky disse:

– Sinto muito ter chegado um pouco mais cedo que o espe rado e interrompido seu encontro com Anya – ele agora olhava para sua tia. – Desculpe, minha velha.

– Está tudo perfeitamente bem, Nicky querido, nós havíamos mais ou menos terminado nossa adorável e longa conversa de qualquer forma, não, Alexa?

– Acho que sim, embora saiba que posso continuar escutando você para sempre – respondeu Alexa, voltando para sua cadeira sob a cerejeira.

Anya sorriu.

– Vamos escutar Nicky, em vez disso. E Nicholas, querido, por favor, sente-se. Não suporto ver você aí de pé como um garçom ansioso num bistrô vazio, esperando nervosamente para anotar um pedido.

Nicky começou a rir enquanto ia para uma das cadeiras de ferro batido arranjadas em torno da mesa e se sentava.

Virando-se para encarar Alexandra, tocando seu braço com mão amorosa, Anya sentiu que era necessário dar à jovem uma explicação:

– Pedi a Nicky para fazer uma coisa para mim na semana passada, e tem a ver com você, Alexa. Mas eu tomo toda a responsabilidade, eu só quero que você saiba isso, que entenda que não foi ideia de Nicky, mas minha. Agora acho que ele está aqui para me fazer um relato.

Parecendo confusa, Alexa franziu a testa, depois olhou de Anya para Nicky, mas não fez nenhum comentário.

– Algumas semanas atrás, Anya teve a sensação de que você provavelmente não viria à sua festa de aniversário por causa de Tom Conners – começou Nicky. – Ela achou que você poderia ficar desconfortável em Paris por causa de seu passado com ele, e pela maneira como terminou. Ela sugeriu que eu fizesse algumas perguntas sobre Tom para apurar o que ele estava fazendo, qual era sua situação em geral.

– Sei – murmurou Alexa, sem querer se comprometer, mas se sentindo tensa na cadeira. Cruzou as pernas e depois se sentou muito ereta.

– Então quase no mesmo suspiro eu disse a Nicky para não fazer isso – interveio Anya, olhando para Alexa cuidadosamente. – Porque eu senti que, para ele, remexer na vida de Tom era como brincar de Deus, e de fato seria um megalomaníaco.

– Então não fiz nada – afirmou Nicky. – Até esta última semana, quando Anya usou de suas prerrogativas femininas e mudou de ideia.

– Ele ainda está em Paris, isso eu sei – anunciou Alexa.

Ela surpreendeu os dois, e eles trocaram olhares rápidos e significativos.

Alexa notou e seguiu em frente:

– Quando recebi seu convite para a festa, liguei para ele no escritório, em seu telefone particular, na verdade. Depois desliguei quando ele atendeu. Acho que perdi a coragem.

– Então você ainda pensa nele – murmurou Anya. – Achei isso mesmo. – Ela se sentiu justificada por solicitar a ajuda de Nicky.

– Sim, Anya, é verdade. Sabe, eu quero me livrar dessa coisa mal terminada. Então talvez eu possa seguir com minha vida.

– Boa garota! – exclamou Anya, sorrindo para ela, aprovadora. – Bem, suponho que fizemos o trabalho de coleta de dados por você. Ou Nicky fez, de qualquer forma. Ele provavelmente lhe poupou algum tempo, na verdade.

Alexa assentiu. Ela agora estava ansiosa para ouvir o que ele tinha a dizer.

– Dei alguns telefonemas, falei com muitas pessoas que conheço e que o conhecem – começou Nicky, se inclinando suavemente para a frente, dando a Alexa um olhar muito direto. – Basicamente, nada mudou na vida de Tom, Alex. Ele não se casou, nem está namorando ninguém especial até onde eu fui capaz de descobrir. Embora eu saiba que há algumas mulheres em torno dele, para dizer assim. Mas isso é normal nessas circunstâncias. Ele é bonitão, charmoso, bem-sucedido e solteirão. Era de esperar. Ele ainda está na mesma empresa de advocacia, mas disso você já sabe. Eu acho que tenho de dizer que tudo parece estar em seu estado normal. – Nicky se recostou na cadeira e depois virou a cabeça, olhando para Anya.

– E isso foi tudo o que você descobriu? – perguntou Anya, franzindo a testa. – Nada mais, Nicky?

Ele sacudiu a cabeça.

– Não muito mais, na verdade. Tom ainda mora no mesmo apartamento. Mas um dos caras que eu conheco na agência de fotografias e notícias Clee Donovan é um velho camarada de Tom e...

– Deve ser Charles Dugdale – cortou rapidamente Alexa –, eles são bons amigos.

– Correto. – Nicky deu a ela um leve sorriso e acrescentou: – Charlie me disse que Tom herdou dinheiro recentemente de um parente e que comprou uma propriedade na Provence. Uma fazenda ou propriedade, não tenho certeza.

O rosto de Anya se iluminou.

– Oh! De verdade? Interessantíssimo. Será em algum lugar perto de mim?

Nicky caiu na gargalhada.

– Anya, você é incorrigível! Sempre procurando convidados para almoçar e jantar, hein, minha velha? Sempre querendo companhia interessante.

– E por que não? Companhia interessante é muito melhor do que os chatos, você não concorda?

Nicky sorriu para ela com amor.

– Você vai ficar feliz de saber então que o lugar de Tom *é* perto de sua casa. É logo na saída de Aix-en-Provence.

– Adorável – replicou Anya, seus olhos brilhando de prazer.

– Isso significa que Tom está deixando Paris? Deixando a firma de advocacia? – arriscou Alexa, os olhos questionando.

– Não sei – respondeu Nicky. – Charlie não estava certo sobre isso. Acho que você tem o resumo de tudo o que descobri, Alex, além do fato de que ele está bem e saudável, e, de acordo com meu amigo Angelique, o famoso diretor de elenco, ainda ser tão bonito. – Ele riu para ela. – Uma versão maior do outro Tom.

Anya franziu a testa e repetiu:

– O outro Tom? De quem está falando, Nicky?

– Cruise. Tom Cruise.

– Oh, Nicky! Você é uma peste com todas essas eternas referências de cinema que usa! – Anya ralhou parcialmente com ele. – Metade do tempo eu nunca sei sobre que pessoa você está falando. – Estendendo o braço, ela agora pegou a mão de Alexa e prosseguiu, suavemente: – Bem, querida, você agora sabe de que lado a banda toca. Por que você não liga para Tom este fim de semana? Mas dessa vez, se cair na secretária eletrônica, por favor deixe uma mensagem, pelo amor de Deus. De outra maneira não vamos chegar a lugar nenhum.

Alexa riu, subitamente se sentindo mais leve do que estivera em décadas, como se um peso houvesse sido tirado de seus ombros.

– Obrigada por fazer a apuração, Nicky. Devo essa a você. E nesse meio-tempo, quando vamos estar juntos para discutir o filme? Mais tarde?

– Acho que não – exclamou Nicky, e olhou para o relógio. – Desculpe, Alexa, mas tenho de sair. Minhas desculpas, Anya, por essa visita... rápida, mas tenho de ir para casa me trocar. Tenho um encontro especial para o jantar hoje à noite. – Levantando-se, ele foi até Anya, inclinou-se sobre sua tia e beijou seu rosto. – Vou levar Maria para jantar, você vai ficar feliz em saber.

– Já estou muito satisfeita, ela é uma jovem adorável – respondeu Anya, e deu um tapinha na mão dele que estava sobre seu ombro.

Movimentando-se em torno da mesa, ele foi até Alexa e a beijou.

– Podemos almoçar amanhã, se você estiver livre – disse ele.

– Estou, Nicky, será ótimo. Onde nos encontramos?

– Vou levar você ao Relais, no Plaza-Athénée. Sei que você gosta de lá. Vamos nos encontrar às 13 horas. Certo?

– Perfeito – respondeu Alexa.

Anya se levantou, passou o braço em torno do dele e andou de volta para a casa com ele.

– Muito obrigada, Nicky, por descobrir sobre Tom. Eu realmente gostei.

– Acho que Alexa também – murmurou ele numa voz baixa e confidente. – Você não acha que ela parece tremendamente aliviada? Provavelmente por saber que ele ainda está solteiro.

– Talvez – replicou Anya, não muito certa se era o caso ou não. Em seus longos anos como professora, ela aprendera uma coisa: mulheres jovens podem ser muito manhosas.

19

— Estou tão feliz por você não pensar que sou uma velha intrometida – disse Anya a Alexa depois de ter conduzido Nicky até a porta e retornado à mesa sob a cerejeira. Ela se sentou, suspirando levemente enquanto o fazia. – Algumas pessoas poderiam achar, minha querida, e realmente me chatearia se *você* achasse.

– Em primeiro lugar, nunca penso em você como *velha*, e, em segundo lugar, você não foi intrometida. Acho que você queria descobrir o que estava acontecendo com Tom a fim de me proteger – declarou Alexandra. – Seguro morreu de velho. Posso até escutar você pensando isso. Tenho certeza.

– *Completamente.*

– Estou muito surpresa por não ter levado uma lição de moral de Nicky – disse Alexa subitamente, acrescentando: – Ele também sempre foi meu protetor, e ele e Larry ficavam me alertando sobre Tom. Ambos disseram que ele só me causaria sofrimento.

– Sei que Nicky pode ser chato às vezes, mas ele é uma boa pessoa e muito devotado a *você*. De qualquer forma, vamos encarar, Alex, nesse assunto ele não estava longe da verdade, estava? Nem Larry.

– Você tem razão, como sempre. – Alexa lançou a Anya um olhar concentrado e perguntou, curiosa: – Um pouco antes, Nicky estava se referindo a Maria *Franconi*? Foi a ela que ele se referiu?

– Acho que sim. – Anya se recostou, olhando Alexa, evitando seu olhar por um instante, esforçando-se para reprimir o riso que borbulhava em sua garganta. Alexa obviamente ficara embaraçada pelo anúncio de Nicky sobre seu encontro para o jantar. Sua expressão foi de tal horror que era realmente cômica. Ela sabia que Alexa e Maria haviam brigado em certo momento, logo antes de sua formatura, e não havia sobrado nenhum sentimento ali. Ela está apavorada com a ideia de Nicky, seu favorito, estar com Maria, Anya decidiu.

– Não posso acreditar! E certamente não consigo entender. Ele é casado. Com Connie Aykroyd. – Alexa sacudiu a cabeça; sua expressão misturava ora confusão, ora aborrecimento.

– Não está mais, pelo menos não por muito tempo. Aparentemente aquele casamento acabou, exceto por causa das brigas. E as questões legais, claro. Nicky saiu de casa há muito, muito tempo, e acho que ele sente que pode namorar outra mulher, se desejar. E se a mulher também estiver querendo.

– E obviamente Maria Franconi está... oh, meu Deus, Anya, que estranha *mistura*!

– Oh, não sei, não. Acho que você está errada, querida. Na verdade, Nicky está realmente caído por ela.

– É mesmo? Que maravilha! Como ela está, no geral?

– Maria parece estar muito bem. E satisfeita por ter perdido 21 quilos.

– Maria ficou *gorda*? – exclamou Alexa, rindo. Seus olhos se estreitaram. – Minha nossa, minha nossa, todas aquelas massas, eu acho.

Anya retribuiu o sorriso. Ela ficou satisfeita com o fato de que, por uma vez em sua vida, Alexa estivesse sendo um pouco debochada.

– As pessoas engordam por todos os tipos de razões – disse ela. – Mas pelo menos Maria fez algo a respeito de seu peso. Ela seguiu um ritmo de ginástica muito rígido e obviamente funcionou. Pelo fato de ser tão grande, ela carrega o peso extra remanescente muito bem. E ela realmente tem um rosto marcante, você sabe.

– Sim, ela *é* bonita. Admito.

Anya franziu a testa.

– Pelo seu tom, parece que você ainda está com problemas com Maria e sua *traição*. Não foi isso que você disse uma vez?

– Ela *foi* traiçoeira – respondeu Alexa numa voz dura que não aceitava discussão.

– Você ainda reluta em me contar sobre isso depois de todos esses anos?

– Sim, Anya. Foi horrível, muito desagradável, e ela foi uma cadela. Foi extremamente infiel a mim.

Depois de sessenta anos de experiência como professora, Anya sabia bem que não devia pressionar o assunto no momento. Em vez disso, ela disse:

– Jessica também está aqui e tive notícias de Kay Lenox outro dia. Ela deve estar chegando em breve, se é que já não está aqui. Eu sinceramente espero que vocês quatro sejam capazes de esquecer suas diferenças... – Ela deixou a frase resvalar.

Alexa olhou para ela rapidamente, notando o tom levemente queixoso na voz de Anya. Estendendo o braço, ela deu um tapinha em sua mão.

– Claro que seremos. – Ela começou a rir e exclamou: – Vou bater nelas *todas* até me obedecerem... elas vão se comportar bem na sua festa, posso garantir que sim!

Anya riu.

– Oh, Alex, você sempre consegue me fazer sorrir quando quer, especialmente quando tenta ser agressiva!

– Eu sou agressiva.

– Não é, querida.

– Espero que eu seja. Não quero ter sangue de barata. Aonde isso vai me levar neste mundo? Espero que eu seja *realmente agressiva*, porque isso significa que sou forte e resistente. Eis o que agressiva significa para mim.

– Sim, você está certa, na verdade. Não vamos misturar as palavras *agressiva* e *rude*; elas têm significados muito dife rentes. Não consigo suportar mulheres rudes porque elas são tão difíceis, tão sem emoção, sem sentimentos. O que foi que Hemingway disse uma vez? "Amo mulheres agressivas, mas não posso suportar garotas rudes." Bem, de qualquer forma, foi algo assim.

Anya olhou para longe por alguns segundos e houve um pequeno silêncio. E então subitamente, inesperadamente, ela disse:

– Uma vez conheci um homem como o seu Tom Conners e ficou muito difícil para mim no final.

– Quando foi isso? – perguntou Alexa suavemente. Ela ficou surpresa com o tom raivoso de Anya, a boca torcida. Um torcer sofrido, pensou ela.

– Oh, muito tempo atrás! Alguns anos depois que meu querido Hugo morreu. Conheci outro homem, como alguém faz quando perde alguém no mundo, vivendo a vida, fazendo coisas, e não se tornando um idiota, um chato, ficando em casa sem fazer nada. Ele era viúvo. Sua mulher morrera de câncer quando era muito jovem. Aquilo *foi* uma tragédia para ela, que tinha apenas vinte e poucos anos, eu acho. Mas, sabe, ele usava constantemente sua morte para evitar que nosso relacionamento fosse para onde deveria ter ido. Sua dedicação à memória dela, a culpa de sobrevivente, todas essas coisas ficaram no caminho.

– O que aconteceu no final?

– Um dia eu terminei com ele. Não me merecia. Eu não podia entender por que *eu* teria de ser levada ao sofrimento porque outra mulher havia morrido tão jovem, tão cedo. E eu estava ficando horrivelmente cansada de ser comparada a uma mulher morta que havia se tornado uma santa de gesso aos olhos dele.

– Ele... se casou de novo, Anya?

– Não que eu saiba.

– E onde ele está agora?

– Oh, Deus, como posso saber? Provavelmente está morto. Ou ainda andando por aí com aquela cruz sobre os ombros, sentindo pena de si mesmo, sendo egoísta em seu sofrimento contínuo. – Anya tremeu um pouco e ficou de pé. – Está esfriando, Alexa, vamos para dentro. Veja, o sol ainda está escondido pelas nuvens.

Juntas, elas andaram na direção da adorável e velha casa com sua fachada preta e branca que tanto remetia à arquitetura normanda. Anya foi na frente e Alexandra a seguiu até a pequena biblioteca que se abria para o jardim.

Anya andou pelo aposento acendendo as luzes e dizendo a Alexa, enquanto o fazia:

– Querida, faça-me um favor e acenda o fogo. Há uma súbita friagem no ar. Você vai encontrar os fósforos naquela cesta de cobre cheia de lenha.

– Agora mesmo – respondeu Alexa, e ajoelhou-se em frente à lareira. Havia pedaços enrolados de jornais e de madeira na lareira, e ela imediatamente encontrou os fósforos na cesta de cobre, acendeu um, levou a chama ao papel. Ele acendeu com um *whoosh* e ela ficou agachada lá até que as lascas também acendessem, acrescentando vários pedaços de lenha. Então ela se levantou.

Limpando as mãos, Alexa andou até uma pequena cadeira estofada e se sentou. Anya já estava acomodada em uma pilha de almofadas no adorável sofá em frente.

– Obrigada, Alex.

Depois, continuando a conversa de onde haviam parado, Anya prosseguiu:

– Esse tipo de homem não é digno de uma mulher como eu ou você. Então me faça um favor, e a si mesma. Encare Tom Conners. Não carregue isso consigo. E se você achar necessário se retirar, então se retire. Siga com sua vida sem ele se não houver alternativa. Você vai conhecer outro homem um dia. – Ela lançou a Alexa um olhar firme. – De fato, estou surpresa de que você ainda não o tenha feito.

– Ah, mas eu conheci, Anya. Jack... este é o nome dele... Jack Wilton... ele é um artista, muito talentoso e bem-sucedido. Ele quer se casar comigo.

– E você, Alex? Como se sente?

– Gosto demais de Jack, eu o amo de verdade, mas... – Ela sacudiu a cabeça. – Não é como foi com Tom. Como acabei de dizer, Jack quer que nos casemos e estamos "meio" noivos, bem, não oficialmente.

Ela mordeu o lábio e olhou para longe. Quando finalmente olhou de novo para Anya, seus olhos estavam perturbados.

– Tenho integridade demais para me casar com um homem enquanto ainda estou chorando por outro – terminou Alexa, baixinho.

– Sim, você sempre foi uma jovem muito honrada. Mas de que serve a honra se é honra sem coragem? Não tenha medo, Alexa... não tenha medo de confrontar Tom, *e* Jack, se você tiver de fazê-lo... pegue sua coragem com as duas mãos e seja honesta em suas confrontações.

– Eu sei, você está certa, Anya. Honestidade é a única coisa que dá certo, no fim das contas.

– Seja corajosa... não é tão difícil quanto você acha. – Anya sorriu para ela encorajadoramente, depois olhou para a pequena mesa em um canto do aposento. – Ali está o telefone. – Ela olhou de volta para Alexa. – Vá em frente, ligue para Tom agora. Veja como ele reage ao ouvir você.

Por um instante, Alexandra ficou desequilibrada, e se descobriu se encolhendo na cadeira. Depois ela ficou de pé muito determinadamente e andou pelo aposento. E disse a Anya enquanto se colocava perto da mesa, com a mão no telefone:

– O que tenho a perder?

– Nada. Nada mesmo. Mas você tem tudo a ganhar, de um jeito ou de outro.

Alexa pegou o telefone. Ela notou que sua mão estava tremendo, mas ignorou isso e discou o número particular dele no escritório.

– Tom Conners – respondeu ele, ao segundo toque.

Ela achou impossível respirar. Só o som da voz dele a havia paralisado. Ela estava tremendo por dentro. Ela se inclinou sobre a mesa, tentando engolir; sua boca estava seca.

– Tom Conners *ici* – disse ele novamente, num tom mais alto.

– Oi, Tom, é...

Ele a cortou:

– Alexa. De onde está ligando?

Momentaneamente surpresa pelo reconhecimento instantâneo de sua voz, ela não conseguiu falar. E então ela disse rapidamente, numa precipitação de palavras:

– Estou em Paris, e estou bem, Tom. Como vai você?

– Bem, estou indo bem. Está em Paris a trabalho?

– Mais ou menos – respondeu ela, feliz por soar normal. – Mas, na verdade, vim para o aniversário de 85 anos de Anya. – Ela olhou para Anya e viu que ela estava murmurando algo. Inclinando-se sobre a mesa, franzindo a testa, Alexa tentou descobrir o que Anya estava querendo dizer.

– Convide-o se ele não a convidar – disse finalmente Anya, baixo, num sussurro.

– Difícil acreditar que Anya vai fazer 85 anos – estava dizendo Tom, sorrindo. – Podemos nos ver, Alexa? Você vai ter tempo?

Ela se sentiu enfraquecendo de alívio ao ouvir essas palavras.

– Sim. Eu gostaria de ver você. Quando?

– Você pode neste fim de semana? Que tal almoçarmos amanhã?

– Não posso, sinto muito. Vou encontrar Nicky Sedgwick para o almoço. Vou trabalhar num filme com ele no fim do ano, e temos muito para conversar. Então não posso desmarcar.

– Tudo bem. Que tal amanhã à noite? Você está livre?

– Sim.

– Podemos jantar?

– Será ótimo, Tom.

– Onde você está hospedada?

– No Meurice.

– Então vou buscá-la por volta das 18h30, tudo bem?

– Está certo. Eu o vejo então.

– Ótimo – disse ele, e desligou.

Alexa ficou agarrada ao telefone, encarando Anya, uma expressão abalada no rosto.

Anya começou a rir.

– Você parece estar em choque, Alexa. Como se não pudesse acreditar.

– Não consigo – disse ela, e colocou o fone no gancho.

– Não foi tão difícil, afinal de contas, foi? – comentou Anya.

– Na verdade, não, mas eu estava *tremendo*. Por dentro e por fora.

– Eu sei. Há homens que têm esse efeito nas mulheres, e claro que eles são fatais.

– Acho que ainda *estou* apaixonada por ele – começou Alexa, mas sua voz falhou.

– Talvez esteja. Mas você não vai saber como se sente verdadeiramente até que o veja amanhã à noite.

Recostando-se na cadeira, Alexa simplesmente assentiu, uma vez mais achando difícil respirar. E então ela pensou: Tom é fatal. Ele sempre foi fatal para mim.

20

Enquanto subia os Champs-Élysées, Kay se perguntou como podia ter ficado longe de Paris todo esse tempo. Mesmo que estivesse apenas a uma hora de avião de Londres, e não muito distante de Edimburgo, ela nunca ficava de lá para cá, como muitas pessoas faziam, porque Ian não gostava de viajar e ela queria estar com ele em cada fim de semana.

Além do mais, Paris era uma cidade da moda, em todos os níveis. Ela também estava no mundo da moda e se deu conta agora de que deveria ter vindo com mais frequência. Havia muito para ver ali, muito a aprender, como ela havia redescoberto nos últimos dias. Silenciosamente, Kay se recriminou.

Depois pensou nos anos felizes que passara na escola de Anya; Anya era outra razão para ela ter vindo, porque a famosa professora fora sua grande mentora e sua amiga verdadeira.

O dia a dia atrapalha, murmurou, mas isso não é realmente uma desculpa. Com que frequência ela quisera fazer confidências a Anya, pedir seu conselho... e mesmo assim ela diligentemente havia permanecido afastada. Isso também a deixava perplexa. Mas agora não era a hora de analisar seu comportamento, ela sabia disso, e afastou todos esses pensamentos. Havia outras situações a enfrentar, outros problemas a resolver.

Respirando profundamente, Kay olhou em torno. Paris *era* a cidade mais bonita e ela notou que estava particularmente adorável naquela manhã. O céu estava de um azul-celeste iluminado, cheio de nuvens brancas que passavam, e o brilho do sol banhava os velhos prédios. Ela lembrava agora que muitos deles haviam sido lavados para as celebrações da passagem do milênio, e suas fachadas de pedra brilhavam claramente na luz alva, parecendo que haviam acabado de ser construídos.

Olhando em volta, os olhos de Kay agora pararam no Arco do Triunfo, no fim da longa avenida. Debaixo daquele arco altivo a bandeira tricolor francesa, vermelha, branca e azul, flutuava na brisa leve. A visão a fez prender a respiração... havia algo tão poético e comovente naquela simples bandeira a flutuar ao vento.

Porque ela simboliza a coragem e o triunfo de um país, lembrou, pensando nas muitas aulas de história que tivera na escola de Anya.

Anya ensinou a elas, embora não fosse realmente parte de sua aula principal. Ela era uma especialista na história da Segunda Guerra Mundial, que ela vivenciou, e amava ensinar sobre ela e sobre o que acontecera em ambos os lados do canal naquela época terrível. Como teria sido horrível se esses magníficos prédios houvessem sido explodidos em pedaços pelas forças da Ocupação nazista, como Hitler quisera. Em 1944, os exércitos Aliados se aproximavam de Paris rapidamente, e Hitler mandara o general Von Choltitz explodir os monumentos históricos, de modo que as forças Aliadas fossem saudadas com fumaça e escombros. A dinamite fora colocada sob o Arco do Triunfo, os Invalides, a Torre Eiffel e a catedral de Notre-Dame, entre outros. Mas no último instante o general Von Choltitz não teve coragem de explodir edifícios tão extraordinários.

Aquilo era parte do passado, pensou ela quando finalmente chegou à Place Charles de Gaulle, onde ficava o Arco do Triunfo. Ela se sentia esmagada por aquela estrutura maciça, construída sob as instruções de Napoleão para celebrar sua grande vitória em Austerlitz. Na época, ele tinha prometido a seus homens que eles iriam para casa através de arcos triunfais. E desde que esse arco havia sido completado, bem depois de Napoleão ter perdido o poder, era o ponto de partida para paradas de vitória nacional e celebrações.

Ela uma vez subira ao topo, onde ficara com Anya, Alexa, Jessica e Maria, olhando para Paris. Foi então, e só então, que ela verdadeiramente entendera por que o arco era também chamado de Étoile – estrela. Ele ficava bem no centro de 12 avenidas que irradiavam formando uma estrela. Muitas tinham o nome de generais famosos e foram parte da modernização de Paris feita pelo barão Haussmann, que começara em 1852.

Enquanto ela se movia por dentro e por fora do arco, Kay teve um pensamento inesperado... sobre uma mulher que, como ela, fora incapaz de dar ao homem que amava um herdeiro... a imperatriz Josefina. E finalmente Napoleão tivera de se divorciar dela, a fim de ter um filho com outra mulher. Ele não fora particularmente feliz com Maria Luísa, filha do imperador austríaco, mesmo que ela tivesse finalmente dado à luz um menino. Fora um casamento diplomático, e Napoleão sempre sofrera por causa de Josefina. Era o que Anya lhes contara em uma de suas aulas de história.

– Sua sorte mudou no dia em que ele deixou Josefina. Infelicidade e desastres o seguiram até o túmulo – explicara Anya sombriamente.

Suspirando, Kay vagou pelo grande arco, cruzou-o para o Champs-Élysées e começou a descer o grande e imponente bulevar, pensando no Dr. François Boujon. Ela fora vê-lo ontem em seu escritório na avenida Montaigne, para conversar sobre sua incapacidade de conceber. Ela fizera testes e exames e, dependendo dos resultados dos testes que fizera, precisaria passar alguns dias em sua clínica em Barbizon, perto de Fontainebleau. Sua reputação como especialista em fertilidade o precedia, e depois de alguns anos na Califórnia ele finalmente voltara a praticar em sua França natal.

Kay marcara hora com ele semanas atrás, e no dia anterior ficara bastante nervosa enquanto aguardava sua vez no consultório. Mas poucos instantes depois de se encontrar com ele, descobrira-se relaxada. Ele era o tipo de médico que imediatamente punha um paciente à vontade, pelo menos *ela* se sentia daquele jeito.

O Dr. Boujon fizera muitas perguntas a ela antes do exame, muitas das quais ela respondera sinceramente. Mas em algumas instâncias ela sentira necessidade de mentir. E agora essas mentiras a perturbavam, uma das razões de ter marcado para mais cedo seu encontro com Anya.

Kay se conhecia e estava bastante consciente de que se ela ficasse no hotel como estava, preocupada, acabaria ficando louca. Melhor estar por aí do que confinada entre quatro paredes, contemplando desastres que talvez nunca acontecessem.

Depois de um tempo, ela foi para a avenida George V e andou por ela vagarosamente, na direção da Place de l'Alma. A distância, dominando o horizonte, ela podia ver a Torre Eiffel, e lembrou algo que Nicholas Sedgwick uma vez lhe falara. Que, de onde quer que ela olhasse, em Paris, veria tanto a Torre Eiffel quanto as grandes cúpulas brancas da Sacré-Coeur, e isso era verdade.

Ela imaginou como estariam Nicky e os outros... as garotas que foram suas companheiras durante três anos. Elas haviam sido amigas íntimas, e a surpreendia agora que suas brigas tivessem sido tão duras no final. Elas seriam capazes de aproveitar a festa de Anya, se não se entendessem? Ela tinha dúvidas. Por um longo tempo, ela pensara nelas como grosseiras e insensíveis, mas talvez estivesse sendo muito crítica, no fim das contas. A vida era tão curta, não era?, e havia tantas outras coisas infinitamente mais importantes que brigas femininas. E brigas que aconteceram há sete anos, por sinal.

Anya dissera isso a ela na noite passada, quando se falaram ao telefone, lembrando que elas deviam todas tentar agir de maneira madura. E Anya estava certa.

KAY ENCONTROU UMA MESA num pequeno café numa rua lateral bem ao lado da Place de l'Alma. Sentiu-se subitamente com fome e precisava comer; então lembrou que não havia realmente tomado o café da manhã, apenas uma xícara de chá, e agora já eram quase 13 horas.

Quando o garçom se aproximou, ela pediu omelete de tomates, salada verde e uma garrafa de água com gás. Uma vez que seu pedido fora feito, ela se recostou, pensando em sua vida e em particular em seu marido, Ian, que ela amava tanto.

Ele, que absolutamente não gostava de viajar, fora forçado a voar para Nova York outro dia, a fim de fechar um inesperado assunto de negócios com os tecidos de lã que eles produziam nos engenhos escoceses. Ele fora no lugar de seu sócio, Vincent Douglas, que havia quebrado um braço e uma perna num acidente de carro. E como ele havia resmungado por isso, até o último minuto!

Pobre Ian, pensou ela, enfiado num hotel em Manhattan. Ele era um homem tão campestre no coração e no espírito que realmente se sentia desconfortável na maior parte das cidades, especialmente numa grande metrópole como Nova York.

Ele ficaria fora por dez dias, e naquele tempo Kay esperava terminar seus exames com o Dr. Boujon; ela também planejava encontrar o local perfeito para uma butique. Sua assistente, Sophie McPherson, estaria chegando na próxima semana, e, juntas, elas trabalhariam com o corretor imobiliário que havia sido altamente recomendado.

Embora Paris fosse um dos grandes centros de moda do mundo, com casas de alta-costura e fabricantes e designers de pequena, média e grande escala, Sophie a havia de alguma maneira convencido de que existia ali um nicho para suas roupas.

Mas a ideia de abrir uma butique nesta que era a cidade mais elegante e da moda não a havia atraído de início; foi Sophie – jovem, entusiasmada e altamente comprometida com a direção das butiques – que a convenceu do contrário.

Sophie havia lembrado que as suas roupas estavam vendendo tremendamente bem na Grã-Bretanha e nos Estados Unidos, e que elas encontrariam um enorme mercado em Paris.

Que seja, pensou Kay, deixando escapar um suspiro. Ela devia tentar e esperava ser bem-sucedida. Geralmente tendia a aceitar os conselhos de Sophie, confiando em suas opiniões, já que sua assistente parecia saber tudo sobre moda para as jovens mulheres de hoje.

Enquanto tomava a água mineral, os pensamentos de Kay se dirigiram em várias direções. Logo se pegou lembrando dos anos em que vivera em Paris. Sua casa havia sido um hotel pequeno e bonitinho na Rive Gauche, e ela amava seu pequeno quarto e o quarteirão onde ele ficava, bem ao lado da Place Saint-Michel.

Talvez ela desse uma caminhada pela rue de la Huchette mais tarde e fosse até o Hôtel Mont Blanc, onde vivera por três anos. Ela imaginou se Henri, o adorável e velho porteiro, ainda trabalharia lá. Ele sempre fora tão gentil e solícito, e preocupado com ela.

A época que Kay passou em Paris foram os anos mais felizes para ela, e por muitas razões: ela estava bastante longe dos subúrbios de Glasgow e sentia-se segura, isso acima de tudo; estava frequentando a famosa escola com a qual sonhara durante anos, sem nunca acreditar que realmente se tornaria uma das novatas lá, com a idade de 19 anos.

Na Escola de Artes Decorativas, Design e Couture Anya Sedgwick, Kay estudara design de moda com os renomados professores Eliane Duvalier e Jean-Louis Pascal. Mas também assistira às aulas de Anya sobre arte clássica, bem como suas três aulas de história que tratavam da França do século XVIII, da Rússia Imperial e da Segunda Guerra Mundial em ambos os lados do Canal da Mancha.

Kay gostara de cada uma dessas aulas e de seus vários temas, e seus sonhos, esperanças e ambições para o futuro haviam aumentado e se fortalecido ali. Pela primeira vez em sua vida ela se sentira especial e merecedora, graças ao adorável encorajamento e à crença de Anya nela. Essa sensação de merecer ser vencedora fora totalmente reforçada pelos outros professores que haviam mostrado sua genuína crença nela e em suas habilidades.

Quando a mandou pela primeira vez para fora da Escócia, Alice, sua mãe, levou-a para Yorkshire, para Harrogate, na fronteira de Dales, onde a matriculou numa antiga e respeitável escola, o Harrogate College. Havia outras garotas na escola que eram internas como ela, e todas se tornaram boas amigas. Depois de haver se instalado lá, Kay descobriu um grande prazer em aprender.

Estar longe do ambiente ruim da Escócia lhe proporcionou uma sensação de enorme alívio; ela se sentia segura, não tão vulnerável e não mais exposta. As aulas na escola eram libertadoras, e seu talento natural logo foi revelado. Ele floresceu. Seu potencial era tão aparente, tão altamente visível para os professores que trabalhavam lá que eles frequentemente ficavam maravilhados com ela.

Ela sentia muito a falta de sua mãe, e de Sandy também, mas sua mãe nunca permitira que ela voltasse para casa. Sempre que Alice podia, ia a Yorkshire ver Kay, e aqueles tempos eram muito especiais e significativos para as duas.

– Lembre-se disso, mocinha – dizia Alice Smith. – Não há uma pessoa chamada Jean Smith. Ela não existe. Você é Kay Lenox agora. Novo nome. Nova identidade. Nova vida. Novo futuro. Não há caminho de volta, de maneira nenhuma.

A voz de sua mãe parecia ecoar nos recessos mais profundos de sua mente, sempre a encorajando, sempre falando sobre sua nova vida e seu futuro. De certa forma, sua mãe havia sacrificado a si mesma para dar *a ela* uma vida melhor.

Ela tornou tudo isso possível, pensou Kay. E eu também, muito. Mas estou sempre com medo de perder tudo. Não consigo aproveitar o que tenho. Esse é o problema.

As coisas vão ficar bem, disse agora firmemente a si mesma. Elas tinham de ficar.

21

Como ela havia se tornado verdadeiramente bela!, pensou Anya, olhando para Kay Lenox, que havia chegado à sua casa poucos momentos atrás.

Como estava um dia quente e ensolarado, Honorine, a governanta, levou Kay até a mesa no jardim, que havia sido arrumada para o chá. Mas Kay logo se levantou de sua cadeira e correu pelo pátio pavimentado.

Agora ela esperava sob a cerejeira, com o olhar distante, uma das mãos no tronco, cercada pelos cachos de flores de cerejeira rosa-pálidas que caíam em torno dela. Não tinha consciência de que estava sendo observada e seu rosto tinha uma expressão sonhadora e distante.

Kay é muito alta, de pernas longas e tão magra que parece quase etérea, comentou Anya consigo mesma, desejando ter uma câmera, tão adorável era a imagem de Kay sob a velha árvore florida.

A luz do sol passava através dos galhos carregados de flores e deixava seus cabelos com um halo de fogo brilhante vermelho-dourado. Ela ainda os usava longos, como fazia quando viera para a escola aos 19 anos, e daquela distância Anya pensou que Kay não parecia ter envelhecido um dia desde então. Ela vestia um traje azul-escuro, composto de calças muito estreitas usadas com sapatos azuis de saltos altos e um casaco três quartos, desenhado no estilo de uma túnica de marajá. Tinha botões na frente e um pequeno colarinho de mandarim, e Kay estava maravilhosa com essa roupa.

O traje era simples, mas tão bem-feito que era a elegância materializada. Bem, ela sempre fora enormemente talentosa, uma pequena estilista mesmo quando veio a primeira vez até mim, pensou Anya.

Entrando no pátio, Anya exclamou:

– Kay, querida, aqui estou! Sinto muito por deixá-la esperando. – Ela se apressou, seu rosto radiante de sorriso, sua alegria por ver Kay depois de tanto tempo refletida em seus olhos brilhantes.

Kay imediatamente correu até Anya, quase cambaleando naqueles saltos altíssimos. Ela abraçou Anya, apertando-a com força. Depois de um instante, Kay olhou o rosto de sua professora e sua própria felicidade foi transparente.

– É simplesmente maravilhoso ver você!

– Devo dizer a mesma coisa, Kay. Mas venha, querida, vamos nos sentar à mesa e tomar uma xícara de chá, como nos velhos tempos. Quero saber todas as novidades.

Juntas, as duas mulheres andaram até a mesa de ferro batido que Honorine cobrira com uma toalha de linho. Todos os apetrechos para o chá da tarde estavam ali: ao lado do grande bule de prata, da jarra de leite e do açucareiro combinando, havia um prato com fatias de limão. Numa bandeja comprida de prata, Honorine havia arrumado uma variedade dos pequenos sanduíches de criança do chá das cinco, como Anya os chamava, e muitos biscoitos. Havia também uma torta recheada com geleia e creme chantilly. E mais um bolo inglês de frutas, escuro e de aparência deliciosa, decorado com amêndoas claras.

Pegando o bule de prata, Anya serviu chá nas xícaras chinesas, depois se recostou, olhando para Kay.

A jovem era simplesmente espetacular de olhar, com seus cabelos vermelhos caindo suaves, a aparência fresca, a pele de mármore polido e os olhos azuis.

– Kay, você está linda! – exclamou Anya com admiração. – E tão amadurecida. Muito elegante. – Seus olhos se estreitaram e ela riu para ela. – Que prazer é ver que você está tão... *deslumbrante*.

Kay partilhou seu sorriso.

– Acho que eu *estava* um tanto deselegante e magra quando me formei, não?

– Nem tanto assim – protestou Anya, jogando uma fatia de limão dentro de seu chá. – E parabéns por seu sucesso extraordinário. Você foi o orgulho da escola. Mas todos nós sabíamos que você seria.

– Graças a você, Madame Eliane e Monsieur Jean-Louis é que estou onde estou hoje. E, claro, à minha mãe. Sem ela eu não teria sido... *nada*.

Anya notou a sombra que subitamente escureceu os olhos de Kay, enevoando sua cor enquanto ela falava de Alice, morta já havia algum tempo. Mãe e filha haviam sido muito próximas, simbióticas, extremamente devotadas uma à outra. Ela sabia bem que Alice havia se sacrificado muito por Kay.

– Nós só pudemos guiá-la, mostrar-lhe o caminho – observou finalmente Anya. – Você sozinha é responsável por seu sucesso, Kay.

– Eu lembro que você costumava nos dizer que, como indivíduos, nós éramos as autoras de nossas próprias vidas, e que só nós mesmas poderíamos aceitar os louvores, ou levar a culpa, se nossas vidas dessem errado.

– Mas isso realmente acabou virando *sua* filosofia quando você entrou na escola, Kay. Eu realmente só dei a você as palavras certas para se expressar propriamente e explicar o que você já parecia sentir.

Kay assentiu, bebeu o chá e ficou em silêncio, seu rosto imediatamente sério, refletindo sua miríade de pensamentos. Ela mergulhou no passado por alguns instantes, lembrando muitas coisas.

Anya sentiu que havia uma certa... *realeza* em Kay, a *única* palavra para aquilo. E uma elegância natural. Ela era uma verdadeira dama agora, em todos os sentidos – no comportamento e nas maneiras tanto quanto no título. Como a vida podia ser incrível para algumas pessoas! Aqui estava ela, a pequena e tímida Kay, que veio à escola parecendo tão subnutrida, quieta como um rato, agora uma designer de moda famosa no mundo inteiro, imensamente bem-sucedida, e a mulher de um genuíno aristocrata de criação e riqueza. Lady Andrews, esposa de Ian, o senhor de Lochcraigie. Também Kay Lenox, *couturière* por excelência. Havia uma dualidade ali, mas que transpirava triunfo, e em grande escala.

Bem, ela é simplesmente... fantástica, pensava Anya agora, maravilhando-se com sua antiga aluna. Ela não sabia muito sobre Kay quando ela chegara a Paris, dez anos antes. A história pessoal de Kay e seu passado eram de alguma maneira envoltos em mistério, mas seus registros acadêmicos do Harrogate College haviam dito muito a Anya. A garota era brilhante, não havia dúvidas a respeito.

Anya instintivamente soubera que a infância de Kay havia sido muito pobre. Havia uma espécie de tenacidade amarga em sua mãe. Alice era bonita, mas sofrida, e tinha olheiras. Magra como um trilho, parecia que nunca tinha feito uma boa refeição na vida. De fato, havia uma aura de verdadeira privação em Alice, agora se lembrava Anya, e uma tristeza que se havia entranhado fortemente nela. A desgraça de Alice fora uma coisa palpável e agira como um punhal em Anya, que simpatizara com ela.

O que Kay fez por si mesma, a vida que criou, é muito marcante, pensou ela. Ela estava muito orgulhosa da jovem mulher que era uma verdadeira história de sucesso.

Quebrando o silêncio, Anya disse:

– Estou feliz por você ter vindo a Paris bem antes da festa. Isso nos dá a chance de nos visitarmos, de nos vermos. – Anya riu e seus olhos estavam alegres novamente. – As outras pensaram como você, Kay. Alexa, Jessica e Maria também estão aqui.

– Oh! – Foi tudo o que Kay pôde dizer, e imaginou como elas todas se sentiriam quando finalmente se reencontrassem depois de todos aqueles anos.

Anya estava pensando em Alexa e Jessica, ambas com seus assuntos não terminados para tratar. Estudando Kay, ela se perguntou se Kay também tinha compromissos secretos escondidos.

Inclinando-se suavemente para a frente, ela se fixou na jovem.

– Você veio antes por alguma razão especial, Kay querida?

– Sim, na verdade eu vim. – Kay se virou para encarar Anya enquanto falava e continuou: – Estou pensando em abrir uma butique aqui. Minhas outras lojas têm feito muito sucesso e todos acreditam que minhas roupas vão vender bastante em Paris.

– Tenho plena certeza de que isso é verdade. E a ideia é maravilhosa. Eliane e Jean-Louis vão ficar muito impressionados e orgulhosos de você, como eu já estou.

– Obrigada. Também tenho de ir a Lyon para ver a fábrica de tecidos que produz minhas sedas e brocados. Há algumas cores especiais que quero para minha próxima coleção.

– Você foi sempre tão hábil com as cores. Eu adoro esse seu terno azul. Ele torna seus olhos ainda mais azuis – murmurou Anya, depois perguntou: – E como vai seu marido?

À menção a Ian, Kay ficou rígida.

– Ele está bem. – Ela sacudiu a cabeça. – Quero dizer, eu espero que esteja. Está em Nova York a trabalho e Ian não gosta muito das cidades. Ele provavelmente está deprimido e desejando ardentemente voltar para sua casa na Escócia.

– Ah, sim, o homem do campo, uma vez você me falou!

– Sim. – Houve uma pequena pausa. – Então, as outras estão aqui? Você já as encontrou?

– Maria sim. Várias vezes, na verdade, e Alexa veio almoçar ontem.

– Elas estão casadas agora?

– Oh, não.

– E Jessica?

– Não tenho notícias dela há muito tempo. Mas também não se casou. Parece que você é o único membro do quarteto que encontrou o homem de seus sonhos.

Kay se recostou na cadeira de metal, olhando boquiaberta para Anya, uma sugestão de medo flutuando em seu rosto. Inesperadamente, alarmantemente, lágrimas brotaram em seus olhos, querendo escorrer por suas faces.

– Qual é o problema? – perguntou Anya, a surpresa e a preocupação aparentes.

Kay não falou. As lágrimas começaram a cair.

– Querida, *o que é*? – Anya se aproximou por sobre a mesa, tocando o braço de Kay para confortá-la.

Espantando as lágrimas para longe com as pontas dos dedos, Kay disse numa voz hesitante:

– Estou tão preocupada, Anya... com meu casamento.

– Você quer falar a respeito?

Kay assentiu. Ela respirou fundo, explicando numa voz baixa, quase inaudível:

– Eu não fiquei grávida, e é isso o que está na raiz de tudo.

– Oh! Sim, eu compreendo, querida. Ian quer um filho e um herdeiro. O título... as terras... *claro*. Sim, entendo.

Kay engoliu em seco e limpou a garganta.

– Ian é uma boa pessoa e não fala sobre isso. Nunca falou. Mas eu sei que isso está sempre ali, se escondendo no fundo de sua mente. E é um tipo de... *pressão* para mim. Está sempre pairando sobre mim.

– Sei o que quer dizer.

– Vim a Paris por outra razão – confessou Kay. – Para ver o Dr. François Boujon. Tenho certeza de que você já ouviu falar nele.

Anya assentiu:

– Sim, ele é muito famoso e brilhante. E muito respeitado, devo acrescentar. Sendo o primeiro especialista no mundo em fertilidade, estou certa de que ele será capaz de ajudá-la.

– Oh, Anya, eu *espero*.

– Você já se encontrou com ele?

– Ontem. Fiz alguns exames. – Kay se interrompeu, virou a cabeça, mordeu o lábio.

Anya a observou com atenção.

Kay limpou os olhos com as pontas dos dedos mais uma vez; ela começara a chorar novamente.

– Você está bem?

– Menti para o Dr. Boujon – revelou Kay, se virando para Anya. Seus olhos estavam agitados.

Chocada com essa revelação, Anya olhou para Kay.

– Não tenho certeza se estou entendendo...

– Ele me fez algumas perguntas e eu não respondi sinceramente. Eu menti.

– Mas *por quê?* – Anya franziu a testa, parecendo mais perplexa que nunca. – O que a fez fazer isso? Não é típico seu. Você sempre foi tão honesta e franca.

Mordendo o lábio novamente, Kay não respondeu por um instante. Então vagarosamente ela explicou:

– Eu não quis contar a ele os meus *segredos*. Acho que é melhor se as pessoas não souberem... *coisas*... certas coisas sobre mim.

– Segredos? Que tipo de segredos?

– Uma vez, muito tempo atrás, você fez um comentário para mim e Alexa. Você disse que sempre havia vivido com uma regra...

– Eu me lembro desse dia muito bem – cortou Anya. – Eu disse que nunca mostro fraqueza, nunca mostro a face, e que isso funcionou comigo, especialmente nos negócios, mas também em minha vida privada às vezes.

– Sim, você fez isso, e essa vem sendo *minha* regra desde então. Por isso menti.

– Sei. – Anya se reclinou na cadeira, olhando para ela firmemente. – E o que *exatamente* você está escondendo do Dr. Boujon?

– Quando ele perguntou se eu já tinha ficado grávida, eu disse que não. Mas isso não é verdade. Eu fiquei grávida uma vez. Você acha que ele percebeu quando me examinou?

– Não tenho certeza. – Anya fez uma pausa, perturbada. Ela estudou Kay por um segundo, depois perguntou: – Você perdeu o bebê?

Kay respirou fundo.

– Fiz um aborto.

– Oh, *Kay*!

– Não me olhe assim, Anya. *Por favor*, Anya, *por favor*. Eu sofri abusos quando era muito nova. Quando fiquei grávida, eu tinha apenas... *12 anos*.

Anya fechou os olhos com força e ficou sentada imóvel por um longo tempo. Quando finalmente os abriu achou que o jardim parecia um pouco menos ensolarado, como se a luz houvesse de alguma forma escurecido. Em que mundo vivemos, que monstros alguns homens são!, pensou ela. Seu rosto não estava mais feliz e sorridente como estivera mais cedo – havia se tornado incomumente nebuloso, talhado pelo medo. E então seus olhos se encheram de compaixão e simpatia enquanto ela silenciosamente olhava uma de suas pupilas favoritas.

– Não foi culpa minha, não foi! – exclamou Kay. Sua voz estava agora alta, quase estridente, e ela ficou ainda mais agitada.

– Querida Kay, sei que não foi culpa sua. Eu *sei* sem você ter de me dizer. – Anya se aproximou e pôs a mão na de Kay, com um toque que esperava fosse gentil e tranquilizador.

Olhando para ela firmemente, viu pelo rosto de Kay que ela estava exausta, o rosto mais pálido que o normal, e ela disse após um instante de reflexão:

– Vai ajudar falar sobre isso, você não acha?

– Nunca contei a ninguém... só mamãe sabia – sussurrou Kay.

Anya apertou sua mão, depois se recostou, servindo mais chá para ambas. Ela estava em silêncio, esperando. Esperando que Kay se sentisse confortável o suficiente para falar com ela sobre esse assunto tão doloroso e triste.

22

Kay precisou de tempo para se recompor.

Ela se recostou na cadeira, tomou vários goles do chá fresco que Anya havia acabado de servir e se forçou a relaxar. Vagarosamente sua agitação e ansiedade recuaram.

Seu olhar estava equilibrado, sua voz firme quando ela olhou para Anya e disse:

– Acho que é melhor começar bem do início. Minha mãe trabalhou para uma designer de moda em Glasgow chamada Allison Rawley. Eu tinha uns 7 anos quando ela começou como vendedora. Mas, depois de dois anos, mamãe estava dirigindo a loja. Você vê, Anya, ela era uma boa organizadora e gerente. De qualquer maneira, Allison tinha uma amiga íntima, uma mulher nobre que era inglesa. Haviam sido colegas de internato e ela às vezes vinha ficar com Allison e, é claro, comprava coisas na loja. Essa mulher, que era uma pessoa adorável, ofereceu à minha mãe um trabalho de administradora de sua casa, com a aprovação de Allison, claro. Ela pensava que mamãe era eficiente e capaz. Eu tinha 10 anos na época.

– E sua mãe aceitou o emprego?

– Claro. Como ela poderia recusar? Parecia fantástico. A casa era no Firth of Forth, perto de um lugar chamado Gullane, a cerca de trinta minutos de carro de Edimburgo. Sua Alteza disse à mamãe que não havia problema em relação a nós, Sandy e eu, que poderíamos ir com ela e que teríamos nossos próprios quartos na casa. Minha mãe viu isso como uma oportunidade de melhorar sua posição na vida, de ganhar mais dinheiro, de nos tirar da cidade e nos levar para o campo. Havia uma escola na igreja local e tudo parecia maravilhoso. Então ela aceitou o emprego.

Kay fez uma pausa.

– Acho que jamais vou esquecer aquela casa, Anya... ela era tão bonita, por dentro e por fora. A região era magnífica e havia vistas das Lammermuir Hills e aquela vasta extensão de água... o Firth of Forth. Era mágico. Mas havia um problema naquela casa, pelo menos para mim... o lorde.

– Foi ele quem a molestou? – perguntou Anya suavemente.

Kay assentiu.

– Não a princípio. E mais tarde, quando o fez, se sua esposa estivesse na casa, ele seria muito cuidadoso. Mas a lady viajava muito. Eles tinham um apartamento em Londres e uma casa de campo em Gloucestershire, então ela ficava fora muitas vezes. Tudo começou quando estávamos vivendo lá havia cerca de um ano. Eu tinha 10 anos e meio na época. A princípio pareceu quase acidental, sabe, ele roçava em mim, apertava meu joelho, acariciava minha cabeça de uma maneira meio paternal. Mas então ele começou a me cercar nos campos, nas florestas. Ele... ele me tocava... sabe... nas partes íntimas.

Sem querer quebrar o fluxo das palavras, Anya simplesmente assentiu.

– Depois de alguns incidentes realmente ruins, eu comecei a lutar todas as vezes com ele, e protestava veementemente. Ele ameaçava demitir minha mãe, nos mandar todos embora se eu não fizesse o que ele queria. Ele disse que nos deixaria na penúria, e eu não sabia o que aquilo significava e fiquei assustada até a morte. Eu também sabia o que aquele emprego significava para minha mãe, para nós como família. Onde viveríamos se tivéssemos de partir? E onde era a Penúria? Por muito tempo eu pensei que fosse algum lugar horrível.

– E você nunca contou à sua mãe? – arriscou Anya. – Ou a mais alguém?

– Eu sentia muito medo, então não conseguiria dizer nada... com medo dele... ou do que ele faria conosco. E *poderia* fazer conosco se quisesse. Ele era um homem poderoso e nós éramos pobres, vulneráveis, sozinhas. Papai tinha morrido havia anos e tínhamos apenas vovó em Glasgow, e ela era pobre.

– Oh, Kay, querida – murmurou Anya. – Como deve ter sido terrível para você! – Seu rosto estava frio quando falou, seus olhos repletos de dor.

– Foi horrendo, muito assustador. Então, com o passar do tempo, ele se tornou mais corajoso, mais agressivo e foi em frente comigo. Tentei mantê-lo a distância e nunca deixei de protestar, gritar e falar muito. Mas ele me calou. Ele era forte e persistente, e me ameaçava com problemas terríveis se eu não fizesse exatamente o que ele queria. Minha única trégua era quando sua esposa retornava de Londres ocasionalmente.

– Você sentiu que não podia contar a ela sobre isso?

– Como poderia? De qualquer forma, quem acreditaria em mim? A filha da governanta acusando o patrão? Certamente ela não teria acreditado em nenhuma palavra. Eu teria sido marcada como mentirosa. Eu teria mesmo sido acusada de seduzi-lo, Anya. Pense *nisso*. Minha mãe teria sido demitida. Então eu me endureci com esses ataques e ficava esperando e rezando por que ele jamais voltasse, sempre que viajava a Londres. Ele sempre viajava. Quando eu tinha quase 12 anos, ele finalmente veio, bem, ele veio com tudo, Anya. Ele me estuprou num sábado à tarde, quando minha mãe estava em Edimburgo com Sandy.

Kay parou novamente, tomou um gole de chá. Depois de alguns instantes, ela murmurou:

– Aquilo aconteceu muitas vezes e eu estava em pânico, muito preocupada. Traumatizada, acho, olhando para trás agora. Então um dia minhas regras atrasaram e eu soube que o que eu temera tinha finalmente acontecido. Eu tinha certeza de estar grávida. Eu fiquei fora de mim de preocupação e realmente aterrorizada.

– E então você finalmente contou à sua mãe?

– Contei. Não tinha alternativa. Ela foi maravilhosa comigo, e ficou apavorada com o que estava acontecendo. Mas ela não me culpou de maneira nenhuma. Ela ficou furiosa e mergulhou numa raiva cega quando foi vê-lo. Imediatamente ela o ameaçou com a lei. Ela o acusou de molestar uma menor, disse que ia à polícia e que contrataria um advogado em Edimburgo. Ela ameaçou processá-lo. A princípio ele negou ter feito qualquer coisa comigo, mas não havia outro homem na propriedade e estávamos num local isolado. Bem, havia dois jardineiros, mas eles eram velhos e os demais empregados eram mulheres.

– Então sua mãe foi à polícia.

Kay sacudiu a cabeça.

– Não, ela não foi. Estava prestes a ir, quando o lorde ofereceu a ela... uma troca nada lucrativa. Ele disse que nos mandaria a um médico que ele conhecia em Edimburgo, que poderia fazer uma operação em mim, e que ele pagaria por isso. Ele ofereceu à minha mãe três meses de licença e disse a ela que deveríamos todos partir. Imediatamente.

– O que aconteceu? Sua mãe aceitou, Kay?

– Não. Ela disse a ele que pensaria a respeito, e então, no fim, recusou. Acho que minha mãe era realmente uma mulher inteligente, mesmo que não tenha tido muita instrução. Subitamente ela compreendeu que estava com todas as cartas na mão. O lorde tinha uma cadeira na Casa dos Lordes, em Londres, era empresário e muito bem-conhecido socialmente. Circulava em todas as altas-rodas da sociedade, e também a lady. Quando ela se deu conta disso, fez uma contraproposta.

– E qual foi? – perguntou Anya, inclinando-se mais para perto, seus olhos fixos em Kay.

– Ela se certificou de que tinha todas as informações sobre o médico em Edimburgo e fez com que *ele* marcasse a consulta. Então disse a ele que o que ele havia oferecido não era suficiente para o que tinha feito a mim... anos de abuso, molestação, como ela chamou, e estupro. E estupro e mais estupro, que havia resultado em minha gravidez. Ela disse a ele que queria... – interrompeu-se Kay, respirando fundo. – *Um milhão de libras.*

Anya olhou para ela boquiaberta. Por um instante ela ficou sem fala. Por fim ela conseguiu dizer:

– Alice conseguiu isso? Não me diga que ele realmente pagou todo esse dinheiro?

– Não. Ela pediu muito porque sabia que teria de barganhar com ele e queria espaço para manobrar. No fim, ele fixou em 400 mil libras.

– Bom Deus!

Kay assentiu, depois sorriu fracamente.

– *Era* muito dinheiro, Anya. Eu acho que até minha mãe ficou surpresa. Ela estava esperando fechar por muito menos... cerca de 100 mil.

– Ele deve ter ficado assustado até a alma para ter pago isso.

– Acho que ele ficou mesmo. Era um homem bem-sucedido, mas não tinha o dinheiro de sua esposa. Ela era herdeira de uma vasta fortuna industrial. A última coisa que ele queria era se expor no centro de um grande escândalo. E nem queria perder o dinheiro dela. A lady era boa, eu disse isso a você, e se minha mãe tivesse pedido a ajuda de um advogado, tivesse ido à polícia, ela teria, no fim das contas, acreditado em *nós*. Não nele. E ela teria se divorciado dele. Tenho certeza de que ele se deu conta disso. Finalmente.

– Então ele pagou?

– Oh, sim! Minha mãe não partiria até que seus cheques tivessem sido compensados. Então fizemos as malas e fomos para Edimburgo, onde mamãe encontrou um pequeno apartamento para nós. – Kay se recostou, balançando a cabeça, depois suspirou, olhando para Anya. Sem se acovardar, ela disse: – Era chantagem. Eu reconheci isso quando fiquei mais velha. Minha mãe viu uma oportunidade de me ajudar, não apenas naquela hora, mas no meu futuro. E então ela o chantageou.

Houve um silêncio.

Tudo estava muito quieto no jardim. Nem uma folha se mexia, nem uma lâmina de grama. Nada se movia. Até os pássaros estavam quietos.

Mas a cabeça de Anya zunia com tudo o que ouvira, pensando principalmente em Alice Smith valendo-se de uma coisa tão terrível quanto a chantagem. E então ela dispensou um pensamento muito bobo. O que aquele homem depravado e doente havia feito com Kay era infinitamente pior, e quem culparia Alice Smith por pedir uma compensação? Porque era o que aquilo realmente era. Olho por olho, dente por dente, pensou ela. Tal violência e depravação contra uma simples criança teria levado algumas pessoas a cometer assassinato. Quem poderia culpar Alice pelo que ela havia feito? O homem fora monstruoso, obsceno.

– O dinheiro foi usado para a sua educação, foi o que Alice fez com ele. Não foi?

– Sim, e para a de Sandy. Uma parte dele pagou o aluguel de nosso pequeno apartamento. E as taxas do Harrogate College e sua escola aqui em Paris. Mamãe o usou apenas para mim, nunca para si mesma, exceto para o aluguel no início. Ela sempre trabalhou duro e economizou. E o que restou do dinheiro, que ela depositou numa conta de poupança no banco, serviu para dar início à minha empresa de moda mais tarde.

– Alice foi sábia, Kay, muito sábia, e de muitas maneiras. Mas e o aborto? O que aconteceu? Você quase não falou sobre isso. Foi malfeito?

– Não tenho certeza. Mas é isso o que me preocupa, Anya, que o médico acidentalmente tenha feito algo em mim há tantos anos. Olhando para trás, acho que ele era um pouco incapaz, ele certamente parecia miserável, e cheirava a álcool. Mais tarde sangrei muito e senti dores terríveis durante muitos dias. Minha mãe quase teve de me levar para a emergência. No hospital. Mas então comecei a me sentir melhor...

Kay parou ab-ruptamente, olhou para longe e, quando finalmente voltou a Anya, seus olhos estavam escuros de preocupação.

– E se o médico *realmente* tiver feito algo errado comigo?

– Acho que ele pode ter feito, mas acho que você teria sabido. Tudo tem... andado bem ao longo dos anos?

– Sim, mas não tenho certeza de que isso signifique alguma coisa. Você acha, quero dizer, que o Dr. Boujon saberia que eu fiz um aborto?

– Eu já disse, não tenho certeza, Kay querida. Acho que ele provavelmente logo perceberia algum dano interno, se houvesse algum.

Kay olhou para ela um instante, seu rosto subitamente duro, sua pele esticada sobre os ossos com tensão. As lágrimas brotaram; ela apertou as mãos na boca e começou a chorar.

Anya se levantou e foi até ela, abraçou-a, esforçando-se para confortá-la o mais que podia. Kay se agarrou a Anya, apertou o rosto contra seu corpo, soluçando. Anya a acalmou, acariciou sua cabeça e finalmente ela se aquietou.

Depois de alguns instantes, Anya murmurou:

– Ele não sabe, não é? Você nunca contou nada disso a Ian.

– Como eu poderia? – sussurrou Kay. – Ele não sabe nada a respeito do meu passado. Minha mãe criou toda uma nova identidade para mim, e ela teve dinheiro para fazer isso. Ele morreria se soubesse de onde eu vim... – Ela fez uma pausa, sorrindo tristemente. – Os subúrbios de Glasgow. E claro que ele se divorciaria de mim. Eu *sei* disso.

– Você não pode ter certeza, Kay, as pessoas podem ser muito compreensivas.

– Não vou me arriscar, fique certa disso, Anya.

– As palavras são um conforto frio em algumas circunstâncias – começou Anya suavemente, acariciando novamente os cabelos de Kay. – Dizer que sinto muito que isso tenha acontecido a você não é suficiente. Não expressa a dor e o sofrimento que sinto por você, querida Kay. Foi horrendo, e eu posso bem entender como você deve ter ficado traumatizada e assustada. Você era tão nova, só uma garotinha. – A voz de Anya tremeu levemente com súbita emoção, e ela descobriu que não era capaz de continuar.

Depois de um tempo, Kay afastou-se, soltou-se de Anya e olhou para ela.

– Vivi com medo desde que ele começou a me assediar. Mas eu era uma sonhadora, sabe... eu aprendi a sonhar em minha infância, e isso me manteve viva. Eu pude escapar para um lugar melhor.

– Você lidou com tudo muito bem... não posso imaginar o que deve ter sido para você...

– Só aprendi uma coisa, Anya.

– E o que foi?

– Aprendi a me armar contra o mundo.

Honorine fora até ali para dizer a Anya que havia um telefonema para ela, e Anya entrara para atender. Kay ficou sozinha no jardim.

Suas lágrimas haviam secado e ela se sentou calmamente na cadeira, olhando para seu rosto no espelho de uma pequena caixa de pó de arroz prateada. Havia algumas manchas de maquiagem em torno de seus olhos e ela as removeu com um lenço, passou pó na área suavemente e retocou o batom. Então colocou o pó de arroz e os outros itens de volta na bolsa e relaxou.

Quando Anya voltou, olhou para ela e exclamou:

– Novinha em folha, querida. Você está se sentindo melhor?

Kay sorriu.

– Sim, e obrigada por me ouvir, por ser tão paciente e compreensiva, Anya. Isso me ajudou muito. – Ela fez uma pausa, sacudiu a cabeça. – Você vê, eu nunca falei sobre essa parte de minha infância com ninguém, a não ser com minha mãe. Acho que enterrei tudo tão fundo que era difícil escavar de novo. E eu também não queria contar a ninguém meu segredo.

– Só há uma coisa que quero dizer. Quando você vir o Dr. Boujon novamente, ele pode lhe perguntar se você fez um aborto, então esteja preparada para isso. E francamente, Kay, realmente acredito que você deveria contar a verdade a ele.

Kay recuou levemente e olhou para ela.

– Isso seria muito difícil para mim...

– Você não tem de dar a ele nenhum detalhe íntimo – interrompeu Anya. – Quero dizer, sobre o abuso sexual na infância. Só expor os fatos. Se você *realmente* tiver algum problema interno, ele deve ser informado do seu histórico médico, a fim de fazer uma avaliação correta.

– Acho que sim – concordou Kay, relutante.

– Claro, é muito provável que ele tenha boas notícias para você: dirá que não há nada de errado com você, nenhuma razão por que você não possa conceber. – Anya olhou para ela. – Então você terá de tentar relaxar para ficar grávida. Acho que não é necessário dizer que a adoção está fora de questão, não é mesmo?

Kay assentiu.

Anya continuou:

– Com frequência, quando um casal adota uma criança, a mulher imediatamente fica grávida. A pressão é interrompida, e acho que é o que provoca isso, o que ajuda uma mulher a conceber.

– Ian faria questão de um filho biológico para herdar o título.

Anya se recostou, pensando que Kay provavelmente estava certa sobre isso, mas, por outro lado, nunca se sabe realmente o que se passa com as pessoas. Também poderia não ser Kay. Havia a distante possibilidade de que Ian pudesse ser o culpado; ele poderia ser estéril, ou deficiente de alguma forma. Ela imaginou se ousasse sugerir que ele, também, deveria ser examinado, e então decidiu que seria melhor não fazê-lo.

Ao contrário, ela estendeu o braço por cima da mesa e pegou a mão de Kay.

– Você tem sido muito corajosa e forte durante toda a sua vida, Kay, e estou muito orgulhosa de você. E quero que você saiba que estou sempre aqui para você, para o que quer que precise.

Kay ficou emocionada e respondeu:

– Obrigada por essas palavras, Anya, e por ser minha amiga, minha única amiga *verdadeira*.

Essa observação fez Anya franzir a testa, e ela exclamou:

– Espero que eu não seja sua única amiga, querida.

– Bem, mais ou menos... gosto de minha assistente, Sophie, e também de Fiona, a irmã de Ian, mas, bem, sim, você é minha única amiga íntima.

Como isso era triste, pensou Anya. Ela disse:

– É uma pena tão grande o seu pequeno quarteto ter se separado. Vocês eram todas *tão próximas* durante três anos, e de repente *puf*! Subitamente tudo se desfez em fumaça. Eu nunca testemunhei nada assim. E sinceramente espero que as quatro resolvam essa situação, façam um esforço para deixar de lado as diferenças e se tornem amigas novamente. – Anya olhou Kay longa e atentamente, e terminou: – Ouça o que diz uma velha senhora: a vida é muito curta para que mantenhamos rancores, para que carreguemos animosidades, porque isso nos consome como um câncer.

– Concordo – respondeu Kay, pensando que das quatro ela era a menos culpada. Foram as outras que haviam criado problemas, não ela.

23

Alexa olhou para o relógio quando o telefone começou a tocar.

Eram exatamente 18h30. Pegando o fone, agarrando-o com tanta força que suas articulações brilharam brancas na luz da lâmpada, ela disse "alô" com uma voz sufocada que não parecia a sua.

– É o Tom. Estou no saguão.

– Já estou descendo – ela conseguiu responder. Jogou o telefone no gancho, pegou sua bolsa e o xale que estavam em uma cadeira e saiu do quarto.

Enquanto esperava pelo elevador, olhou para si mesma num espelho próximo. Seus cabelos estavam lisos, a maquiagem, perfeita; ela usava um vestido de linho preto sob medida com o qual poderia ir a qualquer lugar, tendo como únicas joias seu relógio e os brincos de pérolas.

Ela respirou fundo quando entrou no elevador. Estava tensa, tão ansiosa por vê-lo que mal podia esperar enquanto o elevador descia. Ela o viu imediatamente, no instante em que saiu. Ele estava de pé em um lado do saguão, próximo à entrada do Jardin d'Hiver, mas algo obviamente o havia distraído e ele olhava em direção ao saguão principal e à mesa da portaria.

Estupidamente, ridiculamente ela descobriu que era incapaz de se mover. Ficou de pé, parada, olhando para ele e tremendo por dentro.

Ele estava de perfil, mas ela viu de uma vez que estava tão bonito como sempre, e imaculadamente vestido. Usava um blazer azul-escuro, calças cinza e uma camisa azul. Sua gravata era de seda, listrada de azul e cinza-prata; seus sapatos marrons luziam.

Ela engoliu em seco, tentando se controlar, e então ficou surpresa quando ele subitamente virou a cabeça e a viu.

Seu rosto estava sério, sem sorrir, enquanto ele andava até ela, o passo e o comportamento cheios de confiança. Mas então ele sorriu subitamente, mostrando seus dentes brancos e perfeitos. Seus olhos eram muito azuis. Ela viu também que seus cabelos agora estavam ficando grisalhos nas têmporas.

– Alexa – disse ele, pegando seu braço, inclinando-se para ela, beijando seu rosto.

Ela se afastou quase imediatamente, com medo de que ele ouvisse as batidas de seu coração. Tentando engolir, com a boca seca, ela disse:

– Olá, Tom.

Seus vívidos olhos azuis buscaram seu rosto por um segundo e ele franziu a testa. Pegando seu braço, ele disse:

– Vamos tomar um drinque, vamos? – Ele não esperou pela resposta dela, e, assumindo o controle, como sempre fazia, conduziu-a para a frente. Eles entraram no bar Fontainebleau, cujas janelas davam para os arcos da Rivoli, posicionados em frente à entrada principal do hotel.

Ele a guiou para uma pequena mesa próxima a uma janela num canto, onde ambos se sentaram. Um garçom chegou até eles num instante.

Tom olhou para ela e levantou uma sobrancelha.

– O de sempre?

Ela assentiu.

– *Deux flûtes, s'il vous plaît.*

Quando o garçom desapareceu na direção do longo bar de mogno do outro lado do salão, Tom olhou para ela de forma intensa, balançando a cabeça de maneira obviamente aprovadora.

– Você não mudou. Está exatamente a mesma, a não ser pelos cabelos.

– Eu cortei.

– Percebi. Combina com você. *Très chic.*

Ela não disse nada.

Depois de uma leve pausa, Tom continuou:

– Li muito a seu respeito, Alexa. Trabalhando no show business. Você vem fazendo um grande sucesso com seus cenários para teatro.

– Sim, mas tenho tido sorte de muitas maneiras.

– Eu diria que tem mais a ver com talento.

Ela sorriu para ele fracamente, desejando que seu coração parasse de fazer aquele barulho todo daquela maneira. Também desejou que não tivesse a urgência devastadora de agarrar a mão dele, que descansava na pequena mesa entre eles. Ela precisou de todo o seu autocontrole para não tocá-lo.

O garçom voltou à mesa, depositando as duas taças de champanhe na frente deles.

Assim que ficaram sozinhos, Tom pegou seu copo e o encostou no dela.

– *Santé.*

– *Santé* – disse ela, dando-lhe um largo sorriso.

Ele colocou seu champanhe na mesa.

– Finalmente – murmurou ele. – Achei que aquela aparência desgostosa jamais desapareceria.

– Não sabia que estava parecendo desgostosa.

– Pode ter certeza, você estava. – Ele se inclinou sobre a mesa, olhando para ela, a expressão em seus olhos mais intensa que nunca. – Estou feliz por você ter ligado... estou feliz por ver você, Alexa. – Quando ela ficou em silêncio, ele perguntou: – Você não está feliz em me ver?

– Sim.

Ele riu.

– Que *sim* pobrezinho. Tão tímido.

– Nada disso. Eu *estou* feliz por ver você, Tom. Eu queria vê-lo, senão não teria ligado.

Ele estendeu o braço, pegou a mão dela e segurou-a com firmeza, perscrutando-a cuidadosamente. Então ele olhou para as mãos dela.

– Não se casou ou ficou noiva ou qualquer outra coisa?

Alexa sacudiu a cabeça, sem confiar em si mesma para falar.

– Deve haver alguém – sondou ele. – Ou todos os homens são cegos onde você mora?

Ela começou a rir – ele sempre conseguia fazer aquilo com ela, e ela partilhava seu senso de humor. Estava prestes a dizer a ele que não havia ninguém especial, mas mudou de ideia. Ao contrário, disse:

– Eu tenho um namorado. É um artista. Ele é muito bacana. Inglês. – As palavras saíram ritmadas.

– O namoro é sério?

– Eu... eu... não sei – começou ela, e hesitou. – Bem, talvez para ele seja sério.

– E para você?

– Eu... não tenho certeza.

– Sei o que você quer dizer.

– Há alguém especial em sua vida?

– Não – respondeu ele laconicamente.

– Não posso acreditar que você não tenha tido, que não tenha... uma namorada por aí.

– Claro. Mas coloque isso no plural. E nenhuma delas significa muito para mim.

Ela experimentou tal explosão de alívio que todo o seu corpo ficou mole. Esperou que ele não tivesse notado isso e disse rapidamente:

– Eu vi Nicky Sedgwick na casa de Anya outro dia. Ele mencionou de passagem que você havia comprado uma casa na Provence. Pelo menos foi isso o que ele ouviu dizer.

– É verdade. Minha avó francesa morreu. Ela me deixou um dinheirinho. Comprei uma pequena fazenda nos arredores de Aix-en-Provence, uma fazenda de oliveiras.

– Que ótimo! Ela já está aberta?

– Com dificuldade. – Ele sorriu para ela. – Mas vou investir um dinheiro nela, contratar ajuda extra para o gerente que a administra para mim. Mas será um hobby, nada mais sério, *naturellement*.

– Então você não vai abandonar a prática da advocacia? Ou deixar a cidade para sempre?

– Quem poderia deixar Paris? Certamente não eu. E certamente você sabe que não fui feito para ser um cara do campo.

– Eu sei.

Ele tomou um gole de seu champanhe e continuou:

– Reservei uma mesa no L'Ambroisie. Na Place des Vosges. Mas achei que, antes, poderíamos dar uma volta de carro por Paris. Está uma noite tão bonita, e você não vem aqui há muito tempo. Três anos.

POUCO TEMPO DEPOIS ele a estava levando pelos degraus na frente do hotel, a mão sob o cotovelo dela, guiando-a. Enquanto eles se moviam pela calçada, ele ergueu a mão, fazendo sinal para um motorista um pouco mais adiante que estava de pé próximo a um carro.

Um momento depois, Tom a estava ajudando a entrar no banco de trás de uma Mercedes marrom, entrando depois dela. Alexa deslizou pelo assento, posicionando-se no canto; Tom ficou no outro canto e ela pôs seu xale e sua bolsa entre eles, como se construindo uma barreira.

Ela notou que ele olhou para suas coisas, viu sua boca se contorcer enquanto ele tentava engolir um sorriso. Ela subitamente se sentiu um pouco boba e vasculhou seu cérebro em busca de algum tipo de conversa adequada, mas sem sucesso. Uma vez mais ela estava tremendo por dentro e tinha a sensação de que não conseguiria respirar. Mas isso não era incomum. Ele sempre tivera um efeito extraordinário nela, desde o início.

Ele estava falando com o motorista num francês rápido, explicando aonde ele deveria levá-los... em torno da Place de la Concorde, subir os Champs-Élysées, voltar para o Sena, passar para a Rive Gauche. Ela sabia que essa última era um dos lugares favoritos de Tom na cidade, uma área aonde ele a havia levado com frequência nos velhos tempos.

Assim que terminou de dar ao motorista essas instruções detalhadas, ele se recostou no canto do carro, olhou para ela e começou a falar de maneira fácil e sem esforço:

– Então, como vai Nicky? Não o encontro há muito tempo.

– Ele parece ótimo, e ele e Larry estão fazendo mais sucesso do que nunca.

– Ouvi dizer. E você vai trabalhar com eles? Ou só com Nicky?

– Apenas Nicky. Nós tivemos nosso primeiro encontro hoje no almoço. E, claro, ele sempre adora me dar toda a liberdade quando se trata de um filme de época... ele sabe que não me importo com a pesquisa histórica envolvida.

– E como é o filme?

– É sobre Mary, rainha da Escócia.

– Rodado na França?

– Bem, sim, e na Inglaterra e na Irlanda. – Alexa se interrompeu, exclamando: – Oh, Tom, como a Place de la Concorde está bonita esta noite... sob este céu perfeito.

Ele olhou para fora da janela e murmurou:

– Sim, *é* um céu perfeito e há uma claridade maravilhosa de luz esta noite. A cidade parece magnífica a esta hora.

– Um pouco depois da Hora Mágica, mas nada para reclamar – disse ela.

– Você e sua Hora Mágica! O seu sonho de quando você era criança. – Tom riu.

– Você se lembra?

– Eu me lembro de tudo.

Ele procurou a mão dela, mas ela rapidamente a colocou no colo, olhando pela janela novamente, fingindo que não tinha notado que ele queria segurá-la. Ela sabia que se ele a tocasse desmaiaria ou se jogaria sobre ele. Ela não queria fazer nenhuma das duas coisas, e certamente nenhuma tolice.

– Então me conte sobre o seu filme – disse ele subitamente virando-se para ela.

– Bem, como você sabe, Mary cresceu aqui na corte francesa, sob a tutela de seus tios Guise...

– Ah, sim, aqueles príncipes um tanto ambiciosos – cortou ele.

– Então ela se casou com o delfim, tornou-se rainha da França quando o pai dele morreu e depois ficou viúva muito cedo, muito jovem.

– E então ela foi mandada de volta à Escócia para ser sua rainha de direito. Quanto de sua vida o filme cobre, Alexa?

– Pelo que Nicky disse, os primeiros anos... sua época na corte francesa, o casamento, sua transformação em rainha da França e então sua mudança para a Escócia, o casamento com lorde Darnley, o caso de amor e o casamento com o conde de Bothwell. Acho que o roteiro termina quando eles têm de se separar.

– Uma história romântica sob muitos aspectos.

– Sim. – Fique longe do assunto romance, a alertou uma vozinha. Ela continuou rapidamente: – Eu sempre reclamo com Nicky quando ele me oferece um filme de época, mas na verdade gosto muito de fazer os históricos. Eles são muito desafiadores e admito que gosto de mergulhar nas pesquisas e encontrar algumas casas autênticas, bem como com meus próprios cenários.

– Você certamente vai encontrar algumas delas no vale do Loire. Como você sabe, é cheio de castelos. E você na verdade já leu o roteiro?

– Não, mas Nicky espera ter o primeiro tratamento do roteiro em alguns dias. Eu tenho a sensação de que será muito bom. Nicky diz que o roteiro é maravilhoso, muito bem-escrito.

– Você parece entusiasmada com o filme.

– Eu estou, Tom. Gosto de desenhar cenários para peças, mas há muito mais espaço, muito mais oportunidades para ser verdadeiramente criativa quando se trata de filmes.

– Você sabe quando o filme começa a ser rodado?

– Não exatamente. No fim do verão, início de setembro, acho. Por quê?

– Eu gosto da ideia de ter você aqui em Paris.

– Oh. – Foi tudo o que ela conseguiu dizer. Ela não encontrava as palavras.

NÃO MUITO DEPOIS dessa conversa, o carro parou na Place Saint-Michel.

– Venha – disse Tom, e abriu a porta, ajudando-a a sair. Para o motorista, ele disse: – *Cinq minutes, Hubert.* – Bateu a porta do carro e pegou a mão dela.

Caminhando, ele a levou pela rue de la Huchette e para a rue de la Bûcherie em passos rápidos, sem dizer nem uma palavra. Quando eles cruzaram esse pequeno quarteirão com seus pequenos cafés, indo na direção do Sena, Tom subitamente exclamou:

– Veja, Alexa! Você sempre disse que esta era a sua vista favorita em Paris.

Eles pararam e ficaram olhando para a Île de la Cité, uma das ilhotas do Sena na qual ficava a catedral de Notre-Dame. Alexa se virou para olhar para Tom, e ele olhou de volta para ela. Seus olhos se encontraram e se fixaram; ela assentiu e depois se virou para olhar a Notre-Dame. Suas imponentes torres góticas pareciam magníficas na luz do início da noite, recortadas como estavam contra o céu de um azul profundo, e o alto cone brilhante com os últimos raios do sol poente.

Ela não disse nada por alguns minutos, depois olhou para ele e falou:

– Sim, realmente esta vista tem um significado muito especial para mim.

– Para mim também. Você acha que não lembro que viemos e ficamos de pé aqui na primeira noite em que saímos?

Ela abriu a boca para falar, mas as palavras não saíram. Ele havia se curvado para ela e a estava beijando suavemente. Então ele a puxou para seus braços, apertou-a com firmeza contra si, seus beijos se tornando mais apaixonados.

Ela o abraçou e se agarrou a ele.

Finalmente, quando se separaram, ele olhou profundamente dentro de seus olhos e gentilmente acariciou um lado de seu rosto.

– Eu disse antes, mas sinto que devo dizer novamente: estou muito feliz por você ter me telefonado.

– Por que você me trouxe aqui, Tom?

– Para você saber que não esqueci nada...

– Nem eu – sussurrou ela, e seu coração se apertou quando pensou em todo o sofrimento que ele havia causado a ela, bem como na felicidade que haviam partilhado. Por fim, ela disse: – Não acredito que eu pudesse vir a Paris sem ligar para você.

– E eu não poderia suportar se você estivesse aqui e eu não soubesse. – Colocando o braço em torno dos ombros dela, ele a levou de volta para o carro e num instante estava dizendo suavemente: – Senti sua falta... muito.

Alexa lançou a ele um olhar pelo canto dos olhos.

– Eu... também.

Tom respirou fundo, soltou o ar, olhou em torno dele e, depois de um instante, arriscou

– Seu amigo. O inglês. Ele quer tornar o relacionamento permanente?

Ela ficou em silêncio a princípio e depois respondeu em voz baixa:

– Ele falou sobre isso, sim.

– É isso o que *você* quer, não? Casamento, filhos, uma vida em família?

– Eu quis isso com você, sim.

– E com ele?

Alexandra encolheu os ombros, olhou para o céu, piscou para a luz, sacudiu a cabeça. Finalmente, seus olhos encontraram os de Tom, e ela disse:

– Eu simplesmente não sei. Na verdade, não quero falar sobre isso.

– Sinto muito, eu *estou* me metendo onde não devo... – A voz dele tremeu e então soltou o braço dos ombros dela, pegou sua mão e a levou até o Mercedes estacionado logo adiante.

Eles mal se falaram no caminho do restaurante, sentados silenciosamente em seus respectivos cantos, embora o silêncio entre eles não fosse de raiva, mas tão amigável como sempre. Eles se sentiam compatíveis e confortáveis um com o outro, mesmo quando não queriam conversar.

Alexa estava num dilema interior. Ela não conseguia entender por que ele estava fazendo perguntas sobre sua vida amorosa. Afinal de contas, fora Tom quem terminara com ela há três anos. Além do mais, ele não estava agindo como se estivesse tudo terminado. Ele a havia tomado nos braços e a beijado com paixão crescente minutos atrás. Ela estava feliz por ter sido ele quem fez o primeiro movimento, e não ela. Ele agira subitamente, inesperadamente, e ela ficou tão tomada pela surpresa que havia caído na armadilha... e nos braços dele. E desejara fazer isso. Ela havia se agarrado a ele e o beijado de volta, e seu coração ficara batendo forte, tão irregularmente quanto o dele. Então para ele também não havia terminado, havia? Ela tentou organizar seus sentimentos desordenados; sabia muito bem que para ela não acabara, que nunca tinha acabado. Ela duvidava que algum dia terminasse.

De sua parte, Tom Conners estava silenciosamente se repreendendo por cair na armadilha de suas emoções daquela maneira. Do momento em que a vira de pé no saguão do hotel ele quisera agarrá-la, puxá-la para si, beijá-la longa e fortemente. Saciar o desejo que sentira por ela durante anos, preencher sua necessidade. E ele falara a verdade quando dissera que estava feliz por ela ter telefonado, que havia sentido sua falta e que se lembrava de tudo sobre o tempo que passaram juntos. O problema era que ele não pretendia lhe dizer nenhuma daquelas palavras, nem queria começar um relacionamento com ela novamente. Não que ele não quisesse fazer amor com ela, claro que queria. Mas ele estava bem consciente de que não tinha nada a oferecer a ela... não a longo prazo. E não queria magoá-la novamente.

– Eu havia esquecido quanto a Place des Vosges é charmosa – Alexa estava dizendo, interrompendo seus pensamentos, e ele despertou rapidamente, empurrando um sorriso para seu rosto.

– Realmente é o quarteirão antigo mais bonito de Paris, e, como você sabe, é do século XVII – disse ele. – Acho que disse a você uma vez que minha mãe foi criada num apartamento em uma das velhas casas do outro lado dos jardins ali na frente.

– Como ela está? E seu pai?

– Estão ambos bem, obrigado, e os seus?

– O mesmo, estão ótimos.

Hubert, o motorista, de repente estava abrindo a porta do Mercedes e, depois que Tom desceu, ajudou-a a sair. Eles entraram juntos no L'Ambroisie, piscando levemente no interior escuro. Dentro de um segundo Tom estava sendo saudado calorosamente, e então eles foram levados a uma mesa para dois num canto quieto de um salão não muito grande.

Alexa olhou ao redor assim que se sentaram, tomando nota do suave papel de parede, do teto alto, das tapeçarias antigas, dos candelabros de prata com velas brancas, dos grandes vasos de pedra cheios até a borda, transbordando flores frescas.

– Dá a sensação de uma velha casa, uma casa particular – murmurou ela, inclinando-se sobre a mesa para Tom.

– É o que era, claro. Há várias salas para jantar e é muito difícil conseguir uma mesa, a não ser que você seja famoso ou político. Ou um advogado notável. – Ele piscou para ela. – E o charme inegável só é superado pela comida deliciosa. A sobremesa de chocolate é sublime e eles têm uma das melhores *caves* de Paris.

– Você sabe que não tenho o hábito de beber.

– Mas vai tomar uma taça de champanhe, não vai?

– Seria ótimo. Obrigada, Tom.

Depois que ele fez o pedido de suas bebidas, Alexa disse:

– Você sabe o que tenho feito ultimamente, porque meu nome sai ocasionalmente nos jornais. Mas você não me contou nada sobre você. Como *você* passou esses últimos anos?

Ele se reclinou na cadeira, encarando-a pensativamente, refletindo.

Ela pensou que os olhos dele nunca haviam parecido mais azuis; ele estava muito bonito, encantador em seu comportamento e irresistível. Não, fatal. Pelo menos para ela. Ela se corrigiu. Ele seria fatal para qualquer mulher.

– Ainda represento uma série de pessoas na indústria do cinema – disse ele. – De fato, sou agora o chefe da divisão de show business da empresa de advocacia. A firma se tornou mais prestigiada nos últimos dois anos porque ganhamos muitos casos grandes fora do show business. Os clientes estão vindo num bom fluxo ultimamente. E meu trabalho tem ido bem. – Ele lançou para ela um sorriso torto. – Mas nada especial tem acontecido; na verdade, eu levo um tipo de vida um tanto monótona, Alexa.

– Eu não a chamaria assim, Tom.

O garçom chegou com duas *flûtes* extragrandes de champanhe amarelo-pálido e borbulhante e ele foi salvo do problema de responder a ela. Ele estava pensando por que estava ali; ele a queria em casa, na sua cama.

Logo o maître estava de pé perto da mesa, falando com Tom sobre o menu. Era óbvio que Tom era um cliente especial.

Alexa se recostou, ouvindo, seus olhos cravados em Tom, hipnotizada por ele. Vida monótona, pensou ela num instante, desejando que a pudesse viver com ele. E então ela pensou em Jack e ficou triste. O único homem que ela queria era Tom Conners.

24

— Espero que você não se importe, eu fiz o pedido para nós dois – disse Tom, sorrindo para ela. Ele tomou um gole de seu champanhe antes de acrescentar: – Aspargos, um folheado de lagosta, que é a especialidade daqui, seguido de...

– Cordeiro – interrompeu Alexa categoricamente. – Acho que você deve ter esquecido que eu falo francês.

– Não, não esqueci. – Ele se recostou na cadeira, o olhar direto e firme enquanto a estudava. Se ao menos ela soubesse o que ele lembrava. Imagens dela e do tempo que passaram juntos estavam indelevelmente gravadas em sua mente, e ela existia dentro dele, dentro de seu coração.

– E você pediu seu vinho favorito, um Petrus – disse Alexa –, que uma vez você me disse que deveria ser bebido apenas em ocasiões especiais. Hoje é um dia especial, Tom? – Ela olhou para ele, a expressão em seus olhos verde-claros tão séria quanto o rosto.

– Claro que sim. Estamos celebrando sua volta a Paris.

– Só estou de visita. E não por muito tempo.

Ele lançou um olhar estranho, franzindo a testa, e murmurou:

– Não fale em ir embora, Alexa, você acabou de chegar. E você vai voltar para fazer o filme. – Seus olhos azuis brilharam. – Quanto tempo ficará aqui para o filme?

– Não sei. Nicky não disse. Mas alguns bons meses, estou bem certa disso. Há muita pré-produção num filme como esse, por causa dos cenários e das locações, e dos figurinos também. Assim que eu pegar o roteiro, vou saber quantas cenas serão filmadas em Paris. Nicky e eu esperamos fazer um cronograma na semana que vem. – Ela levantou sua *flûte*, tomou um gole do champanhe e perguntou com curiosidade: – Você não esteve em Nova York nos últimos três anos?

– Não. Eu fui a Los Angeles dois anos atrás para me encontrar com um cliente. – Ele sacudiu a cabeça. – Eu deveria ter telefonado para você.

– Por que não telefonou?

Ele procurou sua mão e a colocou entre as dele.

– Não achei que tivesse o direito, pois fui eu quem terminou nosso relacionamento. Eu estava certo de que você tinha encontrado outra pessoa, que tinha se apaixonado, construído uma nova vida. Superado.

Alexa o olhou boquiaberta, seus olhos bem abertos, e pensou: *Ter me apaixonado, superado.* Como ele pode até mesmo pensar isso? Ele não sabe quanto eu o amei, com todo meu coração e minha alma, com cada fibra do meu ser? Ela se manteve muito ereta na cadeira. Seus olhos subitamente se encheram de lágrimas e ela quis olhar para o outro lado, mas descobriu que não conseguia. Ela pestanejou e segurou as lágrimas.

– Chateei você. O que foi? O que está errado? – Seus dedos apertaram os dela e ele se inclinou sobre a mesa para mais perto. Seus olhos estavam perturbados.

– Acho que estou surpresa, é isso... que você pensasse que eu pudesse superar... tão rapidamente...

– Já faz bastante tempo... três anos.

– Você não superou. Ou superou?

Ele não respondeu a princípio, depois admitiu:

– Não, Alexa, não superei. – Ele hesitou suavemente, depois perguntou: – Mas e seu amigo? O inglês? Você deve ter um relacionamento com ele, já que disse que ele quer torná-lo permanente.

– É, eu tenho, mas sempre fiquei... insegura, nervosa com a situação. Antes de vir a Paris, eu tive uma longa conversa com minha mãe sobre ele, você e... – Alexa se interrompeu, deu um sorrisinho estranho. – Algumas pessoas achariam que sou louca de dizer isso a você... de alimentar seu ego, de certa forma, acho. – Ela fez uma pausa, respirou fundo e terminou suavemente: – Eu amo você, Tom. Sempre amei, desde que nos conhecemos, e suponho que sempre amarei.

Ele assentiu, continuando a apertar muito a mão dela na dele. Seu olhar se pregou no dela.

– Passei os últimos anos fazendo sexo sem significado com mulheres que não eram nada para mim. Elas são um borrão. Sabe, Alexa, eu não quero mais ninguém além de você.

Ela olhou firmemente para ele, seus olhos se estreitando.

– Por que você não me ligou? Você nem mesmo ficou *tentado*?

– Claro que fiquei! Devo ter pegado o telefone umas cem vezes. Mas achei que não tinha o direito, como eu disse a você. Eu terminei tudo, e não podia tentar recomeçar com você um relacionamento. Eu também sabia que tinha muito para resolver em minha cabeça.

– Você disse na época que não tinha nada a me oferecer e que, portanto, estava me deixando livre. Mas você não fez isso... eu fiquei ligada a você para sempre, Tom.

Houve um instante de silêncio.

Ele ficou olhando para ela, seus olhos buscando seu rosto, aquele rosto que ele amava. Finalmente ele disse numa voz baixa:

– Eu esperei muito tempo pela ligação que você fez ontem à noite. Mal pude acreditar que fosse você. E desde então eu fiquei ansioso, tomado de angústia, realmente aflito, até que a vi de pé naquele saguão.

– Sim, eu sei exatamente o que você quer dizer.

Ele sorriu; seus olhos faiscaram.

– Subitamente lá estava você, parecendo tão elegante e bonita e nem um dia mais velha que da última vez em que a vi.

– Logo vou fazer 31 anos. E você em breve terá 43.

– No fim do mês. E não me lembre disso!

– Foi Anya, sabe. Ela me fez ligar para você.

– *Ah*. – Ele se recostou e deu a ela um olhar longo e contemplativo. – Você não estava planejando me ligar?

– Eu sabia que acabaria ligando. Era só uma questão de coragem.

O garçom chegou com os aspargos; ele passou alguns instantes servindo-os e colocando o molho vinagrete sobre eles antes de finalmente se afastar da mesa.

Alexa comeu alguns pedaços e depois se recostou na cadeira; bebeu um pouco de água.

Tom levantou os olhos do prato e franziu a testa.

– Há algo errado? Você não está comendo.

– Não estou com muita fome.

– Eu sei... eu também não.

Eles se olharam, trocando um olhar íntimo cheio de desejo, altamente conscientes do que realmente queriam.

– Não podemos sair agora – disse Tom –, não até que toda a refeição tenha sido servida. Se fizermos isso, nunca mais conseguirei vir aqui novamente. – Ele suspirou e procurou a mão dela. – Serei *persona non grata*.

– Entendo. E depois de todo esse tempo, o que é uma hora a mais? Vou tentar comer um pouco de cada prato, e você também deveria, se conseguir.

– Você está certa... – Ele pegou um aspargo. – E isso é delicioso, sabe.

Imitando-o, Alexa também comeu alguns pedaços a mais e, na hora em que o folheado de lagosta foi servido, ambos haviam adotado um comportamento mais relaxado, estavam menos tensos um com o outro, pelo menos na superfície.

Em um instante, pegando sua taça de vinho tinto, Tom brindou a ela:

– A você, Alexa. Bem-vinda.

– Estou feliz por estar de volta – disse ela, tocando sua taça na dele. Ela imaginou se ele estava dando as boas-vindas por ela ter voltado a Paris ou por ter voltado para a vida dele, mas não tinha certeza. Tomou um gole de vinho e disse:

– Suave como seda esse seu Petrus.

Ele riu, parecendo satisfeito.

Alexa brincou com o cordeiro em seu prato, deu uma garfada, comeu um pedaço e depois colocou o garfo no prato. Olhando para ele, ela disse:

– Você acaba de mencionar seus problemas. Você acha... quero dizer, bem, você conseguiu resolvê-los finalmente?

– Acho que sim, Alexa, sim – replicou, tomou um longo gole de vinho e se reclinou na cadeira. Seu rosto havia mudado suavemente naquele breve momento e o riso de um instante atrás havia desaparecido. – Levou muito tempo para que eu acertasse as coisas na minha cabeça – disse ele num tom contido –, para fazer as pazes com tudo, mas agora eu consegui.

– Fico feliz. Deve fazer com que você se sinta melhor.

– Faz. Eu ainda tenho meus momentos, quando estou... triste, mas na maior parte do tempo estou bem melhor do que estava. Eu derrotei os demônios.

– Como conseguiu fazer isso? – perguntou ela, contraindo-se por dentro quando viu o rosto dele. – Desculpe – acrescentou rapidamente. – Não quero ser intrometida. Só estou feliz por você estar se sentindo melhor.

– Se eu não puder falar sobre isso com você, não sei com quem poderia falar. Eu fiz tudo por conta própria, sem psiquiatras nem tranquilizantes para me apoiar. Só encarei o que aconteceu e, mais importante, consegui parar de me sentir culpado.

– Isso deve ter sido muito difícil, Tom.

– Foi, mas eu tive um incentivo enorme. Eu quis ser o Tom Conners que era antes de Juliette e Marie-Laure morrerem. Quando eu disse a você que não havia futuro para você comigo, e você partiu de Paris, fiquei pra baixo. Comecei a beber. Muito. – Ele olhou para o copo de vinho na mesa. – E não esse leitinho aqui. Bebida pesada. Vodca a maior parte do tempo, porque não tem gosto de nada. Foi tudo o que fiz em meu tempo livre, eu me sentava em casa e bebia. Por seis meses. Mas, subitamente, um dia, odiei o que havia me tornado e parei. E também fiz outra coisa.

– O que foi?

– Decidi fazer umas pesquisas.

– *Pesquisas?* Sobre o quê?

– Terrorismo. Minha mulher e minha filha foram assassinadas por terroristas num dia quente e ensolarado em Atenas. Como todo mundo naquele quarteirão aquele dia, elas eram inocentes. Eu queria saber *quem* e *por quê*, e então passei um ano inteiro lendo, falando com especialistas, aprendendo sobre o fundamentalismo islâmico, o significado do *jihad*, o Hezbollah e como ele funcionava, Abu Nidal, Carlos, o Chacal, e outros terroristas. Eu fui muito fundo, Alexa. Na verdade, enchi sete cadernos com informações. E cerca de quatro meses atrás, subitamente me dei conta de que eu estava livre de culpa... ela simplesmente havia desaparecido. Eu não matei minha esposa e minha filha por me atrasar naquele dia. Elas foram feitas em pedaços por aqueles covardes brutais que lutam uma guerrilha em nome do Islã.

Alexa ficou muito quieta por um instante e então procurou a mão dele, tocando-a.

– Você descobriu que grupo explodiu o ônibus americano aquele dia?

– Tenho uma boa ideia, e vários governos também têm. Mas que bem isso faz? – Ele suspirou. – O principal é que eu consegui me livrar da culpa e me senti muito mais uma pessoa normal desde então.

– Realmente estou muito feliz por você, Tom, feliz que você tenha sido capaz de aliviar sua dor. Houve horas em que eu não sabia como ajudá-lo, quando você estava em tamanha... angústia. – Alexa se interrompeu quando o garçom chegou à mesa e começou a retirar os pratos.

Assim que ficaram sozinhos, Tom se inclinou para a frente e disse suavemente:

– Acho que a sobremesa de chocolate chegará a qualquer momento. Você consegue encarar mais comida?

– Vou cortá-la e espalhá-la pelo prato – disse ela rindo. – Isso deve servir como disfarce.

– Você pode acabar comendo.

– Duvido.

– Lá vai você de novo, duvidando do que digo. Exatamente como as abelhas.

– As abelhas? – Ela franziu o nariz, parecendo perplexa, e depois começou a rir. – Oh, meu Deus, claro! As *abelhas*.

Ele riu com ela.

– Escute bem, Tom Conners! Ninguém mais teria acreditado em você também! Que pessoa no perfeito domínio de sua mente acreditaria que abelhas eram mantidas no telhado da Ópera de Paris, e que seu mel era colocado em vidros e vendido? Ninguém, isso sim.

– *Verdade*.

– Mas você foi tão gentil quando me trouxe os vidros de mel só para provar.

Ele olhou dentro dos olhos dela, apertou sua mão e perguntou:

– Você quer café? Ou algo mais, Alex?

– Não, obrigada, Tom.

– Irá para minha casa comigo?

– Você sabe que sim. Para onde mais eu poderia ir?

25

Eles ficaram de pé no saguão do apartamento de Tom, enfim sós, como tanto queriam nas últimas horas, mas curiosamente silenciosos agora enquanto olhavam intensamente um para o outro.

Embora houvessem rido no restaurante, ficado mais à vontade um com o outro, a tensão entre eles havia retornado assim que se sentaram no banco de trás do Mercedes, em seus cantos, separados.

Extremamente conscientes um do outro, eles mal haviam falado uma palavra enquanto Hubert dirigia o carro através do tráfego noturno, na direção do Faubourg Saint-Germain, onde Tom morava.

Agora a eletricidade entre eles era mais uma vez palpável e ambos se movimentaram para a frente precisamente no mesmo instante, chegando juntos no meio do saguão, quase caindo um nos braços do outro.

Tom segurou Alexa bem perto e ela se agarrou nele com força, seu corpo imediatamente se moldando ao dele. Ele se inclinou, começou a beijá-la intensamente e ela se combinou com o ardor dele, respondendo com igual intensidade e paixão.

Alexa estava tremendo internamente, seu desejo por Tom preso há tanto tempo agora inundando todo o seu corpo, enquanto seu coração batia em uníssono com o dele. Tom deslizou a mão pelas costas dela e para suas nádegas, apertando-a ainda mais perto, moldando o corpo dela ao dele, e ela sentiu a dureza de sua paixão crescente através de seu fino vestido de linho. Subitamente ela estava exalando calor. Sua bolsa e seu xale pendiam de suas mãos, mas ela os ignorou enquanto ele a levava do saguão para dentro do quarto, seus braços ainda enroscados em torno dela.

Era óbvio que ele não queria largá-la e a empurrou para a cama, começando mais uma vez a beijá-la. A mão dele foi para o seio dela e o apertou, brincando com o mamilo, que começou a endurecer sob a roupa. Um pequeno gemido escapou da garganta dela; suas mãos subiram para os cabelos dele, grossos e negros, e ela sentiu seu couro cabeludo com as pontas dos dedos. Eles estavam perdidos em seu desejo enfurecido do outro, querendo apenas possuir e ser possuídos.

Os beijos de Tom pararam ab-ruptamente e ele se apoiou sobre um cotovelo, olhando para o rosto dela, seu próprio rosto congestionado de crua emoção. Ele começou a dizer algo e depois parou, sem querer quebrar o encanto ou esfriar o calor de seus sentimentos desenfreados.

Olhando para ele, Alexa reconheceu a saudade e o desejo em seus olhos, foi inundada por aquele brilhante olhar azul e ficou como que mergulhada nele, em seus sentimentos por ele, como sempre estivera desde o primeiro instante em que o conhecera. Sua garganta se apertou. Nada havia mudado, ela sabia disso agora. Ela se sentia arruinada, sem saída, e tão apaixonada por ele que nada mais, que ninguém mais importava. Muito simplesmente, não havia outro homem para ela. Apenas ele a fazia se sentir assim.

Tom tocou os lábios dela com um dedo, inclinou-se para ela e disse suavemente:

– Tire a roupa, querida.

Ela deslizou para fora da cama, fez o que ele pediu, rapidamente tirando tudo, e depois se moveu de volta para a cama.

Tom fez o mesmo, despindo-se com rapidez, e ela observou-o na luz turva do quarto, tremendo levemente quando ele voltou para ela. Ele era tão alto, com pernas longas, ombros largos, o homem mais bonito e másculo que ela jamais conhecera, e seu desejo por ela era agora bastante aparente. Ela desejava muito que Tom a tomasse para ele.

Tom se deitou perto dela, cobriu seu corpo com o dele, apertou-a nos braços. Por entre seus cabelos, ele disse:

– Nunca deixei de querer você, e apenas *você*, Alex.

– Oh, Tom, querido, Tom – sussurrou ela, tocando-lhe a face com a mão. – E é só *você* que eu quero...

Ele interrompeu suas palavras com beijos, sua boca firme, mas gentil na dela. Ele abriu seus lábios, deixou sua língua se enroscar na dela e depois parou por um momento. Enquanto uma de suas mãos se movia para baixo para acariciar e alisar seu seio redondo, ele levou sua boca a ela, sufocando-a com seus beijos.

Querendo tocar e beijar cada pedaço dela, sua boca se moveu, acariciando seu estômago, a parte interna de suas coxas e todas aquelas partes eróticas e secretas dela. Vagarosamente seus beijos se tornaram mais langorosos até que finalmente seus lábios pararam no centro de sua feminilidade e se demoraram por lá.

Alexa se retesou e arfou, e continuou arfando enquanto ele fazia amor com ela da maneira mais sensual e íntima, como sempre fizera desde o início de seu relacionamento. Amá-la assim dava a ele tanto prazer quanto a ela; ele ficou satisfeito e gratificado quando a levou ao clímax, e ela teve um espasmo, chamando seu nome e dizendo a ele quanto o amava.

A excitação dela alimentou seu próprio desejo. Tom sabia muito bem que ele jamais se sentira assim com nenhuma outra mulher, não antes dela, ou durante sua recente ausência de sua vida. Subitamente ele pensou que iria explodir e, incapaz de se segurar por mais tempo, se movimentou para cima dela. Ele precisava estar dentro dela, possuí-la totalmente, torná-la dele.

Tom se ergueu, colocou os braços em cada lado dela e olhou para baixo, para dentro dos olhos verde-claros de Alexa. As emoções dela eram explícitas em seu rosto e, enquanto o olhar dele hesitava por um momento mais longo, seu coração se apertou. Soube subitamente o que ela realmente significava para ele. E também soube quanto tinha sido tolo por deixá-la partir.

Quando ele entrou nela, ela gritou seu nome novamente e ele disse a ela finalmente, e com absoluta certeza, que a amava, que ela era o amor de sua vida.

ELES FICARAM DEITADOS entre travesseiros amarrotados e lençóis enroscados, calmamente, na luz suave de seu quarto.

O impacto de verem um ao outro novamente havia sido devastador para ambos e eles haviam mergulhado em seus próprios pensamentos.

Para Alexa, o ato de fazerem amor apaixonadamente naquela cama durante a última hora e meia era meramente uma confirmação do que ela já sabia, soubera profundamente dentro de si nos últimos anos. Ela amava Tom, sempre amara, sempre amaria, e nada poderia jamais mudar esse fato.

Esforçando-se por seguir em frente, porque ele fora incapaz de se comprometer com ela, ela havia se empenhado para ter uma carreira bem-sucedida, uma boa vida, e finalmente havia até gostado de um relacionamento com outro homem... Jack Wilton. Pensar em Jack fez seu coração afundar. Teria de contar a ele que não poderia se casar com ele; ela odiava o pensamento de machucá-lo. Mas mesmo que não houvesse um futuro com Tom, ela não poderia se casar com Jack ou com qualquer outra pessoa. Seu coração pertencia a esse homem que a ninava em seus braços, uma perna jogada sobre seu corpo, suas mãos agarrando as dela, como se tivesse medo de que ela fosse escapar de seu abraço tenaz.

Ele a amava; ela sempre soubera disso. E ele a desejava sexualmente. Eles eram intensos na cama e fora dela; eram compatíveis. Mesmo assim, ele não pôde dar aquele passo final. Pelo menos não no passado. Agora, ele poderia. Ele havia dito a ela que não se sentia mais culpado pela trágica morte de sua mulher e de sua filha. E mesmo assim ela ficava imaginando... ele realmente havia conquistado aquilo?

Até onde ela sabia, casamento não importava mais, ela só queria estar com ele. "Vivendo no pecado", como se costumava dizer. Mas ela não via assim. Se amavam um ao outro, não era pecado. Casar com um homem que você não ama e passar o resto da vida com ele, bem, isso é certamente viver em pecado, não é?

Alexa fechou os olhos, imaginando o filho que queria. Correção. *Filho dele*. Mas se aquilo não fosse possível, não importava de verdade. Tom era tudo o que importava para ela, e estar com ele para toda a vida.

Deitado ao lado dela, Tom estava contemplando a dicotomia em sua natureza. Como ele a amava, essa mulher em seus braços, com todo o seu coração! Sexualmente ele a desejava constantemente, queria estar junto dela. Eles eram quentes juntos, e combinavam perfeitamente; a paixão, o ardor e a sensualidade dela na cama haviam ecoado nele desde sua primeira noite juntos há anos. Ela realmente o satisfazia e ele sabia que a satisfazia também.

Mesmo assim, apesar de tudo isso, ele tinha medo de tornar o relacionamento permanente, com receio de que pudesse de alguma maneira magoá-la a longo prazo...

Mas, se a perdesse novamente, como ficaria? Ele gemeu internamente. Quando pensou em todo o sexo casual e sem significado que ele fizera na ausência dela, ficou apavorado consigo mesmo.

Ele falara a verdade quando dissera que havia vencido a culpa de ser um sobrevivente. Durante 16 anos ele havia vivido com aquilo e agradecia a Deus todos os dias que estivesse finalmente livre.

Quando Tom pensava na pesquisa que fizera sobre terrorismo mundial, e no que descobrira, inevitavelmente se encolhia por dentro com a enormidade daquilo tudo. O conhecimento do futuro do terrorismo que ele agora possuía era um peso. Ele sabia demais. Isso pesava nele, e o que aprendera o enchia de desespero. A apreensão sobre os anos que viriam nunca diminuía. Mas não havia nada que ele pudesse fazer, a não ser seguir com sua vida cotidiana, esperando pelo melhor, rezando que o bem fosse mais forte que o mal no fim das contas.

Alexa se movimentou em seus braços e ele estreitou seu abraço, mas ela se mexeu para que ele afrouxasse o aperto e finalmente estava olhando para ele.

Seus frios olhos verdes olharam profundamente nos dele.

– Quero lhe dizer uma coisa, Tom. – Seu rosto estava sério.

– Então diga. – Ele segurou a respiração, imaginando o que estava por vir.

– Quero estar com você... e estar casada não importa de verdade para mim. Contanto que estejamos juntos, isso é tudo o que conta.

Ele buscou seu rosto; seus olhos, fixos nos dela, estavam cheios de amor.

– E eu quero estar com você, sinto a mesma coisa, Alexa. Mas normalmente estamos tão longe um do outro. Você em Nova York, eu aqui.

– Eu sei, mas vou voltar logo, para fazer o filme.

– E depois disso?

– Acho que podemos resolver isso... se quisermos.

– Eu sei que podemos, querida. – Ele a beijou e eles se agarraram um ao outro por alguns instantes. E ambos sabiam que um pacto fora selado.

Depois de um instante, ele disse, encostando a boca em seu pescoço:

– Você é meu único amor verdadeiro, Alexa.

Ela se moveu novamente para que pudesse vê-lo, e olhou firmemente para ele, franzindo a testa. Então ela disse, suavemente:

– Quando estávamos fazendo amor, você disse que eu era o amor da sua vida... mas... – Ela deixou a sentença sem terminar.

Ele retornou seu olhar com outro igualmente firme.

– Eu sei, você está pensando em Juliette, em meus sentimentos por ela. Claro que eu a amava profundamente, mas nós crescemos juntos. Namorados de infância, Alexa querida, e de muitas maneiras nós éramos muito jovens. Eu cheguei até você como um homem maduro, cicatrizado pela vida, e você era uma mulher madura. Você já havia vivido um pouco a vida. E é um tipo de amor diferente, esse que eu sinto por você... então, sim, você é o amor da minha vida. Agora.

Estendendo a mão, ela tocou seu rosto muito gentilmente e se inclinou para ele, beijando-o levemente nos lábios.

– Tudo vai ficar bem. *Nós* vamos ficar bem, Tom.

Ele sorriu para ela e ela se instalou nos braços dele. Ele descansou o rosto contra a cabeça dela, ruminando novamente sobre a noite que haviam passado juntos. Fora maravilhoso vê-la novamente, olhar para ela sobre a mesa de jantar, fazer amor com ela, segurá-la aqui nos braços assim... ele era sortudo.

Tom relaxou, fechando os olhos, e se deu conta então de que a dor havia finalmente cessado. Aquela dor horrível com a qual ele vivera todos esses longos anos havia miraculosamente cessado... e ele estava em paz.

– POR QUE TEM ESTA FOTOGRAFIA em seu álbum? – perguntou Tom, olhando para Alexa quando ela saiu do banheiro em seu quarto de hotel. Era domingo de manhã. Eles haviam ido ao Meurice meia hora atrás para que ela pudesse trocar as roupas da noite anterior, colocando algo mais adequado para o almoço. Enquanto esperava, Tom havia visto o álbum e o pegado, curioso como sempre.

Ela olhou para o pequeno álbum de fotografias de couro vermelho nas mãos dele e sacudiu a cabeça.

– A qual você está se referindo?

– Esta – disse ele, segurando o álbum aberto para ela.

Alexa pegou-o dele e olhou para a fotografia que ele estava indicando. Era de Jessica e Lucien. Os dois estavam na Pont des Arts e ela havia tirado a foto poucas semanas antes da formatura.

– É Jessica Pierce – explicou Alexa enquanto olhava para Tom. – Ela frequentava a escola de Anya comigo.

– Não, não, é do homem que estou falando. Eu fiquei curioso porque ele estava em seu álbum. Não sabia que você o conhecia. Ele é vizinho de meus pais.

Alexa ficou boquiaberta, olhando para Tom. Ela exclamou:

– Não pode ser. Lucien desap...

– Por que você o chama assim? – interrompeu Tom.

– Esse era o nome dele... Lucien Girard.

– Não, não, Alexa – contrapôs Tom, sacudindo a cabeça. – O homem com Jessica é Jean Beauvais-Cresse, e ele vive no vale do Loire.

26

Alexa ficou sem fala por um instante e se sentou pesadamente na poltrona em frente a Tom. Ela havia ficado assustada e chocada com as palavras dele, e isso se mostrava em seu rosto. Depois de olhar para o álbum e para a fotografia de Jessica e Lucien mais uma vez, ela finalmente conseguiu dizer:

– Tom, tem certeza do que está dizendo?

Ele se recostou no sofá, uma expressão reflexiva cruzando rapidamente seu rosto.

– Bem, dizem que todo mundo tem um gêmeo em algum lugar, mas tenho toda a certeza de que este *é* Jean Beauvais-Cresse. Obviamente posso estar errado, mas não acho que esteja.

Ele se inclinou para a frente, estendendo a mão.

– Deixe-me olhar a fotografia novamente, por favor, Alexa.

Levantando-se, ela se curvou para ele, entregou-lhe o álbum e depois se sentou, cruzando as pernas, esperando para continuarem a conversa. Ela ainda estava surpresa, a mente voando enquanto considerava uma variedade de enredos e possibilidades.

Assim que estudou cuidadosamente a fotografia de Jessica e Lucien na ponte, ele folheou o álbum novamente, olhando outras fotos, muitas, dele e Alexa.

Finalmente, colocando o álbum na mesa de café, Tom disse:

– Escute bem, Alexa, as pessoas não mudam tanto entre os 20 e os 30 anos, suas aparências permanecem quase as mesmas na maior parte das vezes. O homem na foto parece estar com vinte e poucos anos na época. Foi você quem a tirou?

– Sim, fui eu.

– Quando? Há sete ou oito anos?

– Sim. Não muito antes de nossa formatura, na verdade, Tom.

– O homem que conheço, bem, eu não deveria dizer que o conheço porque o conheço muito pouco. De qualquer forma, ele tem trinta e poucos anos agora. – Tom fixou os olhos nos dela; inclinando-se para a frente levemente, suas mãos nos joelhos dela, ele concluiu: – Eu sei que este é Jean quando ele era bem mais jovem.

Alexa mordeu o lábio e sacudiu a cabeça, seus olhos subitamente enevoados.

– Então numa certa época ele levou uma vida dupla. Ou levou uma vida diferente como alguém chamado Lucien Girard.

– Conte-me sobre ele e Jessica, Alexa.

– Não há muito que dizer. Jessica e Lucien se conheceram, se apaixonaram e começaram a namorar. Logo eles se tornaram inseparáveis e se envolveram cada vez mais. E se amavam. Ela me contou que eles planejavam um futuro juntos, que queriam se casar. E então, um dia, Lucien desapareceu no ar. Sem nem uma pista. Ela nunca o viu novamente.

Foi a vez de Tom ficar surpreso e exclamar:

– Ninguém desaparece assim! Como um sopro de fumaça flutuando para longe! Certamente ele entrou em contato com ela no fim das contas, deu a ela uma boa explicação.

– Ele não fez isso. E Jessica ficou com o coração partido. Foi tudo muito misterioso na época. Ela e um amigo de Lucien fizeram tudo o que podiam para encontrá-lo, mas sem sucesso. No fim, ela simplesmente desistiu e voltou para os Estados Unidos.

– E ela nunca mais teve notícias dele?

– Eu... nós... bem, nós não tivemos mais contato. Não estávamos nos falando. Mas se Lucien Girard tivesse reaparecido, Anya teria sabido, porque Jessica teria contado a ela. E Anya ou Nicky teriam me contado. Lembre-se, eu vivi em Paris por quase três anos depois da formatura, antes de voltar para casa.

Tom assentiu, recostando-se novamente nas almofadas do sofá, muito confuso por essa estranha coincidência... que dois homens pudessem se parecer tanto.

– Que história estranha e problemática. – Ele franziu a testa, depois perguntou: – E o que esse Lucien Girard fazia na época? Ele também era estudante? Ou trabalhava? Ou o quê?

– Ele não era estudante, Tom. Era ator. Não muito conhecido, tinha feito apenas pequenos papéis, mas ele era bastante bom, pelo que ouvi contar.

– O que mais você sabe sobre ele? – sondou Tom, o advogado que existia nele vindo à superfície. – Estou muito intrigado, tenho de admitir.

– Eu não sei realmente mais nada. Jessica passou muito tempo com Lucien, normalmente a sós, exceto pelas poucas ocasiões em que estávamos todos juntos. – Ela encolheu os ombros, subitamente sem palavras.

Tom também ficou em silêncio. Ele levou a mão ao queixo, esfregando-o algumas vezes enquanto ficava sentado, ponderando, no sofá.

– Bem, não é da minha conta – murmurou ele finalmente. – Embora seja muito peculiar quando você pensa a respeito... estranho que dois homens pareçam ser o mesmo. Talvez gêmeos idênticos.

– Poderia ser isso! – exclamou Alexa. – Talvez esse rapaz, Jean, que vive perto de seus pais, realmente tenha um irmão. *Até mesmo um gêmeo*, como você acabou de sugerir.

– Sim, é uma possibilidade. Não sei muito sobre a família. Mas veja, Alexa, como acabei de dizer, não temos nada com isso.

Alexa assentiu, levantou-se, foi até a janela, ficou olhando para fora por um instante ou dois, para as Tulherias, do outro lado da rua. Depois de um instante ela se virou, voltou para sua poltrona, sentou-se e olhou para Tom.

– Mas e se Lucien e Jean *forem* a mesma pessoa? Você não acha que Jessica Pierce tem o direito de saber... que ele está bem, que está vivo? Dessa maneira ela poderia ter um *fechamento*, finalmente.

– Isso é verdade, em certo nível. Veja, Alexa, pense sobre isso... qual seria o propósito de contar a ela, de verdade? Isso não abriria uma série de antigas feridas? De qualquer forma, pode ser que não importe mais a Jessica agora. Ela provavelmente se casou com outra pessoa.

– Não, não se casou. Anya me contou que todas estamos ainda solteiras, exceto Kay Lenox, que agora está casada com algum lorde. Eu devo dar a Jessica essa informação, mesmo que tenhamos nos separado brigadas. Anya quer que sejamos amigas. Talvez eu deva isso a Jessica.

– Honestamente, você deve pensar sobre isso cuidadosamente – alertou Tom. – Isso não pode ser cruel demais, doloroso, dizer a Jessica que eu acho que seu antigo namorado está vivo e bem, vivendo no Loire?

– Acho que sim, especialmente porque não sabemos realmente se Jean *é* Lucien. Mas e se eles forem o mesmo homem? Ele foi um cachorro, não foi?

Tom inclinou a cabeça, vendo a verdade no que ela dizia. Ele arriscou:

– Pode ser que Lucien tenha querido terminar com Jessica, e sem saber como fazer isso elegantemente ele simplesmente... saiu escondido... para nunca mais ser visto?

– Isso é possível. Ainda mais covarde, entretanto. Aqui está outra coisa, Tom. Se Lucien é realmente Jean Beauvais-Cresse, por que ele se tornou Lucien Girard por um tempo?

– Não sei... nem mesmo posso imaginar por quê...

– Um mistério – murmurou ela, e levantou rápido. – Melhor eu terminar de me vestir. Só preciso de mais alguns minutos, depois podemos ir até a casa de Anya. Não devemos nos atrasar para o almoço de domingo. É uma espécie de ritual para ela.

Alexa ficou quieta no táxi no caminho para a casa de Anya, e muitas vezes Tom olhou para ela pelo canto dos olhos. Ela parecia preocupada, então ele sabia que era mais sábio manter o silêncio.

Recostando-se no banco, ele pensou sobre a manhã que passaram juntos. Eles haviam acordado cedo e preparado o café da manhã na cozinha; mais tarde Alexa havia andado pela casa, exclamando sobre as mudanças que ele fizera no apartamento desde que ela estivera ali pela última vez, mostrando sua aprovação. Então ela ligara para o hotel para pegar suas mensagens; a única era de Anya, convidando-a para o almoço de domingo. Ele a ouvira ao telefone, perguntando se poderia levá-lo, e depois o grito de júbilo quando ela desligara.

– Ela mal pode esperar para vê-lo, Tom! Você também está convidado.

No caminho para o almoço, eles haviam parado no hotel para que Alexa pudesse se maquiar e se trocar. Ele olhou para ela agora, pensando que suas roupas mostravam sua nacionalidade. Ela só poderia ser americana em seus jeans, camisa de seda branca e sapatos marrons usados com meias de lã branca. Um suéter de cashmere azul-escuro estava amarrado em seu pescoço e ela carregava a bolsa marrom Kelly que ele dera a ela há anos.

Ele adorava a aparência dela. Bem, ele a amava, não amava? E ele sabia que ela o amava. Não houve jamais nenhuma dúvida em sua mente sobre aquilo; fora ele quem errara no passado. Um imbecil, se pensasse bem.

Instintivamente, Tom soube que Alexa ia contar a Anya sobre a semelhança entre Lucien Girard e Jean Beauvais-Cresse. Ele vira Alexa colocar o pequeno álbum de couro vermelho dentro da bolsa antes de saírem do hotel e imaginava o que Anya teria a dizer. Imediatamente seus pensamentos pararam em Jessica, que parecia tão jovem, bonita e doce na fotografia. Ela devia ter ficado profundamente devastada quando seu namorado desapareceu, e ele se perguntava novamente se era apropriado, sábio dizer qualquer coisa a ela sobre Jean.

Antes que pudesse se conter, Tom subitamente perguntou:

– Por que você e Jessica brigaram, como você disse?

Alexa se virou da janela do táxi e olhou para ele.

– Não fomos apenas Jessica e eu. Sabe, Tom, nós éramos quatro e *todas* brigamos. Foi um grande estrago.

– Por quê?

– É muito complicado contar a você agora. Mais tarde eu explico. Mas eu realmente penso que temos de nos encontrar e fazer as pazes antes da festa de Anya.

– Seria uma boa ideia. – Tom pegou a mão dela. – Eu estive pensando sobre Jean Beauvais-Cresse e, como disse a você, eu mal o conheço. Mas poderia telefonar a meu pai e perguntar a ele o que sabe.

O rosto de Alexa se iluminou.

– Você se importaria?

– Não. Vou ligar para ele depois do almoço. E, por sinal, alguém mais vai estar no almoço?

– Anya não disse. Mas Nicky pode estar. Ele é muito próximo a ela.

– Eu gostaria de vê-lo novamente.

– Acabei de me lembrar de algo, Tom. Se eu me lembro corretamente, acho que foi Larry Sedgwick quem apresentou Lucien a Jessica, não que isso queira dizer alguma coisa, na verdade. – Ela mordeu o lábio, olhando firme para ele. – A ideia de que Lucien tenha brincado realmente me incomoda. Simplesmente não sei o que fazer a respeito.

– Por enquanto, nada – respondeu Tom rapidamente, com voz firme. – Você não pode sair acusando as pessoas de já terem sido outra pessoa; você pode acabar sendo processada.

– Eu não ia fazer isso – disse ela um pouco ofendida, e olhou para fora da janela. Logo ela virou a cabeça e disse num tom mais leve:

– Mas você sempre me defenderia, não é?

– Com a minha própria vida – respondeu ele, e colocou seu braço sobre os ombros dela.

27

Anya Sedgwick olhou em torno de sua sala de estar no andar superior com olhos avaliadores e decidiu que parecia particularmente calorosa e acolhedora naquela manhã.

Tulipas vermelhas e amarelas formavam maravilhosos montes de cores vivas em várias partes do aposento, e um fogo queimava brilhante na lareira. Embora fosse outro dia ensolarado de maio, havia um frio no ar, e mais cedo ela pedira a Honorine que acendesse o fogo. Ela sempre gostara de ver o fogo queimando naquela sala, mesmo na primavera e no verão.

Movendo-se por ali, sua postura era elegante como sempre e seus olhos de águia procuravam qualquer coisa que estivesse fora do lugar; ela encontrou poucas coisas incorretas, exceto um porta-retratos torto na mesa de canto. Depois de endireitar aquilo, ela foi se sentar atrás de sua grande mesa no canto próximo à lareira.

Enquanto esperava seus convidados para o almoço, mais uma vez olhou a lista de confirmações para sua festa de aniversário. Ela havia crescido um tanto nas últimas semanas, pois quase todos haviam aceitado, e novas pessoas foram acrescentadas também. Nicky havia dito a ela só outro dia que o número havia alcançado 150. Ela mal podia esperar para cumprimentar todos!

Ela colocou a lista na mesa e se recostou na cadeira, olhando para o espaço por um instante, seus olhos azuis tão claros e brilhantes como sempre foram. Ela estava na verdade olhando para o futuro, para sua festa de aniversário de 85 anos, e havia cuidadosamente planejado o que iria usar.

Anya sabia que não parecia ter sua idade, e certamente não a sentia; todavia, era uma senhora idosa.

Estou nesta terra há 85 anos e vivi cada um desses anos intensamente, com energia, gosto e entusiasmo. Fui envolvida, curiosa, cuidadosa, amorosa, interessada em tudo e em todos. Nunca fiquei entediada ou cansada, e minha mente sempre foi ativa, alerta e cheia de otimismo. Ela sorriu interiormente enquanto acrescentava para si mesma: e não tenho intenção de morrer ainda. Sem planos para isso. Tenho muito mais coisas para fazer. Sim, tenho o objetivo de estar por aí ainda por muito tempo.

O telefone tocou e ela o pegou.

– Alô?

– É Nicky, Anya, bom dia. Sinto muito, mas...

– Não me diga que você não vem para o almoço.

– Há um problema.

– Qual?

– Maria. Ela está muito nervosa com o fato de ficar cara a cara com Alexa.

– Bem, é melhor que ela supere isso, porque vai ter de fazer exatamente isso e muito em breve, mesmo que não o faça hoje. Quero essa confusão resolvida antes da festa, e a única maneira de fazê-lo é por meio do confronto. Estou determinada a dar um fim a essa briga, Nicky! – exclamou ela numa voz firme.

– Concordo – respondeu ele rapidamente, captando seu tom militar, que ele sabia não aceitar argumentos. – Você está completamente certa.

– Fico feliz que você concorde. Ela tem de vir almoçar hoje. Na verdade, eu estava planejando fazer um almoço para essas quatro no fim da semana, então esse é um bom começo.

– Oh! As outras também estão indo hoje? – perguntou ele rapidamente.

– Não, não, só Alexa e Tom, como eu disse a você.

– Eles reataram?

– Não sei... sei é que eles jantaram na noite passada.

Nicky suspirou:

– Bem, espero que eu possa persuadi-la.

– Não pareça tão fracote, Nicky. Seja firme. Espere... coloque-a ao telefone, vou falar eu mesma com ela.

– Oh, eu não...

– Não se defenda de mim, Nick, e não minta. Sei que ela está com você, seja no seu apartamento, seja ou no hotel dela. Você não pode jogar um véu sobre meus olhos... eu sei que você está tendo um caso com Maria, e que bom para vocês dois. Por favor, ponha Maria ao telefone. *Agora.*

– Sim, está certo, e se acalme, Anya.

Um instante depois, Maria disse mansamente:

– Bom dia, Anya.

– Bom dia, minha querida. Espero você para o almoço às 13 horas. Por favor, esteja aqui, Maria. É extremamente importante para mim que você esteja presente hoje.

– Sim, Anya. Nós vamos. Nós podemos é nos atrasar um pouco.

– Comece a se apressar, Maria. E, por favor, não se atrase *muito.*

– Não, não, nós vamos nos apressar – prometeu Maria, e desligou.

Anya se levantou, deu a volta na mesa e andou até a lareira, ficando com suas costas voltadas para ela por alguns momentos, pensando sobre Nicky e Maria. Ela os vira em algumas ocasiões desde a chegada de Maria a Paris e era muito óbvio para ela que eles estavam completamente absortos um no outro. Totalmente apaixonados, pensou ela, e então consertou aquilo. Não, eles estão se amando, corrigiu-se, e só esperava que Nicky fosse capaz de resolver seus problemas com Constance o mais rápido possível. Ela já havia notado várias vezes que Maria e Nicky combinavam idealmente, que eles deveriam ficar juntos em bases permanentes.

Como Alexandra e Tom Conners. Não havia dúvidas de que esses dois haviam reatado na noite passada. Quando Alexa retornara seu telefonema mais cedo esta manhã, ela perguntara se era isso mesmo. Alexa respondera afirmativamente, acrescentando *grandes momentos*. Ela sempre soubera que sua pupila favorita ainda estava apaixonada por ele, que ele era indubitavelmente o amor de sua vida.

Com um súbito flash de intuição, Anya soube que esses dois *iriam* ficar juntos para o resto de suas vidas, mesmo que não soubessem disso ainda. Ela sentia isso em seus velhos ossos.

DEZ MINUTOS DEPOIS, Alexa entrava no aposento, sorridente, seguida de perto por Tom, que também estava sorrindo para todos os lados.

– Bom dia, Anya! – gritou Alexa, correndo para a lareira, abraçando Anya fortemente. Em seu ouvido, ela sussurrou: – Estou tão feliz que você me tenha feito ligar para ele. Ele tem sido maravilhoso.

– Estou feliz por você estar aqui, Alexa, e você também, Tom – disse Anya quando Alexa se afastou dela. Ela estendeu a mão para Tom, que a pegou e a sacudiu com um aperto firme.

– Obrigado por me incluir hoje, Anya, e eu devo dizer que é maravilhoso vê-la novamente depois de tanto tempo.

– Você parece bem, Tom – respondeu Anya, ainda sorrindo. – Agora, o que vocês dois gostariam de beber? – Enquanto falava, ela olhou para uma arca no canto mais distante, onde garrafas de licor e copos estavam alinhados numa bandeja. Havia também dois baldes de prata cheios de gelo, um contendo uma garrafa de vinho branco e o outro, champanhe.

– Sei que Alexa vai tomar champanhe, Anya, e eu também. Vou servi-lo? E você? Vai tomar o quê?

– O Veuve Clicquot também, obrigada, Tom, e certamente você pode ser o bartender.

Ele assentiu e atravessou o aposento. Ela o observou enquanto ele se afastava, pensando que não via um exemplar tão magnífico da espécie masculina havia anos. Ele não tinha só um rosto bonito, belo de fato, para ser honesta, seu corpo também era extraordinário. Ela havia esquecido como Tom era alto e de pernas longas, e seu peito forte e ombros largos davam a ele uma aparência muito masculina.

Os olhos de Anya permaneceram nele enquanto ele servia champanhe nas *flûtes* altas que Honorine havia arrumado mais cedo. Ele sempre fora bem-vestido, ela agora se lembrava, e hoje não era exceção. Usava uma camisa azul-clara clássica, gravata azul-marinho, blazer marinho e jeans, impecavelmente cortados. Sob medida, pensou Anya, e então aceitou a taça de champanhe dele.

Os três ficaram em frente à lareira e, tilintando seus copos, disseram "saúde" em uníssono. Levantando os olhos para ele, Anya encontrou seus olhos cegantes por um instante. Eram os olhos mais azuis que ela jamais vira. Se apenas eu tivesse cinquenta anos a menos, pensou ela, e então sorriu por dentro, divertida consigo mesma. Imagine paquerar um homem com a minha idade, pensou ela, e se focou em Alexa.

– Nicky virá para o almoço por acaso? – perguntou Alexa.

– Ele vem, na realidade, e vai trazer Maria Franconi.

– Oh, não! – exclamou Alexa antes que pudesse se conter.

– Oh, sim – rebateu Anya. – E acho que seria melhor que você se acostumasse a isso, Alexa, já que você vai trabalhar com Nicky. Aqueles dois se tornaram... bem, "um só" é a melhor maneira de apresentar as coisas no momento. Além disso, estou esperando que você, Maria, Kay e Jessica façam um esforço para ser civilizadas umas com as outras. Estou planejando um almoço para o fim da semana, para que todas vocês possam resolver suas diferenças, se necessário. Nenhuma de vocês jamais me contou o que provocou o fim de sua amizade. – Encarando Alexa, ela levantou uma sobrancelha inquisidoramente.

– Simplesmente acontece que tudo começou com Maria – arriscou Alexa depois de um ou dois instantes. – Mas já que ela está vindo para o almoço, é melhor que não entremos nesse assunto agora. – Movendo-se na direção do sofá, Alexa se sentou, e Anya se juntou a ela.

Tom se abaixou para sentar-se na cadeira de braços perto delas e pôs seu copo na mesa de café. Virando-se para Anya, disse:

– Acho que Alexa quer falar com você sobre algo importante. Não é, Alexa?

Surpresa por um instante, sabendo que ele estava se referindo a Jessica e Lucien, ela pôde apenas assentir. Finalmente, encontrando a voz, disse:

– Acho que Tom deve contar a você o que aconteceu esta manhã, então eu continuo de onde ele parar. – Ela colocou seus óculos na mesa, procurou por sua bolsa Kelly no chão e a abriu.

– Eu estava esperando Alexa trocar de roupa no hotel – disse Tom – e aconteceu de eu pegar um pequeno álbum de fotografias que estava sobre a mesa. Enquanto eu o olhava, vi a fotografia de um homem que é vizinho de meus pais no Loire. Ele foi fotografado com uma bela loura. Oh! E devo acrescentar, Anya, que na foto ele parecia cerca de oito anos mais jovem do que é hoje. Fiquei surpreso, pois não entendi por que Alexa teria uma fotografia dele em seu álbum.

Anya escutou atentamente, olhou para Alexa e disse:

– Quem era a loura? Jessica, presumo.

– Correto. – Alexa estendeu a ela o álbum aberto na fotografia de Jessica com Lucien Girard.

Anya pegou o álbum, olhou para a fotografia por um segundo e depois, olhando para Tom, disse:

– É Lucien, como me lembro dele. Mas quem *você* pensa que ele é?

– Jean Beauvais-Cresse, um homem de trinta e poucos anos que vive perto de meus pais. Ele não é um amigo, apenas vizinho, um conhecido, e não sei muito sobre ele. Mas a semelhança de Lucien Girard com ele é estranha. Parece uma versão mais jovem dele.

– Poderia ser um parente – apontou Anya, assentindo.

– Sem dúvida poderia – concordou Tom. – Um irmão gêmeo, um primo. – Enquanto ele falava, Tom, o advogado que se baseava em fatos, raciocínio, análise, senso comum e evidência, se deu conta de quanto suas palavras eram verdadeiras... uma semelhança familiar entre dois homens era a resposta. Tinha de ser. Respirando profundamente, ele terminou: – Alexa acha que deve falar com Jessica. O que você acha, Anya?

– Não nesse momento! – exclamou Anya. Procurando a mão de Alexa, segurando-a nas suas, ela continuou: – Jessica não deve saber nada a esse respeito. Isso apenas a aborreceria terrivelmente.

– Bem, na verdade eu não estava planejando dizer nada a ela até que tivéssemos feito uma investigação, Anya, e Tom sugeriu que seria uma boa ideia falar com o pai dele, fazer algumas perguntas – explicou Alexa.

– Essa é provavelmente uma boa ideia, Tom – concordou Anya.

– Anya – atalhou Alexa –, você pode pensar que estou imaginando coisas, mas só tenho um sentimento realmente estranho sobre esta foto... acho que *é* Jean Beauvais-Cresse quando jovem, e que ele e Lucien são a mesma pessoa. Não posso explicar por que sinto isso, mas eu sinto.

– Olhe, eu sempre acreditei enormemente no instinto profundo, e você pode bem estar certa, Alexa – respondeu Anya.

– Mas não devemos dizer uma palavra a Jessica. Realmente devemos manter silêncio.

– Está certo – exclamou Tom. – É muito frágil, não há evidência concreta, nada concreto para se basear. Entretanto, acho que posso fazer a papai algumas perguntas pertinentes, e talvez ele possa suprir as respostas de que precisamos a respeito de Jean e Lucien Girard. – Tom parou quando Nicky entrou no aposento com Maria Franconi.

– Espero que não estejamos *muito* atrasados – disse Nicky. Depois de beijar Anya e acariciar o ombro de Alexa, ele apertou entusiasmadamente a mão de Tom. – Tom, que ótimo ver você! E esta é Maria Franconi, não acho que vocês já se conheçam.

Maria sorriu, apertou a mão de Tom e murmurou suavemente:

– Prazer em conhecê-lo.

– É um prazer – replicou Tom, sorrindo para ela.

Depois de beijar Anya no rosto, Maria olhou na direção de Alexa, sentada no sofá, e forçou um sorriso.

– Oi, Alexa.

– Oi, Maria – respondeu Alexa friamente, sem sorrir.

– Seja um bom menino, Nicky, e sirva a Maria uma taça de champanhe – disse Anya.

– Oh, não, Anya, obrigada, mas eu prefiro água – disse Maria.

– Já está indo, docinho – disse Nicky –, mas acho que *eu* vou tomar uma gota do velho espumante. – Ele passeou pelo aposento enquanto falava e se ocupou com a bandeja de drinques.

– Sente-se, Maria querida. – Anya indicou a cadeira próxima a ela e prosseguiu: – Não tive a chance de contar a você antes, mas estudei as fotografias que Nicky me deu outro dia, Maria, e suas pinturas são extraordinárias. Mas é claro, você era uma artista muito talentosa quando estava na escola.

Maria pareceu extremamente satisfeita:

– Obrigada, Anya. Ouvir essas palavras de você sobre minhas pinturas é muito importante para mim.

Nicky levou a água para Maria e então ficou em frente ao fogo, olhando para todos eles. Depois de um instante, ele tomou um gole de seu champanhe e disse:

– Saúde a todos!

– Saúde! – respondeu Tom.

– *Santé*, Nicky querido – murmurou Anya.

Alexa simplesmente levantou o copo para ele e sorriu, e então olhou Maria pelo canto dos olhos, pensando que Anya não havia exagerado no outro dia. Maria Franconi era uma pessoa diferente do que fora na escola há sete anos. E era uma mulher ainda mais bonita agora.

Olhando para Tom, Nicky disse:

– Ouvi você mencionar Lucien Girard agora? Ou estou sonhando?

O aposento ficou em silêncio.

Tom olhou para Alexa e eles trocaram olhares cúmplices

Anya disse rapidamente:

– Oh! Não era nada importante, Nicky, só uma observação casual da parte de Tom. Agora, não quero apressá-los, mas não devemos nos demorar aqui muito tempo. A filha de Honorine, Yvone, veio cozinhar para mim hoje e sei que ela está fazendo algo muito especial para o primeiro prato. Então beba, Nicky.

POUCO DEPOIS disso, os cabelos grisalhos e cacheados de Honorine apareceram na porta da sala de estar e, sorrindo para todos, ela anunciou:

– *Le déjeuner est prêt, madame* – e desapareceu tão rapidamente quanto havia se materializado.

Em poucos instantes eles terminaram seus drinques, levantaram-se e desceram as escadas, Nicky e Maria à frente Alexa recuou para a sala de estar, tocando o braço de Anya e sussurrando:

– Você acha que Nicky ouviu tudo?

Anya deu de ombros, sacudiu a cabeça e disse num tom igualmente baixo:

– Não sei realmente... mas não muito, estou certa. – Houve uma pequena hesitação de sua parte antes que ela acrescentasse: – Mas não se esqueça: ele e Larry conheciam Lucien antes. Foi na verdade Larry quem o apresentou a Jessica. Pode ser bom fazer a ele algumas perguntas, sabe?

– Com Nicky, tudo bem, mas não posso dizer nada a ele porque não confio em Maria. Ela pode contar a Jessica, e isso seria desastroso.

– Ela nem mesmo sabe onde Jessica está hospedada.

– Onde ela está hospedada?

– No Plaza Athénée.

Tom olhou para trás na escada, franziu a testa e as chamou:

– Venham, Alexa, Anya. Nicky e Maria estão nos esperando na sala de jantar.

As duas mulheres desceram as escadarias e, quando finalmente estavam no saguão de entrada, Anya se apressou, exclamando:

– Desculpem, queridos, acho que estou um pouco rígida hoje, Alexa estava me ajudando a descer as escadas. Desculpem fazê-los esperar.

– Tudo bem – disse Nicky, que foi até ela e pegou o braço de Anya, levando-a para a sala de jantar, que dava vista para o pátio pavimentado e o jardim. Para refletir o lado de fora, que era tão visível através das janelas e das portas francesas, Anya havia usado uma colorida combinação de tons verde-claros e escuros, acentuados por tons de branco. Com suas cortinas onduladas de organdi branca nas janelas, assoalho de madeira escura e tufos de plantas com flores brancas, o aposento parecia fresco, arejado e calmo.

Parando na mesa circular, feita de madeira de teixo polido e cercada por cinco cadeiras Luís XV estofadas em tecido verde e branco, Anya pousou a mão numa cadeira e disse:

– Maria, venha e sente-se à minha esquerda, e Tom, por favor, pegue a cadeira à minha direita. Alexa, querida, sente-se perto de Tom, e Nicky, você pode se sentar entre Alexa e Maria.

Sorrindo para todos, ela se sentou em sua cadeira.

– Acho que assim fica muito bem – continuou ela e, olhando para Nicky, disse: – Você serviria o vinho branco para os que quiserem? E há um tinto muito bom para acompanhar o prato principal.

Nicky fez como ela pedira e tinha terminado de encher suas taças com vinho branco quando Honorine entrou na sala carregando uma grande bandeja. Ela foi seguida por sua filha, Yvonne, que segurava uma bandeja menor. Yvonne fez um gesto com a cabeça, um cumprimento silencioso, e seguiu a mãe até a mesa de servir.

Em poucos minutos todos eles haviam sido servidos com suflês de queijo individuais e logo estavam fazendo exclamações sobre ele. E em um instante Nicky anunciou:

– É tão leve quanto a respiração de um bebê.

Todos sorriram com essa expressão e o gelo foi um pouco quebrado, mas Anya notou, enquanto o primeiro prato estava sendo saboreado, que Alexa e Maria cuidadosamente evitavam falar uma com a outra. Entretanto, Tom e Nicky não haviam perdido tempo em se reencontrarem, e estavam agora conversando animadamente sobre a indústria do cinema em geral.

Ela mesma se virou para Maria e começou a falar mais sobre suas pinturas, enquanto Alexa logo estava participando da conversa de Nicky com Tom. Ele estava falando do novo filme sobre Mary, rainha da Escócia, e Tom estava obviamente fascinado, escutando atentamente enquanto Nicky explicava os planos de pré-produção que vagarosamente estavam sendo elaborados.

Depois que as louças dos suflês foram retiradas, Nicky serviu o Mouton Rothschild a todos, menos a Maria, e Tom serviu água mineral. Não muito depois disso, Honorine voltou com um prato de cordeiro assado, seguida por Yvonne com uma vasilha de verduras cozidas no vapor e batatas assadas. Quando todos haviam sido servidos, as duas deixaram a sala de jantar, mas um segundo depois Honorine voltou com o molho, que colocou na mesa.

Anya pediu a ela para trazer outro molho, e então explicou a eles:

– Sou muito inglesa quando se trata de meu cordeiro assado... é minha educação, suponho. Gosto dele levemente úmido e coberto com molho de menta. – Ela riu. – Os franceses normalmente estremecem quando me veem comendo isso assim.

– É porque eles não conseguem imaginar como alguém pode querer colocar um molho feito com vinagre em sua comida – lembrou Nicky, e riu para ela. – E como você sabe, eu como o meu exatamente da mesma maneira.

A conversa à mesa foi descontraída, enquanto o prato principal era saboreado, e o vinho tinto, degustado. Olhando para cada um deles de tempos em tempos, Anya ficou feliz que estivessem todos ali com ela hoje, e que houvesse um ar de civilidade à mesa. Ela se deu conta quase subitamente de que Maria parecia levemente mais constrangida que Alexa. E ficou certa de que Alexa havia indubitavelmente falado a verdade quando culpara Maria pelos problemas em sua amizade. Mas fora há tanto tempo que ela desejava que pudessem esquecer tudo. Quanto a Maria, ela era uma artista tão brilhante que era quase um crime deixá-la numa companhia têxtil em Milão. Mas, por outro lado, Anya sabia que não era da sua conta... ela poderia apenas esperar que Nicky fosse ser o cavaleiro na armadura brilhante da garota, que ele a resgataria de um terrível tipo de servidão.

Assim que o almoço terminou, Anya chamou todos para subirem para o café e novamente eles se moveram em massa para o andar de cima.

Anya estava servindo o café quando Tom, inclinando-se para ela, perguntou:

– Posso usar seu telefone, por favor, Anya?

– Mas é claro – disse ela e, olhando para Alexa, continuou: – Mostre a Tom a saleta embaixo, no corredor, Alexa, por favor. Ele pode usar o telefone lá.

Alexa assentiu, pegou a mão de Tom e o acompanhou para fora do aposento. Uma vez no corredor que levava ao andar principal, ele a puxou para seus braços e a beijou profundamente. Quando a soltou, ele disse:

– Vamos esquecer o filme que falamos em ver mais tarde. Por que, em vez disso, não voltamos para a minha casa?

Alexa sorriu para ele, adorando a ideia.

– Bom negócio, Tom Conners.

– O melhor que jamais tive – respondeu.

Ainda sorrindo, Alexa abriu a porta da saleta e disse:

– Não demore muito.

Enquanto voltava para a sala do andar de cima, Alexa imaginou se devia dizer alguma coisa a Nicky sobre Lucien Girard. Normalmente ela teria feito isso, mas a presença de Maria atuava como um dissuasor. Simplesmente ela ainda não confiava nela. Normalmente a boca de Maria era bastante aberta.

Como ela mudara de aparência, entretanto! Com uma tendência a comer demais, ela parecia levemente gorducha todo o tempo em que ficara na escola de Anya. O rosto era adorável, mas o corpo, muito gordo para uma jovem.

Agora, se ela ainda não estava esbelta, estava a caminho de ficar, e seu rosto impressionante e sua cabeleira davam a ela um tipo de glamour de estrela de cinema. Penélope Cruz veio à sua mente, e aquela imagem foi imediatamente reforçada quando Alexa retornou à sala de estar.

Maria estava de pé perto da janela, parecendo casualmente elegante em suas calças vinho, camisa de seda e casaco de lã combinando, os cabelos negros caindo pelas costas; o rosto, de perfil, era estonteantemente bonito.

Não é de espantar o que Nicky sente por ela, pensou Alexa, sentando-se perto dele no sofá. Era óbvio para Alexa que ele havia caído completamente sob o encanto de Maria.

Gancho, anzol e isca, pensou ela enquanto pegava sua xícara de café e tomava um gole, depois olhava para Nicky.

– Mal posso esperar para ver o roteiro e, assim que o tiver lido, Tom vai me levar de carro até o Loire. Ele tem certeza de que há muitos castelos que seriam cenários perfeitos para o filme.

– Ele está certo. Talvez pudéssemos ir todos passar um fim de semana lá – sugeriu Nicky.

Alexa ficou boquiaberta.

– Você deve estar brincando!

– Ah, eu sei que você está com raiva de Maria. Ela me contou tudo a respeito. E, francamente, acho que já chegou a hora de vocês duas crescerem e se comportarem como as mulheres maduras que são. Não faz sentido carregar um rancor como esse!

– Ouçam! Ouçam! – exclamou Anya. – É hora de seguir em frente.

Maria andou vagarosamente na direção da lareira, parecendo nervosa, hesitante; então ela se sentou na ponta de uma cadeira e disse em voz baixa:

– Desculpe, Alexa, por ter causado tantos problemas a você. Estou verdadeiramente arrependida. Mas eu era jovem, eu não quis...

– Você me traiu! – repreendeu-a Alexa, determinada a não ceder nem um milímetro enquanto se lembrava de quanto ficara ferida todos aqueles anos.

– Não foi de propósito! Foi um acidente! Um erro da minha parte. Eu fiquei... muito arrependida, Alexa.

Alexa olhou para ela furiosamente.

– Nunca estive interessada em Ricardo. Aquilo tudo foi imaginação sua. E você transformou tudo numa grande... nuvem atômica! Em algo enorme, que você incitou Jessica a agir, e ela me censurou da maneira mais horrível. Ela ficou do seu lado, acreditou em você e deixou de ser minha amiga. Na verdade, Maria, *você* destruiu minha amizade com Jessica.

– Estou muito, muito arrependida, Alexa – desculpou-se Maria novamente. Seu rosto havia ficado terrivelmente branco e ela parecia pesarosa e preocupada.

– Você tinha ciúme de nossa amizade, se quer saber a verdade – lançou Alexa. – Ciúme mortal.

– Não tinha. Isso não é verdade. – Maria agora parecia que estava prestes a cair em lágrimas.

– Já basta, garotas – disse Anya numa voz forte e firme. – Quero que vocês duas venham aqui para o café amanhã de manhã. E também vou chamar Jessica e Kay e vamos resolver isso de uma vez por todas. Não quero minha festa estragada por causa da briga de vocês quatro. Então nos deixem resolver o assunto. Essa não é a hora apropriada.

Nesse momento Tom entrou novamente na sala, e, por seu olhar, Alexa notou que seu pai havia dito a ele algo que achava interessante. Ela tinha certeza de que ele queria partilhar aqui-lo com ela.

– Tudo bem, Tom – disse ela –, você pode falar na frente de Nicky e Maria.

Surpreso, ele olhou para ela, a expressão confusa. Ele levantou uma sobrancelha, questionador.

Alexa assentiu, depois focou sua atenção em Maria.

– Nós vamos falar sobre algo que tem relação com Lucien Girard. Mas você não pode nem pensar em dizer uma palavra que seja sobre isso com Jessica. Entendeu, Maria?

– Sim, eu não diria nada a Jessica... ou a ninguém.

Nicky, intrigado, perguntou:
– A respeito de que é isso tudo, afinal, Tom?
Tom olhou para Alexa mais uma vez. Ela inclinou a cabeça e ele explicou, primeiro contando a eles como tudo tinha começado, com a foto no álbum de Alexa.
– Oh. – Maria se engasgou, encarando Tom. – Então Lucien ainda está vivo?
– Não sabemos – disse Tom apressadamente, e continuou: – A ideia toda é um tanto frágil, devo admitir, embora algumas coisas que meu pai disse tenham me intrigado. Os dois homens *poderiam* ser o mesmo.
Nicky se sentou ereto no sofá, franzindo a testa.
– Não conhecia Lucien tão bem, Tom, mas não acho que ele fosse o tipo de pessoa que... como poderia dizer? Levasse uma vida dupla, fizesse joguinhos. De qualquer forma, quem é esse que se parece tanto com ele?
– Um homem chamado Jean Beauvais-Cresse, trinta e poucos anos. Pouco antes, eu praticamente decidi que ele deveria ser parente de Lucien. Talvez Lucien fosse um irmão usando um nome falso. Lucien poderia ter sido um primo. Entretanto, meu pai disse que o único irmão de Jean morreu há cerca de sete anos.
Maria e Alexa trocaram olhares, mas nenhuma delas disse qualquer palavra.
– O que mais seu pai disse? – perguntou Anya.
– Ele me disse que o irmão era o filho mais velho e que morreu num acidente terrível. Meus pais não viviam no Loire na época, então isso é uma espécie de... fofoca local, e papai não tinha todos os detalhes. A morte trágica e repentina do irmão causou um derrame no pai. Aparentemente ele era muito ligado ao filho que morreu. Ele era o herdeiro do título, das terras, do castelo. Jean, o filho mais jovem, era uma espécie de ovelha negra, como meu pai ouviu falar uma vez. Ele estava morando em Paris havia muitos anos e voltou apenas

quando seu pai sofreu o ataque, para cuidar dele. Ele herdou tudo quando o homem morreu. Isso foi tudo o que papai pôde me dizer.

– Mas você não acha que isso se encaixa com o desaparecimento de Lucien? – perguntou Alexa. Ela estava convencida de que sim e olhou nos olhos de Tom, esforçando-se para convencê-lo disso.

Ele assentiu.

– A época é certamente a mesma – disse ele cautelosamente.

– Vamos recordar os fatos – disse Nicky. – Há sete anos, Lucien Girard desaparece para nunca mais ser visto. Há sete anos o irmão mais velho de Jean morre inesperadamente, para que Jean se tornasse o herdeiro. Mas e se Lucien, trabalhando em Paris como ator e usando um pseudônimo, fosse o irmão mais velho e encontrasse um terrível destino? Como todo mundo sempre acreditou que tivesse acontecido com ele?

– Pensei nisso – respondeu Tom. – Mas meu pai disse que o irmão era bem mais velho que Jean. Cerca de 15 anos, filho de outra mulher, a primeira.

– Então Lucien e Jean *poderiam* ser a mesma pessoa – disse Anya.

– Tendo em mente a extraordinária semelhança e a similaridade de idades, sim. *Possivelmente*. – Tom se sentou numa cadeira e continuou: – Mas é uma situação no mínimo vergonhosa, Anya. Meu pai disse que faria algumas investigações discretamente e amanhã vou falar com ele. Nesse meio-tempo, ninguém deve dizer nem uma palavra a Jessica. Não seria justo. Nem com ela, nem com Jean Beauvais-Cresse.

– O que precisamos é de alguém que possa verificar se Jean era ator em Paris em certa época de sua vida, e que ele usava um nome falso – disse Alexa. – Então teremos algo mais concreto com que continuar. – Ela pousou os olhos em Nicky.

– Oh, não, não eu! – exclamou ele. – Eu mal conhecia Lucien. E, na verdade, Larry também não o conhecia bem.

Anya se recostou no sofá, fechando os olhos por um instante. Algo havia se mexido no fundo de sua mente, mas ela não conseguiu alcançá-lo. Então deixou que fosse embora. Por enquanto.

28

— Vamos caminhar um pouco – disse Tom quando saíram da casa de Anya e foram para a rua.

– Ótimo! – concordou Alexa, adorando a ideia de caminhar com ele. – Como você, eu adoro o sétimo *arrondissement*. É minha parte favorita da cidade.

Tom sorriu, pegou sua mão, enganchou o braço no dela e juntos partiram na direção da rue de Solferino e dos cais nas margens do rio Sena.

Estava mais quente agora e fazia sol, e o céu era um arco azul-claro, imaculado, sem nuvens e benigno naquela tarde de domingo de maio.

O sétimo *arrondissement*, onde estavam andando, era uma área elegante da cidade, e o apartamento de Tom no Faubourg Saint-Germain ficava próximo. Também nas vizinhanças havia marcos, como a Academia Francesa, a Escola Militar e o Hôtel des Invalides, onde ficava o túmulo de Napoleão. Mas Tom e Alexa passaram por muitos desses prédios históricos enquanto iam na direção do Quai Anatole France.

Eles andaram um pouco ao longo do quai, aproveitando a companhia um do outro, o clima e as vistas charmosas do Sena. Suas águas onduladas reluziam à luz do sol e subitamente uma brisa fraca começou a soprar, sussurrando através das árvores que se levantavam ao longo do Sena, fazendo as folhas flutuarem e dançarem na luz prateada.

Eles pararam por um instante, olhando para baixo, e Alexa sorriu com a visão dos coloridos *bateaux-mouches* se movendo fluindo rio abaixo, deixando rastros espumantes em seu caminho.

Ela sempre gostara das viagens que fizera neles, especialmente aquelas à noite, com Tom, há anos. Paris à noite era romântica e mágica quando vista do rio num barco vagaroso, as luzes brilhantes da cidade iluminando o céu rabiscado. Não havia lugar no mundo igual àquele.

Quase como se tivesse lido seus pensamentos, Tom disse:

– Devemos pegar um *bateau-mouche* uma noite dessas. Devo admitir que sempre gostei de nossas noites navegando ao longo do Sena.

– Que engraçado, Tom, que você tenha dito isso. Eu estava exatamente pensando a mesma coisa.

De mãos dadas, eles continuaram na direção do Quai Voltaire. Adiante, quase alcançando o céu, estavam as grandes torres de Notre-Dame, brumosas agora na suave luz da tarde de Paris, uma luz amada pelos artistas ao longo dos séculos e tão frequentemente capturada nas telas.

Para Alexa, Paris nunca parecera mais bonita. Era uma cidade que para sempre a tomaria de surpresa. Ela se lembrava de ter sido apanhada uma vez por um temporal, e, correndo pelas ruas alagadas, procurava por um táxi. E então, de repente, ela havia abandonado a ideia de encontrar um carro, subitamente gostando de andar na chuva... e ela ficara cheia de felicidade aquela noite, feliz por estar nessa cidade, a cidade de seus sonhos...

Quando alcançaram o Quai Malaquais, Tom disse:

– Vamos até Saint-Germain-des-Prés tomar alguma coisa antes de ir para casa. Um café que seja.

Alexa assentiu concordando e ainda de mãos dadas eles passearam pela rue Bonaparte e por uma confusão de fantásticas ruas antigas pavimentadas. Ali havia butiques elegantes, lojas de antiguidades, galerias de arte e cafés pitorescos que davam charme e personalidade a esse *arrondissement*. Muitas vezes eles pararam para olhar as vitrines das butiques e fizeram uma rápida visita a uma das galerias de arte favoritas de Tom, mas na maior parte do tempo não se demoraram, andando com passo firme.

Na hora em que chegaram à Place de l'Odéon, Alexa soube que Tom a estava levando ao café Voltaire, um dos pontos favoritos do escritor e filósofo francês do século XVIII de mesmo nome.

Encontraram uma mesa do lado de fora e ela ficou satisfeita de se sentar, instalando-se numa cadeira sob o toldo, relaxando depois da longa caminhada. Depois de pedir café para ambos, Tom desapertou a gravata e abriu a gola de sua camisa.

– Ficou mais quente – disse ele, olhando para ela. – Quer tirar o suéter?

– Sim, eu vou tirar. – Ela desamarrou o suéter de cashmere que estava em torno de seu pescoço e o deixou sobre os joelhos. Virando-se para Tom, ela acrescentou:

– Se Anya convidar você para a festa, você vai?

– Só se eu puder ser seu par. – Ele hesitou, depois levantou uma sobrancelha e perguntou: – Ou seu amigo inglês virá para ser seu acompanhante?

– Claro que não! – exclamou ela, parecendo desconfiada, sua voz se levantando suavemente. – Só eu fui convidada, e tenho certeza de que aconteceu o mesmo com as outras mulheres. Nicky me disse que os convidados são em sua maior parte alunos preferidos de anos passados, a grande família russa, inglesa e francesa e alguns de seus velhos amigos. – Alexa lançou a ele um olhar direto. – De qualquer forma, eu lhe disse a noite passada que queria estar com você, em bases permanentes, casada ou não. Então como você pode pensar que eu iria querer levar Jack, mesmo se eu o tivesse convidado? Eu teria que pedir a ele que não viesse, se fosse esse o caso.

Ela parecia tão zangada que ele estendeu o braço, pegou sua mão nas dele, a levou a seus lábios e a beijou.

– Que mãozinha tão querida! Eu a amo tanto – murmurou ele. – Não fique zangada comigo, Alexa.

– Não estou, não mesmo. – Ela limpou a garganta, mudando de assunto: – Seu pai falou mais alguma coisa? Você estava escondendo alguma coisa quando estávamos na casa de Anya?

– Não exatamente. Papai não tinha muito mais informações. Mas ele realmente disse que Jean Beauvais-Cresse era conhecido por ser uma espécie de recluso, não sendo visto muitas vezes no vilarejo ou na igreja local. Por sinal, papai me disse que ele era casado e que havia uma criança. Mas isso é tudo. Como eu disse na casa de Anya, meus pais não vivem no Loire há tanto tempo, e muito do que eles sabem é fofoca local, de qualquer forma.

– Sei. – Alexa fez uma pausa, com um olhar distante.

Depois de um momento ou dois observando-a, Tom disse baixinho:

– Há algo errado, Alexa? Você parece pensativa.

Um pequeno suspiro escapou dela.

– Eu estava só pensando em Lucien Girard. Se ele *é* Jean Beauvais-Cresse e simplesmente um dia decidiu voltar para sua antiga vida, ele deve ser um homem muito cruel. Imagine fazer algo assim com Jessica ou qualquer mulher. Sei que Jessica sofreu terrivelmente, e Anya me disse que ela nunca se casou. Ela provavelmente continua sofrendo por causa de Lucien todos esses anos.

Ele franziu a testa.

– Você acha mesmo?

– Sim, eu acho. – Ela deu um meio sorriso e olhou para ele sutilmente. – As mulheres tendem a ser assim, sabe. – Incluindo eu, pensou ela, mas se absteve de dizê-lo. – E há mais uma coisa, Tom. Pense bem em seu *sofrimento*, acreditando que algo realmente ruim aconteceu a ele. – Ela suspirou. – Isso me deixa louca.

– Posso entender por quê. Obviamente Nicky não conhecia Lucien bem e, se meu pai não tiver informações adicionais, acho que simplesmente teremos de esquecer que eu jamais mencionei Jean.

– Não tão facilmente. – Novamente Alexa olhou para longe, seus olhos se estreitando suavemente, e depois de um momento ou dois de reflexão, ela se virou para Tom, colocando a mão em seu braço. – Acho que tenho a solução... um meio de descobrir a verdade.

– Você tem? – Tom pareceu surpreso e um pouco alarmado pelo olhar determinado que havia passado rapidamente por seu rosto.

O garçom chegou com suas xícaras de café e, quando ele ficou fora da área de escuta, Alexa disse cuidadosamente:

– O meu plano é o seguinte. Acho que devemos ir ao Loire e confrontar esse homem que se parece tanto com Lucien Girard.

Tom se recostou, obviamente surpreso com a sugestão dela. Por um momento ele não falou, e depois, respirando fundo, respondeu:

– E eu acho que isso é procurar problema... talvez até um problema legal.

– Não, não, eu não expliquei as coisas muito bem – disse Alexa. – Deixe eu começar de novo. Você e eu, com Jessica, devemos ir de carro até o vale do Loire na semana que vem, se você puder arranjar tempo. Se não puder, teremos de ir no fim de semana. Chegando à casa de Jean, Jessica e eu ficaremos no carro, enquanto você vai até a porta. Se Jean atender, você pode simplesmente dizer a ele que tem um cliente que quer rodar um filme histórico no Loire e está procurando castelos apropriados onde filmar as cenas interiores. Depois que você estabelecer a conversa com ele, Jessica e eu vamos sair do carro e nos juntar a você. Se ele *for* Lucien, você vai saber, Tom, e nós também. Ele ficará em estado de choque.

Tom assentiu:

– Estou entendendo. E se ele não for Lucien, não vai reconhecer nenhuma das duas, é isso o que você está tentando dizer?

– Correto.

– Mas, Alexa, Lucien era ator. Ele *poderia* fingir, não poderia?

– Não acho que ele fosse tão bom ator, Tom. Ele não estava concorrendo a nenhum prêmio da Academia.

Tom caiu na gargalhada, sacudindo a cabeça.

– Só há uma coisa, entretanto. Você vai ter de contar à Jessica, obviamente, e isso poderia abrir suas velhas feridas.

– E vai abrir. Mas, veja, se resolvermos um mistério de sete anos e ela *finalmente* tiver uma conclusão, então isso é uma boa coisa, não é?

Imediatamente Tom viu sentido no que ela estava dizendo e disse isso a ela, acrescentando:

– Mas eu gostaria de pensar sobre isso, à noite, Alexa, antes de tomar uma decisão. Também seria sábio deixar Jessica no escuro por enquanto, de qualquer forma.

– Concordo com você – disse ela.

– ONDE É A CASA de seus pais no Loire? – perguntou Alexa. Ela e Tom haviam deixado o café Voltaire e estavam andando de volta na direção do Faubourg Saint-Germain e do apartamento de Tom.

– Eles estão instalados naquela bela faixa do Loire que é conhecida como o Vale dos Reis – respondeu Tom. – É entre Orléans e Tours, e a razão de ser chamado de Vale dos Reis é porque há tantos castelos magníficos por lá.

– Sim, eu aprendi tudo sobre o Vale dos Reis na aula de história francesa com Anya – informou Alexa a ele. – Há quase trezentos castelos lá, incluindo alguns dos maiores... Chambord, Cheverny, Chinon, Chaumont, Amboise, Azay-le-Rideau, Close-Lucé e Chenonceau, e eu sei que é uma região muito bonita.

– Sublime – disse Tom, baixando os olhos para ela, acrescentando: – Mas meus pais não têm um grande castelo, Alexa. Só uma charmosa mansão em uma terra adorável, situada numa curva do rio Cher, um afluente do Loire. Basicamente é uma propriedade pequena, e é uma das razões pelas quais eles a adoram. Também fica a cerca de uma hora e meia de Paris, apenas; então eles podem facilmente se mover de um lado para o outro, entre seu apartamento aqui e o Loire.

– Então poderíamos ir e voltar no mesmo dia, não poderíamos?

– Sim. *Se* decidirmos ir ver Jean – respondeu ele baixinho. – Mas, como eu disse, tenho de pensar sobre essa ideia e devo também mencioná-la a meu pai. Não quero causar nenhum problema a meus pais.

– Entendo, claro. Por sinal, você contou a seu pai a história toda? Sobre Jessica e Lucien, quero dizer? Ou você só perguntou a ele sobre o vizinho?

– Contei a ele a história toda. Você conheceu papai, sabe como ele é. Ele não foi presidente de uma empresa americana gigante durante 25 anos por nada. Ele sabia que perguntas fazer, como chegar ao cerne da questão, e devo dizer que ele foi muito compreensivo, quis ajudar de todas as maneiras que pudesse.

– Eu sei que ele faria isso. Sempre gostei de seu pai, ele me lembra você. Ou melhor, você me lembra ele de muitas maneiras.

Tom riu.

– Sou uma cópia do velho, é isso o que você está dizendo?

– É. E onde é a casa de Jean? Suponho que deva ser perto.

– Não muito longe, e não é uma casa, Alexa. É um desses grandes castelos de que estávamos falando agora mesmo.

Muito antigo. Está na família Beauvais-Cresse há séculos. Acho que foi construído nos anos 1600, ou por aí. É magnífico, e basicamente é uma propriedade rural, existem lá muitas plantações.

– Na casa de Anya você mencionou um título.

– Isso. Jean é o marquês de Beauvais-Cresse, para dar a ele seu nome correto.

– Sei. – Ela suspirou. – É uma história tão peculiar, não é? A maneira como Lucien simplesmente desapareceu da noite para o dia...

– Há milhares de casos de pessoas desaparecidas – disse Tom. – *Centenas de milhares*, se considerarmos todos os países do mundo. As pessoas desaparecem, e desaparecem exatamente assim. – Enquanto ele falava, estalou os dedos e continuou: – Algumas são vítimas de crimes, e seus corpos jamais foram encontrados. Outras realmente sofrem algum ferimento que resulta em amnésia. E então há as pessoas que desaparecem porque querem.

– Eu sei, esse é o problema.

Notando a expressão desolada no rosto dela, o súbito desgaste em sua voz, Tom mudou de assunto, dizendo:

– Você já esteve em Chenonceau?

– Não.

– Quero levar você lá. Mas isso não será possível se e quando formos com Jessica ao Loire. Então talvez você tenha de vir outro fim de semana. Podemos ficar com meus pais e levo você de carro até lá, não é muito longe. Sabe, é o seguinte... Chenonceau tem uma ligação com Mary Stuart... a *petite reinette d'Écosse*, como ela era chamada na França naquela época.

– Que ligação?

– O lendário castelo foi uma vez o lar de Henrique II, que o deu de presente à sua amante, Diana de Poitiers, mas Henrique e seu filho, Francisco II, e a esposa *dele*, Mary, rainha da Escócia, passavam um bom tempo lá.

– Que interessante. Eu gostaria de vê-lo, e alguns dos outros castelos também. Deve haver algumas pessoas, donas dos castelos, que nos deixariam filmar lá pagando uma taxa.

– Não tenho dúvida.

Eles andaram em silêncio por um tempo. A certa altura Tom parou, segurou o braço de Alexa e virou-a para que ela olhasse para ele. Fixando profundamente seus olhos, ele disse:

– Com ou sem briga, você está sendo realmente uma boa amiga de Jessica. Admiro você por isso.

– Quando Lucien desapareceu, a vida dela mudou radicalmente – replicou Alexa. – Nunca mais foi a mesma, isso eu sei com certeza. Porque o corpo dele jamais foi encontrado, não houve um fim. Estou certa de que é por isso que Jessica não foi capaz de se comprometer com outro homem. Na minha opinião, é isso. E se eu tiver a chance de ajudá-la, como agora acho que posso, por que não o faria?

Tom procurou seu rosto, depois a trouxe para dentro do círculo de seus braços. Contra seus cabelos escuros, ele disse suavemente:

– Eu vejo dentro do seu coração, minha doce Alexa... e você é uma pessoa boa de verdade. – Ela não respondeu e ele a apertou firmemente por um longo momento. E então ele pensou: Ela preenche os lugares vazios em meu coração, ela me torna inteiro.

29

– Estou tão feliz por você ter podido vir mais cedo, querida – disse Anya, sorrindo para Alexa. – Só quero repassar algumas coisas antes que as outras cheguem.

– E eu tenho algo para contar a você – respondeu Alexa, instalando-se na cadeira em frente a Anya. As duas mulheres estavam sentadas na pequena biblioteca que se abria para os jardins. Era outro dia bonito e as portas francesas estavam bem abertas, revelando uma vista do pátio pavimentado e da cerejeira.

– O que você quer me dizer? – sondou Anya.

Alexa sacudiu a cabeça.

– Primeiro me diga por que quis que eu viesse mais cedo que as outras, e então eu explico algo a você, uma ideia que tive.

– Certo. – Anya se sentou um pouco mais ereta na cadeira e continuou: – Quero tudo passado a limpo entre vocês quatro hoje, Alexa. Essa rixa está começando a ficar ridícula, e estou esperando que *você* restabeleça a harmonia entre vocês.

– Darei o melhor de mim, e concordo com você, na verdade. Depois do confronto de ontem com Maria, não gosto do pensamento de ter mais nenhum. São tão aborrecidos. Vamos encarar a situação: estamos todas perto dos 30 anos e deveríamos saber mais das coisas agora.

Anya concordou.

– Fico feliz que você se sinta com esse espírito conciliatório. Esse é o caminho a seguir, e depois que vocês tenham conversado tudo, vou levá-las para almoçar fora.

– Ah! Isso será ótimo! – exclamou Alexa. – Mas você deveria deixar *nós* levarmos *você*. Para algum lugar caro e elegante. Nós todas podemos nos permitir isso agora.

Rindo, Anya disse:

– Há mais uma coisa que quero mencionar. Gostaria que Nicky convidasse Tom para minha festa. Ele viria, você acha?

– Tenho certeza de que sim. – Alexa lançou a ela um grande sorriso.

– Foi o que pensei. Vou dizer a Nicky que mande a ele um convite. Também vou dizer a Kay que convide o marido dela, e, naturalmente, Maria vai estar acompanhando Nicky. Mas não sei o que fazer com Jessica. Não tenho ideia se ela está em Paris sozinha ou acompanhada. De qualquer forma, acho que ela merece ter um acompanhante.

– Você ainda não a viu?

– Não, minha querida, ainda não. Eu pedi a ela várias vezes para vir tomar um drinque, ou almoçar, mas ela está se escondendo atrás do trabalho. Eu digo *se escondendo* porque acho que ela está ficando afastada de propósito.

– Mas por quê?

Anya fez um muxoxo e então explicou:

– Jessica me identifica com o passado, em particular com os últimos meses que esteve aqui em Paris, quando Lucien desapareceu. Acho mesmo que ela está com um pouco de medo de me ver, por causa das lembranças que isso vai evocar. Lembranças de Lucien, da dor que sofreu, a ansiedade e o medo... esse tipo de coisa. Lembre-se: Jessica não me vê desde que vocês todas se formaram. São *sete anos*. E ela liga aquela época a ele.

– Eu sei. Mas tenho certeza de que ela vai se abrir hoje e poderemos descobrir se ela está sozinha ou não. Vou fazer tudo o que puder para que ela se sinta à vontade, e Kay também.

– E Maria. Não esqueça Maria, Alexa. Ela ficou seriamente nervosa ontem. Com medo de você, acredito.

– Acho que fui um pouco feroz – admitiu Alexa, parecendo envergonhada. – Serei boazinha, prometo.

– Agora, qual é a ideia que você disse que tinha? Uma ideia para o quê, exatamente?

– Descobrir a verdade. Lembre-se do que você nos dizia... *a verdade liberta você*, você costumava dizer. – Alexa respirou profundamente e se mexeu na cadeira. – Acho que Jessica e eu, com Tom, devemos ir ao Loire, procurar esse Jean e confrontá-lo.

– Você pode estar pisando solo perigoso aqui, Alexa – avisou Anya –, como tenho certeza de que Tom lhe disse.

– Sim, ele disse. Mas eu não estava sugerindo um verdadeiro confronto durante o qual perguntaríamos a ele se já usou outro nome e trabalhou como ator em Paris. Só quero que ele *nos* veja, Jessica em particular. Se ele ficar chocado, nós saberemos imediatamente que seu nome falso era Lucien.

Quando Anya ficou em silêncio, Alexa olhou para ela e perguntou:

– Bem, o que você acha?

Anya ruminou por alguns instantes, depois fez sua pergunta:

– O que Tom acha?

– Ele está cauteloso.

– Eu também.

– Por quê, Anya?

– Alexa, querida, você não pode correr ao interior e acusar pessoas de levar uma vida dupla.

– Eu não disse que faríamos isso... eu disse que iríamos até a casa dele com um pretexto, só para vê-lo, deixá-lo nos ver. Observar sua reação ou a ausência dela.

– Acho que eu gostaria de ouvir o que Tom tem a dizer.

Um instante depois Anya estava de pé, andando para a porta, um largo sorriso iluminando seu rosto.

– Olá, Jessica! – exclamou ela. – É maravilhoso ver você.

– E você também, Anya, depois de tanto tempo.

As duas se abraçaram e depois Anya deu um passo para trás e fitou Jessica, um olhar apreciador em seus olhos azuis iluminados.

Que mulher adorável Jessica tinha se tornado! Elegante na bem-cortada calça preta e blusa de seda branca, os longos cabelos louro-claros caindo em torno da face bronzeada. Ainda era a garota totalmente americana, alta, de pernas longas, magra e tão bonita quanto há sete anos. Mas havia uma tristeza nos olhos, uma melancolia no sorriso, e Anya tinha certeza de que conhecia a razão. *Lucien Girard.*

Anya também sabia que estava certa sobre a relutância de Jessica em vir vê-la. Na mente de Jessica ela era parte do passado, parte de outra vida, que Jessica havia enterrado tão fundo dentro de sua psique que não queria ressuscitá-la. Não poderia, talvez. Ao mesmo tempo, Anya teve certeza de que Jessica não havia realmente superado, que no fundo de sua alma ela ainda desejava Lucien. Tinha 31 anos e ainda não se casara. Anya imediatamente notou que não havia anéis em seus dedos. Parecia a ela que Jessica precisava ter um desfecho. Talvez Alexa estivesse certa sobre ir ao Loire descobrir a verdade. Isso não poderia libertar Jessica?

– Venha, venha, não vamos ficar aqui na porta! – exclamou Anya pegando o braço de Jessica, levando-a para dentro. – Aqui está Alexa. E as outras devem chegar a qualquer momento.

Alexa havia se levantado e andado na direção delas, a mão estendida.

– Olá, Jessica! Faz muito tempo – disse ela, se esforçando para ser genuinamente cordial.

Jessica inclinou a cabeça, bastante secamente, pensou Alexa. Então pegou a mão que Alexa oferecia e a apertou.

– Olá, Alexa.

Alexa recuou levemente; havia muita frieza na voz de Jessica e seu comportamento era gelado. Aperte o cinto, criança, pensou ela. Vamos passar por uma estrada difícil.

Anya notou a extrema frieza de Jessica e imediatamente se encheu de medo e sentiu um leve tremor. Ela fora boba de pensar que tudo aconteceria suavemente; havia obviamente uma enorme animosidade entre elas. Ela ficara consciente daquilo no almoço do dia anterior, quando Maria e Alexa partiram uma para cima da outra tão ferozmente, ambas parecendo magoadas, zangadas e prontas a continuar ignorando uma à outra.

– Jessica, sente-se – disse Anya, e, seguindo seu próprio conselho, ela se sentou no sofá.

Jessica fez como ela pediu, olhou em torno e então disse num tom mais suave:

– Eu havia esquecido quanto essa biblioteca é adorável, Anya! É tão charmosa a forma como você a redecorou!

– E eu devo dizer quanto estou orgulhosa de *você*, Jessica, e de seu trabalho. As casas e os apartamentos que você decorou são simplesmente maravilhosos. Eu adorei vê-los nas revistas ao longo dos anos. Parabéns, minha querida.

– Obrigada, Anya. Tudo o que sei aprendi em sua escola.

– A escola não pode ensinar a ninguém bom gosto e estilo, sabe, e você tem um senso inerente de estilo, um enorme bom gosto, Jessica, eu sempre disse isso a você.

– Sim, você disse, e ajudou a tornar meus sonhos realidade profissionalmente. Você e os outros professores foram simplesmente extraordinários. Sou tão sortuda, tenho o melhor treinamento do mundo e o que me mantém em grande posição é meu conhecimento de história, inglês, francês e móveis europeus ao longo dos séculos, tecidos antigos e arquitetura clássica. Você me ensinou muito, Anya.

– Obrigada novamente por essas palavras gentis. – Anya se recostou novamente sobre as almofadas e perguntou:

– Você está em Paris sozinha, Jessica?

– Estou sim.

– Sei. A razão da pergunta é que pensei que poderia querer trazer alguém com você para a festa, ser acompanhada por um amigo. E se esse *for* o caso, farei com que Nicky mande a ele um convite.

Jessica pestanejou e suas sobrancelhas se juntaram, então ela assentiu de jeito positivo, seu rosto suavizando.

– Acho que eu *gostaria* de trazer um amigo, ter uma companhia nessa noite. Acontece que um de meus clientes está em Paris. Seu nome é Mark Sylvester e ele é um produtor de cinema de Hollywood. Mas ele está trabalhando num filme, filmando aqui e em Londres. Ele me disse outro dia que estará indo e vindo entre as duas cidades durante o próximo mês, mais ou menos. Tenho certeza de que ele adoraria vir.

– Estou deliciada. Posso perguntar onde ele está hospedado, querida?

– No Plaza Athénée, e vou dizer a ele para esperar o convite. Muito obrigada por ser tão atenciosa, Anya.

Subitamente, Maria chegava deslizando, com uma aparência estonteante, lindamente vestida numa saia preta comprida e jaqueta moldada, longa e lisa, em conjunto. Ela a emagrecia ainda mais e, sob o casaco, usava uma blusa de seda preta decotada. Seu pescoço esguio estava ornado com um colar de ouro composto de medalhões antigos, e ela usava brincos combinando. Seus sapatos pretos tinham saltos muito altos e ela realmente parecia elegante naquela manhã, pensou Anya.

Mas, quando Maria viu Jessica sentada numa cadeira próxima à lareira, parou repentinamente, parecendo hesitante. Maria parecia incerta sobre se entrava ou não no aposento.

Anya, detectando logo isso, ficou de pé e correu até ela, abraçando-a.

– Você está maravilhosa – disse ela, querendo imbuir confiança nela. – Aqui estão Jessica e Alexa, e estamos apenas esperando por Kay.

As palavras mal haviam saído da boca de Anya quando Kay chegou do pórtico frontal, exclamando:

– Nossa, Anya, estou atrasada? Sinto muito.

Virando-se, Anya sorriu para Kay e sacudiu a cabeça.

– Não, você não está nem um pouco atrasada. Mas agora que você está aqui, querida, eu gostaria de ir direto aos negócios. – Acompanhando Maria e Kay para dentro do aposento, Anya continuou: – O negócio é resolver os problemas de vocês, umas com as outras.

Anya lançou a Alexa um olhar cúmplice enquanto retornava para seu assento no sofá.

Entendendo exatamente o que era esperado dela, Alexa se levantou, andou até a lareira e ficou em frente a ela. Olhou para Maria e Kay, a quem não havia cumprimentado ainda, e disse:

– Oi, Maria, oi, Kay.

As duas a cumprimentaram, embora nenhuma parecesse muito amigável.

Alexa disse:

– Anya me pediu que falasse com vocês sobre nossa briga há sete anos, logo antes de nossa formatura. Sua festa de aniversário é no dia 2 de junho e, compreensivelmente, ela não quer nenhum sentimento ruim entre nós nessa ocasião tão especial. Ela pensa que deveríamos resolver nossas diferenças. A fim de fazer isso, acho que todas devemos falar sobre nossos sentimentos, tirar as coisas do peito, para dizer assim.

– Quero o ar limpo – murmurou Anya, e se recostou nas almofadas, esperando que elas estivessem reconciliadas na hora em que as levasse para almoçar.

Alexa desabotoou a jaqueta de seu terno preto, enfiou as mãos nos bolsos e prosseguiu:

– Ontem Maria e eu começamos a resolver nossas diferenças, então vou deixar Maria explicar como ela e eu brigamos. Então talvez Jessica possa continuar.

Maria estava totalmente embaraçada e parecia estar surpresa quando se sentou ereta na cadeira e olhou em torno para todas. Depois de um instante ela limpou a garganta e disse, hesitante:

– Alexa *me* culpou ontem. Ela disse que eu contei a Jessica mentiras sobre ela. Mas isso não está correto...

– Sim, está! – cortou Alexa enfaticamente, e então voltou atrás: – Desculpe interrompê-la, Maria. Por favor, continue.

Olhando para Jessica, Maria disse:

– Eu não contei nenhuma mentira a você. De verdade, não contei. Eu disse a você o que achava ser a verdade... que Alexa estava flertando com Ricardo Martinelli, meu namorado na época, e que ela estava tentando roubá-lo de mim.

Alexa teve de engolir outra exclamação, dessa vez de negação. Ela estava furiosa com Maria novamente. Ela se forçou a ficar calma, apertando as mãos nos bolsos de suas calças.

Jessica estava concordando:

– Sim, eu me lembro disso. Você explicou que estava preocupada que Ricardo se envolvesse com Alexa. Por causa do comportamento *dela*. Que você achava que ela estava dando em cima dele. Você chorou muito. E, sim, eu *realmente* acreditei em você. – Jessica olhou para Alexa. – E fiquei do lado de Maria, não há dúvida sobre isso.

– Mas não era verdade! – protestou Alexa. – E você não acha que me devia o benefício da dúvida, mais uma chance de me defender? Você me condenou sem julgamento, para dizer assim.

Jessica mordeu o lábio.

– Acho que é verdade. – Ela estreitou os olhos e uma expressão pensativa cruzou seu rosto. – Mas eu realmente a vi flertando com Ricardo na festa que a mãe de Angelique deu. Você estava se jogando para cima dele enquanto dançavam, agarrando-se a ele. Foi isso que confirmou tudo para mim.

Alexa sentiu as cores queimarem em seu rosto e gritou:

– Eu *estava* dançando com ele e muito intimamente, suponho. Admito isso. Mas estávamos *apenas* dançando. E eu não estava flertando com ele. *Ele* estava flertando comigo. Ele tinha uma tendência a fazer isso, como você bem sabe, Jessica. E *você* também sabe disso, Maria. – Alexa lançou a Kay um olhar muito direto e acrescentou: – Eu vi Ricardo Martinelli flertando com *você*, Kay, no domingo à noite em que todas fomos tomar um café no Deux Magots. Depois de seu jantar de aniversário.

Kay suspirou:

– Sim, isso é verdade, Alexa. – Kay se virou para Maria. – Ele realmente me paquerou. E paquerava todo mundo, se você quer a verdade absoluta. Ricardo não conseguia se segurar. Ele estava a fim de todas nós. Eu não estava interessada nele de qualquer forma, e com toda a honestidade não acho que Alexa estivesse também. Tenho de ficar do lado dela nisso.

– Escute, Maria – gritou Alexa. – Você estava ficando gorda e sabia disso, e você era muito problemática. Nem um pouco feliz consigo mesma ou com seu relacionamento com Ricardo. Então você imaginou essa história de eu estar tentando roubá-lo, quando todo o tempo *ele* tinha culpa, não eu. Você não conseguiu se segurar, suponho. Mas você se comportou muito mal. Você descontou em mim e isso não foi justo.

– Eu não...

– Sim, você fez isso! Você foi correndo para Jessica, porque tinha ciúme de nossa amizade, e fez com que ela se virasse contra mim, que terminasse *nossa* amizade.

Maria estava abalada e olhou boquiaberta para Alexa. Mas não disse nada.

– *Por quê?* – prosseguiu Alexa. – Por que você não foi falar comigo? Resolver comigo, pelo amor de Deus! Você foi realmente vil, e realmente me magoou. Eu fiquei arrasada ao perder a amizade de Jessica.

Maria parecia prestes a cair em lágrimas, e não respondeu. Ela lançou a Jessica um olhar que pedia ajuda e disse numa voz queixosa:

– Eu sei que acusei Alexa, Jess, mas eu *realmente* acreditava que ela estivesse tentando roubar Ricardo de mim, e eu estava muito apaixonada por ele. Agora percebo que acusá-la foi um erro, e eu pedi desculpas a Alexa, ontem. Eu disse que sentia muito, e digo isso agora para você também.

– Maria *tinha* ciúme de nossa amizade – disse Alexa a Jessica, olhando duramente para ela.

Jessica exclamou:

– Oh, eu não sei nada sobre isso...

Maria a interrompeu, admitindo:

– Eu acho que tinha ciúme... não, talvez essa seja a palavra errada. Acho que eu tinha inveja do relacionamento de vocês. Vocês pareciam ter muito em comum. Riam muito. Das mesmas coisas. Às vezes eu me sentia deixada de lado...

– Mas nós duas somos americanas! – gritou Jessica. – Claro que tínhamos muito em comum... como crescer com os mesmos valores no mesmo país, por exemplo. E gostar dos mesmos filmes, músicas e livros... e hambúrgueres e cachorros-quentes, e Dr. Pepper e bananas-split... e as mesmas roupas e maquiagem... bem, a lista é interminável, Maria. Mas eu realmente nunca pensei que estivéssemos excluindo você. Ou Kay.

– Mas vocês estavam! – berrou Kay, sua voz súbita e inesperadamente estridente. – E vocês fizeram muito isso.

– Vamos continuar falando de Maria e Jessica – ordenou Alexa firmemente, dando a Kay um olhar de advertência.

Jessica sacudiu a cabeça, suspirando:

– Minha nossa! Acho que fiz a coisa errada há sete anos, Alexa. Ouvi Maria, uma Maria muito chorosa, devo acrescentar, e formei minha opinião. Julguei errado, como se revela agora. Acho que deveria ter falado com você.

– Sim, você deveria, mas você não quis – repreendeu Alexa. – Você estava tomada pelo desaparecimento de Lucien. Eu percebi isso e reconheço agora. Entretanto, você não foi justa comigo. O fato de você ter sérios problemas pessoais não deveria tê-la impedido de ser correta e franca comigo. Você simplesmente parou de falar comigo...

– Parei, sim, e isso foi errado. Minha única desculpa é que eu *estava* extremamente abalada com o desaparecimento de Lucien, arrasada. E eu gostaria de lembrar que você não foi muito prestativa ou simpática na época. – Ela lançou a Alexa um olhar duro. – Eu esperava mais de você, de todas as pessoas, naquelas circunstâncias.

– Você esperava simpatia, e eu dei isso a você! Mas você não foi receptiva. E você não tornou isso fácil. Você estava muito ocupada me *condenando* por ser uma ladra de homens, como você disse, e então você nunca nem mesmo escutou meu tom de voz simpático. Ou minhas ofertas de ajudar você de qualquer forma que pudesse. Você não quis minha ajuda, apenas a de Alain Bonnal.

Jessica se recostou; seu rosto ficara pálido sob o bronzeado. Ela parecia subitamente exausta e seus olhos se encheram de lágrimas.

– Acho que você pode ter razão – admitiu finalmente.

Alexa assentiu e depois olhou para Maria e disse:

– E obrigada, Maria, por ser honesta ontem e novamente hoje.

– Sim, isso certamente ajuda a clarear o ar – disse Anya. – E você, Kay? Tem algo a acrescentar a isso?

– Eu... bem, não sei. Acho que não.

– Por que não? – perguntou Jessica um pouco rispidamente, erguendo-se na cadeira, limpando com determinação as lágrimas. Ela olhou para Kay, que estava sentada em frente a ela. – Você certamente tinha muito o que dizer sobre *nós* quando estávamos na escola aqui, e normalmente era nas nossas costas! Você fofocava sobre nós.

– Claro que não! – gritou Kay, sua voz uma vez mais crescendo uma oitava ou duas. Esforçando-se para controlar sua raiva, lembrando-se de que agora era lady Andrews, respirou várias vezes profundamente, tentando manter a dignidade. Então disse:

– Nunca falei sobre nenhuma de vocês pelas costas.

– Você é uma *mentirosa*, Kay. Você falou mal de nós, de mim, Alexa e Maria – acusou Jessica numa voz gelada.

– Como você ousa me chamar de mentirosa! – Kay olhou para Alexa. – *Ela* está mentindo. Não eu.

Jessica fez menção de se levantar, depois se sentou novamente na cadeira.

– Você falava de nós. Fui informada de tudo o que você disse, e por uma fonte muito boa. Você disse que Alexa era superior e esnobe, que ela estava sempre humilhando você. Que Maria era uma *rica* esnobe e tratava você como uma empregada, e que eu era uma bela senhora do Sul, para sempre zombando de você, provocando você, pondo você para baixo. Você nos chamava de As Três Cadelas. Não muito gentil, lady Andrews.

Um fluxo vermelho brilhante subiu do pescoço pálido de Kay para cobrir seu rosto; ela segurou as lágrimas que subitamente encheram seus olhos. Sua mão subiu até sua garganta e então um momento depois ela remexeu em sua bolsa em busca de um lenço.

Querendo dar a Kay um ou dois momentos para se recompor, Alexa se virou para Jessica e disse:

– Se você quer a verdade sobre como *eu* me senti, fiquei arrasada, Jessica. Sua amizade era muito importante para mim. Nós éramos duas americanas sozinhas em Paris e nos unimos desde o início, e então um dia você simplesmente me jogou fora sem uma explicação apropriada. E todo o tempo eu pensava que tínhamos uma amizade tão significativa!

Jessica olhou para ela, não disse nada, simplesmente girou o bracelete de ouro em seu pulso. Seus olhos ficaram subitamente angustiados. Ela sabia profundamente dentro de si que havia errado com Alexa, e estava muito chateada. Ela ouvira Maria e agira estupidamente, sem pensar a respeito. Que tola tinha sido!

– Eu me senti verdadeiramente traída – murmurou Alexa, suspirando. – Espero que você compreenda isso agora.

– Eu entendo. Eu... – hesitou Jessica um instante, respirando profundamente. – Sinto muitíssimo. Não tenho desculpas. Exceto dizer que eu estava louca na época, fora de mim de preocupação por causa do desaparecimento de Lucien Girard.

– Eu sei. E eu *realmente* tentei ajudar. Você simplesmente não quis me ouvir, suponho, por causa da história de Maria, e talvez porque tivesse um pouco de ciúme de mim.

– Eu? Ciúme de você? Ora, Alexa. Não sou do tipo ciumento – respondeu Jessica com raiva, mexendo-se na cadeira, furiosa.

– É verdade, de certa maneira. Mas você tinha ciúme de meu sucesso na escola, e de meu relacionamento com Anya – disse Alexa muito suavemente, sua raiva agora subitamente dissipada.

Anya se sentou em alerta, apertada por dentro, seus olhos passeando pelas quatro mulheres, estudando-as. Ela ficou em silêncio absoluto e se sentiu subitamente arrependida por ter tido alunas favoritas em épocas diferentes do passado.

– Não acredito nisso – exclamou Jessica. – Alexa, como você pode dizer uma coisa tão estúpida?

– Não é estúpida. É a verdade. Você e eu assistíamos a muitas aulas juntas, e eu soube que você tinha ciúme e inveja porque eu recebia muitos louvores e ganhava a maioria dos prêmios. Mas você foi boba de ser ciumenta. Eu era uma designer de cenários, não uma designer de interiores... não é a mesma coisa. E você era a mais brilhante designer de interiores da classe, muito superior a qualquer outro aluno. Eu sabia que você seria um grande sucesso.

Subitamente o rosto de Jessica passou por uma mudança, sua raiva agora substituída por uma expressão desgostosa. Depois de um ou dois instantes de reflexão, ela admitiu em voz baixa e vazia:

– Talvez eu *sentisse ciúme*... sim, isso é *verdade*. Eu... sinto muito, Alexa. Eu devo a você um pedido de desculpas.

– Aceito suas desculpas. – Alexa olhou para Maria. – E aceito as suas também. Agora, Kay, vamos escutar você.

O rosto branco de Kay parecia duro contra seu vestido e casaco pretos, e ela sacudiu a cabeça, momentaneamente incapaz de dizer uma palavra.

Houve alguns instantes de silêncio na biblioteca. Nenhuma das mulheres falou. Anya olhava de uma para a outra, subitamente preocupada com Kay. Ela parecia prestes a desmaiar.

E então Kay finalmente falou, quebrando o silêncio:

– É verdade que eu realmente guardei no coração alguns ressentimentos contra todas vocês. Nós fomos muito próximas e felizes juntas durante três anos, e então, alguns meses antes da formatura, vocês todas mudaram em relação a mim. Eu realmente não entendi. Eu pensei que vocês não gostassem mais de mim porque eu não tinha a educação de vocês, seu passado familiar. Todas vocês me desprezaram.

Alexa olhou firme para ela, franzindo a testa, totalmente confusa.

– Mas nós não desprezamos você, e certamente não achamos que você fosse diferente do que éramos. Achamos, Jessica?

– Não.

– Achamos, Maria?

– Não, Alexa, não mesmo.

– Mas eu senti a mudança em vocês – protestou Kay.

– Acho que mudamos pelas razões que acabamos de discutir – disse Alexa. – Os problemas eram entre mim, Maria e Jessica. – Ela deixou escapar um pequeno suspiro. – Infelizmente, você imaginou que havíamos mudado em relação a você, mas não mudamos. *Honestamente.*

– Nunca soubemos muito sobre você ou o seu passado, Kay – arriscou Maria. Ela sorriu para Kay, tendo agora recobrado o equilíbrio. – Você nunca confidenciou nada. Mas você tinha belas roupas, dinheiro suficiente, um ar de boa educação. Nós não pensávamos em você como diferente.

Kay ficou em silêncio.

– Veja, se eu alguma vez desprezei você de qualquer forma – disse Jessica –, então sinto muito. Eu realmente peço desculpas, Kay. Mas não acredito que tenha feito isso.

– Concordo com Jessica e com Maria. – Alexa sacudiu a cabeça. – Nós nunca pensamos que você fosse diferente, pior do que nós. Estávamos simplesmente envolvidas com nossos próprios problemas, como acabei de dizer. – Ela deu a Kay um largo sorriso e concluiu: – Nós sempre pensamos em você como uma de nós.

– Mas eu não era – disse Kay vagarosamente. – *Eu era diferente*. – Ela parou, olhando para Anya.

Anya assentiu, encorajando-a a continuar.

– Eu era uma garota pobre de um subúrbio de Glasgow – confessou Kay numa voz fraca. – Mas minha mãe trabalhou duro para me dar instrução num bom internato na Inglaterra. E então ela me mandou para cá, para a escola de Anya.

– Nós não sabíamos – disse Jessica. – E realmente não teríamos ligado. Nós amávamos *você*, Kay, por seu talento e suas maneiras carinhosas.

Kay assentiu.

– Sinto muito – disse ela em tom arrependido. – Mas eu fiquei muito magoada naquele momento. Achei que vocês tinham me cortado, foi por isso que eu disse as coisas que disse. – Ela procurou novamente o lenço e enxugou os olhos.

As quatro ficaram sentadas silenciosamente, sem dizer nada umas às outras, cada qual perdida em seus próprios pensamentos por alguns minutos.

Anya escutara suas palavras muito atentamente, e entendeu que Alexa havia contado a verdade. Tudo havia começado com Maria, mas Jessica não havia ajudado na situação. De certa forma, Alexa fora uma vítima do ciúme e do pensamento confuso de Maria, e da prontidão de Jessica em condená-la. Com Kay, ela havia deixado sua insegurança e a sensação de inferioridade tirarem o melhor dela. Que perda de uma verdadeira amizade, pensou ela, cheia de uma aflição dolorida! Que perda daqueles anos em que poderiam ter dado uma à outra apoio moral, as ajudado de outras formas! Que pena que elas não tenham sido capazes de se comunicar melhor, mais explicitamente, quando estavam na escola!

Alexa interrompeu seus pensamentos quando disse:

– Vamos enterrar esse... *lixo*! Sete anos se passaram. Todas nós crescemos. Somos saudáveis, bem-sucedidas e, sim, somos mulheres verdadeiramente sortudas. Vamos... ser amigas novamente.

Alexa ofereceu a mão a Maria, que a pegou e se juntou a ela perto da lareira. Jessica então ficou de pé e foi até elas. As três colocaram os braços em torno das outras e olharam para Kay.

– Venha! – exclamou Jessica, sorrindo para ela. – Torne o quarteto completo novamente.

Kay se levantou e correu para os braços delas. As quatro ficaram ali num aconchego, sorrindo um pouco, chorando. Então, quebrando o círculo que haviam feito, Jessica disse:

– Estamos esquecendo uma... venha, Anya. Você pertence a este lugar conosco. O que seria de nós sem você?

Anya as levou para almoçar no Le Grand Véfour.

A entrada do antigo restaurante, datando de antes da Revolução Francesa, ficava situada no pórtico do Palais-Royal, e era um local histórico.

Agora as cinco se sentavam em uma das melhores mesas, bebendo champanhe, cercadas pela decoração especial, dos séculos XVIII e XIX.

Banquetas de veludo vermelho eram equilibradas por cadeiras diretório, de linhas claras e simples, em preto e dourado, e um tapete ricamente padronizado preto e dourado, também no estilo. Espelhos antigos riscados em velhas molduras douradas estavam pregados ao teto e a algumas paredes; em outras paredes havia pinturas neoclássicas, que retratavam ninfas entretidas com flores e vinho, protegidas por vidro.

– Que local fabuloso é este – disse Jessica, os olhos penetrantes captando cada detalhe da decoração. – Eu adoro as pinturas, elas parecem ter vindo da Roma antiga.

– Notei uma placa de bronze em uma das banquetas com o nome de Victor Hugo – disse Alexa. – E outra com o nome de Colette. Ela deve ter sido uma cliente assídua também.

Anya assentiu.

– Muitos escritores vinham aqui, e também políticos. Bem, até Napoleão costumava trazer Josefina aqui para jantar.

– *Mesmo?* – exclamou Kay, os ouvidos atentos. – Não me dei conta de que o lugar era tão antigo.

– Ah, sim, ele data de 1784, mas naquela época era chamado de Café de Chartres. De qualquer forma, devo admitir, nunca me canso de seu charme e elegância refinada – disse Anya. – Ele viveu um tipo de renascimento ultimamente – continuou. – Por muitos e muitos anos pertenceu ao famoso chef Raymond Oliver. Mas ele decidiu vendê-lo em 1984, porque estava ficando muito velho. Ele passou por um período de transição, mas sob a direção de Guy Martin, o novo chef, voltou a ser um dos melhores restaurantes de Paris. Eu sei que vocês vão gostar da comida tanto quanto estão gostando do ambiente.

Olhando para Maria, Anya acrescentou:

– Eles fazem um linguado muito bom, querida, então você não precisa se preocupar com sua dieta.

– Você tem sempre tanta consideração, Anya – respondeu ela, tomando um gole de sua água mineral.

Anya se absorveu numa conversa com Maria sobre as pinturas dela, e as duas ficaram muito rapidamente entretidas.

Kay falou com Jessica e Alexa sobre os locais que havia encontrado para sua butique, e então perguntou a Jessica se ela viria vê-los até o fim da semana.

– Talvez você se interesse em decorar a butique para mim – explicou ela.

Logo o maître estava perto da mesa, falando-lhes sobre as especialidades da casa e distribuindo os menus. Depois de estudá-los por um tempo, todas escolheram o linguado, exceto Anya, que decidira se mimar.

– Vou pedir o pombo recheado com *foie gras* – anunciou ela com um largo sorriso. – E ninguém vai fazer com que me sinta culpada.

Foi um almoço caloroso e feliz. Todas as mulheres estavam à vontade umas com as outras novamente; enquanto Anya as estudava de tempos em tempos, ela se deu conta de que a briga poderia nunca ter acontecido. Elas eram tão doces e amáveis umas com as outras como sempre haviam sido nos primeiros anos da escola. E isso a deixava satisfeita... era o melhor presente de aniversário que poderia ter.

Antes que se dessem conta, o almoço terminou e elas estavam saindo para a rua. Alexa começou a ralhar com Anya, reclamando que ela não deveria ter assinado a conta, que elas queriam tê-la levado para almoçar.

– Deveria ter sido nosso convite – insistiu ela.

– Não seja boba, querida. O prazer foi meu de ter vocês todas juntas novamente, e tão *tranquilas* também. Estou muito feliz pelo fato de a briga ter ficado para trás.

Enquanto esperavam pelo motorista com o carro de Anya, Alexa levou Jessica para debaixo dos arcos por um momento e disse a ela suavemente:

– Preciso falar com você sobre algo realmente importante, Jessica. Você pode me dedicar meia hora?

Jessica olhou para ela rapidamente, então assentiu, olhando para o relógio.

– Vamos encontrar um táxi. Podemos falar a caminho da Bonnal Gallery. Tenho um encontro lá com Alain, sobre uma pintura para um cliente.

Alexa a estava olhando com atenção.

Jessica franziu a testa.

– Você se lembra dele, não lembra? Era amigo de Lucien.

– Ah, sim, lembro-me dele – respondeu Alexa.

30

Uma semana depois, bem cedo numa manhã quente de sábado, eles partiram de carro para o vale do Loire.

Tom estava ao volante do grande Mercedes sedã vinho, com Mark Sylvester sentado ao lado dele. Nos bancos de trás estavam Alexa, Jessica e Alain Bonnal.

Tom olhou ao redor quando finalmente saíram dos arredores de Paris e foram em direção à rodovia principal, que os levaria a Orléans.

Embora fizesse um tempo agradável, o sol estava escondido por nuvens negras que flutuavam no horizonte; elas pareciam ameaçadoras, indicando um aguaceiro iminente. Tom esperava que não chovesse, querendo chegar rapidamente à casa de seus pais, perto de Tours.

Assim que chegassem, planejavam descansar e tomar o café da manhã antes de irem em direção a Montcresse, o castelo que era o lar da família de Jean Beauvais-Cresse. Apenas Tom, as duas e Alain iriam lá; isso havia sido decidido no jantar da noite anterior, quando os cinco haviam ido ao Le Relais-Plaza. Haviam combinado que Mark ficaria com os pais de Tom. Assim que o encontro com Jean tivesse acontecido, os outros quatro voltariam para almoçar, e então se dirigiriam a Paris no fim da tarde.

Porque era tão cedo, parecia a Tom que ninguém queria falar, e talvez fosse melhor que não o fizessem, decidiu ele. Ele colocou um disco no CD player do painel e baixou o volume. Logo o carro foi invadido pelas trilhas sonoras de grandes filmes de Hollywood, e era um som tranquilo, que não incomodava ninguém.

Os olhos de Jessica estavam fechados, mas ela não cochilava. Estava bem acordada, simplesmente fingindo dormir, a fim de mergulhar em seus muitos pensamentos.

Ela ficara determinada a ir ver esse homem no Loire que se parecia tanto com Lucien, mas agora se sentia um tanto enjoada com aquilo.

Por outro lado, Alain estava com eles, e isso ajudava. De fato, ele insistira em acompanhá-los, e ela sentiu que devia isso a ele. Afinal de contas, ele a havia ajudado muito quando Lucien desaparecera. Além disso, Alain conhecia Lucien tão bem quanto ela, e se ela ficasse incerta sobre a verdadeira identidade do homem, teria a quem recorrer para uma avaliação correta.

Poderia ser Lucien? Estaria ele vivo, bem e vivendo no Loire? Talvez. Certamente ela tivera às vezes uma estranha sensação de que Lucien estava vivo em algum lugar longe dali. Ela dissera isso a Alain no dia em que almoçaram juntos no Chez André, quando ela chegara a Paris. Naquele dia tivera certeza de que Alain não sabia mais do que ela, e ele havia provado aquilo novamente, quando ela fora à Bonnal Gallery na última segunda-feira.

No táxi do Le Grande Véfour, Alexa contara a ela sobre o álbum de fotografias, a reação de Tom com a fotografia dela e Lucien na beira da Pont des Arts. E embora ela tivesse ficado momentaneamente surpresa, não fora um choque tão grande. Em certo sentido, ela havia quase esperado ouvir algo assim ao longo dos anos. Além do mais, Mark colocara a pulga atrás de sua orelha em fevereiro, quando sugerira que Lucien poderia ter sumido de propósito.

Alain havia desprezado aquilo durante o almoço, e depois novamente na galeria, quando Alexa contara a ele sobre Jean Beauvais-Cresse. Ficou claro que ele nunca ouvira falar do homem, que ele não o conhecia, e ele foi bastante crédulo quando Alexa disse que Jean podia ser Lucien. Mas, quando ele ouviu que estavam planejando uma viagem ao Loire, implorara para ser incluído, e Jessica concordara, sabendo que devia isso a ele, por causa do passado e de sua amizade por ela.

O passado, pensou ela agora. Há sete anos. Eu tinha 24 anos e era tão inocente naquela época, ainda mais ingênua quando conheci Lucien, aos 22 anos, apenas uma garota do interior do Texas. Mas Lucien não havia sido excessivamente sofisticado, era simplesmente um jovem de boa aparência e agradável, que adorava o ofício de ator. Ele tinha um grande gosto pela vida e eles combinavam muito. E ele a fizera sentir-se bem consigo mesma, o relacionamento deles, a vida em geral e o futuro que planejaram... Califórnia, aqui vamos nós! Eles costumavam dizer, em uníssono. Aquilo havia sido o objetivo deles. Um trabalho de design de interiores para ela, filmes de Hollywood para ele...

Alexa fora maravilhosa com ela na última segunda-feira, tão doce e compassiva, compreendendo seu súbito dilema: ir e confrontar esse homem, ou não ir. Alexa fora muito determinada, havia optado por ir até lá, apontando que ela na verdade não tinha alternativa. Jessica finalmente vira o sentido de fazer a viagem.

Ela queria — não, ela precisava — fechar esse capítulo em sua vida... podia fazer isso apenas indo ao Château Montcresse. Se o homem que vivia lá com sua esposa e filho não fosse Lucien, então não haveria nenhum dano, e talvez ela pudesse fechar o livro de qualquer maneira.

Mas, se fosse Lucien, então ela finalmente teria as respostas para perguntas muito pertinentes, sendo a mais importante de todas: POR QUÊ?

Ela dissera tudo isso a Mark no dia anterior, antes de terem ido encontrar os outros no Le Relais para jantar. Ele a havia encorajado a fazer a viagem e concordava com ela. Também pedira a ela que o deixasse ir junto.

– Eu me importo com você, Jessica – dissera ele. – E gostaria de estar lá, para o caso de você precisar. Sou seu amigo, você sabe. – Ela sorrira e acariciara o braço dele, e dissera que ficaria aliviada se ele fosse com eles, realmente falando sério.

NÃO MUITO TEMPO depois de ter deixado a rodovia na saída de Tours, Tom rapidamente circundou a cidade, dirigiu até Amboise e pegou uma via secundária que ia para Loches.

– Logo estaremos lá – disse ele, e todos se sentaram eretos, olhando avidamente pelas janelas do carro.

Quinze minutos depois Tom estava diminuindo a velocidade e entrando num caminho atrás de portões de ferro abertos, que davam as boas-vindas. No final de uma pequena estrada ficava uma adorável mansão antiga, típica da região, feita da pedra local do Loire, que era conhecida por ficar branca ao longo dos anos, quanto mais ficava exposta. A mansão parecia clara e elegantemente instalada no meio de um cenário de árvores verde-escuras contra o claro céu azul.

Quando Tom parou e freou à porta, ela se abriu e seu pai veio correndo pelos degraus abaixo.

Depois de abraçar o filho, uma versão mais jovem de si mesmo, Paul Conners abraçou Alexa com grande afeição, e então Tom fez as apresentações de todos.

– Vamos, vamos entrar e tomar o café da manhã – disse Paul, mostrando o caminho pelo saguão frontal circular com piso de terracota e paredes de pedras brancas cheias de tapeçarias antigas.

Christiane Conners, a mãe de Tom, apareceu nesse momento e, após beijar Tom e Alexa, foi apresentada a seus companheiros.

– Talvez vocês queiram se refrescar – disse Christiane, virando-se para Alexa e Jessica e apontando a escadaria, acenando para elas. – E Paul e Tom, vou deixar vocês cuidando de Mark e Alain.

Christiane mostrou o caminho da escadaria curva para o andar de cima e levou as duas para um bonito quarto de hóspedes decorado com tecidos de Jouy azul-claro em toda parte. Ela cobria as paredes, a cama, e estava caindo das janelas como cortinas.

Jessica a notou imediatamente e pensou que o quarto parecia tão fresco e arejado, mas não fez comentários. Estava preocupada, nervosa, agora que haviam chegado à região.

– Você vai encontrar tudo de que precisa aqui, Alexa – disse Christiane, mostrando o quarto e então indicando o banheiro.

– Obrigada, Christiane. – Alexa se virou para Jessica. – Por que você não se instala primeiro, Jess, eu quero falar com a mãe de Tom um instante.

– Obrigada – respondeu Jessica, desaparecendo dentro do banheiro.

Assim que ficaram a sós, Christiane correu para Alexa e a abraçou. Ela sempre gostara dos pais de Tom e sabia que era correspondida. Eles a haviam feito se sentir bem-vinda; sempre foram adoráveis.

Finalmente soltando-a, Christiane olhou para seu rosto e disse suavemente:

– Fiquei tão feliz quando soube que você estava em Paris, *ma petite*, e que você e Tom estavam juntos novamente. – Uma sobrancelha loura belamente arqueada se levantou e ela rapidamente perguntou: – Vocês estão juntos, não estão?

– Sim, estamos – respondeu Alexa. – Era para ficarmos juntos, e acho que Tom sabe disso agora.

– Espero que sim, *chérie*. Você é importante para ele, boa para ele. Eu sei disso... *ah, les hommes*... às vezes eles podem ser... burros. – Ela sacudiu a cabeça. – Mas o que faríamos sem eles?

Quando Jessica saiu do banheiro, Christiane olhou para ela atentamente e disse:

– Tom queria que eu falasse a você sobre Jean Beauvais-Cresse, mas não há muito o que dizer, Jessica.

– Ele é um homem misterioso, de acordo com Tom – respondeu Jessica, sentando-se na cadeira oposta a Christiane enquanto esperavam por Alexa.

– Homem misterioso? – A mãe de Tom repetiu e sacudiu a cabeça. – *Non, non.* – Ela pensou por um instante, antes de continuar: – Penso nele como um *recluso*. Nós não o vemos muito em público. Assim como a esposa dele. Eles se mantêm... reservados.

– Talvez isso seja uma indicação de *algo* peculiar – disse Alexa quando saiu do banheiro. – Pelo menos eu acho isso.

– Espero que logo tenhamos algumas respostas – murmurou Jessica.

Christiane assentiu.

– Vamos descer e tomar um refresco. Tenho certeza de que você está ansiosa para tomar o caminho de Montcresse. – Ela agora se apressou para fora do quarto de visitas azul, e as duas jovens a seguiram.

Apesar de sua preocupação, a designer que havia em Jessica veio à superfície algumas vezes enquanto seguia a mãe de Tom e Alexa escadas abaixo, ao longo do hall e para um aposento circular incomum. Este ficava nos fundos da casa e tinha grandes janelas com vista para os gramados, jardins e um grupo de árvores. Mais além ela podia ver uma nesga do rio.

– Que bonito! – exclamou ela ao olhar em torno, notando a decoração de bom gosto, as belas antiguidades, a disposição dos pratos de porcelana nas paredes.

– Esta é a sala de refeições do verão – explicou Christiane, conduzindo-as na direção da mesa circular no meio do aposento.

Elas se sentaram ao mesmo tempo que Tom, o pai e os outros dois homens entraram na sala.

– Sentem-se onde quiserem – disse Paul. Ele se sentou perto de Alexa, agarrou a mão dela e a acariciou.

Alexa o acariciou de volta, sorrindo para ele. Ela pensou: Como ele é bonito! Tom vai se parecer com ele quando tiver 65 anos. *Eu tenho de ficar com Tom. Sempre. Quero passar a vida toda com ele.*

– Um tostão por seus pensamentos, Alexa – disse Paul.

Ela riu.

– Eu não poderia contá-los a você.

– Então eu vou contar a você – disse ele astuto, com um pequeno sorriso. Inclinando-se para mais perto, sussurrou em seu ouvido: – Você quer ficar com ele pelo resto da vida.

Alexa encarou Paul Conners, desviando o olhar da luz do sol que entrava pela janela.

– Como você sabe?

– Está escrito em seu rosto, meu doce.

Christiane estava servindo café, e Tom oferecia uma cesta de pães a todos, movimentando-se em torno da mesa vagarosamente.

– Do que você gostaria, Alexa? – perguntou ele quando finalmente parou perto de sua cadeira.

– Você – murmurou ela silenciosamente enquanto levantava os olhos para ele e pegava um croissant.

Tom beijou sua cabeça e não fez comentários.

Paul se concentrou em Alain e disse:

– Tom me explicou que você conheceu Lucien Girard na mesma época que Jessica. Na época em que ele viveu em Paris.

– *Oui, oui* – disse Alain, assentindo.

– E ele era um bom rapaz, então?

– Ah, *bien sûr!* – exclamou Alain. – Um homem de integridade. Acho difícil aceitar essa teoria de que ele... tenha desaparecido de propósito.

– Não seria a primeira vez que um homem faz isso – interveio Mark. – Ou uma mulher, por sinal.

Paul assentiu concordando.

– E há normalmente uma razão muito boa quando isso acontece. Não posso imaginar o que a família dele passou, sem contar o sofrimento de Jessica, claro.

– Ele me disse que era órfão, que os pais haviam morrido – falou Jessica.

– E ele me disse a mesma coisa – acrescentou Alain. – Sem pais, sem irmãos.

– E pelo visto sem passado – lembrou Mark, olhando para Paul, cúmplice.

– Se você tem a intenção de levar uma vida dupla, é sempre melhor manter a história e os detalhes bastante simples. Dessa maneira você não pode cometer muitos erros – respondeu Paul.

– Isso é verdade – murmurou Christiane.

Alexa, estudando a mãe de Tom, pensou em como ela era adorável, na verdade ela sempre o fora. Christiane Conners era uma dessas francesas bem-tratadas que podiam conseguir parecer elegantes de calça e camiseta, que era o que Christiane usava naquela manhã. Ela a admirava por ter a aparência que tinha em sua idade, e estava feliz por a mãe de Tom ser sua aliada.

Jessica estivera escutando a todos, silenciosamente, tomando seu café, sem falar quase nada. Mas assim que achou que todos haviam terminado, ela falou:

– Você acha que podemos ir até lá, Tom? Estou extremamente nervosa e, quanto mais ficar sentada aqui, estarei prolongando a agonia...

Tom e Alexa se levantaram, e Tom disse:

– Claro que podemos ir. – Pegando a mão de Alexa, ele saiu da mesa, dizendo a seus pais que os veria mais tarde. Alain fez o mesmo, depois conduziu Jessica para fora da sala de refeições.

Mark empurrou sua cadeira para trás, pediu desculpas e correu para fora, atrás de Jessica. Ele a pegou nos degraus da frente, segurou seu braço e a trouxe para perto de si. Baixando os olhos para seu rosto, ele disse:

– O que quer que aconteça lá, não importa, na verdade, Jess querida. De uma forma ou de outra, você finalmente terá *um fechamento.*

Jessica tentou sorrir, mas não conseguiu.

– Você está certo, Mark, eu sei disso. Só estou nervosa, enjoada.

Ele a abraçou, segurou-a bem perto de si e disse contra seus cabelos:

– Você vai ficar bem, Jessica. Eu lhe asseguro isso.

31

Tom e Alain se sentaram na frente do Mercedes; Alexa e Jessica tomaram os assentos traseiros. Ninguém falou no caminho para Montcresse, mas em certo momento Alexa estendeu a mão e agarrou a de Jessica, segurando-a firmemente na sua, querendo confortá-la e acalmá-la.

Jessica se sentou muito ereta no banco, segurando a respiração, ansiosa para chegar ao castelo. Ela já estava desejando que o confronto tivesse acabado e que eles estivessem no caminho de volta a Paris. Confronto, disse a si mesma. Quem sabia se haveria mesmo um? Jean Beauvais-Cresse era provavelmente um bom homem, que levava uma vida pacata com sua família, e simplesmente acontecia de ter uma semelhança com Lucien Girard. Um inocente espectador, em outras palavras.

Tom quebrou o silêncio no carro quando disse:

– Aí está Montcresse bem à nossa frente.

Jessica e Alexa se esticaram para ter uma visão melhor. O que elas viram foi um castelo realmente grande, altivo sobre uma colina não muito longe do rio Indre, outro afluente do Loire. Suas paredes de pedras brancas brilhavam na luz do sol da manhã, enquanto as telhas negras e bem-talhadas no topo das torres circulares davam à sólida construção um ar fantástico.

Enquanto Tom subia a colina, Jessica notou a grama bem-cuidada que margeava a estrada de cascalho colorido, e atrás do castelo havia uma densa floresta de árvores grandes e escuras. Mais duas torres circulares com telhas bem-modeladas e torres finas ladeavam a ponte levadiça que levava ao pátio interno.

Tom diminuiu a marcha enquanto dirigia pela ponte levadiça, passou sob o arco e dentro do pátio, indo na direção da porta dianteira.

Jessica sentiu o estômago revirar e por um segundo achou que não conseguiria continuar com aquele encontro. Ela quase disse a Tom que desse meia-volta e partisse; ela olhou para Alexa, abriu a boca para falar, mas as palavras não saíram.

Imediatamente Alexa viu a expressão de ansiedade misturada com medo no rosto pálido de Jessica, e apertou ainda mais a mão dela, murmurando:

– Vai ficar tudo bem.

Ainda incapaz de dizer alguma coisa, Jessica simplesmente assentiu.

Tom estacionou perto dos muros do castelo, a uma pequena distância do grande portão dianteiro. Virando-se no assento, ele disse às duas:

– Algum empregado deve atender à porta, e, nesse caso, eu serei convidado a entrar. Se isso acontecer, esperem cinco minutos e venham procurar por mim. Sua entrada será permitida se disserem que estão comigo.

Agora olhando para Alain, Tom foi em frente:

– Você deve tomar o comando se eu entrar, será mais rápido e fácil para você lidar com qualquer empregado.

– Claro, Tom, não se preocupe – respondeu Alain.

– Mas e se Jean atender à porta? – perguntou Alexa.

– Vou conversar com ele por alguns minutos, então olharei para o carro, acenarei para vocês. Nesse momento vocês devem vir e se juntar a mim... se juntar a nós. Tudo claro?

– Sim – disse Alexa, e Jessica assentiu.

Tom desceu e andou através do pátio, na direção do grande portão de entrada feito de madeira e ornado com tachas. Quando parou, viu que estava entreaberto. Apesar disso, bateu e esperou. Como ninguém apareceu, ele empurrou o portão suavemente, espreitando dentro, e gritou:

– Olá!

Um instante depois um homem idoso de cabelos cinzentos, usando um avental listrado sobre a calça, camisa e colete, subitamente apareceu no hall. Ele carregava uma bandeja de prata e andou até o portão quando viu Tom. Ele inclinou a cabeça.

– *Bonjour, monsieur.*

– *Bonjour. J'aimerais voir Monsieur le Marquis.*

– *Oui, oui, attendez une minute, s'il vous plaît.*

Essas palavras mal haviam saído da boca do homem quando Tom ouviu passos no calçamento e olhou na direção dos estábulos.

Jean Beauvais-Cresse estava vindo em sua direção. Ele usava botas pretas de equitação, calças de montaria brancas e um suéter preto de gola olímpica. Ele levantou a mão em reconhecimento, e um segundo depois os dois homens estavam se cumprimentando e apertando as mãos.

Tom foi em frente:

– Peço desculpas por me intrometer assim, sem telefonar primeiro, mas, enquanto passávamos pelo castelo, meus clientes pediram-me que parasse o carro. Eles ficaram intrigados com Montcresse. Sabe, eles estão fazendo um filme sobre Mary, rainha da Escócia, e planejam filmar no Loire. Estou mostrando a área a eles, pois procuram possíveis locações para o filme...

– *C'est pas possible* – cortou Jean com um sorriso pequeno e pesaroso. – Muitas pessoas quiseram filmar aqui no passado. Mas não funciona. O castelo não é o melhor lugar para rodar um filme, eu acho.

– Sei – respondeu Tom, e, querendo encontrar uma maneira de mantê-lo falando, improvisou: – Mas, e do lado de fora? Há muitas cenas externas, e talvez você pudesse considerar permitir o acesso deles à propriedade.

Inesperadamente, Jean Beauvais-Cresse pareceu hesitar, considerando a ideia. Ao mesmo tempo, ele se moveu, entrou no castelo e ficou olhando Tom do hall.

– Talvez haja um meio de filmar na propriedade – disse ele finalmente.

Tom escutava atentamente, mas, pelo canto dos olhos, viu Alexa, Alain e Jessica saindo do carro e andando até ele. Desejando manter o outro homem totalmente entretido enquanto se aproximavam, Tom se inclinou levemente para a frente e continuou:

– Haveria uma excelente quantia envolvida e a equipe receberia instruções para ser extremamente cuidadosa em sua propriedade. E a empresa produtora também tem seguro, de qualquer forma.

– Entendo. Mas preciso pensar sobre isso... – Jean se interrompeu abruptamente. O choque estava registrado em seu rosto magro e ele havia empalidecido. Como se estivesse abalado, ele balançou um pouco, encostando-se no batente da porta, os olhos claros cheios de surpresa e pânico.

Jessica, que estava de pé bem atrás de Tom, nesse momento deu um passo à frente, olhando Jean. Imediatamente ela o reconheceu, exatamente como ele a havia reconhecido. *Era* ele. Uma versão mais grisalha e mais velha de Lucien Girard. Não havia dúvidas em sua mente.

Tremendo por dentro, e tão abalada quanto Jean estava, ela engoliu com dificuldade.

– Sempre pensei que você devia estar vivo em algum lugar por este mundo afora... – Seus olhos se encheram de lágrimas.

Jean olhou para ela, depois seu olhar se fixou em Alain e finalmente em Alexa. Seus olhos os reconheceram, mas ele não disse nada.

Ele sacudiu a cabeça vagarosamente e dirigiu sua atenção a Tom:

– Sua conversa sobre filmagens me intrigou – murmurou ele. Suspirando pesadamente, ele abriu largamente as portas. – É melhor vocês entrarem – disse ele.

Jessica ainda estava tremendo por dentro e suas pernas pareciam fracas, mas ela conseguiu se manter sob controle enquanto os quatro seguiam Jean pelo grande saguão de pedra. Era imponente, cheio de tapeçarias escuras e cabeças de veados; um enorme candelabro pendia do teto alto. Seus passos ecoavam no chão de pedra.

Ele os conduziu por três degraus para um aposento grande e espaçoso com janelas francesas que se abriam para um terraço. Jessica não prestou muita atenção, apenas notou vagamente as peças de madeira escura, os tecidos desbotados, o tapete Aubusson antigo e usado. Havia um ar de elegância decadente ali.

Jean parou no centro do aposento e acenou com a mão para um grupo de cadeiras e sofás.

– Por favor – murmurou. Ele não se sentou, mas se moveu para mais longe e ficou de pé próximo à lareira de pedra.

Assim que os outros estavam sentados, ele olhou para Tom e perguntou:

– Nós há muito tempo não nos conhecemos em Paris?

– Não.

– Como você... fez a conexão?

– Minha namorada, Alexa, tem uma fotografia de Jessica com você. Quando mencionei seu nome, ela disse que o homem na foto se chamava Lucien Girard. Então ela me contou a história... do seu desaparecimento.

– Sei. – Ele se apoiou em um pé e depois no outro, pestanejando várias vezes.

Incapaz de se segurar por mais tempo, Jessica se inclinou para a frente e perguntou numa voz sufocada:

– *Por quê?* Por que você fez isso? Sumir daquela maneira, sem deixar pistas?

Ele não respondeu.

Ninguém mais falou. O aposento estava muito quieto.

Do lado de fora, um vento leve soprava por entre as árvores, e a distância um pássaro cantou. Pelas janelas francesas abertas o cheiro de rosas e outras flores flutuou para dentro, enchendo o ar de doçura. Havia uma sensação de tranquilidade na grande e estreita biblioteca, um ar de eternidade, de nobreza.

Mas as emoções estavam alteradas.

Jessica exclamou:

– Acho que você me deve uma explicação! E a Alain. Nós tentamos tanto encontrar você, e, quando não conseguimos, pensamos que estivesse morto. Nós ficamos de luto por você! – Ela sacudiu a cabeça e as lágrimas encheram seus olhos. – Acho que estou de luto por você até este exato instante. – Sua voz falhou e ela não conseguiu continuar.

– Acho que você deveria contar a Jessica por que desapareceu, Lucien. Você deve isso a ela, se não a mim – interferiu Alain.

– Sim, é verdade. Eu realmente devo a vocês dois uma explicação. – Ele se sentou numa cadeira junto à lareira e respirou profundamente.

Depois de um instante, ele olhou para Jessica e vagarosamente começou a falar:

– Eu disse que estava indo a Monte Carlo para trabalhar porque não podia contar a verdade a você, Jessica.

– E qual era a verdade? – perguntou ela, ainda em lágrimas.

– Que eu não era realmente Lucien Girard. Esse nome era falso... eu era, eu sou, Jean de Beauvais-Cresse. Mas há 12 anos deixei esta casa e fui viver e trabalhar em Paris, depois de uma briga séria com meu pai. Ele desaprovava meu desejo de ser ator e lavou as mãos a meu respeito. De qualquer forma, meu irmão mais velho, Philippe, era o seu favorito, e, claro, o herdeiro do título e das terras. Há sete anos, logo antes de sua formatura, Philippe morreu tragicamente num acidente. Estava em um avião particular, indo para a Córsega, para encontrar sua noiva e a família dela, quando o avião caiu durante uma tempestade. Todos a bordo morreram.

"Quando recebeu a notícia terrível da morte de Philippe, meu pai teve um derrame. Minha mãe, que era inválida, me intimou a voltar a Montcresse. Eu era necessário aqui. Tinha um funeral para organizar e outros assuntos para tratar, bem como minha mãe e meu pai para cuidar."

– Mas por que você não me contou? – perguntou Jessica. – Eu poderia ter vindo com você, ajudado você.

– Era muito complicado. Eu não tinha tempo para explicações longas. Precisavam de mim aqui imediatamente. Urgentemente. De qualquer forma, eu acreditei que ficaria aqui no Loire apenas por uma semana, no máximo. – Jean fez uma pausa, reclinou-se na cadeira, respirou profundamente.

Examinando-o cuidadosamente, Jessica pensou que ele parecia ter mais que 35 anos. Seu rosto magro tinha rugas e seus belos cabelos estavam ralos. Ele sempre fora esbelto, mas agora estava realmente magro. Para ela, ele parecia subnutrido e a golpeou o fato de que ele tivesse perdido a boa aparência. E, naturalmente, ele estava muito nervoso. Gotas de suor marcavam o lábio superior e a testa. Não estava muito quente naquele aposento e ela subitamente entendeu a extensão de seu desconforto com eles, com ela em particular.

De sua parte, Jean de Beauvais-Cresse estava plenamente consciente de seu exame detalhado, e hesitou. Seu desconforto era profundo. Vê-la novamente enviara ondas de choque através dele. Ela nunca estivera tão bonita e a atração que sentia por ela era maior que nunca. Ele ainda a amava profundamente. Nunca deixara de amá-la. Ele a amaria até o dia de sua morte. Ela fora, ainda era, o amor de sua vida. Mas não era para ser, não poderia ser. Não mais.

Jean se encheu de arrependimento. Uma profunda sensação de perda tomou conta dele e suas emoções vieram à tona. E ele teve de se sustentar, segurar suas sensações flutuantes. Por um instante horrível ele achou que iria chorar. Respirando profundamente, tentando se manter sob controle com determinação férrea, sem desejar se alquebrar na frente deles, ele se levantou, foi até a lareira mais uma vez e se posicionou.

Limpando a garganta, ele disse:

– Como eu estava dizendo, não achei que ficaria aqui muito tempo. Talvez uma semana. Eu realmente tinha a intenção de contar tudo a você quando voltasse a Paris, Jessica, por favor, acredite nisso.

– E então, o que aconteceu? – perguntou Jessica, a voz ainda tremendo.

– Esperava que pudéssemos continuar como estávamos, construir uma vida juntos. De alguma forma. Mas então outra coisa aconteceu, logo depois do funeral de meu irmão.

Alain, franzindo a testa com atenção, perguntou rapidamente:

– O que aconteceu?

– Fiquei doente. Extremamente doente. Eu andava lutando contra o que achei ser uma gripe. A garganta arranhada, dores, suores noturnos e febre eram os sintomas. Mencionei isso ao médico de meu pai no dia seguinte ao funeral, quando ele veio a Montcresse ver meus pais. Logo ele insistiu em que eu fosse a seu consultório para um exame. – Jean parou, limpou a garganta, pareceu hesitar um pouco antes de continuar.

Os olhos de Jessica estavam fixos em Jean e ela reteve a respiração. Mesmo antes que falasse, ela soube que ele estava prestes a contar algo terrível.

Jean continuou:

– O Dr. Bitoun não gostou do que descobriu. Ele me mandou imediatamente para Orléans, para ver um oncologista, um especialista em câncer. Eu fiz raios X, uma tomografia computadorizada e uma ressonância magnética. O médico também fez uma biópsia de um nódulo sob o meu braço. Os piores medos de todo o mundo se confirmaram quando os resultados dos testes chegaram. Eu tinha doença de Hodgkins.

– Mas você era tão jovem, tinha apenas vinte e poucos anos! – exclamou Jessica, os olhos arregalados com o choque.

– É verdade. Normalmente ela atinge homens jovens com vinte e poucos anos, às vezes até durante a adolescência – respondeu Jean, e continuou a explicar: – A doença de Hodgkins é um câncer do sistema linfático, e assim que fez o diagnóstico o oncologista da clínica de Orléans me hospitalizou e começou a radioterapia. Além de...

– Mas por que você não me chamou? – interrompeu Jessica com raiva. – Eu teria vindo ficar com você imediatamente. Eu amava você.

– Eu também, e amo... – Ele tossiu com a mão na frente da boca antes de dizer: – Eu amava você também, Jessica. E porque amava você, decidi que era melhor... simplesmente desaparecer.

– Mas por quê? – quis saber Jessica. Seus olhos se umedeceram novamente e as lágrimas rolaram por seu rosto. – Eu o amava tanto... com todo o meu coração.

– Eu sei – disse ele numa voz baixa e vacilante. – Entretanto, subitamente me dei conta de que não tinha nada a oferecer a você. Eu achava que iria morrer. Realmente não acreditava que os tratamentos fossem funcionar. Além do mais, eu tinha uma mãe inválida, um pai que sofrera um ataque, e a responsabilidade de tocar a propriedade... se eu sobrevivesse. Parecia... demais para sobrecarregar você na época. Você era muito jovem. E, como acabei de dizer, eu não achava que viveria muito tempo.

– Mas você está vivo – disse Alain, olhando duramente para Jean.

Jean assentiu:

– Estou, sim. Após vários tratamentos torturantes, entrei em remissão depois de cerca de oito meses. Mesmo então, o prognóstico não era encorajador. O oncologista me alertou que o câncer poderia voltar; de fato, ele me levou a acreditar que ele voltaria. – Ele olhou para Jessica. – Casamento não era mais uma possibilidade.

– Mas você *se casou*. E tem um filho – respondeu ela baixinho, doendo por dentro.

– Isso é verdade, sim. Casei-me há três anos. Tinha uma amiga de infância que vivia nas vizinhanças e uma vez que saí do hospital ela veio para Montcresse para me ajudar a lidar com as coisas. Então meu pai morreu subitamente e eu herdei tudo. Minhas responsabilidades aumentaram. Tristemente, minha mãe morreu poucos meses depois de meu pai. Fiquei totalmente devastado. Annick, minha velha e boa amiga, foi meu porto seguro na época. Vagarosamente nos envolvemos, mas eu não tinha planos de me casar.

– Então por que você se casou com ela? – perguntou Jessica. – E não comigo? Eu teria vindo para cá. Eu também poderia ter sido seu apoio.

– Porque, para minha mais profunda surpresa, Annick ficou grávida – respondeu Jean. – Eu não sabia que isso era possível, porque frequentemente um tratamento de câncer torna o homem... estéril. Mas Annick ficou grávida de repente. Eu gostava dela. Ela me amava, queria se casar comigo, e então eu fiz a coisa certa. Também ela ia me dar um herdeiro para o título e as terras, alguém que iria me suceder quando eu morresse. Ela sabia que eu poderia não viver para ver o garoto crescer, mas ela e eu aceitamos isso.

– Quantos anos tem o menino? – disse Alexa, falando pela primeira vez.

Jean olhou para ela, um sorriso fraco flutuando no rosto.

– Três.

– E você está em remissão agora, não está? – perguntou Alain.

– Não. Estou sob tratamento novamente. Quimioterapia dessa vez.

– Sinto muito – respondeu Alain. – Sinto muito que a doença tenha voltado.

Jessica, encarando-o, os olhos ainda molhados, disse suavemente:

– Eu teria entendido tudo isso, eu teria vindo para você, Lucien, eu teria, eu realmente teria. Você era... a minha vida.

Os olhos azul-claros acinzentados de Jean se encheram de lágrimas. Ele abriu a boca para replicar, mas descobriu que não podia dizer nem uma palavra, de tão abalado que estava.

Jessica, sempre tão próxima a ele, sempre tão compreensiva com seus pensamentos e sentimentos, levantou-se e andou ao longo do aposento, o passo firme. Quando ela se adiantou para ele, Jean estendeu os braços para ela.

Quando ela ficou em frente a ele, Jessica viu as lágrimas em suas faces, dor e sofrimento em seus olhos.

Ele não tinha consciência de mais ninguém no aposento a não ser ela. Pegou-a gentilmente e a abraçou. Ela se agarrou a ele, pousando a cabeça em seu peito, sua própria face ensopada de lágrimas. E ela esqueceu qualquer outra pergunta que tinha pensado em fazer a ele. Elas não importavam mais.

Apoiando o rosto na cabeça dela, ele disse em voz baixa:

– Achei que estivesse fazendo a coisa certa. O melhor para você. Talvez eu estivesse errado.

Quando ela não respondeu, Jean murmurou:

– Perdoe-me, Jessica.

– Eu o perdoo – sussurrou contra seu peito. – Eu realmente o perdoo, Lucien. – Ela conteve novas lágrimas, esforçando-se para se recompor. – Sempre vou pensar em você como Lucien, me lembrar de você como ele.

– Eu sei.

Houve um súbito ruído dinâmico, o som de pés correndo, e, quando os dois se separaram, um garotinho entrou impetuosamente na biblioteca através da porta francesa.

– *Papa! Papa! Je suis là!* – gritou ele, e então parou quando viu que havia outras pessoas com seu pai.

Jean andou até ele, pegou sua mão e o levou até Jessica.

– Este é o meu filho... Lucien – disse Jean a ela, olhando profundamente em seus olhos.

Ela olhou de volta para Jean, assentindo, entendendo. Então ela se agachou na frente da criança, tocou sua face suave de bebê com um dedo e sorriu para ele.

– *Bonjour. Je suis Jessica* – disse ela.

O garoto sorriu de volta para ela.

– *Bonjour* – respondeu em sua voz aguda de criança, o pequeno rosto rosado radiante de felicidade e saúde.

Engolindo suas emoções, Jessica ficou de pé, olhou para Alexa e os dois homens.

– Acho que talvez devêssemos ir – disse a eles, e, virando-se para Jean, acrescentou: – Obrigada por explicar... tudo.

– E acredito que você entendeu *tudo*.

– Entendi.

Soltando sua voz, ele disse:

– Então você não se casou, Jessica?

– Não.

Ele suspirou, olhou para ela tristemente.

– *C'est dommage.*

– Está tudo bem.

Jean os acompanhou para fora da biblioteca, uma das mãos no ombro de Jessica, a outra segurando a de seu filho enquanto ele cruzava o hall de pedra para o portão dianteiro. Quando chegaram ao pátio, ele se inclinou para ela e beijou seu rosto.

– *Au revoir*, Jessica. *Bonne chance.*

– Adeus.

Ele inclinou a cabeça.

Ela se afastou dele, na direção do carro. Ouviu os outros se despedindo e se apressando atrás dela. Jessica parou no carro; virando-se, ela olhou para trás.

Ele estava onde ela o havia deixado, perto do portão, segurando a mão do menino. Com a outra ele mandou um beijo para ela, e então acenou. Lucien fez o mesmo.

Ela mandou beijos de volta e acenou para eles, depois entrou no carro, seu coração satisfeito.

Ninguém falou enquanto saíam de carro de Montcresse.

Alexa segurou a mão de Jessica e olhou para ela várias vezes. Mas assim que haviam deixado o castelo para trás, ela finalmente falou:

– Você está bem?

– Ah, sim, estou legal – replicou Jessica numa voz fraca. Limpando a garganta, ela continuou a falar, suavemente: – Agora que sei o que aconteceu com Lucien, posso ficar em paz comigo mesma.

– Foi tão triste! – disse Alexa. – Fiquei com o coração partido por ele.

– Também senti muito por ele – murmurou Alain, virando-se para olhar para elas. – Que pena o câncer ter voltado. Mas talvez... Bem, vamos esperar que ele fique em remissão novamente.

– Honestamente, acho que ele realmente acredita ter feito a escolha certa. Para você, Jessica. Ele achou que a estivesse protegendo – disse Tom.

– Sei que ele achou isso. Mas ele pensou por mim. Isso não é realmente justo. – Jessica deixou escapar um suspiro profundo. – Todos esses anos eu estive apaixonada por uma lembrança. Uma lembrança de Lucien, uma lembrança de meu primeiro amor. Mas *ele* é diferente agora. *Eu* sou diferente agora. Só desejava que ele tivesse acreditado em mim. Acreditado o suficiente em nosso amor para me contar a verdade há sete anos, quando todas essas coisas terríveis estavam acontecendo a ele.

– O que você teria feito? – perguntou Alexa, olhando para ela atentamente.

– Eu teria ido encontrá-lo imediatamente. Não há dúvida em minha mente sobre isso – garantiu Jessica.

– E teria dado certo, você acha? – perguntou Tom.

– Não sei, realmente não sei. Mas estou aliviada porque finalmente o vi novamente. Agora eu posso pelo menos seguir em frente. – Mas parte de mim sempre vai amá-lo, acrescentou Jessica para si mesma enquanto se reclinava no assento e fechava os olhos. E parte de mim sempre vai pertencer a ele, como sei que parte dele pertence a mim. Ele deixou isso muito claro, como deixou bem claro que ainda me ama.

Parte IV
Celebração

32

Kay ficou sentada, olhando-se ao espelho, pensando se precisava apenas de um toque a mais de blush. Parecia-lhe que seu rosto estava mais pálido que o normal, e queria estar com sua melhor aparência naquela noite.

Recostando-se na pequena cadeira, ela agora se examinou a distância, os olhos se estreitando suavemente, a cabeça caída para um lado. Pegando o pincel, delicadamente o passou nas maçãs do rosto e finalmente, satisfeita com o efeito, voltou a atenção para os cabelos. Eles caíam em torno do rosto numa confusão de ondas e cachos; ela passou um pouco mais de mousse com as mãos, penteou a frente e passou um pouco de spray.

– Bem, aí está o melhor que posso fazer – disse ela alto, novamente se olhando no espelho da penteadeira.

– Você está bonita, Kay – disse Ian atrás dela, colocando a mão em seu ombro nu.

– Deus, você me assustou! – exclamou ela, levantando o pescoço para olhar para ele, que se elevava sobre ela.

Sorrindo, ele se curvou para baixo, tocou seu rosto com um dedo, depois girou seus ombros para que ela ficasse novamente se olhando no espelho.

– Feche os olhos – disse ele.

– Por quê?

– Apenas faça o que estou dizendo.

– Tudo bem.

Assim que seus olhos se fecharam, apertados, Ian procurou no bolso de seu robe e puxou um colar. Muito cuidadosamente ele o colocou em torno do pescoço longo e esguio de Kay, fechou-o e depois disse:

– Agora pode abri-los.

Quando Kay fez isso, arfou de surpresa e deleite. Em torno de seu pescoço seu marido havia colocado o mais belo colar de diamantes e topázios que ela já vira. Anéis de diamantes formavam uma gola rendada, e, na frente dos anéis, estavam oito grandes topázios.

– Ian, é maravilhoso! Nunca vi nada assim! – exclamou ela, olhando para ele pelo espelho. – Obrigada, oh!, muito obrigada.

– Fico feliz que você tenha gostado, querida. Apaixonei-me por ele no momento em que o vi, assim como me apaixonei por você. Imediatamente, para ser exato.

Ela riu, e então seus olhos se arregalaram quando ele estendeu a ela uma pequena caixa de veludo negro.

– Isso vai acrescentar o toque final – disse ele.

Novamente ela arfou quando levantou a tampa. Deitados no veludo negro estavam dois brincos de topázio, cada pedra grande circundada por diamantes.

– Ian, como você foi extravagante! – exclamou ela. – Mas eles são tão bonitos! Querido, obrigada!

Um largo sorriso se espalhou pelo rosto dele. Ele sabia que a felicidade, a excitação e o prazer dela eram genuínos, e isso o gratificava. Ele queria dar prazer a ela, fazê-la saber de todas as maneiras possíveis o quanto ele a amava.

– Coloque-os – disse ele.

– É pra já, senhor – respondeu ela, e colocou os brincos, olhando para si mesma. – Eles são simplesmente... *magníficos* – disse ela.

– Como minha bela esposa.

– Novamente obrigada pelo elogio e por essas peças bonitas. Mas não é Natal, nem meu aniversário.

– Não é preciso ser um dia especial para eu dar a você um presente, é?

Ela riu.

– Não. E você é totalmente incorrigível.

– Espero mesmo que seja.

Ele acariciou o ombro dela e então disse:

– Você se lembra de quando fui a Edimburgo naquele sábado em fevereiro? No dia anterior ao aniversário de Fiona?

– Sim, muito bem. Você parecia um tanto misterioso. Ou talvez *vago* seja uma palavra melhor. Certamente você estava bastante silencioso quando voltou.

– Eu sei. E realmente estava misterioso. A razão eram o colar e os brincos.

– Oh! – disse ela, olhando-o pelo espelho.

– Eu havia pedido ao velho Barnes, gerente da Codrington's, a joalheria, que ficasse de olhos abertos para um colar de diamantes. Imagine meu contentamento quando ele me telefonou para dizer que tinha um colar de diamantes e topázios, muito raro, muito antigo, e perguntando se eu gostaria de vê-lo. – Ian fez uma pausa, tocou uma mecha de seus cabelos ruivos. – Você não pode imaginar como esses topázios combinam com eles – disse ele, e continuou: – Eu na verdade fui a Edimburgo para ver o colar, embora realmente precisasse comprar algo para minha irmã.

– E você guardou essas peças todos esses meses?

Ele assentiu.

– Na verdade, Kay, eu ia dá-los a você de Natal, mas subitamente me dei conta de que agora seria tão bom quanto em qualquer hora. Então eu os trouxe comigo na quinta-feira.

Ela assentiu e se levantou, foi até ele, colocou os braços em torno de seu pescoço e o beijou firmemente na boca.

– Você é o marido mais maravilhoso que uma mulher poderia querer!

– Igualmente, minha fofa. – Quando ele falou, desamarrou o cinto do robe dela e o fez deslizar de seus ombros. Ele caiu no chão, uma piscina azul-clara em torno dos pés dela. Ele a segurou longe dele, olhando para ela. – Olhe para você, Kay. Tão bonita.

Tirando seu próprio robe, Ian a trouxe para seus braços, apertou-a firmemente, beijando a curva de seu pescoço, e então seus seios. Levantando a cabeça, ele olhou profundamente em seus olhos e disse:

– Venha para a cama comigo. Prometo que não vou bagunçar seu rosto e seu cabelo.

Ela sorriu iluminadamente.

– Como se eu me importasse! Posso fazer tudo de novo.

– Nós temos tempo – murmurou ele enquanto a puxava para a cama. – Temos até às 18h45 para ir encontrar Tom e Alexa.

Eles se deitaram juntos, caíram nos braços um do outro, suas bocas se encontrando novamente. Kay deixou a língua acariciar os lábios de Ian, e então ela abriu a boca suavemente, sentindo seu gosto, suas línguas se encontrando. Seus beijos se tornaram mais apaixonados, mais intensos, e suas mãos deslizavam por ela delicadamente, tocando, acariciando, explorando. Os dedos dela, longos e finos, foram para os cabelos dele, e então se moveram para baixo, para acariciar suas costas, suas nádegas firmes e musculosas.

Kay o sentiu crescendo contra ela e ela rolou dos braços dele, sobre suas costas, e o puxou para cima dela. Apoiado sobre as mãos, ele olhou para baixo, para seus olhos, e disse suavemente:

– Eu amo você, Kay, com todo o meu coração.

– Oh! Ian, Ian – sussurrou ela, e arqueou o corpo contra o dele. – Eu quero você... eu quero sentir você dentro de mim. Por favor, por favor!

Inclinando-se para ela, ele a beijou suavemente na boca, demoradamente, e então subiu sobre ela, empurrou suas mãos sob as suas nádegas e a trouxe para perto. Ele entrou nela rapidamente enquanto ela gemia; imediatamente os dois entraram num ritmo que tinham tornado próprio havia muito tempo. Enquanto ela movia o corpo contra o dele, respirando fortemente, agarrando-se em seus ombros, ele sentiu como se fosse explodir. Um instante depois, ela deu um espasmo convulsivamente, e ele também, e foram carregados numa onda de paixão crescente, perdidos em seu êxtase mútuo.

Finalmente, quando ainda estavam deitados, sua respiração forte baixando para o normal, Ian se levantou num cotovelo e olhou para ela, movendo uma mecha de cabelo de seu rosto.

– Talvez tenhamos acabado de fazer o bebê que você tanto quer – murmurou ele, um meio sorriso brincando em sua boca grande e generosa. – Mas se não tivermos, não tem problema. Você entende isso agora, querida?

– Sim, entendo. – Ela retribuir o sorriso. – E como o Dr. Boujon me disse, eu tenho de relaxar e temos de continuar tentando. E como ele mencionou, sempre há meios que pode usar para ajudar.

– Isso não será necessário – disse Ian, rindo. – Tenho certeza. Não se esqueça, sou um escocês de sangue puro das montanhas.

Quinze minutos depois, Kay estava novamente sentada à penteadeira, passando uma esponja de maquiagem em seu rosto, acrescentando um pouco mais de pó e blush. Enquanto ela delineava os lábios com um pincel, pensou sobre os últimos cinco dias. Ian chegara a Paris inesperadamente, respondendo a seu convite para juntar-se a ela para a festa de aniversário de Anya naquela noite.

Ele viera alguns dias antes, explicara, porque sentia que precisavam de algum tempo juntos, sozinhos, longe de Lochcraigie.

E naquela primeira noite, depois de terem feito amor apaixonadamente em sua suíte no Meurice, ela se descobrira contando a ele sobre suas visitas ao Dr. Boujon. Não havia nada fisicamente errado com ela; agora que ela sabia disso, fora capaz de confidenciar a seu marido suas preocupações sobre não engravidar. O médico havia recomendado que ela fizesse isso e valera a pena.

Depois que Ian escutara suas preocupações sobre não conceber, ele havia dito a ela para parar de se preocupar, porque aquilo não o perturbava naquele momento da vida.

Sua doçura e compreensão haviam dado a ela a coragem de contar a ele sobre seu passado... todas as coisas terríveis que lhe aconteceram quando era criança. Ian escutara com atenção e muito rapidamente a expressão de horror e choque em seu rosto havia se transformado numa de compaixão misturada com amor. E quando ela terminara, por fim, ele a pegara em seus braços e a abraçara com força, querendo alimentá-la e protegê-la. Depois de um instante, ele disse:

– Que um homem possa tirar vantagem de uma criança dessa maneira é horrendo, tão vil, isso é inconcebível para mim. Se você superou isso, eu nunca saberei, mas você deve ter sido uma garotinha muito corajosa, e sua mãe também deve ter sido.

Ian tocou seu rosto gentilmente e beijou sua testa, então olhou profundamente em seus olhos.

– Mas agora você tem a mim para tomar conta de você, Kay querida, e eu nunca mais deixarei que alguém a machuque novamente.

Ela havia ficado abraçada a ele firmemente, amando-o mais que nunca, por ele ser um homem tão bom. Também entendeu que ele não havia mudado em relação a ela. Tudo aquilo estivera em sua cabeça. E mais tarde ela se perguntou por que jamais acreditara suficientemente no amor deles para contar a ele sobre seu passado. Ela não tinha respostas para si mesma. Mas naquele momento jurou nunca mais duvidar dele ou de seu amor por ela.

Agora Kay se levantou da penteadeira, satisfeita com a maquiagem e o cabelo, e andou pelo quarto. Alta, esguia, esbelta e elegante. Ela já estava usando meias e saltos altos e pegou o vestido de chiffon cor de champanhe de seu cabide e o vestiu.

Subitamente, como se ela o houvesse chamado, Ian estava lá, parado na porta, bonito em seu smoking.

– Posso fechar seu vestido, meu doce?

Virando-se, ela sorriu.

– Obrigada, Ian.

Assim que alisou o vestido para baixo e o ajustou a seu corpo, ela se virou:

– Você gosta dele?

– Está maravilhoso em você, tão... vaporoso e leve, e o colar e os brincos estão perfeitos com ele.

– Obrigada novamente por essas belezas... e agora acho que seria melhor irmos para o bar. Estou certa de que os outros estão esperando.

Kay viu Alexa no instante em que entraram no Bar Fontainebleau. Ela e Tom estavam sentados a uma mesa num canto perto da janela, e Alexa levantou a mão e acenou.

Quando Kay e Ian chegaram mais perto, ela viu que Alexa também usava um vestido de chiffon; parecia que tinha sido cortado de viés e era composto de tons de verde, variados. Para Kay, era a escolha perfeita. Os tons de verde misturados combinavam com os olhos de Alexa, realçavam seus cabelos escuros.

Tom se levantou e os cumprimentou, e, assim que se sentaram, o garçom trouxe para eles taças de champanhe. Um momento depois, Jessica chegou com Mark Sylvester. Jessica havia escolhido usar um traje de organza azul-claro delicadamente adornado com flores azul-escuras, e, como os de Kay e Alexa, leve e arejado, flutuando gentilmente em torno dela quando ela se movia.

Logo que Mark e Jessica pararam à mesa, Alexa disse com um sorriso iluminado:

– Bem, vejo que todas tivemos a mesma ideia sobre uma festa em junho em Paris, e sobre o que usar.

Mark, os olhos passando por elas, disse:

– Vocês serão as belas do baile.

– Oh, não! – exclamou Kay, sorrindo, os olhos brilhando. – Esse papel é reservado a Anya.

Alexa, olhando de Tom para Ian e Mark, exclamou:

– Mas uma coisa é certa, garotas: nós temos os homens mais bonitos como companhia.

– Obrigado pelo cumprimento tão gentil, Alexa – respondeu Ian. Ele gostava das amigas de Kay e dos homens na vida delas, a quem ele havia conhecido na noite anterior. Tom havia levado todo mundo para jantar no belo L'Ambroisie, na Place des Vosges. Fora o tipo de noite que ele não passava havia muito tempo, e apreciara cada momento dela.

Mas, mais que tudo, gostara de conhecer Anya Sedgwick, e a escutara, extasiado, enquanto ela exaltava as virtudes de Kay, aclamava seu talento e confidenciava quanto adorava a esposa dele. "Guardava-a no coração", foi a maneira como ela dissera. Ele ficara explodindo de orgulho e amor por sua maravilhosa Kay.

E seu sobrinho-neto Nicky fora charmoso, amigável e altamente divertido, enquanto o quarto membro do grupo, Maria Franconi, estava tão bela em seu vestido negro simples com pérolas, que nenhum dos outros presentes ao jantar fora capaz de tirar os olhos dela.

– Suponho que Nicky e Maria não virão tomar drinques conosco – disse Ian. – Tenho a impressão de que eles pegariam Anya e levariam diretamente para a festa.

– Anya não queria chegar atrasada – explicou Alexa. – Ela queria estar lá primeiro, para saudar os convidados quando chegassem.

Mais taças de champanhe chegaram à mesa para Jessica e Mark, e os seis brindaram uns aos outros com elas. E se instalaram para conversar um pouco antes de partirem para o Ledoyen.

33

Anya, acompanhada por Nicky e Maria, estava de pé no foyer do Ledoyen, olhando ao redor.

Um olhar de encantamento cruzou seu rosto, trouxe uma faísca a seus olhos azuis, um brilho a seu rosto.

– Oh! Nicky, meu querido garoto, você se superou! – exclamou ela, virando-se para ele, apertando seu braço. – Isso é simplesmente magnífico!

Ele sorriu com prazer e gratificação.

– Estou feliz que tenha gostado. Eu queria que você se sentisse... em casa.

Anya riu alto, iluminada, um riso que não tinha idade, e deu um passo à frente, os olhos em toda parte. O que Nicky fizera fora recriar a fachada principal preta e branca de madeira de sua mansão em Paris, com suas grades e a hera que subia em parte da fachada. Essa réplica era na verdade um *trompe l'oeil*, o estilo de pintura que dava uma ilusão de realidade, como uma fotografia, e a tela gigante estava presa a uma longa parede em um lado do foyer. Essa área inteira fora desenhada para parecer o pátio pavimentado de sua casa; a cerejeira florida estava lá, com as quatro cadeiras de jardim de metal embaixo de seus galhos carregados. E seu jardim florido, encoberto atrás de uma cerca branca de madeira, tomava lugar orgulhosamente no outro lado do foyer.

Pegando o braço dela, Nicky disse:

– Venha, Anya. Tenho mais surpresas para você.

Ainda sorrindo largamente, Anya se deixou levar pelas escadas.

– Aonde você está indo? – perguntou, cheia de curiosidade e expectativa.

– Para os coquetéis – disse Maria, rindo para ela.

Anya assentiu e olhou para Maria com o canto dos olhos, pensando em como ela parecia maravilhosa, mais magra que nunca e elegante num traje de chiffon azul-escuro com um top sem alça e saia flutuante, suas únicas joias sendo um fino fio de pequenos diamantes em torno de seu pescoço e brincos de diamante.

– Maria, você está simplesmente linda – murmurou Anya, momentaneamente atônita com a beleza estonteante da garota naquela noite.

– É graças a Nicky, ele escolheu meu vestido. É de Balmain – disse Maria.

– Oh! Não é do vestido que estou falando, mas de você, minha querida.

Maria corou levemente, sorrindo com prazer.

– E você parece maravilhosa nesse seu vermelho, Anya.

– Bem, você sabe que eu sempre adorei vermelho – disse Anya. – Faz com que eu me sinta feliz. Não que eu precise dessa cor para me sentir assim hoje. Eu ficaria feliz usando qualquer cor.

Quando eles chegaram ao segundo andar, Nicky pegou a mão de Anya e a levou na direção de grandes portas duplas. Ele as abriu, conduziu-a para dentro e exclamou:

– *Voilà!*

Anya arfou, totalmente surpresa.

Ela ficou olhando para outra réplica, dessa vez da sala de estar de sua casa na Provence, a casa que Hugo comprara para ela há anos e onde eles passaram tempos tão felizes juntos. Nicky havia usado móveis do interior da Provence, muitas cores brilhantes que lembravam o aposento verdadeiro, e, fazendo isso, ele criara uma cópia perfeita. Garçons e garçonetes, vestidos com trajes locais da região, estavam em torno, sorrindo, prontos para servir as bebidas.

– *Nicky, oh, Nicky.* – Foi tudo o que Anya conseguiu dizer enquanto ele a guiava através do aposento para outro que ficava ao lado.

Ela se encontrou numa casa de veraneio russa cheia de móveis rústicos camponeses, e ali, para tornar completamente autêntico o espírito, havia garçons usando túnicas cossacas em vermelho e dourado, calças largas enfiadas em botas pretas.

Ela ficou paralisada, olhando em torno, esforçando-se para ver tudo, mas Nicky não permitiria a ela se prolongar muito. Ele pegou sua mão, levando-a até um terceiro aposento.

Anya estava estarrecida, impressionada e emocionada, tudo ao mesmo tempo, e subitamente experimentou uma onda de emoções: lá estava ela na sala de estar na qual crescera em Londres com seus pais. Nicky a havia recriado até o último detalhe. Lágrimas brotaram de seus olhos.

Virando-se para ele, ela perguntou um pouco trêmula:

– Como, por Deus, você conseguiu isso?

– Com a ajuda de sua irmã. Tia Ekaterina foi minha maravilhosa cúmplice, para dizer assim. Ela possui algumas fotografias antigas da sala de estar de seus pais, que foram de grande ajuda. Mas, o mais importante, tinha uma memória fotográfica, que não foi afetada pela idade.

– Eu devia esperar que não! – exclamou Anya, contendo as lágrimas, andando em torno da sala, notando o samovar e os ícones em mesas forradas de veludo. Nicky havia encontrado tantos objetos similares às coisas que a mãe de Anya tivera e amara, e todos estavam reunidos ali. Havia fotografias em antigas molduras Fabergé... obviamente emprestadas por Katti... fotografias dos pais, os Romanov, dos irmãos dela... e dela quando criança. E a combinação de cores, de azul-claro e dourado, era a que sua mãe tanto havia amado. Mesmo os móveis eram similares às peças entre as quais ela crescera.

Vagarosamente ela andou até Nicky e o abraçou.

– Obrigada, obrigada – disse, a voz embargada. – Obrigada por trazer à vida tantas de minhas lembranças queridas esta noite.

Um garçom acorreu quando um mordomo inglês chegou com uma bandeja de bebidas, e os três pegaram taças de champanhe. Eles fizeram os copos tilintar e disseram "saúde" ao mesmo tempo, e Nicky acrescentou:

– Quero que você tenha a noite mais maravilhosa, Anya.

– Eu sei que terei, e o que você fez já é extraordinário.

Ele riu.

– Ainda há algumas surpresas reservadas para você, Anya.

– Não acredito que você possa superar tudo isso! O quê? – quis saber.

– Ah, você vai ter de esperar para ver – provocou ele. – Agora, onde você vai querer receber os convidados? Em que salão? – perguntou.

– Não tenho certeza, garoto querido, cada salão é tão especial!

– Talvez devêssemos esperar no primeiro salão, porque todo mundo entrará por lá – sugeriu Maria.

– Boa ideia, meu doce – disse Nicky, e, juntos, os três voltaram para a sala de estar provençal e suas pequenas mesas cobertas com alegres toalhas vermelhas, verdes e amarelas. Jarros de cerâmica marrons cheios de grandes girassóis ficavam num longo bufê e o perfume de lavanda enchia o ar.

Quando entraram, uma das garçonetes usando trajes provençais foi até eles segurando uma bandeja, e Anya sorriu quando viu todas as suas coisas favoritas: *piroshki* quente, a pequena massa russa recheada de carne moída; montes de caviar sobre finas fatias de batatas assadas; salmão defumado em torradas e miniaturas de enroladinhos de salsicha inglesa.

– Bem! – exclamou ela. – Não consigo resistir a isso. Devo provar um de cada.

– Esperei que você fosse fazer isso – disse Nicky. – Vou acompanhá-la.

E então, minutos depois, os convidados começaram a chegar.

ANYA ESTAVA SUBITAMENTE rodeada pela família.

Sua irmã e seu cunhado, Katti e Sacha, e todos os Lebedev, beijando-a, parabenizando-a. Também seu irmão, Vladimir, e sua esposa, Lilli, e seus filhos, tão calorosos e amáveis. E atrás deles vinham os filhos dela, Olga e Dimitri, e suas famílias, abraçando-a, desejando um feliz aniversário, seus rostos sorridentes e felizes.

Depois deles veio a tribo dos Sedgwick, também cheios de amor por ela... e tantos antigos amigos ao longo dos anos se seguiram, e os alunos que haviam passado pela escola e ficaram próximos a ela por trinta anos ou mais.

E então, finalmente, suas garotas especiais.

Suas quatro favoritas da turma de 1994. Alexa, Jessica, Kay e Maria. Como todas elas estavam bonitas, andando até ela, acompanhadas pelos homens de suas vidas, bonitos e elegantes em seus smokings!

Alexa, Kay e Jessica a cumprimentaram, e também Tom, Ian e Mark, e então, com Nicky, os três homens se retiraram para que ela ficasse a sós com o quarteto.

– Não preciso dizer que todas vocês estão maravilhosas! – exclamou Anya, sorrindo largamente para elas. – E antes que sigamos em frente, quero agradecer a vocês todas os presentes. Kay, este xale antigo é lindo, não pude resistir a usá-lo esta noite. E como você vê, é do mesmo vermelho de meu vestido. Jessica, o ícone é um prêmio, e o coloquei com destaque em minha sala de estar. Assim como sua caixa laqueada, Alexa. A vista de São Petersburgo pintada na tampa é uma pequena joia. Obrigada, obrigada. – Anya sorriu para Maria e terminou: – Como sua tela, Maria: é absolutamente extraordinária, e está agora pendurada em meu quarto. Agradeço muito a você por abrir mão dela.

Maria corou e sorriu, mas ficou em silêncio.

Os olhos de Anya passearam por elas novamente, e ela disse suavemente, no tom mais íntimo:

– Estou tão feliz que vocês todas tenham vindo mais cedo a Paris, para que tivéssemos tempo de nos ver e vocês tivessem a chance de resolver suas diferenças e fazer as pazes. E posso ver que fizeram.

– É como nos velhos tempos – disse Alexa. – Contamos umas com as outras. Para sempre. Na alegria e na tristeza. Não é mesmo, garotas?

Todas concordaram com ela, e Kay disse:

– Não parecem sete anos de forma nenhuma; parece que ontem mesmo estávamos aqui na sua escola, Anya.

– Você nos ensinou tanto, fez o nosso talento brotar e se desenvolver, nos ajudou a realizar nossas inspirações e nossos sonhos – disse Jessica. – Você nos ajudou a ser o que somos, Anya. E por isso nós seremos para sempre gratas a você.

Anya assentiu.

– Vocês todas vieram a Paris por algumas outras razões também, eu sei disso. Vocês tinham negócios a finalizar... cada uma de vocês tinha uma busca a fazer. E eu estou muito feliz que tenham encontrado o que procuravam... – Ela se concentrou em Alexa. – Você e Tom voltaram... definitivamente?

Alexa assentiu, o rosto brilhando ao mostrar a Anya a mão esquerda. Um anel de diamantes brilhava nela.

– Ficamos noivos hoje. Tom colocou o anel no meu dedo no carro enquanto estávamos vindo para cá.

– Estou tão feliz por você, Alexa querida! Ele sempre foi o homem certo para você.

Olhando atentamente para Maria, Anya continuou:

– E você e Nicky parecem estar combinando muito...

– Sim, estamos, Anya, e Nicky quer que nos casemos. Quando ele ficar livre, depois do divórcio. E não vou voltar a Milão. Vou viver em Paris com Nicky e serei uma artista. Não quero mais trabalhar com design têxtil – anunciou Maria.

Anya bateu palmas suavemente.

– Graças a Deus por isso, Maria! Seria um grande desperdício de seu talento se você mantivesse seu trabalho em casa. E parabéns para você também. Oferecerei a festa de casamento para você. Será um grande prazer meu. Kay, e você? Tudo parece estar funcionando bem entre você e seu adorável Ian.

– Está, Anya, e, como eu disse a você, não há nada errado comigo fisicamente. Não há razão pela qual eu não possa ter um filho. – Kay riu alegremente. – Mas Ian não se importa. Ele diz que sou eu que ele quer.

– E por que ele não se sentiria assim? Ele é um homem sortudo em ter você – replicou Anya. Seus olhos finalmente pararam em Jessica, e ela notou novamente que ainda havia na jovem uma melancolia, uma tristeza no olhar.

– Eu me sinto aliviada por você ter encontrado Lucien, e ter tido a chance de vê-lo, Jessica – começou Anya. – Sei o choque que deve ter sido para você, mas agora acredito que possa fechar esse capítulo, querida. Finalmente, depois de todos esses anos!

– Fechar o livro, na verdade, Anya – respondeu Jessica. – Não é sempre que uma pessoa tem uma segunda chance na vida. Mas eu sou muito sortuda, porque tenho Mark. Ele acha que temos um futuro juntos, e tenho a sensação de que ele está certo.

– Eu sei que ele está. E ele é um homem adorável. Bem, todos eles são homens adoráveis...

Pouco depois, todas foram para o andar de baixo, para o jantar.

Nicky e Maria acompanharam Anya e, quando eles a levaram para a sala de jantar, ela foi inesperadamente cegada pelas lágrimas.

A sala havia sido transformada no mais belo jardim inglês que ela jamais vira. Montes de plantas floridas estavam distribuídas em torno da sala. Laranjeiras em grandes vasos decoravam os cantos. Fontes de pedra lançavam arcos de água que cintilavam no ar. Havia estátuas de mármore e relógios de sol em locais estratégicos, e sombras e arcos de rosas frescas entrelaçadas com folhas de hera. E cada mesa estava envolta em rosa-claro com jarras baixas de rosas cor-de-rosa no centro, e velas tremeluziam brilhantemente... centenas de pequenas luzes em torno do salão que acrescentavam mágica a ele.

– Oh! Nicky – disse Anya, e foi incapaz de dizer outra palavra. Ela sacudiu a cabeça e agarrou o braço dele enquanto ele a levava para a mesa principal, onde ela se sentaria com sua família. – Obrigada, obrigada, querido – sussurrou roucamente, ainda sufocada, enquanto ele puxava a cadeira para ela.

– O prazer foi todo meu, tive um imenso prazer, Anya – disse ele e se afastou, segurando a mão de Maria enquanto iam se juntar aos outros em sua mesa para oito.

Sou muito sortuda, uma mulher muito afortunada, pensou Anya enquanto bebia sua água, esperando que a mesa se enchesse com seus filhos e sua amada irmã, Katti. Que vida eu tive: 85 maravilhosos anos! Amor e felicidade. Dor e sofrimento. E muita tristeza também. Mas eu sempre superei meus problemas. Eu aguentei. Talvez seja isso a vida. Aguentar. Ser uma sobrevivente.

E minhas quatro garotas são sobreviventes. Anya se virou em sua cadeira, fixando o olhar no salão de dança. A mesa próxima a ela havia se esvaziado e seus ocupantes estavam na pista de dança...

Maria estava nos braços de Nicky. Ele a movia suavemente em torno do salão, sussurrando em seu ouvido.

A cabeça de Kay estava pousada no ombro de Ian, o semblante sonhador, e ele tinha uma expressão de absoluto contentamento em seus olhos.

Jessica abraçava Mark firmemente, e seu rosto não estava mais tão triste. Ela olhava para ele e ria, os olhos brilhando.

Alexa e Tom não estavam dançando, meramente oscilavam com a música. Em um momento, ele olhou para ela e a beijou suavemente nos lábios.

– Vamos nos casar o mais rapidamente possível – disse ele suavemente. – Mal posso esperar até que você seja minha esposa. Eu a amo muito.

– E eu o amo, Tom. Para sempre – disse Alexa, e ela o puxou para si. Tudo o que ela queria era partilhar aquela vida monótona dele, como ele a chamava. Ela deu um sorriso pequeno e secreto. Realmente monótona, pensou ela.

Anya, ainda as observando, desejou saber o que estavam dizendo um ao outro. E então ela riu alto. Claro que estavam dizendo um ao outro coisas bonitas, fazendo promessas, comprometendo-se... como ela fizera há tantos anos. Primeiro com Michel Lacoste e depois com Hugo Sedgwick.

Amor, pensou ela. No mundo não há nada como o amor. É o que realmente importa no final.

fim

ATENDIMENTO AO LEITOR E VENDAS DIRETAS

Você pode adquirir os títulos da BestBolso através do Marketing Direto do Grupo Editorial Record.

- Telefone: (21) 2585-2002
  (de segunda a sexta-feira, das 8h30 às 18h)
- E-mail: mdireto@record.com.br
- Fax: (21) 2585-2010

Entre em contato conosco caso tenha alguma dúvida, precise de informações ou queira se cadastrar para receber nossos informativos de lançamentos e promoções.

Nossos sites:
www.edicoesbestbolso.com.br
www.record.com.br

EDIÇÕES BESTBOLSO

Alguns títulos publicados

1. *Orgulho e preconceito*, Jane Austen
2. *A abadia de Northanger*, Jane Austen
3. *Razão e sensibilidade*, Jane Austen
4. *O morro dos ventos uivantes*, Emily Brontë
5. *O grande Gatsby*, F. Scott Fitzgerald
6. *Suave é a noite*, F. Scott Fitzgerald
7. *Este lado do paraíso*, F. Scott Fitzgerald
8. *A valsa inacabada*, Catherine Clément
9. *O amante de Lady Chaterlley*, D. H. Lawrence
10. *A taça de ouro*, Henry James
11. *O primo Basílio*, Eça de Queirós
12. *O crime do padre Amaro*, Eça de Queirós
13. *Amor de perdição*, Camilo Castelo Branco
14. *Riacho doce*, José Lins do Rego
15. *Fim de caso*, Graham Greene
16. *As seis mulheres de Henrique VIII*, Antonia Fraser
17. *O Gattopardo*, Tomasi di Lampedusa
18. *Doutor Jivago*, Boris Pasternak
19. *Paula*, Isabel Allende
20. *A casa das sete mulheres*, Leticia Wierzchowski
21. *Um farol no pampa*, Leticia Wierzchowski
22. *Perdas & ganhos*, Lya Luft
23. *Em algum lugar do passado*, Richard Matheson
24. *Bom dia, tristeza*, Françoise Sagan
25. *O príncipe das marés*, Pat Conroy
26. *Perdas e danos*, Josephine Hart
27. *O diário roubado*, Régine Deforges
28. *A cidadela*, A. J. Cronin
29. *Medo de voar*, Erica Jong
30. *35 noites de paixão*, Dalton Trevisan

EDIÇÕES
BestBolso

Este livro foi composto na tipologia Minion, em corpo 10,5/13, e impresso em papel off-set 56g/m² no Sistema Cameron da Divisão Gráfica da Distribuidora Record.

Teorias da Arte

ANNE CAUQUELIN

TEORIAS DA ARTE

Tradução
REJANE JANOWITZER

martins fontes
selo martins

O original desta obra foi publicado em francês com o título
Les théories de l'art

Publisher	*Evandro Mendonça Martins Fontes*
Coordenação editorial	*Vanessa Faleck*
Produção editorial	*Valéria Sorilha*
	Cíntia de Paula
Revisão técnica	*Victoria Murat*
Preparação	*Eliane Santoro*
Revisão	*Ana Maria Cortazzo*
	Tereza Gouveia

Dados Internacionais de Catalogação na Publicação (CIP)
(Câmara Brasileira do Livro, SP, Brasil)

Cauquelin, Anne
Teorias da arte / Anne Cauquelin ; tradução Rejane Janowitzer. – São Paulo : Martins Fontes – selo Martins, 2005. – (Todas as artes)

Título original: Les théories de l'art.
ISBN 85-99102-01-X

1. Arte – Filosofia 2. Arte moderna – Século 20 – Filosofia I. Título. II. Série.

05-4796 CDD-701

Índices para catálogo sistemático:
1. Arte : Filosofia 701

Martins Editora Livraria Ltda.
Av. Dr. Arnaldo, 2076
01255-000 São Paulo SP Brasil
Tel.: (11) 3116 0000
info@martinseditora.com.br
www.martinsmartinsfontes.com.br

SUMÁRIO

INTRODUÇÃO

I. O QUE ENTENDER POR 'TEORIAS DA ARTE'?

De imediato, podemos nos perguntar a respeito do sentido do título: 'Teorias da arte'. Trata-se *de fato* de teorias no sentido geralmente atribuído ao termo, ou seja, de teoria científica? Ou, ainda, de teorias que manifestam uma coerência interna, desencadeando proposições que se deduzem umas das outras para formar um conjunto dotado de valor de construção para um objeto, cujo gênero típico é o das teorias matemáticas. Existem teorias desse tipo para a atividade artística e para o domínio da arte? A arte não é incompatível com um tratamento científico? E, afinal, podemos até nos perguntar (e de fato é uma pergunta freqüente) se há necessidade de saber alguma coisa sobre as teorias da arte, ou se não é melhor ignorá-las para nos dedicarmos ao deleite, ao prazer que a teorização – cogita-se – irá por certo destruir ou pelo menos colocar a distância.

O plural 'teorias da arte', contudo, permite pensar na existência de uma espécie de atividade contínua à qual diversos autores se dedicaram e que foi, provavelmente, por alguma razão, importante para eles. E que, portanto, de alguma maneira, a arte invoca a teoria, seja por constituir o objeto (o 'da' remetendo ao *de* latino: a respeito da arte), seja porque a teoria pertence à arte (o 'de' considerado como genitivo), na qualidade de componente necessário.

Assim, existem diversas entradas, bem como existem diversas teorias. A questão é, por um lado, saber como distingui-las entre si e, por outro, saber quais são suas funções, a quem e para que elas servem, se são úteis e utilizadas ou se permanecem nas nuvens das especulações abstratas sem jamais baixarem à terra.

O objetivo desta obra é esclarecer esses pontos, propondo uma tipologia das teorias existentes, do ponto de vista de seus efeitos sobre o domínio artístico. Tal proposição já contém em si uma resposta à segunda questão, a de sua utilidade. Seu número e sua diversidade parecem de fato descartar a hipótese de que estejam aí 'sem nenhuma razão'. Mas, ao mesmo tempo, essa diversidade torna necessário distinguir os papéis diferentes que elas podem representar – e continuam representando – tanto para os artistas e suas obras quanto para o público.

Desse modo, em vez de encadear as filosofias da arte em uma seqüência cronológica – tarefa que esta modesta apresentação não conseguiria realizar a contento, e que, além de tudo, não poderia de forma alguma ser exaustiva –, o caminho escolhido foi caracterizar os diversos gêneros de discursos teóricos e, do conjunto dessa classificação, destacar alguns que pareçam ter tido mais impacto sobre a sensibilidade estética, sobre o pensamento do que é a arte e sobre a produção das obras.

Tal escolha significa que nem todas as 'teorias da arte' – ou o que se costuma chamar assim – estarão presentes aqui, mas apenas algumas delas, que funcionarão como exemplos do gênero de discurso que representam. Em contrapartida, será mencionada uma grande quantidade de discursos que em geral não são incluídos entre as teorias propriamente ditas, mas que apresentam elementos teóricos importantes e têm efeito direto ou indireto sobre as práticas artísticas.

1. Um cortejo ritual

Um dos sentidos de 'teoria' está ligado à etimologia *theoria*, procissão ou cortejo ritual em honra a um deus, que convoca toda sorte de participantes para uma festa votiva. Lá se vêem padres, tocadores de flauta, dançarinos e carpideiras, carregadores de instrumentos do culto, desocupados atraídos pelo evento, punguistas, gente nas janelas, em suma, uma comitiva variada, da qual *theos*, o divino, é o instigador.

Ao nos lembrarmos dessa origem, tentamos não adornar o termo mais bruto de teoria em seu sentido habitual – o de especulação abstrata –, mas sim indicar a proximidade das duas acepções, proximidade sustentada por uma idéia de seqüência, de procissão organizada, e a de finalidade: a teoria especulativa, assim como a *theoria* ritual, visam, ambas, a um objeto que elas constroem ou sustentam. Ambas, em seu rastro, vão concitando um grande número de participantes que, mesmo não sendo necessariamente líderes, têm, ainda assim, uma ação determinante sobre o objeto visado.

Podemos, então, nos referir a essas duas acepções para expor tanto as teorias especulativas, fundadoras, constitutivas da arte tal como ela se apresenta a nós, quanto as teorias de acompanhamento, que formam em torno da arte uma área ativa de comentários e a envolvem com seus cuidados zelosos. Nessa tentativa de envolvimento, chegaremos até mesmo a falar de 'rumor teórico', cujos autores, ao mesmo tempo inumeráveis e anônimos, nem por isso deixarão de ser auxiliares teóricos importantes, agindo especificamente no domínio da arte.

2. Estética e teorias da arte

Uma vez que, afinal, trata-se de ultrapassar em muito o sentido estrito do termo 'teoria' para expor as diferentes formas de tratamento especulativo da arte, por quê – é possível perguntar – não utilizar o termo 'estética'?

'Estética' é, de fato, o termo geralmente usado para designar a área de significação que se desenvolve em torno da arte. Com essa palavra, compreendemos a maior parte das vezes um número grande de coisas bastante diversas quanto ao seu gênero, papel e sentido.

Empregado como *adjetivo*, por exemplo, 'estética' qualifica comportamentos que parecem ter alguma coisa em comum com os atributos conferidos à atividade artística: a harmonia, a gratuidade, o prazer, o desprendimento: uma atitude, um gesto estéticos podem ser considerados obras de arte. Esse emprego, cujo manejo é bastante vago, refere-se a certa idéia do que seja a arte, ou do que deva ser, ensejando uma definição latente que todo mundo supostamente compartilha.

O *substantivo* 'estética', entretanto, remete a um *corpus* teórico constituído de textos que definem o domínio específico da arte, propõem análises, avaliam obras. No conjunto, a estética pode ser considerada uma disciplina ou matéria de estudos: é um *sítio*. Esse sítio admite diversas 'teorias', segundo as espécies de estéticas próprias de seus autores. Temos, desse modo, a estética de Hegel, a de Kant, a de Adorno etc. Ou ainda a estética romântica, a barroca, a renascentista, que caracterizam para cada época uma maneira particular de ver, de sentir e pensar a arte. Elas não constituem teorias, mas terminam construídas como uma visão de conjunto de um período.

Vê-se que a distinção entre o adjetivo 'estética', largamente utilizado, e o substantivo que designa uma área de reflexão específica não é tão fácil de detectar em todos os casos.

Quando se considera, contudo, que o próprio termo 'estética' foi proposto no século XVIII para abarcar diferentes pesquisas, ensaios, pensamentos, descrições de obras ou diálogos filosóficos que tinham por objeto as noções de belo, de estilo, de gênero, percebe-se que existe nesse fato uma tentativa de junção, sob uma mesma marca (*label*), de discursos que tratam mais ou menos do mesmo objeto. Mas uma palavra comum não resolve a questão dos diversos objetos heterogêneos. Mesmo que, no século XVIII, o empreendimento de Baumgarten tenha tentado construir uma espécie de *órganon* do pensamento sensível com sua *Aestetica* (termo utilizado então pela primeira vez como 'ciência do sensível')[1] e o de Kant com a *Critique du jugement de goût* (uma teoria) tenha conferido uma base a esse conjunto fluido, o termo 'estética' mantém ainda um uso confuso.

Assim, Benedetto Croce, em um de seus textos reunidos sob o título *Essais d'ésthétique*, define estética como a ciência da arte, mas afirma de imediato não se tratar de 'ciência' propriamente dita, mas de visão filosófica, interrogando-se em seguida para saber se a crítica de arte é ou não é estética, assim como a história da arte[2].

Essa é a razão pela qual, em vez de ter de precisar a cada momento em qual sentido estamos tomando 'estética' – domínio amplo de qualquer ação ou pensamento que sejam ligados à arte, ou *corpus* restrito de especulações filosóficas –, escolhemos falar aqui de 'teorias da arte', permitindo-nos determinar de que espécie de teoria ou de discurso estamos tratando.

---

1. Alexandre Baumgarten, *Aestetica*, 2 v. (Francfort-sur-l'Oder, 1750-1758).

2. Benedetto Croce, *Essais d'esthétique* (tradução, seleção e apresentação de Gilles Tiberghien, Gallimard, 1991).

Nessa topografia, que destaca os lugares onde se situa a reflexão sobre a arte, as 'teorias da arte' ocupam de fato uma parte do sítio genérico 'Estética', mas apenas uma: elas são a parte especulativa, permanentemente ultrapassada pelos usos correntes do termo, ao passo que elas próprias reproduzem em seu campo a separação entre o que nós chamaremos de teorias bem formadas, ou sistemáticas, e os elementos teóricos dispersos.

3. Uma definição pragmática

"Considerar quais são os efeitos práticos que achamos que podem ser produzidos pelo objeto de nossa concepção..."

Peirce[3].

Desse modo, poderíamos tomar as teorias da arte bem formadas – aparentadas com as teorias científicas pelo fato de procederem de um sistema – apenas como uma parte de uma atividade teórica muito mais ampla. Esse ponto de vista permite abrir o campo a discursos de gêneros diferentes, como o dos críticos de arte, dos historiadores da arte, dos semióticos, dos fenomenólogos, dos psicanalistas, dos próprios artistas, que com freqüência teorizam suas práticas. Discursos que, aliás, nos são familiares (possivelmente mais do

3. C. S. Peirce, "Comment rendre nos idées claires", *Textes anti-cartésiens* (trad. de J. Chenu, Aubier, 1984).

que as teorias especulativas) e, portanto, têm muito mais impacto sobre nossos julgamentos e sobre a atividade estética em geral.

Em vista disso, nosso caminho será na direção de uma definição da teoria ou do teórico da arte como *atividade que constrói, transforma ou modela o campo da arte.*

Com efeito, não estaríamos dizendo nada sobre uma teoria se nos contentássemos em expor seu conteúdo, ou seja, em resumi-la em algumas páginas; sobretudo não iríamos assim torná-la nem mais visível nem mais compreensível, se nada disséssemos a respeito de sua importância, do poder que ela tem ou não de construir seu objeto. Se em geral a relação da teoria com a prática justifica sua existência, é justo essa relação que, em um domínio como o da arte, enfatiza o valor de uma teoria.

Essa articulação – que nem sempre é perceptível nas ciências – é, no âmbito que nos diz respeito, mais facilmente detectável, na medida em que as manifestações da arte são visíveis, mostradas e mostráveis, e que seus comentários teóricos são de fácil acesso – as mídias se encarregam de epigrafá-los.

Ao propor que se entenda por 'teorias da arte' qualquer discurso cujos efeitos sobre o domínio artístico podem ser notados, estaremos abrindo à teoria um alcance mais vasto do que aquele que em geral lhe é consignado. E, se aceitarmos essa definição absolutamente pragmática (as teorias julgadas de acordo com seus efeitos), ela nos conduzirá então a caracterizar – a 'tipologizar' – um leque de ações possíveis, e de fato levadas a cabo, no que diz respeito à constituição e depois à manutenção ou à transformação do sítio da arte, de seus princípios, até mesmo de suas regras. Em suma, ela nos conduziria a analisar tipos de ação, em vez de avaliar o conteúdo conceitual das especulações. A partir de um inventário de ações possíveis, poderíamos então determinar um lugar para cada teoria, bem como para cada tentativa de teorização.

II. TIPOLOGIA DE AÇÕES POSSÍVEIS

1. Fundação

A ação de construir, de fundar um domínio de atividades específico dentre todos os domínios de atividades é decerto o que importa mais que tudo. No que diz respeito à arte, essa ação fundadora existe, pertence àquela atividade de pensamento que reinou na Grécia antiga e deu o poder de ação inicial à razão, à ciência, à sabedoria e à arte, e que se chama filosofia. Contudo, é preciso não acreditar que a arte, o que ela é ou o que ela deve ser, tenha saído pronta da cabeça dos pensadores – filósofos que a teriam desse modo arrancado da indistinção e a colocado como atividade autônoma. Bem longe de alcançar ou mesmo de objetivar esse resultado, um filósofo como Platão menciona a arte apenas episodicamente, semeando por assim dizer grãos de teoria, de idéias, ou, melhor diríamos, de tonalidades, uma ambiência na qual a arte e seu conceito – o belo – vão se encontrar envolvidos. A idéia platônica do belo e da arte forma desde então um horizonte teórico mais do que uma teoria propriamente dita. Essa espécie de ação fundadora, nós podemos chamar de *Ambiental* e assim incluir em seu ativo algumas teorias, ambientais também, que terão a mesma função.

Outra ação de fundação, mais concreta, é a que consiste em estabelecer regras de ações tais que, uma vez seguidas, obtém-se o que será qualificado como obra de arte, ou, ainda, estabelecer princípios segundo os quais um julgamento adequado será realizado a respeito da arte e do belo, ou, finalmente, estabelecer limites à atividade artística assinalando o que ela não deverá tornar-se. Esse gênero de fundação, que decorre do discurso injuntivo, é ilustrado tanto por Aristóteles quanto por Kant e Adorno. Nós o denominaremos *Teorias Injuntivas*.

2. Acompanhamento

Indispensáveis, as fundações estariam contudo fadadas ao esquecimento se as obras que produziram não tivessem sido continuamente seguidas, acompanhadas, comentadas por autores da mesma forma indispensáveis. Estes, oriundos de disciplinas já constituídas, dedicam-se com seus instrumentos conceituais a elucidar o processo artístico ou as próprias obras, a edificar um sistema de leitura, de decifração, ou ainda a prover o espectador e o artista de noções apropriadas ao trabalho da obra e à sua compreensão. Lingüística, semiologia, psicanálise, hermenêutica, fenomenologia, história vêm trazer sua contribuição teórica, mantendo assim um movimento incessante do pensamento em torno da arte. Trata-se das *Teorizações Secundárias*, que modelam a própria prática. Respondendo a esse apelo, e com freqüência ao precedente, os artistas se dedicam também ao exercício de uma *Prática Teorizada*, nutrida com comentários oriundos de todos esses horizontes.

Com efeito, os instrumentos teóricos que foram afiados nos ateliês das diversas disciplinas – operações da linguagem, figuras do discurso, modos da representação, estatuto da imagem, intenção e intencionalidade, ser e tempo, negação e negatividade, construção e desconstrução –, tanto quanto, aliás, as construções de universos políticos e sociais com suas palavras de ordem, ou os universos filosóficos e seus conceitos-chave, têm ressonâncias profundas sobre o mundo da arte.

Da mesma maneira, e provavelmente de forma involuntária, os diversos públicos atraídos pelas obras de arte, por sua vez, teorizam a respeito do que lhes é mostrado; eles não chegam ingenuamente até a obra, como que despojados de qualquer *a priori*, mas também são submetidos a prenoções, à idéia do que é ou deve ser a arte, e os julgamentos que emitem contribuem para manter uma *aura* teórica difusa. Essa *doxa teorizante* não é negligenciável, na medida em que limita as atividades artísticas e lhes atribui um lugar delimitado no qual elas irão surgir e sem o qual elas permaneceriam letra morta.

Se bem que, com efeito, a doxa, ou seja, a opinião considerada enganosa, mutante, errante, sem nenhum fundamento, um rumor composto de todas as apreciações emitidas aqui e ali sobre a arte, sua função, seu papel, seu preço e seu sentido – tanto nos meios eruditos quanto em todos os outros meios –, constitui uma tela de fundo surpreendentemente estável, que acolhe e recolhe as teorias de todos os tipos, misturando tudo com ingenuidade. Esse verdadeiro trabalho da doxa é para ser pensado não como um conjunto desordenado e confuso de 'gostos e cores' sobre o qual seria impossível discutir, de tanto que é subjetivo e sem importância em relação ao trabalho da obra, mas como um *modo* de discurso de um *certo gênero*, que não é o inverso desprezível do *logos* judicioso (maneira como, em geral, a opinião é tratada), mas um modo específico que contém suas próprias regras – funcionando, por exemplo, com a analogia, a verossimilhança, a crença, a escolha, o implícito, as incoerências, características que, juntas, perfazem um método muito sutilmente apropriado às obras de ficção. Sendo assim, esse modo constitui de fato a parte mais secreta, o mundo mais íntimo, ou ainda um pré-texto ao mesmo tempo que um contexto, um acompanhamento permanente das manifestações artísticas; e não pelo fato de a doxa apenas reagir às apresentações da arte, mas muito mais pelo fato de ela ser, se não diretamente o motor, pelo menos o meio que modela indiretamente, por suas expectativas, a maneira de pensar e de produzir arte.

Então, restituir essa doxa a seu lugar, como rumor teórico, parece-nos indispensável se quisermos compreender como se produzem aceitações ou recusas, esquecimento ou glorificação.

E, portanto, longe de considerar que as teorias sejam 'adendos' que podem muito bem ser dispensados, inúteis conversas na maioria das vezes obscuras, parece que elas são, ao contrário, o meio indispensável para a vida das obras, dentro do qual a arte se desenvolve e se consuma, bem como sua respiração, fora do qual a arte simplesmente sufocaria.

A obra 'em si' não existe realmente; ela se diz 'obra' por meio e com a condição de ser posta em determinada forma, de ser posta em 'em sítio'. Fora do sítio, que a teoria construiu e que as teorizações mantêm vivo, ela não é nada. São necessárias essas mediações, todo esse trabalho tecido incansavelmente pelo comentário, para que seja reconhecida como obra. Pois nenhuma atividade – e a arte não escapa a essa condição – pode ser exercida fora de um sítio que lhe dê seus limites, determine os critérios de validade e regule os julgamentos que serão tecidos a seu respeito[4].

---

4. Poderíamos opor a esse ponto de vista o caso da arte contemporânea, que parece de fato errar 'fora de sítio', e por isso permanecer sem critérios, dando a impressão de assim escapar a qualquer julgamento 'equilibrado'... Mas é justamente essa luta entre um sítio que se tornou muito estreito e a atividade artística que permite a transformação do antigo sítio ou a construção de um novo sítio. A esse respeito, cf. Anne Cauquelin, *Petit traité d'art contemporain* (Le Seuil, 1996).

PRIMEIRA PARTE

AS TEORIAS DE FUNDAÇÃO

Quando se atribui ao século XVIII o nascimento da estética como ciência da arte e da arte propriamente dita considerada como autônoma em meio aos outros tipos de atividade, está se enfatizando uma realidade 'moderna', resgatando o domínio artístico da indistinção que até então tinha sido seu destino, enfatizando uma espécie de objetivação dos discursos e das práticas, e o nascimento, em suma, de um estatuto específico. Mas, ao se fazer isso, esquece-se que o 'nascimento' não é unicamente um ato de registro; ele vem de longe, foi preparado, concebido, dispunha já de todos os elementos, decerto ainda pouco sólidos, que constituem seu fundo genético, antes de se apresentar em cena.

Esquece-se também que uma fundação, datada, que estabelece de imediato uma construção, não é necessariamente o único modo de fundação: existem outros mais discretos, porém de igual modo eficazes, por intermédio dos quais o território já foi balizado, a envoltura desenhada, o horizonte assinalado. Enfim, esquece-se também de que uma fundação nunca está de todo concluída, que ela exige refundações incessantes, sustentações, reavaliações, em suma, um trabalho de reconstrução permanente.

Ao expormos nesta Primeira Parte o que, a nossos olhos, vale como fundação de uma 'esfera' artística, estaremos tratando dos diversos tipos de atos fundadores. Uns projetam valores, destacam noções, esboçam ou inscrevem formas de pensamento valendo como elementos de um universo a consumar. Em geral não apresentam uma teoria sistemática, e sim uma visão de conjunto, como filosofia. E, justo por isso, seu efeito é de disseminação, influindo duradouramente sobre as maneiras de conceber e de sentir. Não são, no sentido estrito, teorias *da* arte, mas são teorias *para* a arte.

Procurando demonstrar como e em quê elas são, especificamente, teorias *para* a arte, nós não nos detivemos no título que certos autores deram a suas obras (como a *Estética* de Hegel, que parece ser ao primeiro contato uma teoria sistemática *da* arte, mas que se revela muito mais um esboço de projeto *para* a arte (cf. Primeira Parte, Capítulo 1).

E, se, justamente, julgamos essas teorias *para* a arte pelo efeito que têm sobre o pensamento e a prática da arte, notaremos com freqüência que esse efeito é inversamente proporcional a suas estruturações teóricas. Nós as nomeamos *fundações ambientais.*

Os outros se colocam diretamente como fundações teóricas *da* arte. Anunciam-se e assumem-se como tal. Também nesse caso não devemos nos deixar iludir nem pela cronologia (o mais antigo não é necessariamente o mais fundador) nem pela modéstia dos intitulados (a *Poética* de Aristóteles não diz respeito apenas à poesia), mas observar mais uma vez os efeitos.

CAPÍTULO 1
AS TEORIAS AMBIENTAIS

I. PLATÃO OU A ORIGEM DO TEÓRICO PARA A ARTE

Em *O nascimento da tragédia*, Nietzsche atribui a Sócrates – via Platão – o começo do fim de uma arte que era, antes da chegada dos filósofos, ao mesmo tempo ingênua e que tinha uma vida própria, conforme ao gênio grego. A tragédia era então a expressão, inexcedível, desse gênio, misturando de maneira original a embriaguez dionisíaca e a ordem apolínea, num conjunto de harmonia e ilusão.

> Lá, é-nos oferecido, no supremo simbolismo da arte, ao mesmo tempo o mundo apolíneo da beleza e sua parte mais profunda, a aterradora sabedoria de Sileno[1].

1. Friedrich Nietzsche, *La naissance de la tragédie* (trad. de P. Lacoue-Labarthe, Gallimard, 1977).

A chegada do 'homem teórico', Sócrates, acaba com essa expressão ao mesmo tempo simples e complexa e, de alguma maneira, faz soar o dobre fúnebre da tragédia antiga, com uma visão estética do mundo. A moral e a dialética serão as substitutas, e a dupla Dionísio-Apolo fará não mais do que breves retornos, praticamente às escondidas (inclusive no Sócrates de Platão). Ocorreu, pois, de acordo com Nietzsche, a oscilação da arte (a tragédia em sua forma concluída) na direção de uma ordem que ignora sua expressão para se estabelecer no discurso, o *logos*, no qual se refletirá, mantido a distância pela razão ou mesmo pelo raciocínio.

Assiste-se então à passagem da *theoria* dionisíaca, esse cortejo cheio de barulho e de furor poético, à *teoria* no segundo sentido do termo, uma série de proposições encadeadas.

Para Platão, a partir daí, a ordem filosófica envolve a arte como uma atividade dentre outras, para a qual é preciso encontrar um lugar no concurso das ciências e das técnicas, hierarquizadas pelo *logos*. Trata-se, pois, de fato, de uma fundação, de uma ordem de pensamento que situa a arte e os conceitos a ela ligados no domínio da filosofia. Mas de que arte se trata e quais são os princípios básicos que regem essa prática?

1. O duplo discurso

É preciso antes de mais nada observar que não há na obra de Platão discurso especificamente dedicado à arte[2]. Não

2. O *Hipias Maior* é o único diálogo dedicado à questão do belo, mas 'o que é o belo?' – pergunta que busca encontrar a unidade do conceito –

há teoria da arte propriamente dita, mas notações dispersas a respeito, ora da *prática* de certas artes (*tekné*), ora da *idéia* de belo. Em outras palavras, a idéia de arte não é arte, é separada dela, deixando a arte, sua prática, o 'fazer', muito longe de poder realizar o belo, e até de aspirar a ele. Essa divisão deprecia de modo claro tudo o que se refere à produção, pelo homem, de seja qual for a obra. Temos com freqüência nos surpreendido com o rigor com que Platão julgou a poesia, a qual ele expulsou da cidade[3], a música, que enlanguescia os corpos; a pintura, afastada em dois graus da verdade; e sobretudo todas as artes manuais que não empregassem nem o cálculo nem o raciocínio, a régua e a medida, podendo ser feitas de maneira improvisada. (Assim como o tocador de flauta que não tivesse estudado o intervalo entre os sons, o arquiteto amador que construísse sua casa sem ter aprendido a regra das proporções matemáticas ou até o arquiteto ardiloso que burlasse a geometria com a ilusão perspectivista[4].)

---

não pode encontrar resposta em uma amostragem de coisas particulares, como são as obras de arte. Não se trata, pois, de um diálogo sobre a arte.

3. Em *A República*, livro X, 605 *b*, em que poesia e pintura são descritas "implantando na alma dos indivíduos a má conduta" e "criando fantasmas a uma distância infinita da verdade". A cama pintada pelo artista era, por exemplo, a cópia da cama feita pelo artesão, cópia que, por sua vez, era a imitação da idéia de cama (596 *b* – 598 *a*).

4. *Filebo*, 56 *a–e*: "A arte da flauta (...) que ajusta suas harmonias não por medida, mas por conjectura empírica (...) embora contenha uma forte dose de imprecisão e pouca de certeza"; "Quanto à arte da construção, o fato de usar mais a medida e instrumentos confere-lhe bastante exatidão e mais rigor (...) Utiliza-se a régua do torno, do cordel, do compasso e do engenhoso instrumento que é o esquadro" (cf. também *A República*, 602 *d* – 603).

É que as atividades produtivas estão desde logo comprometidas por determinações concretas e são de imediato submetidas a numerosas avaliações, de tipo diferente, como as que dependem da utilidade, do sucesso (nós diríamos de desempenho) ou do grau de rigor que conduziu seu exercício. Elas estão submetidas à aprovação ou desaprovação de um público, que não julga necessariamente segundo o verdadeiro e o bom, mas segundo critérios de prazer, forçosamente variados, pois o prazer não tem em si mesmo nenhum conceito unificador[5].

Assim, a questão da arte é remetida a seu nada, e podemos então nos perguntar como Platão e o platonismo conseguiram 'fundar' a atividade artística – ao menos no Ocidente, é nisso que se acredita piamente – a partir dessas premissas um tanto desencorajadoras.

É que esse discurso pejorativo é duplicado – ou melhor, recoberto – por outro bem diferente, que parece contradizê-lo em todos os pontos. O que diz respeito ao belo.

2. A tríade inseparável

O *belo*, para Platão, é o rosto do *bem* e da *verdade*. São três princípios intimamente ligados: nada pode ser considerado belo se não for verdadeiro; nenhum bem pode exis-

5. Cf. *Filebo*, em que o prazer está em quinto (e último) lugar na hierarquia dos valores: ele é, com efeito, misturado, diverso, conjetural, freqüentemente ilimitado, e mesmo os prazeres puros, os da alma, estão ainda muito atrás da posse da sabedoria.

tir fora da verdade. Essa tríade é o princípio da ordem que dá acesso à inteligibilidade e sem a qual o mundo seria apenas caos. Esse princípio único (e de unicidade) que dá aos seres sua consistência não pode ser encontrado no diverso, no heterogêneo, no misturado, no sensível, nos fenômenos nem, evidentemente, na arte tal como é praticada. Só o exercício do intelecto permite distingui-lo. A dianóia é a via que pode, por meio dos degraus do conhecimento, conduzir à iluminação suprema e fazer luzir, sobre quem se dedica à sua procura, "a luz da sabedoria (*phronesis*) e da inteligência (*nous*), com toda a intensidade que as forças humanas são capazes de suportar"[6]. Se a arte vale alguma coisa, é talvez apenas na medida em que percorre a via da dianóia (ou inteligência que atravessa) e permite desvendar nos seres e nas coisas uma ponta de inteligibilidade. Um belo corpo, uma bela coisa, uma bela imagem podem dar o impulso necessário à busca do princípio que governa o universo. Mas em si esse germe nada é caso não seja seguido de uma 'busca' da verdade, do bem e do belo, as *formas* ou *Idéias* que são a fonte e ao mesmo tempo o fim de toda presença no mundo.

Dessas formas, imateriais, supraterrestres, não é possível separar o belo como entidade autônoma nem a verdade: sua união indissolúvel é o bem supremo. Portanto, só há Idéia de arte no seio dessa tríade.

---

6. Platão, *Carta VII*, 344 *b*.

É apenas com a condição dessa 'busca' que a arte pode ser convertida, voltada na direção da intelecção do Um, mas geralmente a parte de ilusão que ela oculta é pouco recomendável, e todo um sistema de defesa deve ser chamado para ajudar na luta contra seu encanto enganador. (Podemos decerto ter prazer com Homero, mas é preciso ter em mente que se trata apenas de mentiras[7].)

Assim, o *belo* se move junto com seus dois cúmplices, o *bem* e o *verdadeiro*, em uma esfera superior, a dos princípios ou *formas*, muito acima de todas as nossas mirradas tentativas.

3. Uma tradução desconcertante

Esse duplo discurso, que separa a prática da arte da visão do belo por toda a distância de uma dianóia, de uma passagem por meio dos degraus do conhecimento até a intuição do Um, vai se ver completamente reconstruído na interpretação dos neoplatônicos. Reconstruído, transformado, invertido. Em vez de ser mantida na submissão mais absoluta à tríade das Idéias, a arte será alçada ao nível das formas; desligada das atividades práticas inferiores, ela entrará no reino das Idéias.

Como isso se faz? Justo pela separação da tríade de Platão: o Belo, mesmo continuando a ser o rosto do Bem, vai

7. *A República*, livro X, 608 *a*: "Também nós nutrimos pela poesia um amor que a educação fez nascer em nossos corações, mas, enquanto ela for incapaz de se justificar, nós a ouviremos repetindo-nos as razões que acabamos de dar para nos proteger contra seus encantamentos".

desempenhar sua parte inteiramente só; ele será dotado de uma Idéia específica, Idéia cujo favorecedor, a manifestação sobre a terra, será a arte. A arte estará assim diretamente ligada à sua Idéia, que é sua forma ideal, sem ter de passar pela dianóia. Mais ainda, esse acesso ao reino das Idéias pela via da arte será privilegiado: a arte é o meio mais direto de se unir ao Um, ao princípio de todas as coisas. Nela, por ela, conjugam-se com efeito o sensível e a idéia, um elo que, do mundo das percepções, vai direto à alma do universo. A arte se abre sobre uma visão do todo. A beleza é a chave da compreensão.

Panofsky mostrou magistralmente, em *Idea*[8], como essa manobra pôde ser concretizada, desprezando por inteiro a verossimilhança e a verdade do texto platônico. Cícero foi o primeiro, disse ele, que, em seu discurso "O orador", fez o belo voltar a um ponto mais baixo, no domínio da arte (ou erguer a arte em direção ao belo, como seu instrumento mais apropriado). Ele libera a arte do domínio das aparências para fazer dela o instrumento de uma visão da Natureza, até mesmo de sua reforma ou de sua idealização. Depois disso, diversos outros retoques foram realizados, sob os quais desaparecem por completo as teses platônicas sobre a arte.

Duplo desconcerto, pois, com o primeiro – se nos remetemos a *O nascimento da tragédia* –, passa-se de uma arte *naïve*, que não se reflete no intelecto, a uma arte cheia de medida, de proporção e de geometria, que desconfia da ins-

8. Erwin Panofsky, *Idea* (Gallimard, 1983).

piração, exorciza o demônio do irracional e não pode ser avaliada senão se comparada à verdade, tratando-se da introdução do inteligível como princípio. Com o segundo, devido, dessa vez, a uma tradução propriamente desconcertante da tese platônica sobre a arte – arte um tanto malvista pelo próprio Platão –, sofreu uma metamorfose e se vê promovida a paradigma, não só de toda atividade espiritual, mas ainda do cosmos.

Com efeito, as representações interiores do artista passam a se confundir com os princípios originários da natureza. Para Plotino, o espírito engendra as idéias a partir dele, e por uma espécie de prodigalidade as espalha pelo mundo da espacialidade: o universo é uma obra de beleza, no qual resplandece a Idéia[9].

Para Plotino, mas também para santo Agostinho e santo Tomás, o belo se torna a forma ideal, manifesta na arte, e, presente no espírito do artista que tenta lhe dar um corpo, contribui para a elevação do espírito – argumento para a existência de um Deus ele mesmo artista. A esfera da metafísica passa a cercar as obras de arte, que nela se desenvolvem e nela encontram sua definição.

4. A disseminação ambiental

Mesmo que Platão não tenha fundado uma teoria positiva da arte nem das artes, mas, sim, expressado uma tese

---

9. Plotino, *Enéadas*, livro I, 6: "Do belo".

sobre o pouco valor da arte, ele criou, graças a seu duplo discurso e ao desconcerto que seus sucessores o fizeram sofrer, um meio, uma 'ambiência' na qual a espiritualidade, a inteligibilidade e a beleza se encontram misturadas e levadas às nuvens, enquanto esse ideal se encarna na obra de gênio, fazendo então resplandecer a luz da arte sobre o gênero humano.

A teoria de Platão é *ambiental*, no sentido de ter se disseminado em direção à arte pelo viés de uma reflexão, não sobre a arte, mas sobre o belo. E eis que o mundo da arte se vê envolvido por um halo de conceitos, noções e princípios, consultados insistentemente pelos teóricos posteriores e sobretudo pelos próprios artistas, reservando-se o direito, entretanto, de transformá-los. Basta ler os 'cadernos' de Leonardo da Vinci, os poemas de Michelângelo ou as cartas de Dürer. E, mais próximo de nós, qualquer declaração a respeito do ideal, do projeto ou da forma que o artista tem dentro de si e que realiza, da transcendência da arte em relação ao cotidiano, da unicidade da obra e da unicidade do autor, ou ainda – tema freqüente entre os críticos de arte – do dom que o artista tem de ver (em deus ou no espírito) o que o vulgo não vê, a verdadeira essência das coisas. O pintor é um vidente: "Quando Deus enviou almas ao futuro, ele colocou sobre seus rostos olhos que carregam luz" (Plotino).

Esses vestígios, como a sombra provida de uma filosofia fundadora, estão espalhados sobre qualquer território onde se exerça atividade artística. Eles demarcam a opinião comum tanto quanto as teorias mais elaboradas; quase nada escapa de sua influência, mesmo que seja para fazer retoques ou criticar seus elementos.

II. A ARTE COMO SINTOMA: HEGEL

Se uma teoria ambiental é exatamente a que dá perspectivas, estabelece os marcos e envolve de forma abrangente seu objeto, apresentando temas bem mais do que construindo o objeto em sua autonomia, então a estética hegeliana parece corresponder a essa descrição. Com efeito, embora seu *Cursos de estética*[10] seja uma teoria sistemática da arte – sistematismo que poderia classificá-la sob a etiqueta 'ciência da arte' –, seu conteúdo, longe de se impor como fundação de um território autônomo, consiste em uma etapa da marcha em direção ao saber absoluto, que justifica sua presença em um momento determinado de sua história.

1. Um horizonte para a arte

No processo do desenvolvimento dialético do espírito, a arte é atravessada por uma linha ascendente que não visa a sua constituição em objeto autônomo, mas a algo bem di-

10. Friedrich Hegel, *Leçons sur l'esthétique*, publicado após sua morte segundo as notas de seus discípulos. Essas aulas foram ministradas em Berlim, entre 1820 e 1829 (trad. de Jankélévitch, 4 v., Aubier, 1944; republicadas por Aubier em 8 v., 1964).

ferente. Sua inserção no processo espiritual vai, por abstrações sucessivas, conduzi-la à perda: ela é espreitada pela religião que deseja sua morte, definitivamente consumada (na companhia, aliás, de todos os outros momentos) na fase derradeira de fusão com o universal singular: o saber absoluto. Por um trançado laborioso submetido ao projeto geral da fenomenologia, a arte se ajusta entre a moralidade subjetiva-objetiva (desenvolvida como via pública e estrutura do Estado) e a religião, em cuja direção ela segue e que a coroa, religião por sua vez reintroduzida na filosofia[11].

Primeiro degrau da filosofia do espírito – que, aqui, triunfa da separação entre exterioridade e interioridade e se coloca como reconciliação entre a natureza finita e a liberdade infinita do pensamento –, a arte é o *elo intermediário* que apresenta essa conciliação sob um aspecto sensível. Esse momento deverá, pois, ser ultrapassado também, na direção de um pensamento que se pensará por si, sem ter necessidade de se mostrar sob uma forma sensível: será o saber absoluto, do qual a arte ainda está bem longe.

A arte é submetida à Idéia, e o ideal da arte está fora dela. Uma teoria da arte não pode, portanto, encontrar-se afastada do conjunto de uma filosofia, estando ligada a ela por seu começo (o que a tornou possível) e por seu fim (o objetivo para o qual se dirige), e não pode ser compreendi-

11. Cf. Friedrich Hegel, *Précis de l'encyclopédie des sciences philosophiques* (trad. de Gibelin, Vrin, 1967), em que o plano geral da filosofia do espírito está exposto.

da fora do projeto global. A arte não é analisada por si própria, mas somente na qualidade de elo intermediário tornado necessário devido à estrutura do conjunto.

Trata-se então de uma paisagem, de um horizonte, de um grande invólucro, em meio ao qual se pode 'enquadrar' e analisar um fragmento, como se faria com o detalhe de um afresco – detalhe que não teria sentido senão em relação à totalidade.

Mas se, então, a arte é vista como momento, como detalhe efêmero carregado pelo movimento de sua dissolução necessária, o que ela produz na passagem – as obras de arte – pode também ser detalhado, enquadrado e analisado numa mesma perspectiva, como pressentimento de um desaparecimento, cada momento se apagando para dar lugar a outro.

2. Periodização e finalidade

Hegel se dedica, assim, a uma análise bastante detalhada desses 'momentos da arte' apresentados pelos períodos históricos e os distribui ao longo de uma linha contínua desde a pré-história (ou quase) até o limite previsto para seu desaparecimento. Do Egito ao século XIX, passando pela Índia, Grécia, Holanda, Itália, França, a tal percurso correspondem também diferentes artes: arquitetura, escultura, pintura, música, poesia, numa cadeia coincidente. Curiosamente, a arte caminha no espaço geográfico e na temporalidade com o mesmo passo, sempre com pressa, poder-se-ia dizer, de extinguir a si mesma, enquanto brilham por um instante e desaparecem os diversos gêneros ou categorias das Belas-Artes, a música e a poesia.

Nascimento e morte de cada um desses gêneros, correspondentes a um período histórico, produzem-se e reproduzem-se sem que tenham sido causados por uma atividade específica dos sujeitos (os artistas), mas porque nascimentos e mortes são ensejados pela determinação superior que rege a história (a da arte assim como a do mundo): o espírito.

Desse modo, vemos a *arquitetura* – cujos berços são a Pérsia, a Índia e o Egito – nascer de uma indistinção entre fundo e forma, alma e corpo, conceito e realidade, depois passar por um período em que a diferenciação vem à tona e se representa sob a forma de símbolo. Assim as pirâmides simbolizam a luta entre exterior e interior (subterrâneos e câmaras mortuárias). Na arquitetura, a representação da idéia permanece exterior a seu conteúdo. Essa representação, bem como seu momento na vida do espírito, é dita 'simbólica'[12].

Ela dará lugar à *escultura* – momento dito 'clássico', cujo local é a Grécia antiga –, que libera a figura da massa indistinta da arquitetura para afirmar a individualidade espiritual encarnada em um corpo. Falta a ela, contudo, "a vida da subjetividade interior, assim como a vida e o movimento que, por seu conteúdo e seu modo de apresentação, é obrigada a negligenciar"[13].

---

12. Idem, 'L'art symbolique', *Esthétique* (Aubier, 1964).
13. Idem, 'La peinture', 'La musique', ibid. (Aubier, 1964), p. 17.

Vem então a pintura, na qual o princípio de subjetividade triunfa, a representação se torna independente da espacialidade, chegando até a negá-la, servindo-se apenas da superfície e da tonalidade para expressar os sentimentos de uma interioridade totalmente espiritual. É o momento *romântico* da arte. Romantismo que alcançará seu ápice com a música e a poesia: ambas suprimem, com efeito, o peso imóvel da figura pintada "ao recusar-lhe toda possibilidade de existência permanente". Abandonando o visível e se submetendo à vibração contínua dos sons, é um órgão de sentido muito mais etéreo que é solicitado, o ouvido, *um órgão de sentido teórico*[14].

À medida que a abstração avança, as fronteiras geográficas se alargam, a poesia não tem mais país, está pronta para a viagem através do universal. Logo os fragmentos – de espaço e de tempo, de gêneros e de categorias – serão reunidos para se fundir dentro da unidade do único sujeito que tem valor, aquele que fez todo o trabalho: o sujeito universal absoluto.

Periodizações e finalidade, as primeiras em direção à segunda, ou seja, de um fim ao mesmo tempo programado e ausente. A idéia, separada das manifestações concretas da arte, que dela só podem se aproximar ao se tornarem invisíveis, ocupa o mesmo lugar que na obra de Platão: praticamente inalcançável, relegando o exercício concreto da arte ao reino das aparências.

---

14. Idem, ibid., pp. 157-8.

É exatamente por isso que essa teorização só pode causar algum efeito sobre a arte a partir da *ambiência* onde a coloca, do horizonte que ela expõe em seu entorno. Embora não possa fundar a arte, sua natureza e suas práticas, na medida em que não leva em consideração sua existência presente e seus traços positivos – o que é a condição para falar do que se faz ou do que se deveria fazer –, nem por isso deixa de ser fundadora de certo número de *temas* que se propagam através da cultura e marcam-na com o seu selo.

3. Uma teoria do sintoma

No que diz respeito a Hegel, sua *Estética* age duplamente sobre o domínio da arte: por um lado renova e sustenta as Idéias de Platão e do neoplatonismo; por outro, propõe uma visão sintomática das manifestações da arte ao fazer delas fenômenos (aparições sucessivas e efêmeras, fantasmagóricas) ligados à história e que tornam visível seu sentido. Cada período da arte com suas produções singulares é então visto como *sintoma* da vida contínua, obstinada, do espírito que, expressando-se por meio delas, indica o estado de seu próprio desenvolvimento.

A visão hegeliana de uma arte sintomática é a mesma que, no mundo contemporâneo, leva alguns a se interrogarem a respeito da morte da arte (tema caro aos contemptores da arte contemporânea) e a respeito do bom fundamento do movimento de arte conceitual, inscrito no movimento de abstração progressiva, pelo qual a arte se move em direção à filosofia.

Esse halo de sentido envolve artistas e críticos de arte, que encontram, assim, uma maneira de se acomodar em uma continuidade histórica, sem serem obrigados a indicar eles mesmos as razões das escolhas que exerceram.

Além do mais, essa paisagem ambiental encontra ecos em filosofias que são na verdade muito distantes, chegando a ser radicalmente opostas à hipótese especulativa de Hegel[15]. Trata-se, no caso, de uma das características desse tipo de fundação: invadir pouco a pouco as outras tentativas de teorização.

III. O HALO ROMÂNTICO

Dentre essas teorias de fundação ambiental, cuja ação difusa é ainda maior pelo fato de a teoria original ter sido mal compreendida ou traída, é preciso incluir a teoria da arte do romantismo alemão. O termo 'romântico' cobre, no uso corrente, uma diversidade de traços díspares que representam – ao serem aplicados ao acaso – certas propriedades que os idealistas atribuíam à arte. Uma figura do romantis-

15. Assim é que, por exemplo, apesar do horror que ela lhes inspira, a filosofia de Hegel exerce uma atração sobre Schopenhauer e sobre Nietzsche: o princípio único que atravessa cegamente o tempo, arrastando os sujeitos da história em sua corrida, tem alguma ligação com a repetição eterna deste, a presença da origem trágica ou a vontade tomando consciência de si mesma.

mo – personagem, comportamento e obra – forja-se assim, incluindo o gênio, o sublime, a teatralização da arte como ópera total – todas as artes e todas as ciências fazem parte da obra derradeira do espírito, que muda a face da ciência e a converte em poesia. A arte acima da vida; o artista diferente dos outros homens; a natureza, poder absoluto, falando por sua voz e se revelando em sua obra. Todos esses temas podem efetivamente ser extraídos de forma fragmentar dos *Fragments* (*Fragments critiques*, publicados por F. Schlegel em 1797, e *Fragments*, publicados na revista *L'Athenaeum* em 1798), depois encontrados aqui e ali em Novalis, Höderlin e nos irmãos Schlegel, mas foram sobretudo retomados e reinseridos em uma trama à qual se atribui o nome de 'romântica'[16].

O sucesso dessa imagem que vai servir por muito tempo de modelo ao artista e que persiste ainda hoje como estereótipo e lugar-comum deve-se provavelmente ao fato de ela retomar e misturar traços *antigos* (certo platonismo: o belo é o bem e o verdadeiro, e os três são indissociáveis – ou a poesia como filosofia e vice-versa), até mesmo *vetustos* (o modelo grego: a cultura grega, sua atmosfera, a tragédia grega, os heróis, a natureza, tudo é grego, é o horizonte de referência para os românticos; o filósofo-poeta deve necessariamente ser grego), *renascentistas* (o homem ocupa o centro do mundo, a natureza é uma deusa pagã, o pintor é poeta

16. Sobre o romantismo alemão, cf. P. Lacoue-Labarthe e J.-L. Nancy, *L'absolu littéraire. Théorie de la littérature du romantisme allemand* (Le Seuil, 1978).

e arquiteto) e *clássicos* (é pelo pensamento que o homem reinventa as leis do universo, pois há uma correspondência tácita, um paralelismo entre as leis da inteligência e as da matéria). Mistura na qual o romantismo faz introduzir as 'novidades' filosóficas, rompendo com os traços que acabamos de citar e que, de um lado, procedem de Kant, mas retornando a ele (a imaginação transcendental à qual é confiada a unidade, a individualização de um sujeito que se torna assim a unidade de medida da obra do mundo, uma espécie de eu absoluto), e, de outro, de pensadores-poetas como Höderlin, ou de filósofos como Schelling (a idéia de um progresso do espírito, tema do idealismo especulativo, que, ao contrário do que será para Hegel, é percebido como um sistema total, mas mesmo assim aberto, ou seja, essencialmente inacabável), e, finalmente, de um espírito do mundo essencialmente anônimo, que seria, em sua forma acabada/inacabada, 'poesia de poesia'.

Essa composição sutil alia os contrários mantendo-os em equilíbrio e pode ser vista como exemplo/princípio na filosofia do fragmento, que concede a primazia à criação de si e do mundo (um todo único) por intermédio do espírito (o *witz*)[17], flecha aguda que atravessa vigorosamente o peso, a opacidade de um mundo envolto em trevas, rígido e sem

---

17. O *witz*, "genialidade fragmentária" (fragmento 9 dos *Fragments critiques*), ínfima, fugaz e quase informe, *saber-ver* imediato e absoluto, deve contudo ser escrito, passar à obra, para ser verdadeiramente a automanifestação do saber de si (mas involuntário) da Idéia.

projeto. Esse "mais antigo programa sistemático do idealismo alemão"[18], que não é nem programático, nem sistemático, nem filosófico *stricto sensu*, é um processo completo, processo em ato e portanto sistêmico mais do que sistemático, ou seja, orgânico: ele alia a vida e o espírito ao mundo em evolução; mais *poiético* do que poético ou filosófico, ele maneja em suma o 'e' em vez do 'ou'. Está resumido no fragmento 115 do Liceu: "Toda arte deve se tornar ciência, e toda ciência se tornar arte; poesia e filosofia devem estar reunidas".

Entretanto, ao praticarem o *witz* e o fragmento, o paradoxo e o anti-sistema, os românticos ofereceram a seus sucessores uma mina a ser explorada na maior desordem e de acordo com suas necessidades. É assim que os artistas – chamados de 'obras de arte da natureza' no fragmento 1 de Schlegel – são transportados às nuvens; a genialidade passa então a pertencer-lhes como uma característica permanente e completa, bem ao contrário do que propunha a lógica do *witz*! O anonimato e a escrita coletiva cederam lugar ao culto da personalidade; a alegria do *witz* ("nada é mais desprezível do que um *witz* triste", fragmento 17), à triste profundeza do sentimento; a sociabilidade, ao isolamento etc.

Essa disseminação dos temas e seu desarranjo produziram uma grande complicação na imagem do artista e na da arte. Mas essa própria complicação é o signo da riqueza

---

18. Programa cujo autor não se conhece e que foi descoberto, recopiado à mão nos papéis de Hegel, datando de 1795.

do germe que os românticos depositaram no campo da arte. Germe que de tempos em tempos desabrocha em boas florações, devolvendo ao *witz* o que lhe pertence, como, por exemplo (fiel, neste caso, a uma de suas reivindicações), o elogio contemporâneo desse 'por um triz', que Schlegel lamentava não fazer parte das categorias kantianas, ou o elogio da ironia constitutiva de qualquer obra, ou, passando além das caricaturas grosseiras da imagem do artista romântico, o elogio de seu desaparecimento programado que nos é oferecido gratuitamente pela arte contemporânea.

IV. A ARTE COMO VIDA: NIETZSCHE, SCHOPENHAUER

Em *O nascimento da tragédia,* Nietzsche, como vimos, destina à filosofia socrática o papel de guinada teórica. Essa guinada é para ele uma completa catástrofe, o esquecimento da origem, a relegação do que é a essência da arte, sua separação da vida, o desconhecimento de sua originalidade (entendida no sentido claro de originário: o que nasce e não termina de nascer). Mas essa 'origem' é a própria vida em sua potência de surgimento, pouco preocupada em encontrar uma forma de se expressar (como se a potência fosse distinta de sua manifestação e que um tempo de reflexão devesse se interpor entre fundo e forma), e para a qual tudo está ligado à embriaguez de seu desenvolvimento. A figura de Dionísio, seu delírio, sua loucura mística, é a própria irrupção da vida, o nascimento do mundo como tragédia. A essa sombria violência, a esse sol negro, cruel, a figura de Apolo traz a outra vertente mística: o sonho, que tinge de doçura a paisagem dionisíaca. Ele põe em música o que é grito e furor, torna audíveis as palavras proféticas e visível o que não se pode olhar. A tragédia antiga é a mesma, a fusão da dupla aparição da embriaguez da vida e da vida como sonho: a arte. Fusão íntima que não esconde um em favor do outro nem reúne, com um artifício teórico, o que teria sido separado, pois Apolo é também o deus do raio, e Dionísio é o mestre dos ritos bem orquestrados: a dupla figura é única.

1. O começo absoluto

O que significa, para uma teoria da arte, apresentar, no começo (e é preciso não esquecer que *O nascimento da tragédia* é *também* o primeiro livro do jovem Nietzsche), o mito 'grego'? Primeiramente, que não se tratará de uma "teoria especulativa" nem mesmo de uma teoria no espírito de Nietzsche, mas de uma visão, de uma intuição diretamente relacionada a uma experiência vivida, ao mesmo tempo móvel e motor de uma concepção da arte. Essa visão é intransponível, ela é o começo absoluto. Como tal, ela é também o começo e o todo da filosofia entendida como arte.

Todo filósofo que rejeita ou omite esse começo é um logógrafo, alguém que não entende nada de arte, que se propõe em vão colocar lado a lado argumentos inconsistentes, um homem esquemático, uma carcaça de homem "que jaz exangue como uma abstração e todo emaranhado nas fórmulas"[19].

2. A aparição da aparência

O profundo, o divino, a fonte é um horizonte, mas um horizonte que pede que nos voltemos para ver o que está atrás, o que exige que se seja 'inatual', 'intempestivo'. O filósofo artista ou o artista filósofo precisa fazer o atual, do qual deve se desprender, não para assegurar sua tranqüilidade e a serenidade de sua alma à maneira dos estóicos – Dionísio e Apolo reunidos o impediriam –, mas para escutar o barulho do combate deles, participar da luta que dilacera e dilacera eternamente os homens, combater o que acontece (a atualidade) em nome do inatual, da origem *indiscutível*. Combate que implica, evidentemente, estar presente a essa atualidade, mas presente de tal maneira que se possa revirar o modo pelo qual a atualidade parece atual, não a desmascarando como aparência e opondo-lhe uma verdade que estaria escondida atrás (é o que a filosofia transcendental faz), mas suscitando outra aparência, mãe de todas as aparências, as quais, numa profundidade bastante longínqua, jorram do conflito dos deuses.

Nessa visão, o tempo não é dividido em si mesmo entre antes e depois; ele é uno, pois a origem está presente em todas as coisas e em qualquer ação, ela é *imediata*. E é apenas por

19. Friedrich Nietzsche, *La naissance de la philosophie* (Gallimard, 1938).

intermédio de um artifício de pensamento que se lhe pode atribuir um tempo particular dentro do tempo indivisível.

Esse imediatismo na captura do tempo é exclusivo do artista, pois apenas uma ação criadora pode trazer a origem até o presente, e é devido a essa captura do mundo em um único momento que o artista é verdadeiramente filósofo, é devido a ela que ele conhece.

3. Uma metafísica sem metafísica

Arte é, pois, conhecimento, mas conhecimento de outro tipo, muito mais antigo do que o saber do qual a arte se desvia. Muito mais amplo também, e que envolve antecipadamente o esclarecimento metafísico; o ser (muito embora esse vocábulo não convenha verdadeiramente aqui) só pode ser captado pela *atividade metafísica da arte*. Por uma *metafísica do artista*. É ela que ilumina a realidade do mundo, de modo que o mundo não é o ponto de partida de uma representação pela arte, que o imitaria ou o copiaria (como era o caso para Platão), mas sim o ponto de chegada, o que se tornou possível, o que aparece por intermédio da arte. Esse ser, o mundo, não é, pois, distinto daquilo que o artista fez aparecer. Como não há nenhuma separação entre Dionísio e Apolo, também não há nenhuma separação entre a aparência e um pretenso além. A única separação é a que foi catastroficamente introduzida pela chegada do *homem teórico*. Pois o que o teórico realiza, por intermédio do conceito, é a separação, a colocação do imediato a distância; o conceito é cinza, sem cor e sem sabor, ele é isolado, pobre; apesar de todos os esforços, o ser lhe escapa, e a metafísica tradicional está justamente aí para designar o que, em vista disso, lhe escapa.

Em compensação, na arte, qualquer coisa é próxima, contanto que se desvie das generalidades redundantes, que renuncie às razões e que confie na linguagem da poesia – que fala não por conceito, mas por metáforas.

4. A tradição voa em pedaços

As oposições tradicionais da filosofia ocidental – ser e aparência, ser e tempo, corpo e alma, ciência e arte, idéia e imitação, forma e matéria, sabedoria e loucura, senso e não-senso, verdade e erro, bem e mal – são abaladas pela visão nietzschiana. É pouco dizer que ele toma um contrapé, na verdade ele faz voar em pedaços essas próprias oposições: é a forma da filosofia tradicional, seu método dialético, a dianóia, que é atingida e em parte destruída (em parte apenas, pois Nietzsche não pode se manter por muito tempo na linguagem poética, precisando também, apesar de tudo, 'discutir', encadear raciocínios. E com freqüência se vê submetido ao que quer combater).

São os estilhaços de sua obra – diversos, freqüentemente contraditórios (e não uma teoria, sistematizada, que ele desde logo recusa e contra a qual todo seu esforço se volta), porções fragmentadas de uma experiência existencial, na qual é a dor da separação e ao mesmo tempo a alegria e a angústia do eterno retorno desse longínquo onde ele compreende '*a vida em si*' – que são colocados como valores, que vão conquistar os artistas e os pensadores pós-Nietzsche[20]. Mais do que traços, mais do que temas, é uma maneira de ver, uma tonalidade de conjunto, uma maneira de usar a linguagem, de acentuar a experiência, que vão modificar as relações tradicionais de pensar e de agir 'como artista'.

5. Na paisagem de Schopenhauer

Como acontece na maior parte do tempo com as fundações ambientais, o que elas disseminam na paisagem é não somente sua própria visão do mundo, mas as visões que lhe serviram de fonte, nas quais elas se inspiraram, quaisquer que tenham sido as transformações que lhe fizeram sofrer em seguida. Assim, a estética de Schopenhauer está presente como um pano de fundo na visão nietzschiana, e, por esse viés, ela está também presente de algum modo no domínio da arte.

A admiração de Nietzsche por Schopenhauer é total; por um lado, devido a sua crítica virulenta contra Hegel, seu inimigo declarado; por outro, pelo princípio essencial de *O mundo como vontade e representação*[21], o do *querer-viver*.

---

20. Giorgio Colli, *Après Nietzsche* (Éditions de l'éclat, 1987, para a tradução francesa). Esse pequeno texto utiliza aforismos, parágrafos curtos, dispersão (estilhaços), retornos, à maneira de numerosos escritos do próprio Nietzsche. É provável que só se possa falar de Nietzsche dessa maneira. Os ensaios mais sistemáticos sobre a filosofia de Nietzsche traem seu mais constante pensamento, o de um anti-sistematismo.

21. Arthur Schopenhauer, *Le monde comme Volonté et représentation* (trad. de Burdeau, PUF, 1966). Schopenhauer desenvolve sua tese no terceiro livro de *O mundo* e nos suplementos desse terceiro livro.

A recusa do mundo dos professores, do sistematismo, da filosofia abstrata, dos conceitos vãos, o conjunto simbolizado pela figura execrada do "impudente Hegel, escrevinhador e autor de inépcias"[22], o estilo polêmico, brilhante, a independência de pensamento, o distanciamento para fora do mundo das universidades, tudo isso claramente impressionara Nietzsche. Quanto à Vontade – princípio da vida universal, cega, única, à qual ninguém escapa a não ser se refugiando no Nirvana, na negação de um querer-viver primitivo que sujeita o conhecimento aos seus próprios fins –, ela vai ser encontrada, ou pelo menos seu *analogon*, na origem inexcedível do homem trágico nietzschiano. A Vontade schopenhaueriana é o princípio vital, indiferente aos sujeitos que sofrem; ela é o mundo que segue, deixando aos homens a ilusão de sua liberdade; sua energia atravessa minerais, plantas e animais, se consuma em sua negação. O conhecimento, a ciência, a inteligência humana são apenas objetivações desse querer fundamental, e tudo o que elas podem fazer é levantar por um instante o véu da ilusão do conhecer, sendo, portanto, todas negativas. Saber que o conhecimento é obtido de um fundo de negatividade, que a sabedoria é aceitação e renúncia ao fantasma de uma liberdade individual, interromper a ilusão para compreender que a vontade é a essência do mundo, é essa sua tarefa.

---

22. Idem, *La volonté dans la nature*, Prefácio (PUF, 1969).

Assim, justamente por ser a arte uma intuição direta desse querer-viver, e por ela permitir captá-lo, por assim dizer, nele mesmo mas sem dor, exibindo-o, é ela a grande consoladora. Pela contemplação da inelutável necessidade do querer, a arte enfraquece sua violência e permite o esquecimento.

Prefigurando o aspecto trágico do conflito entre a embriaguez e o sonho (entre Apolo e Dionísio), a visão schopenhaueriana, ao transportar a arte para além da razão abstrata, ao fazer dela o modo privilegiado de conhecimento da vida, é exatamente a paisagem onde vai se desenvolver o pensamento trágico da arte. E o longínquo, esse lugar originário que, a distância, se irradia sobre a arte presente, está situado tanto para um quanto para o outro em um Oriente imaginário: o de Nietzsche na Grécia asiática, o de Schopenhauer na Índia, os Upanishads servindo de referência à negação do querer-viver. O veículo da embriaguez e do sonho, da energia, assim como da renúncia, é a música, que é sua matéria imponderável.

CONCLUSÃO

Essas fundações, que chamamos de ambientais: as Idéias e o ideal, o Espírito e seu advento, a origem e seu retorno, os modos estéticos de conhecimento, tudo isso delineia uma área, que, por ser construída com elementos díspares, por vezes totalmente contraditórios, não deixa, ainda assim, de formar um conjunto, um meio no qual a arte pode se exercer e fora do qual ela não existiria. Mesmo assim, essas fundações não oferecem nenhum preceito concreto, nenhuma maneira de realizar 'a obra de arte', pois, de certa maneira, elas permanecem aquém ou além da obra, que, por sua vez, é presença, produção, e exige que sejam levadas em conta as condições de sua existência.

CAPÍTULO 2

AS TEORIAS INJUNTIVAS

As teorias ambientais traçaram uma espécie de paisagem na qual a arte tem seu lugar, mas nem por isso impuseram regras ao trabalho artístico, inclusive para sua compreensão, seu julgamento ou sua percepção. Contudo, são as regras, ou seja, os limites, os processos específicos, isto é, os instrumentos e operações próprios a essa atividade que conferem à arte a especificidade e fundam sua identidade.

São outros gêneros de teoria inteiramente diferentes que vão justamente levar em conta esses requisitos, teorias que chamaremos de *injuntivas*, pois visam a uma prática que se propõem a explicitar, apresentando de alguma maneira condições ao exercício da arte e dando uma ordem (nos dois sentidos do termo) à multiplicidade de expressões, de técnicas e de intenções.

Estamos deixando, pois, o mundo da metafísica – seja qual for a maneira como a transcendência tenha sido tratada pelas teorias ambientais – para voltar à terra, ao meio das obras de arte, do público e das atividades que lhes são indispensáveis para se afirmar como obras.

I. ARISTÓTELES OU AS REGRAS DA ARTE

No momento em que Platão desenhava a vasta paisagem do belo, onde, definitivamente, a arte tinha pouco espaço, Aristóteles atacava a questão de um modo bem diferente. E, de fato, ele a atacava de forma concreta, em um terreno delimitado. À sua maneira, franca, tomando uma situação existente e tentando dela extrair os princípios de funcionamento, os conceitos constitutivos. A *Poética* situa a tragédia em meio às outras artes do discurso e estabelece seus fundamentos teóricos e práticos[1].

Mas, ao fundar teoricamente essa arte particular, a *Poética* trabalha também para todos os discursos de ficção e, por extensão, para o domínio da arte em geral.

Contudo, durante muito tempo, a *Poética* só será conhecida por meio de alguns trechos escolhidos utilizados pelos clássicos, como a regra das três unidades, o preceito segundo o qual a tragédia deve provocar no espectador temor e pie-

---

1. Pode-se ler a *Poética* nas Éditions des Belles Lettres (trad. de J. Hardy, 1965) ou na tradução acompanhada de notas bem elaboradas de R. Dupont-Roc e Jean Lallot (Le Seuil, 1980). A *Poética* é um tratado curto, composto de 26 capítulos, supostamente anotações de aulas redigidas pelo próprio Aristóteles.

dade, ou, ainda, que a ação deve apresentar personagens maiores do que o natural. Redução que apenas leva em conta 'regras', injunções rígidas, privando o texto de sua riqueza, de sua invenção, de sua liberdade. Ocorre nesse caso o mesmo fenômeno interpretativo que faz também da 'lógica' um instrumento rígido, uma espécie de jugo institucional para o raciocínio, esquecendo-se que ela é apenas uma parte de uma teoria muito mais ampla da linguagem, articulada à retórica, por um lado, e à poética, por outro[2].

Mas há muitas outras coisas além de regras nesse trabalho fundador, como por exemplo tudo o que diz respeito às noções de *mimesis*, de verdade e de verossimilhança, de recepção estética – o limite para a ficção –, ou ainda a relação entre o narrativo e a imagem, a liberdade do autor confrontada às exigências do gênero... todas essas são questões que ainda hoje em dia nutrem as reflexões sobre a arte.

1. Um instrumento para a autonomia: a taxonomia

A primeira preocupação, e que se opõe ao caos dionisíaco e se distingue também da hierarquia por dicotomia[3], é recortar com convicção um objeto, que será cercado, marcado por traços característicos. Preocupação taxonômica e

---

2. Cf. Anne Cauquelin, *Aristote, le langage* (PUF, col. Philosophies, 1989). A *Poética*, como toda a obra de Aristóteles, só pode ser compreendida se relacionada à biologia, assim como à lógica, à retórica, à moral e à física.

3. Dicotomia platônica contra a qual se insurge Aristóteles (cf. *Das partes dos animais*, 642 *b* – 643 *b*).

equilibrada. Da mesma maneira que os gêneros e as espécies biológicas têm seus traços próprios, que podem ser descritos, os gêneros (*genos*) e espécies (*eidè*) literários têm os seus, que permitem que sejam reconhecidos. O método de classificação adotado na biologia pode aqui também servir para distinguir dentro do gênero narrativo a espécie 'tragédia'. Contudo, essa espécie particular é o paradigma de todas as outras espécies e, finalmente, do próprio gênero, que é o da ficção.

As espécies, com efeito, distinguem-se entre si por um mais ou um menos, um acréscimo ou uma privação dentro de determinado gênero; o gênero, por sua vez, agrupa os traços comuns às espécies.

O que se passa com a arte (gênero) e a tragédia (espécie)?

Por um movimento de retorno que lhe é habitual, Aristóteles vai analisar primeiro a espécie particular da tragédia, antes de encontrar o gênero em que essa espécie está situada. Pelo princípio da lógica, teoricamente, de fato o gênero vem em primeiro lugar, mas, em termos práticos, é a espécie particular que é mais fácil de ser apreendida[4].

É preciso notar, antes de mais nada, que Aristóteles coloca como princípio o fato de a arte fazer parte das atividades humanas, sem a submeter a um *a priori* desfavorável. Como ele, nós também nos debruçamos sobre o terreno da classi-

4. *Physique* I, 1. 184 *a*: "Partir das coisas menos claras em si e mais claras para nós, para ir em direção às coisas mais claras em si e mais reconhecíveis segundo a razão".

ficação 'natural', do problema de definição lógica, de coincidência de classes; não entra aí nenhuma preocupação com hierarquização de ordem ética, nenhuma avaliação relacionada a um princípio superior (em biologia, um sapo ou um caranguejo, ou, ainda, o menor dos moluscos é tão interessante de ser estudado quanto um elefante).

Como descrever essa atividade? Se tomamos as atividades humanas como um 'gênero', a arte seria uma de suas espécies, e seria assim definida: uma espécie de atividade que produz com vista a um fim exterior, e essa espécie iria distinguir-se das outras atividades cujo fim é inerente à ação.

Assim, a ação de comer bem e a de dormir bem mantêm a saúde do organismo de maneira imanente: não há nelas arte propriamente dita. Em compensação, o médico, que 'produz' a cura do corpo com seus remédios, visa a um fim exterior a ele: ele pratica uma arte.

A arte é, então, 'uma disposição de produzir (*poiésis*) acompanhada de regras'. Produzir é "trazer à existência uma das coisas que são suscetíveis de ser ou de não ser e cujo princípio de existência reside no artista"[5].

Nessa ótica, uma produção é julgada por sua conformidade às regras 'verdadeiras' que foram seguidas. Caso tenha seguido as regras falsas, a produção terá falhado. Nenhuma

5. *Ética a Nicômaco*, VI, 2, 1139 *b*, e VI, 4, 1140 *a*. A atividade poética ou produtiva (*poietikè*) termina na criação de uma obra exterior ao artista, ao passo que a atividade prática (*praxis*) é uma ação imanente ao agente.

pretensão de se comparar a um ideal, de visar à transcendência, que não compete à atividade produtiva.

O que importa ao teórico da arte é, então, enunciar essas regras verdadeiras e, diante isso, avaliar os meios e a matéria da produção de acordo com os fins que ela se dispõe a alcançar. Daí o interesse em classificar os fins e ver como se articulam os gêneros e as espécies.

Percebe-se portanto que, dentro do gênero 'discurso', a espécie 'filosofia', por exemplo, tem como fim a tríade 'bem-verdadeiro-belo'. A espécie 'retórica', por sua vez, visa decerto ao bem, mas já o verdadeiro está um tanto afastado de seu objetivo; é o verossímil que ela procura na maioria das vezes. Já a história tem em vista o verdadeiro, mas se preocupa pouco com o bem e o belo. A arte da *mimesis* também deve ter algum traço a mais ou a menos por intermédio do qual seus fins se distingam das outras espécies e a definam. Antecipando um pouco o que virá a seguir, diremos que não se trata nem do bem nem do verdadeiro, mas do verossímil e do prazer, o que de fato a diferencia de tudo o mais.

Eis, portanto, um terreno cuidadosamente limpo, tornado autônomo, condição indispensável para seu tratamento pelo teórico, tudo isso graças ao método taxonômico.

Mas a taxonomia prossegue: pode-se, com efeito, agora que a arte foi definida como espécie de um gênero – a atividade de produção –, tomá-la por sua vez como gênero para as espécies que ela engloba. Dentro da arte da *mimesis*, considerada desse modo como gênero, encontram-se diversas espécies, diferentes por acréscimos ou supressões: assim, a arte da flauta, da cítara, da flauta de Pã utiliza melodia e ritmo, mas a dança lança mão apenas do ritmo sem melodia; "Quanto à arte da *mimesis*, que se serve apenas da linguagem, ela continua sem denominação até o presente"[6] – o que significa que é sem distinção, sem traço particular que possa dividi-la. Um trabalho de definição continua, pois, precisando ser feito, e é isso que se propõe a *Poética*.

2. A arte da *mimesis* ou de uma teoria da ficção

Nós manteremos o termo grego *mimesis*, que apresenta a vantagem de não nos lançar sobre a falsa pista da imitação (*mimesis*/mimético) nem sobre a da representação, que remeteria às representações de idéias.

Se temos em mente que toda arte é produção acompanhada de regras, compreendemos de imediato que a *mimesis* não é cópia de um modelo, pálido decalque da idéia, afastada da verdade em muitos graus, como era o caso para Platão. Ela é antes de tudo fabricadora, afirmativa, autônoma. Se ela repete ou imita, o que repete não é um objeto, mas um processo: a *mimesis* produz do mesmo modo como a natureza produz, com meios análogos, com vista a dar existência a um objeto ou a um ser; a diferença se deve ao fato de que esse objeto será um artefato, que esse ser será um ser *de ficção*.

---

6. *Poética*, 1, 1447 *b*.

O produto de uma ficção é tão real quanto o gerado pela natureza, apenas não pode ser avaliado de acordo com os mesmos critérios. Para a natureza, os seres que ela produz são como eles são: ela sabe o que faz, e o faz bem, suas regras de produção são imanentes (mesmo que aconteçam vez por outra, muito raramente, erros de programação – por exemplo, monstros por falta ou por excesso). Não acontece a mesma coisa com os seres de ficção; o que é processo interior na natureza está, no artefato, submetido à exterioridade e, portanto, à contingência.

O afastamento. Há, pois, um afastamento necessário em toda ficção, pois a produção não pode ser senão um *analogon* do processo natural. *Como* a natureza, a produção dispõe de elementos, de meios e de um objetivo ou fim: fazer com que, de algum modo, os objetos ou seres que ela vai produzir possam 'funcionar' no universo para o qual estão destinados.

É nesse 'como', nesse afastamento, que se instala a ficção. Assim, por exemplo, a história que procura permanecer o mais fiel possível aos acontecimentos produzidos pela necessidade, e que são o que são, não manifesta esse afastamento que constitui a essência da poesia. A história repete o mais exatamente possível, é guiada pela preocupação com a verdade. A ficção, por sua vez, não repete, ela compõe, e sua preocupação é com o *verossímil*, não com a verdade.

Vemos aqui – e jamais o diremos o suficiente – que a *mimesis* aristotélica em nada se assemelha à cópia de Platão: ela é ativa, tem sua própria natureza, e não pretende de modo algum mudá-la para procurar o verdadeiro.

O afastamento, longe de ser um defeito, é, pois, uma qualidade; melhor: ele é constitutivo de qualquer atividade artística. Assim, há afastamento na pintura ("Polygnote pintava os homens mais bonitos; Pauson, os menos bonitos"...), mas também quando se toca flauta, na prosa e no verso (por exemplo "Homero faz os homens superiores à realidade..."[7]).

O que o afastamento anuncia é a possibilidade de as coisas serem diferentes do que elas são. Em outras palavras, é um universo do possível instaurado pela ficção (nós diríamos: o mundo do imaginário).

Aqui, mais uma vez, a história dá um contra-exemplo: quer seja em verso, quer em prosa, ela só fala do que já aconteceu, ao passo que a poesia (a ficção) fala do que vai acontecer, do possível. Com isso, há mais filosofia na ficção – pois esta trata do geral, de uma soma de ações possíveis – do que na história, a qual versa apenas sobre o singular, o particular, e faz a descrição dos acontecimentos[8]. O fato de a história ou a ficção serem escritas em verso ou em prosa em nada altera a questão, pois a distinção não passa pela forma textual, mas pelo que está sendo dito.

O verossímil, a doxa. O espaço que se abre diante da *mimesis*, o do possível, foi agora destacado, mas vai ser preciso

7. Ibid., 2, 1448 *a*.
8. Ibid., 9, 1451 *b*.

especificar quais dentre todos os possíveis podem ser utilizados. Pois tudo o que é possível não é forçosamente acreditável: o possível deve, portanto, ser 'verossímil' para que os espectadores acreditem nele. É então o verossímil que se encontra no cerne do prazer estético proporcionado pela ficção.

A questão é: em que podemos acreditar, de que forma uma ficção pode nos oferecer a aparência de verdade de tal maneira que pensemos que 'aquilo' pode ter acontecido ou poderá vir a acontecer?

O verossímil está submetido ao conjunto de nossas crenças; os limites do acreditável são os limites dessas crenças. Mas essas são as crenças da opinião comum: a doxa. É ela que serve de muralha contra o impossível (essa categoria do possível que não é acreditável). Aristóteles dá então alguns preceitos: o maravilhoso, os encontros e os reconhecimentos inesperados, as peripécias excessivamente numerosas, tudo isso deve ser evitado. A linguagem, da mesma maneira, deve ser compreensível; rebuscada demais, escapará à compreensão; vulgar, não apresentará o afastamento necessário para que se possa falar de ficção. O que provoca prazer é nos encontrarmos em um meio conhecido, no qual um certo arranjo interior nos encanta por sua novidade, sem contudo nos excluir de sua intimidade. A articulação entre trivial e ficção cativante é delicada; felizmente temos diversas cartas na manga: os *tropos* ou figuras de linguagem, os *topoi* ou lugares-comuns.

Figuras de linguagem: a metáfora, a analogia. Para criar uma distância entre a linguagem de ficção e a linguagem comum, sem contudo fazer com que esse afastamento seja grande demais, o artista dispõe do recurso da metáfora. Essa figura de linguagem, que se define como "o transporte a uma coisa de um nome que designa uma outra"[9], tem a vantagem de utilizar palavras conhecidas e, portanto, continuar a ter perfeita clareza, ao mesmo tempo ornando o discurso e se afastando da banalidade. Com efeito, se eu digo 'velhice' e se eu digo 'entardecer' e 'vida', estou usando termos correntes, e se então eu digo 'a velhice é o entardecer da vida', continuo claro para todo mundo, mas ao mesmo tempo me afasto do uso habitual. Tal é a metáfora que une a linguagem banal à linguagem elevada, que tece liames inesperados entre as coisas. Ela é o principal instrumento do poeta.

Mas como criar metáforas? Não se pode recolher palavras ao acaso e mudá-las de lugar por puro capricho, sob pena de se tornar obtuso. Mas por trás da metáfora trabalha outra figura, lógica nesse caso: a analogia. A analogia é uma estrutura lógica que governa a metáfora. Ela é, com efeito, relação: entre quatro termos. 'dos quais o segundo está em primeiro, assim como o quarto em terceiro'. Sejam 'taça' e 'Dionísio', depois 'escudo' e 'Ares', há entre os dois primeiros termos a mesma relação que entre os dois seguintes: a taça é o atributo de Dionísio, e o escudo é o atributo de Ares; o poeta que usa a metáfora poderá então dizer: 'o escudo de Dionísio' e a 'taça de Ares'[10].

---

9. Ibid., 21, 1457 *b*.
10. Ibid., 21, 1457 *b*.

A analogia retém quase que matematicamente a metáfora dentro dos limites do verossímil. A ficção não 'ficciona' sem regras; sob as imagens mais originais se esconde uma rigorosa geometria.

Os lugares ou topoi. Mas não é essa a única maneira de limitar a fantasia e de lhe fixar fronteiras além das quais ela não obteria nenhum sucesso. Se a linguagem deve permanecer clara e ao mesmo tempo elevada, a intriga da tragédia encontra também seus limites. Nesse caso, o que interfere é a memória de um passado comum. As lendas, os grandes acontecimentos das famílias fundadoras da civilização grega, é nesse solo fértil que será concebida a intriga. Ele é suficientemente rico e suficientemente prestigioso para que valha a pena falar dele. Além disso, tais histórias são conhecidas de todos, elas são como um reservatório de fábulas que se servem a diferentes arranjos. Inútil, pois, inventar outras situações: elas serão sempre menos cativantes do que as já conhecidas, que podem ser descritas como muitos 'lugares' possíveis. Lugares próprios à tragédia[11], como o reconhecimento inesperado de um pai e de um filho, de dois amigos, ou a desgraça que se abate de forma imprevista, ou

---

11. Um lugar próprio, textualmente: um lugar onde se está em casa (*topos oikeion*, de *oikeia*: 'casa'). Para Aristóteles, cada elemento tem seu lugar no universo, lugar que é o local natural, no qual o elemento é ele mesmo. Assim acontece com a pedra, cujo lugar próprio é a terra, e é por isso que ela cai na terra quando é lançada para o ar; assim acontece com o fogo, cujo lugar próprio é o éter, e é por isso que ele se eleva. Da mesma maneira, há locais próprios para a argumentação retórica e lugares (ou situações) próprios para a tragédia.

o acontecimento temido pelas pessoas e que se efetiva ou não efetiva. É o que chamamos hoje em dia de *suspense* e que constitui um elemento importante na ficção trágica.

O poeta pode tratar esses 'lugares' com liberdade, sem deles se afastar até uma certa medida; introduzir o maravilhoso, com a condição de respeitar a credibilidade. É porque não se trata, mais uma vez, de descrever fatos que realmente aconteceram, pois, por serem extraordinários (e freqüentemente são), é impossível acreditar neles.

A arte da *mimesis* poderia caber nesta fórmula: "Deve-se preferir o impossível verossímil ao possível inacreditável"[12].

O prazer, a catarse. Chegou a hora de examinar o fim último dessa produção de ficção, a finalidade da arte: o prazer que ela proporciona. Como uma atividade se define por seu fim, é na definição da tragédia (livro 6) que esse fim é evocado. E, como se não pairasse nenhuma dúvida de que a arte da *mimesis* busca provocar o prazer, Aristóteles indica apenas de que maneira esse prazer advém.

Não vai se tratar nem da utilidade, que era um dos critérios de avaliação da arte por Platão, nem de educação moral, nem sequer de um meio de se aproximar da verdade, mesmo que de longe. A arte é unicamente voltada para o deleite estético.

Antes de mais nada, trata-se de um prazer garantido de ver adornada a natureza tal como ela nos é apresentada, pra-

12. *Poética*, 24, 1460 *a*.

zer que coroa qualquer atividade de produção artística. A arte, com efeito, *completa a natureza*, ela a *engrandece* por intermédio dessa grande quantidade de possibilidades, dessa virtualidade que a ficção acrescenta às coisas como elas são.

Em seguida, o prazer, *próprio da arte da mimesis*, da tragédia, mais sutil para ser descrito, que consiste em interromper por um momento as afecções da alma, das quais ela padece a maior parte do tempo, tais como o assombro, o medo ou a piedade, e de que somos cotidianamente acometidos diante do espetáculo das desgraças do mundo. Experimentar essas emoções ao mesmo tempo não as experimentando *verdadeiramente*: tal é o efeito da ficção. As peripécias, os golpes da sorte, as desgraças, os crimes e as lágrimas dos personagens da tragédia nos comovem, decerto, mas ao mesmo tempo sabemos que são fictícios: o afastamento desejado pela *mimesis* age nesse caso sobre nossos sentimentos como se fosse um remédio, um alívio. O termo *catarse* – um termo médico que designa depuração do mal (como a purgação alivia o estômago) – exprime com exatidão a ação executada pelo afastamento: devolver, no espaço de um momento, qualquer destino trágico à sua ilusão.

3. O modelo e a injunção

A *Poética*, antes do que se chamou de 'regras' para a tragédia, teve de fundar teoricamente seu local de exercício, ou seja, definir o lugar da tragédia em meio às artes da *mimesis* e, ainda mesmo antes, o lugar dessas artes em meio às atividades práticas. Pouco a pouco, é o próprio *status* da arte que se vê trazido à baila. O ponto focal, a tragédia, concentra nela todos os atributos requeridos pela obra de ficção. Esse ato fundador, que se opõe radicalmente ao tratamento pejorativo da arte por Platão, constrói um modelo (no sentido de maquete ou paradigma) que vale, como vimos, para as artes plásticas, a música, a dança. Nesse modelo, os atores estão no local: o artista e sua liberdade *vis-à-vis* à realidade dos fatos; o público e suas expectativas; a doxa, que obriga a ficção a respeitar o verossímil, o próprio verossímil e os meios para seu exercício, enfim, a finalidade da *mimesis*, que é o prazer ou a completação da obra para o deleite estético.

Injuntiva, a teoria de Aristóteles constrói um local definido, limitado, descritível; contudo, ela não é fechada em si mesma, mas é fonte de interpretações e de práticas possíveis.

A esfera da arte, assim instaurada, comporta todos os elementos de sua vida futura: a idade clássica seguirá as regras da tragédia *stricto sensu* (unidade, extensão), os séculos modernos desenvolverão os aspectos ora psicológicos (a catarse, as paixões e emoções, a sublimação), ora literários (a ficção, o afastamento), e até mesmo lingüísticos (a metáfora); além, é claro, da sociologia da recepção, estimulada pela introdução da opinião (doxa) sobre a cena da arte. Em vista de todos esses pontos, a invenção aristotélica é inigualável[13].

---

13. Northorp Frye faz justiça, de maneira veemente, à *Poética* de Aristóteles, considerando-a a verdadeira e primeira teoria da arte (*Anatomie de la critique*, Gallimard, 1957).

II. KANT E O SÍTIO DA ESTÉTICA

Com a *Critique du jugement de goût*[14], entramos em um mundo completamente diferente. Para começar, esse mundo já está cheio de obras, reconhecidas e celebradas; a arte já é uma questão à parte, suscitando uma grande efervescência, o que nos coloca muito longe das exclusões platônicas e até das injunções aristotélicas (que foram seguidas). No entanto, tal efervescência abrange as noções de estilo, de belo, de gênero e nos remete à Idéia do belo.

Esse movimento de comentários desordenados parece ter se produzido ao sabor do capricho e dos humores, sem a interveniência de nenhuma legislação dizendo como formular um julgamento que pudesse ter validade universal.

Então a questão é: podemos julgar a arte sem ser por intermédio de nossos humores? Existe um tipo de julgamento particular aplicável à atividade artística, e, nesse caso, quais seriam suas características? É possível traçar a forma universal segundo a qual tal julgamento pode ser exercido, de maneira que todos os julgamentos de gosto individuais refiram-se a ela?

A tarefa que Kant atribui à estética será a de responder a essa questão. Não se trata mais de encontrar um fundamento para as obras de arte, de pleitear um lugar para elas nas atividades humanas, nem mesmo de ditar regras

---

14. Immanuel Kant, *Critique du jugement de goût* (trad. de J. Gibelin, Vrin, 1960).

para sua produção, mas, no século dito 'das luzes' – no qual o esforço dos filósofos concentrou-se inteiramente nas capacidades da razão –, de interrogar-se a respeito do gênero de conhecimento que podemos ter delas. O tema central da reflexão não é mais a obra, mas o processo interior que nos conduz a pensar que se está de fato diante de uma obra de arte.

1. O conhecimento da arte como conhecimento autônomo: um sítio para a estética

A exploração de nossos modos de conhecer já havia conduzido Kant a limitar os poderes do entendimento aos fenômenos naturais, reservando o número (o que pertence ao mundo do *nous*, da essência) a outro tipo de conhecimento; existe sempre a razão, mas ela é ou pura, ou prática. Dois modos que dão acesso a dois mundos. Mas nem um nem outro são válidos para um terceiro mundo: o da arte, onde as leis da natureza, assim como os preceitos da Razão (ou moral) não podem ser aplicados, donde a necessidade de definir um terceiro tipo de conhecimento, de limitar seu uso, ou seja, de traçar suas fronteiras (crítica derivada de *krinein*: distinguir, separar). Somente uma crítica, uma linha divisória, permite assegurar a validade dos julgamentos dentro do perímetro que ela delimita.

Aristóteles havia nos falado a respeito do afastamento introduzido pela ficção entre o que é da natureza e a produção de artefatos. Esse afastamento deve encontrar uma correspondência no julgamento que fazemos a seu respeito. O julgamento do afastamento deve, pois, ele também, ser 'afastado'; ele deve encontrar seu lugar dentro desse afastamento, entre os dois grandes tipos de racionalidade que são, por um lado, a procura de uma ordem de razão nos fenômenos e, por outro, os imperativos categóricos de ordem moral. Afastado não significa contrário ou fora da racionalidade, mas, como se trata de um espaço entre dois territórios, ligado a seus vizinhos por suas fronteiras e livre quanto a seu princípio interno, ele deve receber uma dupla marca, negativa e positiva: é no que ele não é, é em sua diferença que ele encontra a identidade.

Assim, a *Critique du jugement de goût* insinua-se entre as duas *Críticas* precedentes, tanto por sua data de produção (algumas vezes chamada de terceira crítica: e, necessariamente, ela só pôde aparecer depois que as outras duas foram constituídas) quanto por seu conteúdo: o julgamento de gosto deve ficar 'suspenso' entre as duas outras, pertencendo-lhes e não lhes pertencendo – espaço a partir de então paradoxal, situado entre duas negações, sobre as quais se apóia para se afirmar 'outro' e cujo tratamento deve adotar a forma do paradoxo.

2. Os quatro paradoxos fundadores

Para responder à exigência de ter de se afastar, ao mesmo tempo continuando a ser um julgamento da ordem do universal, Kant enuncia quatro proposições em forma de oximoros[15]. Essas quatro proposições correspondem às quatro funções lógicas segundo as quais um julgamento pode ser realizado: a *qualidade* (satisfação ou desprazer), a *quantidade* (universalidade ou subjetividade), a relação com a *finalidade* (determinismo ou liberdade), por fim a *modalidade* (necessidade ou possibilidade).

Mas os julgamentos do entendimento e os preceitos da moral estão submetidos, em cada uma dessas funções, à obrigatoriedade do princípio de não-contradição: a necessidade exclui a liberdade, a universalidade exclui a subjetividade etc. Mas a situação paradoxal do julgamento de gosto leva a se reunirem – sem preocupação com a contradição – os dois pólos de cada uma dessas funções. A terceira crítica, para uma terceira espécie de conhecimento, é também a que admite e reivindica o terço não excluído.

Obtêm-se assim *os quatro momentos* do julgamento estético, que são: a satisfação desinteressada, a subjetividade universal, a finalidade sem fim e a necessidade livre.

Satisfação desinteressada. É o sentimento produzido pela existência de um objeto, não porque ele poderia ser útil ou necessário à vida – quanto a isso o julgamento de gosto permanece indiferente –, mas pelo fato de apenas serem sentidos o prazer ou a insatisfação, sem consideração com qualquer tipo de aprovação ou com alguma moralidade (o agradável, o bonito, o atraente, assim como o bom, estão excluídos).

15. O oximoro é a figura de discurso que reúne em uma mesma asserção dois termos contraditórios. O exemplo mais conhecido está em Corneille: "essa escura claridade que cai das estrelas".

> O agradável e o bom têm, ambos, uma relação com a faculdade de desejar e por isso se fazem acompanhar, o primeiro, de uma satisfação de conexão patológica, o outro, de uma pura satisfação prática determinada pela representação de uma conexão do sujeito com a existência do objeto. É por essa razão que o julgamento de gosto é simplesmente contemplativo (§ 5).

Subjetividade universal. A universalidade do julgamento 'isto é bonito' pode ser deduzida do primeiro momento: se, de fato, nenhum interesse particular está em jogo e se o desejo não vem ao caso, a universalidade do julgamento está assegurada – o belo é belo para todos, mesmo que sua contemplação provoque uma satisfação subjetiva; essa satisfação, desinteressada, é universalmente válida. "Tal universalidade é representada apenas subjetivamente no julgamento de gosto." Isso significa que o prazer que experimentamos não é de ordem intelectual, como o que nos proporcionaria o conhecimento de uma lei universal, como por exemplo a da gravidade, mas de ordem sensível: é o puro jogo de nossas faculdades de conhecer – imaginação e entendimento –, jogo que sabemos ser compartido por todos, que nos dá esse prazer (§ 9).

Finalidade sem fim. Outra dedução do princípio do desinteresse: não devemos julgar um objeto estético por seu fim, ou seja, pelo fato de ele ter um objetivo determinado ou obedecer a determinações previamente estabelecidas; se fizéssemos isso, estaríamos necessariamente fazendo um julgamento conceitual. Mas o belo é o que agrada universalmente sem conceito. Portanto, o que é solicitado no julgamento de gosto é a forma de uma finalidade, é a idéia de um concurso natural das nossas representações e dos objetos que contemplamos. Essa representação de uma finalidade global do universo não pode estar ligada a um objeto particular, nem a um sujeito individual; ela 'vaga' acima e através de uma infinidade de objetos e sujeitos, e, quando a captamos por meio e a propósito de um objeto singular, entramos em contato com a forma do universal, sem a necessidade de recorrer ao conceito de universalidade (§ 17).

Necessidade livre. Se tal julgamento é universalmente válido, é por ser também 'necessário'. Contudo, essa necessidade não pode ser imposta a todos como vinda de fora – seria para nós o caso de uma necessidade fundada no conceito. Mas ela também não pode ser fundada em um grande número de exemplos de julgamentos que formam a unanimidade, pois a empiria não funda de forma alguma uma necessidade, mas apenas uma generalidade. É preciso, pois, que a necessidade de um julgamento de gosto seja intimamente sentida. Ela requer uma adesão mais do que uma obediência cega, ela não chega por um decreto. Portanto, é preciso que haja em cada um de nós um 'senso' que permita a adesão de todos ao julgamento. Kant propõe a idéia de um *senso comum*, cuja norma permanece indeterminada, mas existe verdadeiramente e incita o consentimento universal.

Esse senso comum consiste em cada um sentir em si a união da imaginação com o entendimento, cujo jogo 'livre' é a essência do julgamento de gosto. A universalidade desse jogo é supostamente comum, e é com base nessa suposição que a necessidade de tal julgamento vem à tona (§ 21).

Essas quatro proposições podem ser consideradas injunções de duplo constrangimento (*double bind*), obrigação expressa de fazer uma coisa e seu contrário; entretanto, o que as distingue das banais injunções cotidianas é uma injunção suplementar: descobrir prazer nessa mesma contradição e definir o deleite estético, bem como resolver o conflito das faculdades entre elas (o entendimento lutando contra a vontade), para dar lugar ao 'terceiro ladrão'*: o julgamento de gosto contemplando a cena com delícia.

3. O julgamento constrói seu objeto: a idealidade kantiana

Assim, a *Critique du jugement de goût* provoca um retorno, uma conversão do olhar: não é mais a obra que apresenta os traços característicos da arte, é a reflexão a seu respeito que pode ser considerada estética. O julgamento, que visa em geral a um objeto exterior, também se converte, volta-se sobre si mesmo e se olha julgar. É um julgamento dito *reflexivo*, não determinado (causado) por seu objeto, mas, ao contrário, que o estabelece como obra. Essa estase, em que a representação toma consciência de si mesma, na qualidade de, simul-

* 'O terceiro ladrão': pessoa que se aproveita do conflito de dois outros (alusão à fábula de La Fontaine, 'Os ladrões e o asno'). (N. de T.)

taneamente, sujeito e objeto de sua representação, é suspensão, contemplação.

Por esse viés, não é apenas o julgamento estético que está sendo fundado, regulado, encerrado dentro de seus limites e suas funções, mas é também a obra que recebe injunções: ela deve manifestar uma certa disposição de se deixar contemplar; assim, um objeto utilitário, uma demonstração ou uma informação sobre o estado das questões do mundo são dificilmente 'contempláveis'. O interesse nesse caso é excessivamente urgente.

A suspensão não diz respeito apenas ao julgamento estético, diz também à obra, suspensa no afastamento, como acentuava Aristóteles. E se a ficção era capaz de suspender as paixões (o terror e a piedade suscitados nos espectadores pela tragédia), pois ela mesma se encontrava em suspensão entre realidade e artifício, aqui, com Kant, não são mais apenas as paixões da alma que relaxam por um momento sua pressão, é o inteiro domínio da arte – obra e julgamento, artistas e público – que forma uma esfera em suspensão, um mundo à parte: um sítio. A idealidade da arte não se deve ao fato de a obra tentar 'imitar' a Idéia, de visar a um objetivo, de nos 'abrir um mundo', mas sim ao fato de, na arte, as faculdades pelas quais se dá nossa percepção se acharem postas à prova e virem elas mesmas se representar como puramente formais, como idealmente distintas dos objetos de sua representação.

4. Uma vulgata estética

Seja porque o estado dos comentários e das discussões em torno das obras exigia que se colocasse um pouco de ordem no debate, ou porque faltava uma teoria que retomasse os temas dispersos, freqüentemente contraditórios, ou ainda porque o interesse pela arte se encontrava de novo concentrado em torno dos enciclopedistas e seu esforço universalista e vulgarizador, o fato é que a *Critique du jugement de goût* logo se tornou uma vulgata para a estética. Tornou-se A Estética.

Como toda teoria de alguma importância, a vulgata apodera-se dela, fragmenta-a, a traduz segundo suas próprias intenções (o fenômeno já havia se produzido com Platão). Mas o que dela subsiste, por mais retalhado que seja, toma a forma de imperativos categóricos. A obra de arte será não utilitária, desinteressada, não submetida ao conceito, mas será exemplar, universalmente reconhecida por um sentimento ao mesmo tempo individual e coletivo; será diretamente comunicável, sem intermediários; fará a ligação entre a finalidade da natureza (que quer seu desenvolvimento) e os fins mais particulares, que são os dos humanos (a obra de gênio mostra o infinito da natureza dentro do finito da obra).

Todas essas proposições têm curso e estão presentes ainda hoje em dia nos discursos, nos julgamentos ou nas percepções da arte, por menores que sejam, sem que jamais tenham sido postas em dúvida todas juntas. Mesmo que os artistas – e em especial os artistas contemporâneos – ameacem uma ou outra dessas 'injunções', sempre sobram algumas que continuam sendo reivindicadas: como o caso do não-utilitário, experimentado e destruído por Duchamp, mas que conservou ainda assim a assinatura, ou seja, a unicidade resgatada pelas séries e reproduções de Warhol, mantendo contudo a idéia de uma comunicação universal etc. A arte contemporânea atua com efeito nos limites do sítio, sem entretanto abandoná-lo radicalmente[16]. Quanto aos críticos, eles se servem sucessivamente de todos os elementos para avaliar as obras, inseri-las no sítio ou excluí-las.

Pode-se dizer que a teoria de Kant seja claramente uma *injunção maior*, que impõe limites à reflexão ocidental sobre a arte tanto quanto à produção das obras.

III. ADORNO, A NEGAÇÃO DA CRÍTICA

A última, em data, das fundações, a *Teoria estética* de Adorno[17] talvez deva figurar aqui como uma injunção importante para a modernidade: essa teoria tem uma ação importante sobre as práticas e contribui para formar o sítio estético contemporâneo. Interpretada, desnaturada, criticada, resumida ou amalgamada, nem por isso deixa de marcar a

---

16. Cf., a esse respeito, Anne Cauquelin, *Petit trait d'art contemporain* (Le Seuil, 1996).

17. Theodor Adorno, *Théorie esthétique* (trad. de Marc Jimenez, Klincksieck, 1989).

concepção atual do que devem ser (ou não ser) a obra e sua compreensão, o comentário crítico e a própria estética.

1. Uma teoria crítica

Revista pela Escola de Frankfurt[18], a teoria tradicional, que tende a estabelecer princípios e verdades ao abrigo das contingências e recaídas práticas, vem à cena e se torna 'crítica'. Isso significa que vai tentar uma reaproximação com essa prática que ela mantinha afastada até então: ao fazê-lo, a teoria critica a si mesma na qualidade de pura teoria. A partir de então preocupa-se com o terreno – as obras concretas que lhe servem de matéria –, destacando-se dessa forma das "últimas grandes estéticas (Hegel e Kant), escritas sem nada compreender de arte"[19].

Ela se 'denuncia' como pertencente não mais à pura especulação abstrata, mas às condições de possibilidade nas quais se produz. Essas condições são, por um lado, sua articulação a uma teoria (subjacente) do conhecimento, e, por

---

18. 'Escola de Frankfurt' designa, provavelmente de maneira falaciosa, um movimento de pensamento que nasce na Alemanha por volta de 1920, cuja orientação é marcada pelo ensaio *Teoria tradicional e teoria crítica*, de Horkheimer. Lá 'critica-se' a teoria tradicional pelo fato de ela esconder as condições nas quais foi produzida. Falaciosamente, porque essa denominação, que se tornou agora uma marca, foi publicada trinta anos mais tarde para reunir os pensadores (Adorno, Marcuse, Habermas), cujas teorias críticas haviam sido o programa de base, mas que se emancipam do paradigma de Horkheimer para adotar o ponto de vista de Adorno. Para este, a teoria crítica não pode jamais chegar a restabelecer o sujeito em sua verdade, e a negatividade é a única maneira de compreender o trabalho da razão.

19. *Théorie esthétique*, op. cit.

outro, sua dependência do estado da sociedade política no momento em que ela se produz como teoria. Dessa ótica, uma teoria da arte só pode, pois, ser crítica – ela deve examinar a condição na qual intervém, situar-se *vis-à-vis* uma prática –, e, por outro lado, seu objeto, a arte, é um objeto problemático: "Tudo o que diz respeito à arte, tanto em si mesma como em sua relação com a totalidade, deixou de ser evidente, até mesmo seu direito à existência"[20].

Essa constatação – a não-evidência do estatuto da arte – ataca diretamente a idéia comum de uma essência da arte independente de sua situação histórica, a idéia de uma arte universalista sobre a qual é possível manter opiniões firmes e definitivas, e que ensejará julgamentos condizentes com sua essência presumida. Mas nada é evidência em arte; muito ao contrário, trata-se de um terreno minado por sua relação ambígua com a sociedade – ela se coloca fora da realidade social ou está ligada a ela por alguma articulação invisível? Pertence a uma esfera autônoma ou está submetida às posições ideológicas dominantes? E mais, essa dependência conduz necessariamente à submissão ou pode se transformar em transgressão, e por qual meio? São essas as questões que uma teoria crítica deve resolver ou pelo menos desvelar.

Critique é então avocada de diversas maneiras:

1. Depuração: mostrando os vínculos da teoria pretensamente neutra com a situação sociopolítica e desco-

---

20. Ibid., p. 1.

brindo suas intenções. É justamente o sentido mais visível do esforço crítico no período pós-Marx, em relação a suas referências às atividades artísticas;
2. Injunção feita à teoria de ser uma *praxis* e à prática de criticar o sistema em vigor;
3. 'Situação crítica': a crítica torna toda situação instável e preconiza a discussão permanente de qualquer posição: ela está sempre inacabada. A negativa pela qual ela se opõe a qualquer posição é seu princípio motor.

2. A negatividade estética

A entrada – no terreno da arte – do social, da política, o dever de levar em conta as condições de sua existência como arte, para não cair em um essencialismo que oculte os verdadeiros objetivos e chegue até a confundir o papel e a finalidade da arte: tal é o novo paradigma com o qual a arte deve agora atuar. Dizer isso é invocar o que sempre foi tido por princípio: a *autonomia* da arte, da criação e dos 'criadores', em relação ao que é extra-estético. O desafio adorniano será preservar essa autonomia e ao mesmo tempo indicar de que maneira é possível articulá-la a suas próprias condições.

A autonomia da arte se sustenta na distinção (já crítica) de Kant, fazendo do julgamento estético uma esfera de conhecimento separada das outras espécies de conhecimento, conceitual e moral.

É negando seu pertencimento a esses dois pólos do pensamento que a arte ganha autonomia. Mesmo assim, essa atitude de recuo se vê ainda submetida à dominação de uma razão extra-estética: a que move as grandes forças dominantes de uma sociedade e se beneficia mantendo a independência de uma arte universal, que não seria mais atingida pelos conflitos e mostraria assim a possibilidade de resolvê-los no seio de uma entidade bem definida, limitada à sua própria esfera.

Portanto, é preciso que a essa autonomia venha se opor um conceito capaz de combatê-la *pelo interior* e que faça dela uma arma contra todos os sistemas de dominação que pretendem reger a totalidade das atividades humanas.

Tal conceito é o da *soberania* da arte; é preciso entendê-lo como a faculdade de que dispõe a arte de não apenas romper com as outras espécies de discursos de razão (o que a autonomia promete), como ainda tornar ineficaz o funcionamento desses discursos.

Assim, a negatividade estética atua duplamente: do lado da autonomia, nega a validade para a arte das duas instâncias da razão conceitual e prática, e, do lado da soberania, assegura a subversão da razão, que se mostra *com efeito* nas realizações da arte (sua prática)[21].

3. O efeito Adorno, a injunção vanguardista

O paradigma adorniano da negatividade em ato na obra de arte é lido como uma injunção para a arte moderna e, em

---

21. Cf. Christoph Menke, *La souveraineté de l'art, l'expérience esthétique après Adorno et Derrida* (Armand Colin, 1993).

parte, para a arte contemporânea, que é ter de integrar a ação imperativa da vanguarda. A arte é obrigada a ser crítica – traduzamos: vanguarda –, e esse imperativo se acrescenta aos já instituídos pelas fundações precedentes. E mesmo que, em parte, ela o contradiga.

De fato, a ação crítica é na maior parte do tempo compreendida como crítica da sociedade e de seu regime (capitalista); a arte se vê então 'engajada' na luta contra um sistema do qual ela é um dos elementos, ativo à sua maneira. Os manifestos e as manifestações das vanguardas se inspiraram na negatividade assim compreendida ou foram incorporadas a ela logo em seguida; uma vez dada a palavra de ordem, vale para o presente mas também para o passado, ela é 'retroditiva'*, e as obras são reavaliadas à luz da noção de negatividade crítica. Assim, no tribunal da história se encontram eleitas as obras contestatárias, e repudiadas as que parecem ter sido submetidas à dominação burguesa da arte pela arte.

É, evidentemente, uma torcedura aplicada ao paradigma adorniano, muito mais sutil: a 'transgressão', ou seja, a soberania da arte, tem mais a ver com um retorno da arte sobre si mesma, com uma crítica ou negação contínua de seus próprios objetivos, de suas próprias realizações, negação da qual a arte vive, e que, por um movimento crítico perma-

---

* Retrodição: o movimento do presente na direção do passado, assim chamado por Schaff (1977), isto é, a 'dedução' do passado a partir do conhecimento do presente, mediante os conceitos e as 'leis' que 'regem' certo domínio da realidade social. (N. de T.)

nente, retoma para si, para os 'expor', os conflitos latentes da sociedade.

Tal como é compreendida e praticada, contudo, quer esteja assimilada a um engajamento político, quer traduzida em 'originalidade', ou seja, em transgressão das 'regras' internas do sítio estético, a arte de vanguarda usufrui de um favor que não é desmentido: nenhuma obra pode hoje em dia ir além da injunção de ter de ser 'crítica' de alguma maneira.

CONCLUSÃO

A AÇÃO DAS TEORIAS DE FUNDAÇÃO

Até aqui tentamos elaborar um apanhado das diversas fundações que presidem o exercício da arte, tanto teórico quanto prático. O que é preciso notar é a constante torcedura a que os teóricos foram submetidos, tanto nos comentários que lhes sucederam quanto na prática artística propriamente dita, que se nutre da ambiência teórica na qual se desenvolve. A ação teórica existe de fato, mas não funciona de modo concomitante com os discursos que a movimentam. Retraduzidas, retocadas, deslocadas, as teorias da arte jamais estão presentes em seus aspectos originais.

Essa torcedura, algumas vezes verdadeiramente radical, como foi o caso em relação a Platão, outras vezes apenas interpretativa, como em relação a Adorno, não é a única conseqüência resultante das fundações; existe outra, que passa na maioria das vezes despercebida, mas cuja ação é contudo bastante importante, que é a *coexistência* no seio de uma opinião geral (uma doxa) de todos os discursos fundadores, por mais afastados que estejam uns dos outros. Apesar do cuidado tomado pelos autores em distinguir seus aportes ao criticar seus predecessores, em precisar seus dizeres, a doxa mistura as cartas e faz um único todo das singularidades: o sítio estético, esse envoltório onde se situa a arte, está longe de formar um conjunto, ele é feito de peças e de pedaços, juntados entre si, para formar um tecido tramado, que une os diferentes estratos temporais e textuais. A Grécia antiga vizinha o século XVIII e o século XX, um preceito de Platão vizinha o discurso contemporâneo a respeito da distinção entre arte e técnica, enquanto a contemplação, a meditação e a transcendência penetram na opinião, que por sua vez também retém o imperativo crítico.

Essa ampla mistura é o meio de vida de que se nutrem os movimentos, as doutrinas, assim como as obras, as avaliações públicas e os julgamentos privados. Nem o princípio de contradição nem o rigor exegético valem aqui, dentro do mundo da arte. É que as teorias fundadoras agem à maneira de um *rumor teórico*, que reina incontestável sobre a *recepção da arte*, impondo-se de alguma maneira ao público (no qual é preciso incluir tanto os críticos quanto os teóricos da arte) e condicionando tanto a produção das obras quanto sua compreensão. Esse rumor, que pode ser chamado de 'vulgata', age como as teorias que ele divulga, de forma ao mesmo tempo ambiental e injuntiva, modelando a atividade artística para que ela possa corresponder às expectativas suscitadas. Amalgamando os diferentes pontos de vista a partir dos quais a fundação teórica se constituiu, a vulgata acumula as perspectivas e faz delas um todo, participando ativamente, a partir de então, da manutenção do sítio da arte.

Se nos esquecemos da ação desse rumor, desse eco confuso, se não lhe concedemos o lugar que lhe é devido, não compreendemos como a obra de arte consegue atrair tantos julgamentos diversos, tantos debates contraditórios, exclusões ou elogios. E então imediatamente concluímos que, a respeito da arte, se diz 'qualquer coisa' ou que tudo pode ser dito sobre ela.

SEGUNDA PARTE

AS TEORIAS DE ACOMPANHAMENTO

As diversas fundações da arte e o rumor que acerca fazem desse domínio um lugar estranhamente obscuro, trabalhado por múltiplos movimentos, que intriga, retém a atenção e permanece uma espécie de enigma. O que faz uma produção ser uma obra de arte? Como ela exerce essa atração, como suscita o consenso, qual atividade preside sua produção? Quais são seus elos com as outras atividades humanas e, por fim, como apreender, decifrar o sentido de uma obra?

De todas as partes, disciplinas já constituídas, carregadas de teorizações, como que atraídas por esse espaço paradoxal, vêm experimentar seus métodos e fazer suas tentativas, com maior ou menor sorte. Elas constituem *teorizações secundárias*, que surgem em seguida para *acompanhar* a arte em suas manifestações e propor explicações, seja para o fenômeno artístico em geral, seja para esta ou aquela obra ou movimento em particular.

Movidas também pela preocupação de compreender e de fazer compreender, existem *teorizações práticas* que comentam o trabalho dos artistas – trata-se do domínio da crítica de arte, bem como das *práticas teorizadas*: as dos próprios artistas, que freqüentemente explicitam seus trabalhos e, em suma, os teorizam.

Nas primeiras dessas teorizações, os autores dedicam-se a justificar sua visão filosófica, que coloca a arte em perspectiva, agindo de maneira global sobre a compreensão e – para retomar nossas distinções – de maneira *ambiental*. Já nas segundas dessas teorizações, reencontramos a forma *injuntiva*, por nós já explicitadas para as teorias propriamente ditas: trata-se com efeito de avaliar as obras concretamente, de estabelecer classificações, de esboçar qual é o sentido, de tal sorte que o público possa se localizar dentro do labirinto da arte, orientar-se e 'ver o que é para ser visto'.

Essas ações não são, pois, 'secundárias' no sentido de uma menor importância; muito ao contrário, elas têm um efeito direto sobre nossos julgamentos e sobre o destino das próprias obras. É preciso tomar aqui 'secundárias' como 'aquilo que secunda', que intervém *a posteriori* para uma ação de socorro.

CAPÍTULO 1

AS TEORIZAÇÕES SECUNDÁRIAS

As teorizações secundárias podem ser reagrupadas ao longo de dois eixos. Um nos leva a questionar o sentido das obras e do trabalho artístico. *Sentido* entendido, no caso, tanto como significação quanto direção: a obra 'abre um mundo', ela visa o invisível (direção), ela tem um sentido, semelhante assim à linguagem (significação). Fenomenologia, hermenêutica, psicanálise e história da arte se situam sobre esse eixo.

O outro eixo leva a refletir sobre a organização dos signos por meio dos quais a obra se manifesta e se especifica como obra. A segunda 'virada lingüística'[1] da filosofia e das

1. A primeira 'virada' situa-se, com a *Hermenêutica* de Schleiermacher, no começo do século XIX; nessa obra, o autor expõe as bases de uma análise dos textos literários; de acordo com a compreensão de suas formas retóricas, a hermenêutica se torna uma arte, a arte de compreender uma obra. A segunda virada, no século XX, atinge mais amplamente o conjunto da filosofia, atribuindo-lhe a tarefa de refletir sobre sua própria linguagem.

ciências humanas, com a filosofia analítica, conduz a analisar as obras segundo seus componentes lógicos e a interrogar sobre sua especificidade.

A divisão segundo esses dois eixos é, evidentemente, muito sumária; existem numerosas passagens entre as teorizações, todas fazendo empréstimos entre si, havendo uma circulação não negligenciável de conceitos, instrumentos de análise, até mesmo de orientações. A pesquisa de sentido adota tanto a semiologia quanto os elementos da psicanálise, e a história da arte está comprometida com as duas; já a lógica do signo se esforça para seguir o trabalho artístico, para corresponder a ele, a partir das amostras que são oferecidas pela história da arte. Um ponto, contudo, reúne todas essas áreas: a proliferação de sentidos da obra, que torna difícil sua interpretação.

Essa abundância, essa dispersão das teorizações, junto com sua singular impotência, atestam de alguma maneira a necessidade que temos de recorrer a elas se quisermos compreender o trabalho da arte em geral e o de determinada obra em particular.

I. O EIXO HERMENÊUTICO

O que é compreender uma obra? Como captar-lhe o sentido do modo mais completo possível? A hermenêutica é a ciência, ou a arte, que interpreta uma obra, que a revela e exibe seus sentidos possíveis, supondo-se que tais sentidos não sejam inteligíveis de imediato, mas que estejam ocultos em seu interior e que seja preciso ir até lá recolhê-los. No começo consagrada unicamente à interpretação dos textos sagrados, a hermenêutica libertou-se desse limite e se colocou como 'método geral'[2] de interpretação de qualquer obra cuja leitura e decifração pareçam particularmente complicadas.

Pretende, assim, fazer a mediação entre a obra e seus espectadores, leitores e ouvintes virtuais, importando-lhe a recepção da mensagem, e é sobre essa vertente do jogo estético que ela se coloca. De suas origens, ligadas aos textos sagrados (as 'Escrituras'), ela guarda a intenção, senão teológica, ao menos teleológica: o sentido está além da obra, em uma esfera superior, cuja entrada não é acessível sem esforço, não está ao alcance da mão, e só a hermenêutica detém a chave ou as chaves.

1. A preocupação de compreender

A preocupação hermenêutica sem dúvida nenhuma está em primeiro lugar nos escritos sobre a arte. A questão não é compreender da forma mais abrangente possível as intenções de um autor e suas realizações (plásticas ou escriturais), seja a língua (para o escritor), seja a linguagem específica da forma e da matéria (para os artistas)?

O que chamamos de 'sentido' é isto: a apreensão de uma unidade entre intenção e 'resultado'. O sentido é produzi-

2. Cf. Schleiermacher, *Herméneutique* (Éditions du Cerf, 1987).

do, ele não habita simplesmente a obra bruta, ele é construído pelo trabalho de quem procura estabelecê-lo, tornando-o apreensível. Tal é a proposição principal que gera a hermenêutica.

Subjacente, a idéia da obra é inesgotável e, se nos detivermos na primeira evidência a seu respeito – no que cremos compreender como fato óbvio –, correremos o risco de passar ao largo de sua significação. A compreensão da linguagem cotidiana não suscita interrogações especiais só porque dispomos sem saber de uma verdadeira soma de pré-conhecimentos que partilhamos com o locutor. A mesma língua, o mesmo contexto cultural, o mesmo momento da história e, finalmente, uma ação comum que une perguntas e respostas em torno de um mesmo objeto intencional. Contudo, essa compreensão que nos parece espontânea pode se alargar, se confirmar no exercício do diálogo, visando a um entendimento mais completo.

Mas, se acontece o mesmo com uma obra que acreditamos 'compreender', uma vez que ela faz parte de uma herança comum, que estamos habituados a considerar como obra, entretanto, o tempo, a história, o contexto sociopolítico e cultural nos mantêm afastados mesmo sem sabermos. Devemos então tentar recolocá-la em cena; porém, mais do que um simples ajuste metodológico (aparelho crítico, contexto histórico, conhecimento do autor), temos de traduzi-la para a linguagem de nosso tempo, no qual nós a apreendemos. Temos de fazê-la reviver, permitir sua completa exibição em uma espécie de entendimento que nos transforma, a nós que a olhamos, escutamos ou lemos. É para recompor um conjunto – o contexto ao mesmo tempo que o texto, a obra ao mesmo tempo que nós mesmos – que a hermenêutica é empregada, com o objetivo de restituir o 'sentido', indo além do simples fato da obra como presença de objeto. Procura infinita, jamais completada, sempre a acontecer, mas único modo de compreensão possível. Vê-se que singular sedução pode exercer esse 'método' que coloca a obra na irradiação de suas múltiplas exibições: a obra é então sacralizada, como a morada virtual de uma verdade que não se revela e que representa, no imaginário, ao mesmo tempo o objeto inalcançável e sua busca sempre e já fadada ao insucesso. Tema romântico por excelência. O infinito apresentado na obra finita, a totalidade no fragmento, o invisível no visível, a eternidade no temporal.

Mais ainda, 'o método' hermenêutico – por ser justamente um método, ou seja, um conjunto de instrumentos em boas condições de exercer a explicação de uma obra, uma espécie de *organon* – ultrapassa a si mesmo e visa a um projeto mais amplo, que é descrever as condições de possibilidade de toda compreensão, sendo a compreensão o fenômeno humano por excelência, aquele que é o fundo do pensamento, o próprio pensamento. Uma *noese* em ação, ou o exercício exemplar do *nous*, do espírito. Compreender como se compreende passa a ser o objetivo principal da hermenêutica. Nessa ótica, a arte torna-se objeto de uma atenção particular, na medida em que escapa a qualquer exploração por um método científico e convoca, por causa disso, o 'fundo' da questão: o fenômeno da compreensão se mostra em sua pureza original. "A experiência da arte faz surgir o fenômeno hermenêutico em toda a sua extensão (...) nele se discerne uma experiência de verdade (...) que é uma forma de atividade filosófica[3]." "A obra de arte encontra seu ser verdadeiro quando tem acesso a uma experiência que transforma aquele que a faz[4]."

Abordaremos a articulação da tradição hermenêutica e da fenomenologia se, com Gadamer, "por hermenêutica entendermos a teoria da experiência efetiva que é o pensamento"[5] e se "nos situarmos no movimento do diálogo no seio do qual apenas a palavra ou o conceito se tornam o que são".

2. O jogo da arte

A hermenêutica passa então a englobar a experiência estética e encontra legitimidade na experiência de constituição do sentido – constituição desenvolvida na confrontação permanente de si e do outro, do ser e do tempo, revelada pelas análises fenomenológicas e ilustrada de maneira exemplar pela experiência do *jogo da arte*.

O que nos ensina esse jogo? Primeiramente que ele é jogado, ou seja, que não existe jogo em si (como não existe obra

3. Hans-Georg Gadamer, *Vérité et méthode, les grandes lignes d'une herméneutique philosophique* (Le Seuil, 1976), p. 22.
4. Ibid., p. 28.
5. Ibid., p. 17.

em si); não há jogo sem jogadores, e jogadores e jogo se transformam conforme o jogo que é jogado. É o mesmo que dizer que o sujeito não é o jogador (o artista) apenas, mas sim o próprio jogo, englobando a ação de jogar e os jogadores.

A metáfora do jogo convém à experiência da arte, já que ela própria, escapando do *logos* discursivo, dos conceitos aprisionados em uma sintaxe perfeita, evade-se sem 'jogos de linguagem', em que figuras, *tropos*, sugerem mais que demonstram; mas, para além do aspecto lúdico da arte, as implicações filosóficas desse jogo é que são evocadas, como por exemplo a relação necessária que liga intimamente sujeito e objeto, fazendo da prática artística uma totalidade em obra (*in process*, diriam os anglo-saxões). A obra como 'jogo' só brota com a condição de participação ativa, de *interpenetração*, de um diálogo no qual o que advém enquanto se dialoga é a verdade do diálogo, o fato de ele ocorrer e que, ocorrendo, consegue representar seu *próprio ser de diálogo*; o que se tem em vista não é a verdade que resultaria de uma argumentação, nem a verdade no sentido de uma correspondência entre real e ficção, nem a verdade 'científica', mas um 'jogo como verdade', um jogo que só é verdade quando está sendo jogado.

A obra 'como verdade' nasce como um mundo: o mundo onde há entendimento entre jogo e jogador, uma verdade em representação, uma verdade que representa, ou seja, que se põe em presença de um mundo, do mundo, cada vez que se manifesta à obra. Pode-se dizer, com Friedrich Schlegel, que se trata exatamente do jogo do mundo entendido como universo natural: "Todos os jogos sagrados da arte são apenas longínquas imitações do jogo sem fim do mundo, essa obra de arte que eternamente se dá forma".

Disso decorre a insistência nesses mundos que se abrem com a obra e que os fenomenólogos invocam sempre em suas interpretações.

Como é o caso do mundo camponês, que se abre diante de Heidegger ao interpretar os famosos sapatos de Van Gogh; o 'quadro como verdade' é o mundo aberto por ele e não a simples representação de um par de botinas.

> (...) subitamente, a obra nos transportou para outro lugar, diferente daquele onde costumamos estar; a obra de arte fez com que soubéssemos o que é na verdade um par de sapatos (...) na obra, é a verdade que está trabalhando, e não somente algo de verdade (...), o quadro que mostra os sapatos de camponês não anuncia apenas o que é esse ser específico em si, ele faz acontecer a eclosão como tal, em relação ao ser em sua totalidade. O ser em sua totalidade ganha com eles (os sapatos) mais 'ser'[6].

Ou, ainda, a verdade do mundo grego, revelada pelo templo e pela rocha sobre a qual ele está construído e à qual pertence como sua verdade: é a obra-templo que dá seu 'ser' à rocha e, manifestando-a em sua origem, a faz aparecer[7].

---

6. Martin Heidegger, *De l'origine de l'œuvre d'art* (trad. de E. Martineau, Authentica, 1987).

7. Ibid.

3. A verdade da linguagem: a linguagem-mundo

Esse mundo, que nasce com a obra no jogo da arte, é linguagem. É por essa razão que podemos fazê-lo surgir por intermédio da linguagem. Vê-se assim como a hermenêutica volta ao ponto de partida: a interpretação é palavra, diálogo, entendimento com a obra, e vimos que esse diálogo a faz surgir como obra, mas, ao mesmo tempo, o que é *desvelado* nesse processo é a verdade do mundo: que ele é linguagem. É, pois, finalmente, a língua que se manifesta em sua verdade, sua verdade-mundo no contato com a arte.

Mas o que é desvelado desse modo é a estrutura fundamentalmente metafórica da linguagem, que ultrapassa muito a simples função de designação das coisas. Essa característica *metafórica* nos permite captar os múltiplos aspectos do mundo que nos cerca em sua diversidade e suas flutuações e, ao captá-lo, nós o fazemos nascer. A faculdade de nomear as coisas e *deslocar* os nomes – que é o trabalho do processo metafórico – fornece aos humanos *seu* mundo, bem diferente do mundo dos outros viventes. A metáfora, na visão hermenêutica e poética de Paul Ricœur[8], por exemplo, permite passar de uma primeira referência (o mundo tal como parece nos cercar e que é denotado, fixado pelo uso comum) a uma segunda referência: sua abertura sobre outro mundo. A metaforização produz então um choque entre es-

8. Paul Ricœur, *La métaphore vive* (Le Seuil, 1975). Cf. também *Temps et récit, Études phénoménologiques* (nº 11, 1990).

ses dois mundos, que ela aproxima de maneira inédita; a compossibilidade de mundos heterogêneos é aberta pela metáfora 'viva', que 'suspende' o mundo tal como cremos que ele seja e o substitui por um regime infinito de outros mundos paralelos. Estender todas as possibilidades da linguagem é o mesmo que estender nosso mundo, que então se constitui em inumeráveis *perfis perspectivistas* ou 'visões' sucessivas e simultâneas. Com efeito, as línguas, em sua diversidade, são o ato de comunidades diferentes, pertencem a essas comunidades e as estruturam. Elas constroem 'linhas de mundo' – cuja cumeada somos livres para seguir –, que seriam de alguma maneira o envoltório lingüístico do universo em seu conjunto[9]. "O universo é, em suma, como disse Husserl, apenas a continuidade com a qual os perfis perspectivistas da percepção das coisas passam de um a outro[10]."

"Não apenas o mundo é mundo somente na medida em que se exprima em uma língua, como também a língua não tem uma existência verdadeira senão no fato de que o mundo nela se representa[11]." É necessário acrescentar que a língua, por sua vez, só pode ser compreendida como algo comparável àquilo que revela, em seu entendimento. Não um entendimento programado, como um propósito que pudesse ser fixado, mas o entendimento natural do 'viver junto'

9. Jaakko Hintikka, *L'intentionnalité et les mondes possibles* (PUL, 1983).

10. Edmund Husserl, *Idées directrices pour une phénoménologie pure*. § 41.

11. Hans-Georg Gadamer, op. cit., p. 295.

no meio lingüístico. Aquilo que, na língua, se oferece à vista e à compreensão. É, portanto, "o ser tal qual se mostra que alcança a linguagem".

A obra, como a linguagem, nessa visão hermenêutica, nunca é fechada, 'está por terminar' permanentemente (ou seja, ao infinito) na linguagem, sendo que a própria linguagem ancora-se na obra. Pensamento, linguagem e coisas estão ligados em uma imanência e uma presença fenomenológica que fazem do mundo, não um *em si* inalcançável por natureza, mas um organismo vivo, aberto, em expansão, cujo porvir-mundo depende de nós, de nossa leitura e de nossa constante representação. Segundo essa ótica, como diz Mikel Dufrenne[12], a obra é um *quase-sujeito* e portanto um *quase-objeto*, ao passo que seu *vis-à-vis*, da mesma maneira, deixa-se invadir pela obra e se torna ele mesmo também, paralelamente, quase-sujeito.

'Ir às coisas em si', como pretende a fenomenologia, é fazê-las vir ao mundo pela linguagem. É 'obrar' no seio do mundo para que ele se torne obra.

Essa incursão bastante rápida no domínio da hermenêutica permite, contudo, ver até que ponto essa teorização da experiência da arte fornece seus temas à literatura sobre a arte e aos comentários contemporâneos. Abertura, acesso ao sentido, maneira de 'fazer mundos', construção da reali-

---

12. Mikel Dufrenne, *Phénoménologie de l'expérience esthétique* (PUF, 1953).

dade analógica, obra como foro universal das culturas, diálogo do 'observador que faz o quadro', como queria Duchamp, e da obra que espera seu intérprete, são palavras-chave, fórmulas-sésamo, nas quais vão pesquisar os teóricos de arte (lembremo-nos de *Obra aberta*, de Umberto Eco, ou do *Livre à venir*, de Maurice Blanchot[13]).

A hermenêutica e a fenomenologia ajustam e acionam os conceitos que encontramos nas teorias de fundação. Com essa intenção, elas mantêm, rearranjam, reinterpretam e tornam explícitos, numa linguagem contemporânea, os *princípios* constitutivos da esfera estética. Ao fazer isso, estão sobretudo acompanhando um movimento de pensamento a propósito da arte, mais do que se encarregando das obras concretas; os poucos exemplos de análises de obras, muito pouco numerosos por sinal, representam como que garantias: eles servem mais como ilustração às teses desenvolvidas, não sendo examinados por si mesmos (observe-se também que algumas obras-garantia são em geral figurativas e que a arte abstrata ou as instalações não parecem excitar a veia hermenêutica).

Contudo, a hermenêutica estende seu império para além desses estilos de filosofia, alcançando outros territórios pertencentes a disciplinas constituídas, tais como a psicanálise ou a história da arte. Lá onde se abandona o terreno pura-

---

13. Umberto Eco, *L'œuvre ouverte* (Le Seuil, 1965); Maurice Blanchot, *Le livre à venir* (Gallimard, 1959).

mente teórico para se tentarem algumas incursões na direção de obras concretas que se pretende analisar, explicar; ou então se entra, com a história, em um diálogo contextual no qual a parte teórica ou problemática se apaga freqüentemente diante da tentativa de situar sucessões com precisão. Mas mesmo assim, no conjunto, a questão continua sendo, como sempre, desvelar sentido, sentido entendido como a exigência hermenêutica e fenomenológica: suspensão (do mundo cotidiano) e abertura de outros mundos.

4. Interpretações analíticas e historicistas

A intenção dessas interpretações faz parte da linhagem da interpretação hermenêutica, que é dar sentido, sentido que não aparece à primeira vista e que é preciso ir buscar. Porém, elas estão ligadas à exploração contextual, destinada a atravessar o invólucro de acontecimentos, tanto individuais quanto públicos, que cerca as obras de arte como um mundo. Contudo, essas pesquisas se singularizam por seus métodos, seus instrumentos e suas aplicações, assim como pelo objeto no qual se concentra a pesquisa. Com efeito, se a hermenêutica trata do problema da arte em geral como um domínio especialmente eleito, pelo fato de ela ser especial e essencialmente (por natureza) difícil de decifrar, a psicanálise e a história, por sua vez, não privilegiam a arte como atividade especialmente prometida a seus trabalhos, mas, sim, como um objeto de atenção entre outros, para os quais se supõe que detenham métodos eficazes de exploração. Elas representam, assim, propriamente, um *gênero* de interpretação ligado à espécie hermenêutica e, como todo gênero, distinguem-se por acréscimos e supressões.

As vias da análise. A psicanálise é interpretação, não mais do escrito, dos textos sacros, nem diretamente das obras de arte, mas de signos de diversos tipos, como gestos, palavras ou sintomas. Em que o domínio da arte pode interessar ao analista? Como enigma, será a resposta. Mas, para o analista, decifrar esse enigma não é apenas compreendê-lo como leitor ou espectador de uma obra *já produzida* – nem sequer dialogar com ele e fazê-lo advir a ser, como quer a hermenêutica –, é ir às fontes de sua produção e compreender o ato que o trouxe ao mundo. Em outras palavras, é o processo de *criação* da obra que interessa ao analista. Criação que procede de um sujeito, o qual se exprime por seu gesto. É, pois, *acima*, que se dá o destaque, por uma retroversão, um retorno.

> Indo do quadro da *Sagrada família* até seu autor, Leonardo da Vinci, Freud começa em certa singularidade da obra e vai até a auscultação da infância de Leonardo, depois volta ao quadro, que se ilumina como pela luz de um novo dia. Para o *Moisés* de Michelângelo, o procedimento é diferente; dessa vez é ao texto sagrado que ele recorre para mostrar que o Moisés revelado pela escultura do artista sofreu deslocamento, substituição e trabalho simbólico. Esses dois exemplos célebres de investigação analítica de obras mostram ao mesmo tempo as possibilidades de interpretação e os limites da psicanálise aplicada à arte. Longe de explicá-la, ou mesmo de comentá-la a partir de uma descrição precisa, a interpretação nes-

> se caso é acrescentada ao enigma da visão do que já é visto como muito complexo, a obscuridade de uma visão do que não se vê. (Quem, antes e até depois de Freud, viu um passarinho escondido na saia de santa Ana?[14])

Colocam-se a postos, prontos para a ação, os instrumentos que servem à interpretação do sonho: deslocamento, condensação, contradição, figuração por analogia, elaboração secundária. Com seus corolários: a denegação, a sublimação, o trabalho do negativo, a simbolização... O trabalho da obra relaciona-se com o da ficção onírica, e sua origem, desdobrável em termos de genealogia, destaca o valor do *sujeito* e do *processo* de produção, passíveis ambos de uma análise.

Duas vias desenvolvem-se a partir desse ponto: uma consiste em procurar na vida do autor as forças conflituosas que o levaram a realizar o que está ali diante de nós; a outra, em decifrar a obra com os instrumentos teóricos de que se dispõe para a terapia analítica.

O sujeito produtor. A primeira pista é arriscada, pois o material que o intérprete tem em mãos é sempre duvidoso e não pode ser questionado de maneira aberta, dada a ausência do analisando. Contudo, seja qual for a segurança ou a incerteza da análise, quer seja reconstrução arbitrária, quer não, é preciso notar o efeito que esse tipo de pesquisa teve e ain-

---

14. Sigmund Freud, *Un souvenir d'enfance de Léonard de Vinci* (trad. de Marie Bonaparte, 1952). Cf. também Meyer Shapiro, 'Deux méprises de Léonard de Vinci, suivies d'une erreur de Freud', em *Style, Artiste, Société* (Gallimard, 1982).

da tem sobre a prática do crítico e do teórico de arte: monografias, entrevistas com artistas são calcadas em seu modelo. Sondar as raízes 'profundas' da obra resulta em desvelar a vida afetiva de seu autor. O sucesso da psicanálise, a partir dos anos 1950, marcou fortemente as práticas correntes, e o público está habituado a recorrer a elas em numerosas ocasiões. A vulgarização da teoria e da prática analítica torna, então, fácil a utilização (a maior parte do tempo temerária, senão desnaturada) do vocabulário e dos elementos de método para uma exploração dos 'subterrâneos' da obra de arte.

A idéia de que o sujeito é causa principal de sua ação fortalece a vulgata estética na certeza de que a questão, no que diz respeito à arte, é, em primeiro lugar, a unicidade de um sujeito individual.

A exploração analítica atua, pois, no cerne de uma crença comum, que ela tende a reforçar. Daí a grande voga desses tipos de comentário.

O processo de produção. A segunda via é mais promissora, pois permite descrever os movimentos que animam as figuras, fora da lógica do discurso, negado pelo processo de figuração[15]. O trabalho do sonho encobre a discursividade, e o conflito entre as duas instâncias dá lugar às obras de ficção: basta seguir de perto esse enfrentamento e será possível ter-se uma idéia de como é o caminho da criação. Deixa-se então o trabalho próprio do analista, que exige um sujeito para a análise, e utilizam-se alguns dos instrumentos conceituais,

---

15. J.-F. Lyotard, *Discours figure* (Klincksieck, 1971).

graças aos quais o percurso da criação é apreensível. Percurso que não é feito sem descontinuidade, rupturas e imprevistos, os quais vêm irrigar lógicas não centradas no respeito ao princípio do terceiro excluído (ou princípio de não-contradição), as do não-sentido, do rizomático, desenvolvidas por Gilles Deleuze[16], todo um trabalho subterrâneo de múltiplas ramificações e que solicita a intervenção daquilo que chamamos de acaso, por não sabermos como as conexões se fazem e se desfazem.

Inversão do ponto de vista hermenêutico: não mais procuramos descobrir ou dar 'sentido' por meio de nossas interpretações abertas, mas, sim, ver como ele é produzido pelo autor a partir do não-sentido; claro que procuramos abrir um mundo, mas é um mundo de sombra, cujo trabalho pretende fazer do sentido aparente o duplo atenuado do não-sentido produtor[17]. A verdadeira força da obra reside em suas raízes sombrias que nenhuma análise em termos de significação poderá captar. É preciso, em compensação, ver a obra como o palco onde se apresenta um drama, ao qual a análise tem acesso, como diz André Green: "O analista, ao contemplar uma obra, reagirá a ela de uma maneira comparável à forma como ele escuta aquele que analisa[18]". Do mesmo

16. Gilles Deleuze, *Logique du sens* (Ed. de Minuit, 1969).

17. Cf. também Anton Ehrenzweig, *L'ordre caché de l'art* (Gallimard, 1974).

18. André Green, 'Une rencontre inattendue: Henry James et Sigmund Freud contemplant le *Moïse* de Michel-Ange', *Revue française de psychanalyse*, 2 (1995).

modo, Murielle Gagnebin volta-se para os movimentos, para a organização, para as estruturas das formas, que 'representam', na obra, o conflito entre pulsão e defesas. O jogo plástico seria então um jogo psíquico analisável em termos de metapsicologia[19].

Contudo, inversão não é erradicação: a interpretação continua todo-poderosa; dentro da ótica do processo de produção, ela se enriquece com os aportes da teoria analítica e fornece à crítica e aos comentários um batalhão de conceitos operativos, de que ela se serve com freqüência[20].

Uma história localista. Quanto à interpretação historicista, ela trabalha também após a obra, empenhando-se em contextualizá-la. Como a interpretação analítica, é uma genealogia que é convocada, desta vez não subterrânea, mas, muito pelo contrário, mostrada, exposta à vista. Se "a história da arte acabou"[21] – história que traçaria uma continuidade sem interrupção entre as diversas manifestações da arte ou proporia uma progressão em direção a não se sabe qual ideal –, ainda assim continua sendo um socorro não desprezível ao recolher documentos, fazer buscas em arquivos, autenticar ou discriminar; o método histórico, tomado com

---

19. Murielle Gagnebin, *Pour une esthétique psychanalytique* (PUF, 1994).

20. Georges Didi-Huberman, *Ce que nous voyons, ce qui nous regarde*, mas também Hubert Damisch, que cita Lacan, *Fenêtre jaune cadmium* (Le Seuil, 1984), ou Louis Marin, cujas análises reportam à história, à semântica formal, à retórica, mas resultam na maioria das vezes em termos psicanalíticos. Cf. Louis Marin, *De la représentation* (Le Seuil, 1994).

21. Hans Belting, *L'histoire de l'art est-elle finie?* (Ed. Jacqueline Chambon, 1989).

rigor, ocupa-se apenas, em princípio, em acumular materiais para uma interpretação racional. Tal interpretação segue ou precede os dados recolhidos? De que maneira é forjada? Parece que sua intenção é contradizer outras interpretações, e o faz pelo modo da argumentação dentro de regras. Argumentação que vem diretamente do método histórico.

Assim, Erwin Panofsky[22] 'restabeleceu' o sentido do famoso quadro de Poussin: *Et ego in Arcadia*. Rivalizando na erudição, comparando entre si as três obras sobre o mesmo tema, ele destaca pouco a pouco a singularidade do quadro de Poussin. Para isso, precisou seguramente combater as interpretações anteriores, uma a uma.

Trata-se então de uma *iconologia*, que segue no longo prazo o movimento de representações que têm um tema comum – por exemplo: como o Tempo tem sido representado desde a Antiguidade até a publicidade atual[23]? Ao centrar a análise em uma série de figuras, o historiador escapa decerto à história da arte entendida como sucessão de movimentos artísticos e de nomes de artistas apresentados do primeiro ao último; ele se aproxima das obras e de seus processos de produção específicos, mas, ao mesmo tempo, serve-se deles como garantia de uma reconstituição das representações coletivas seguindo as épocas. Em outras palavras, a intenção aqui é perfeitamente histórica, no sentido clássico, e não no estético.

---

22. Erwin Panofsky, *L'œuvre d'art et ses significations* (Gallimard, 1969).
23. Idem, *Essais d'iconologie* (Gallimard, 1965).

A contribuição da história para a decifração das obras de arte consiste não no que ela estabeleceu ou restabeleceu como verdade, mas no fato de ela nos convidar, desenhando uma genealogia, a compreender a complexidade do que está presente diante de nós, a re-situar a obra – cujas determinações extra-artísticas podem assim ser compreendidas –, a reconstruir uma parte dos elementos que serviram para sua elaboração.

Deixando a região das teorias de conjunto, a auscultação de fontes e influências, a interpretação historicista pretende atualmente ser 'local'. Dessa complexidade, o detalhe se torna agora o revelador. Temas (como a perspectiva), 'lugares-comuns', ou seja, figuras que encontramos constantemente (a porta, a janela, a moldura, a nuvem)[24], e que é preciso seguir de perto por se tratar de índices de uma particularidade na qual transparecem determinações culturais: tal é a maneira como a história se coloca no acompanhamento da arte[25]. Ela tece conexões, envolvendo as obras com um saber numeroso e *que agrada,* porque contribui para a conservação e o desenvolvimento de uma idéia de arte como fruto de um conjunto de parâmetros sociais, políticos e culturais. Ela traz para a pesquisa do sentido empreendido pela hermenêutica o com-

---

24. Hubert Damisch, *Théorie du nuage. Pour une histoire de la peinture* (Le Seuil, 1972); *L'origine de la perspective* (Flammarion, 1987).

25. Esse localismo pode vir acompanhado de uma preocupação em penetrar na intimidade do desejo do artista, detectado na obra graças à noção de 'figurabilidade'; maneira de aliar conceitos freudianos e iconologia. Cf. a esse respeito Daniel Arasse, *Le sujet dans le tableau* (Flammarion, 1997).

plemento de um horizonte temporal que pretende ser global, apesar de sua recente conversão a um certo localismo.

II. O EIXO SEMIOLÓGICO

A expressão 'virada lingüística' serviu bastante, e serve ainda, para designar sob o mesmo rótulo movimentos bastante diversos. Desse modo, vimos aparecer o método hermenêutico de Schleiermacher como uma mudança no estudo interpretativo dos textos, vimos a hermenêutica mais recente se interessar pela estrutura da linguagem, pelo papel do diálogo, pela palavra viva, assim como pelos tropos – e em especial pela metáfora. Finalmente, não se pode ignorar o lugar ocupado pela linguagem na psicanálise, que se move através das palavras que agem como sintomas, das quais, depois do próprio Freud, alguns dos teóricos de maior prestígio se servem com maestria. Tudo isso faz pensar que a reflexão lingüística – no sentido amplo – é a preocupação dominante de todas as teorias, tanto das que tratam das obras de arte quanto das que têm por objeto o comportamento humano.

Assim, o recurso à expressão 'virada lingüística', para designar a chegada das filosofias anglo-saxãs centradas em torno de uma lógica do signo, parece um tanto exagerado: essa famosa virada já ocorreu há muito tempo. Trata-se, pois, de uma mudança de mudança, de uma mudança no seio de um movimento filosófico que já havia manifestado mais do que uma tendência a se separar da metafísica clássica. Contudo, manteremos a denominação que passou a ser usada para descrever as teorizações que se referem a uma lógica do signo, assim como a seus efeitos sobre a estética.

1. A tentação semiológica

Os avanços da lingüística, após a estréia de Saussure e de Benveniste, transmitiram a idéia de que era possível aplicar o modelo lingüístico às obras de arte. A arte não é também uma linguagem? Mas aqui a linguagem – se de fato existe arte como linguagem, será preciso demonstrá-lo – não está sendo abordada pela ótica da palavra dialogante à qual a interpretação é necessária para lhe dar sentido, mas pela ótica de um sistema que precisa ser descrito aproximando-o de seus elementos constitutivos mais simples.

Essa via de análise pretende permanecer rigorosamente fora de qualquer interpretação, vista como uma pretensão insustentável para um sentido que não pode se desprender a não ser depois do exame minucioso de suas peças constitutivas. Significa dizer que, aqui, estamos diante de uma visão expressamente materialista, antimetafísica, que restringe de maneira drástica o campo de manobra. No lugar da abertura prometida pela hermenêutica, exige-se um fechamento: o de um *corpus* limitado, fechado, que torna possível um recorte em elementos devidamente compilados. Evitemos as conversas e vejamos como se fabricam o vocabulário e a sintaxe próprios à obra: as artes plásticas, a arquitetura, o urbanismo, o cinema, a dança serão submetidos a esse recorte, uma vez que, em todos os casos, as formas engendradas obedecem às regras de constituição de uma linguagem.

O modelo lingüístico. Se, com efeito, a língua pode ser analisada em três estratos – as unidades fonológicas (ou fonemas), as unidades morfológicas (as palavras ou morfemas), compostas de diversos fonemas, e as unidades semânticas (ou semantemas), compostas de diversos morfemas e que possuem, pois, uma significação –, poder-se-ia imaginar que toda obra plástica seja analisável da mesma maneira.

Essa tentativa muito cedo se viu limitada, na medida em que a linguagem pictórica, mas também arquitetônica ou gestual (com a dança), não pode se apoiar, como é o caso da língua, nas unidades de base sem significação que são os fonemas: um som, com efeito, é desprovido de qualquer sentido, o que permite aos morfemas, combinando-os entre si, significar separado de uma relação interpretativa anterior. Mas essas unidades de base não são encontráveis tanto na pintura – a forma adquire de imediato uma significação, a cor está ligada ao simbolismo em vigor dentro de determinada cultura, formas e cor são logo interpretadas – quanto na arquitetura ou no urbanismo[26]. Além disso, essas unida-

26. Roland Barthes pretendeu submeter a cidade a uma semiologia, mas logo abandonou essa pista. Assim como publicou um *Système de la mode* (Le Seuil, 1967), que não deixa a desejar em relação aos estudos estruturalistas, antes de entrar para a escola de interpretação subjetiva, como escritor. Cf. também, mostrando essa hesitação, Umberto Eco, *L'œuvre ouverte* (Le Seuil, 1965) e *La structure absente, Introduction à la recherche sémiotique* (Mercure de France, 1968).

des existem em número ilimitado (pensemos, por exemplo, na mancha de tinta, na diversidade de figuras possíveis e na diversidade de cores), e o mesmo acontece com a arquitetura, na qual a menor elevação ou escavação é imediatamente condenada a significar; quanto à gestualidade, a semiologia do gesto refere-se com freqüência a um suposto fechamento.

Se o modelo lingüístico tem alguma possibilidade de satisfazer a uma análise, não é, pois, em termos de língua, e será necessário encontrar correspondências em outro nível de estudo: o da semântica. E particularmente – para evitar distúrbios da interpretação do sentido ao mesmo tempo infinita e subjetiva – no nível da *semântica estrutural*.

Uma semiótica formal. O modelo lingüístico, em sua versão ampla, vai se dedicar à estrutura da linguagem, de qualquer linguagem, seja a da literatura, da poesia ou da imagem. A questão será elaborar o mais rigorosamente possível os códigos de decifração que nos permitam compreender a língua nas conversações comuns e de transportá-los a outros objetos. Encontrar um sistema de transformações, de tal maneira que seja possível transcodificar uma mensagem contando com um suporte determinado em outro conjunto, é esse o objeto da pesquisa da semiótica geral. Tal pesquisa pretende ser lógica, quase matemática: é preciso evitar a intervenção das interpretações subjetivas, manter distante o sujeito que analisa e suas próprias projeções intempestivas. Assim como colocar-se fora do alcance da metafísica e dos valores preestabelecidos, de maneira a considerar apenas a forma em sua pureza. Uma vez cumprida essa etapa, poder-se-á então interpretar. Observemos a estrutura de um conjunto antes de escutar o que esse conjunto nos 'diz'. Ele tem um sentido estrutural (a composição lógica de elementos segundo uma certa ordem) antes mesmo de ocorrer o advento de um sentido 'significante'.

Dizer isso é se situar nos antípodas do discurso confuso característico dos discursos sobre a arte, é deixar de lado tudo o que se supõe encontrar dentro das profundezas abissais do 'eu', a intencionalidade e as pulsões dos autores; é se limitar ciosamente à *superfície* dos objetos de análise para explorar sua construção: o 'como' e não o 'por quê'. O 'dito' das obras depende de um certo número de posições dos elementos no seio de um sistema geral que lhe oferece sua estrutura. Para a análise de um quadro, por exemplo, a descrição antecipada deve levar em conta os eixos de orientação de base: o alto e o baixo, a direita e a esquerda, as linhas de força de um espaço específico onde se situam as figuras. Ela deve levar em conta também o modo de constituição de um ícone gráfico a partir da percepção – já bastante complexa – de um objeto visual[27].

2. Uma lógica do signo

Deliberadamente antimetafísicas (os enunciados da metafísica são símiles-enunciados, desprovidos de sentido se

27. O grupo µ dá uma primeira idéia dessa complexidade e da maneira pela qual um objeto é percebido como ícone (*Traité du signe visuel,* Le Seuil, 1992).

os passarmos pelo crivo da análise lógica), as análises que acabamos de citar requerem o apoio do retorno ao rigor, à elucidação da linguagem, seguindo os preceitos do Círculo de Viena, iniciado por especialistas em lógica, cuja figura principal é Ludwig Wittgenstein[28], no que diz respeito ao assunto de que estamos tratando.

O estudo da linguagem, aqui, não tem nem a mesma função nem a mesma intenção que encontramos nas análises precedentes: não se trata de aplicar, em objetos mudos, códigos que servem à palavra, nem de transportar estruturas reproduzidas a partir da língua, em suportes não-lingüistas, mas, sim, de ver como a própria língua é capaz de se refletir e se dobrar para engendrar a realidade do mundo que vemos ou, mais exatamente, que acreditamos ver. Pois só vemos aquilo que podemos nomear para reconhecer. Assim, *o que podemos dizer* do mundo *é* esse mundo, e o 'como' ele se apresenta a nós é o que ele é. É então uma revolução na maneira de pensar a verdade das coisas, uma vez que não se trata mais de fazer coincidir as palavras com uma realidade que lhes seria exterior, mas de fazer nascer o mundo da realidade a partir de palavras que utilizamos, e a questão então é avaliar que espécie de mundo pode nascer, de que espécie de arranjo de palavras. O caminho da filosofia está, pois, inteiramente traçado: será preciso elucidar, desenredar o uso das palavras,

28. *Manifeste du Cercle de Vienne et autres écrits*, organizado por Antonia Soulez (PUF, 1985).

considerar todas as possibilidades de mundos diferentes que os jogos de linguagem fazem surgir. Em suma, a filosofia será obrigada a ser reflexão sobre a linguagem e a começar pela reflexão a respeito de sua própria linguagem.

Essa ambiência, esse estilo de filosofia anglo-saxã centrada na análise da linguagem, de sua lógica, de suas funções e de seu poder de criar mundos, desenvolveu-se de um modo à parte das filosofias continentais – cuja progressão contesta, cujo anfigurismo critica, criticando também a falta de clareza delas, suas generalidades e, é claro, sua metafísica latente ou confessada. Ela recusa também, evidentemente, a filosofia da arte saída desses sistemas filosóficos e propõe recomeçar a pesquisa partindo da estaca zero. A via será a da análise lógico-perspectiva: em que medida e sob qual condição um objeto pode ser dito 'de arte'?

Perceber é re-conhecer. Não se trata de fazer um julgamento de valor de uma obra já constituída em obra, o que seria colocar a carroça diante dos bois: tomar como realmente existente um objeto sobre o qual ainda não se sabe se ele é de fato o que se pressupõe que seja, a saber, 'de arte'. É preciso, em compensação, perguntar-se sobre o que faz com que uma obra seja reconhecida como obra, quais são as características que podem nos conduzir em direção a essa afirmação. É, pois, de epistemologia que se trata: assim como, para a língua, há proposição quando certas condições gramaticais são preenchidas, da mesma forma haverá obra de arte quando certas condições tiverem sido satisfeitas. Ao conjunto dessas condições será necessário incluir os traços distintivos que devem separar o objeto em questão – dito 'de arte' – de outros objetos do mundo físico que não são de arte[29]. Esses traços, entretanto, nada têm a ver com traços sensíveis, submetidos à percepção, pois o fato de ser ou não objeto de arte depende de fatores abstratos, de qualidades de definição, tais como consistência, saturação, simbolização, amostrabilidade ou exemplaridade. É, com efeito, por um trabalho cognitivo que a arte é percebida como arte, trabalho que comporta bom número de analogias com aquele que nos põe em condições de reconhecer o que se diz na linguagem corrente. E, como é o caso nessa linguagem, trata-se menos de conhecer do que de *reconhecer*, menos de perceber do que de *nomear*. É a uma psicologia cognitiva que compete traçar o caminho que, partindo de uma incitação sensorial, se orienta em seguida, por meio de diferentes níveis de pensamento, em direção ao reconhecimento efetivo deste ou daquele objeto particular. Quando se trata de um objeto de arte, o processo de reconhecimento deve levar em conta o contexto sociocultural e político – auxiliar indispensável ao reconhecimento efetivo de um objeto de arte enquanto tal –, e sua constituição em 'símbolo' deve muito ao lugar que esse objeto ocupa no sistema de trocas econômicas e culturais.

---

29. Para uma visão rápida do aporte da filosofia analítica à questão da arte: *Philosophie analytique et Esthétique* (Klincksieck, 1988), onde se encontram artigos importantes de Danto, de Goodman e de Margolis.

Uma epistemologia. Vemos assim o esforço da filosofia analítica colocar-se por trás da obra, não em seus 'fundos' ou seus abismos inconscientes, mas dentro dos pressupostos lógicos, constitutivos de sua identidade de objeto singular entre todos os outros objetos do mundo. Nisso a filosofia analítica se distingue da semiologia, que, tomando as obras na condição em que se encontram, contenta-se em aplicar-lhes as grades de leitura ou submetê-las a elas. Ela é, pois – seja qual for a opinião a seu respeito –, menos concreta, menos próxima das coisas, mais geral do que a semiologia em seus exercícios, uma vez que suas exigências gramaticais afastam-na das obras ou, mais especificamente, afastam a investigação das obras, em toda a sua extensão, das suposições preliminares de existência que ela é obrigada a assegurar. É assim que um autor como Goodman[30], que representa bem o movimento da lógica semiótica anglo-saxã, expõe as condições necessárias para que um objeto seja reconhecido como arte, afastando todo julgamento avaliador suscetível de trazer junto com ele valores latentes, gostos psicológicos ou ainda um conteúdo metafísico.

É, portanto, em termos de propriedades lógicas (e não de propriedades perceptivas) que as obras de arte serão distinguidas das outras obras que não seriam artísticas. Essas propriedades se manifestam em torno da função simbólica cuja exemplificação é fornecida pela obra. Essas duas pro-

---

30. Nelson Goodman, *Manières de faire des mondes* (Ed. Jacqueline Chambon, 1992); *Langages de l'art* (Ed. Jacqueline Chambon, 1990).

priedades – simbolização e exemplificação – são suficientes para identificar uma obra como sendo de arte. (A exemplificação é a interpretação metafórica de uma qualidade expressiva pertencente à obra; o trabalho conceitual que realizamos para fazer a distinção entre uma obra que é e outra que não é consiste em apresentar à vista a simbolização e colocá-la se exemplificando na obra.)

Essa teorização – que, com a voga da filosofia analítica, tende a ocupar o terreno teórico atual – recusa-se a colocar a questão da arte em termos de 'O que é a arte?' (essencialismo) ou 'Qual o valor de tal obra?' (empirismo), ou ainda 'Qual é o significado da palavra 'arte'?' (semantismo), mas pergunta: 'O que faz a arte na linguagem? Qual é seu emprego efetivo? Qual é o funcionamento efetivo desse conceito?'.

3. A última palavra

A teorização de intenção epistemológica que se interessa, então, pela arte, cuidando de justificá-la logicamente e se proibindo qualquer julgamento ou avaliação excessivamente 'impressionista' (portanto ao mesmo tempo empírica, imprecisa e submetida a critérios não-fundados), recusa-se também a se dedicar a interpretações de obras concretas, ou seja, simplesmente, a falar delas.

Se, com efeito, nem o autor e suas intenções, nem a presença de alguma determinação exterior, nem também qualquer movimento inscrito na história, ou algum processo crítico ao qual seria possível relacionar a obra, podem ser levados em conta, então o comentário vai ter grande dificuldade de descobrir uma via, e ele será, por assim dizer, inexistente nesse tipo de teorização.

Trata-se – dirão os partidários de uma leitura interpretativa e sensível da obra – de uma grave lacuna, que demonstra a incapacidade radical de toda lógica científica de se aproximar da arte com alguma possibilidade de sucesso. A arte seria um 'alhures', que apenas uma abordagem propriamente marginal em relação ao discurso da ciência seria capaz de alcançar. Em outras palavras, o próprio comentário só poderia ser uma criação artística acompanhando o que ele comenta, colocando-se deliberadamente no campo da arte[31], fora da lógica do discurso e de suas leis imperativas, assim como fora de qualquer argumentação. Tal fato, naturalmente, redobra a dificuldade na medida em que, então, não seria mais uma obra a ser apreendida o mais corretamente possível, mas toda uma série... proporcional ao número de comentários.

Vê-se com isso a que espécie de críticas os semanticistas e os especialistas em lógica estão expostos, quando se sabe que, além do mais, a tradição hermenêutica está muito mais ancorada nos costumes filosóficos ocidentais do velho continente do que em uma lógica do signo (no entanto tão antiga quanto, se pensarmos nos filósofos medievais).

---

31. Trata-se de uma opinião ou mesmo uma exigência difundida entre literatos, da qual Barthes, entre outros, foi defensor e que está sendo retomada com vigor atualmente por Derrida.

O que as teorias de caráter tradicional querem restabelecer contra o rigor lógico é a idéia de uma inacessibilidade, de um 'para além de toda estratégia verbal', semântica ou analítica. A obra não pode ficar na dependência de nenhuma forma preestabelecida; ela escapa às dominações conceituais e pode no máximo sugerir ecos poéticos, 'ondas' de sentido que o crítico de arte ou o teórico devem estar em condições de perceber e retransmitir. O extremo dessa atitude (por assim dizer romântica) consiste então em ostentar o silêncio completo: nenhuma teorização é possível, qualquer ensaio de compreensão motivada é demais. As teorias (e os teóricos) devem aceitar o fato de que seus esforços estão, por definição, fadados ao fracasso. O único aporte possível da teoria à arte e às suas obras seria então o reconhecimento de sua incompetência absoluta...

Essa visão um tanto derrotista funda-se na sacralização da arte, do gênio, dos excessos extáticos, dos exageros de sentimentos e do que se costuma classificar como loucura. Mas, curiosamente, ela também se sustenta – contra os lógicos – na palavra do mais dotado e do mais influente entre eles, Wittgenstein: a última proposição do *Tractatus* deu-lhe, com efeito, argumentos, de uma maneira bastante incongruente.

O célebre 'Sobre aquilo de que não se pode falar, deve-se calar' pode com efeito ser interpretado como a flecha que traspassa o rígido rigor da lógica e mostra sua vaidade ou no mínimo seu limite: a arte, a se acreditar nessa interpretação, seria justo aquilo que é preciso calar, pois não se pode falar dela corretamente. A arte para além do discurso, a arte trans-lógica, trans-gramatical. O que enche de alegria os adeptos dessa arte e lhes parece a prova cabal de que nenhuma lógica pode romper duradouramente a fortaleza estética é que a proposição vem do próprio fundo da argumentação lógico-pragmática. E de seu mais prestigioso defensor. A mística é essa esfera do inefável, do indizível, que é a da ética e da estética: ela compreende o mundo todo, o próprio mundo, cuja unidade não pode ser captada sob a forma dessas proposições fragmentadas da linguagem, seja qual for o esforço feito pela gramática para colocá-las juntas. O inefável da arte limita, pois, a arte da linguagem, que não é exercida a não ser com a condição de sua própria negação... E de descobrir, de maneira triunfal, no Wittgenstein lógico, um Wittgenstein místico ou mesmo teológico.

Outra interpretação que permanece mais perto dos 'fatos' (fatos que se constituem em quadro para a lógica) acabaria por nos mostrar que, se algo deve ser calado – a unidade do mundo ou o mundo como unidade –, é pela impossibilidade de colocação de uma proposição dizendo o que é, e ao mesmo tempo o que ela é. Existe aí uma limitação interna ligada ao próprio fato de falar, o que deixa fora do campo da palavra um mundo que se mostra e que se expressa como inexprimível[32].

---

32. Cf., para uma discussão a respeito dessas interpretações, o artigo de Frédéric Nef, 'Que faire de l'ineffable', em *Acta* (Colóquio Wittgenstein, Ed. TER, 1990).

Sejam quais forem os fundamentos do dizível e do indizível (a saber, qual deles funda o outro), é preciso constatar que tanto uma quanto a outra das vias adotadas pelas teorizações sobre a arte – a via hermenêutica ou a via semiológica – fecham-se sobre si mesmas, fabricando em torno das questões da arte mundinhos fechados que com freqüência perdem o contato com a questão com que supostamente deveriam se ocupar: a arte, para se dedicar a toda sorte de discussões internas de suas disciplinas ou campo de pesquisas. Mesmo assim, esse acompanhamento, em meio a seu bruaá de teses contraditórias, desempenha um papel na elaboração das obras de arte contemporâneas.

Os artistas, com efeito, são, bem ou mal, levados a se definir em relação a uma corrente de pensamento, devendo responder às perguntas de seus críticos, que tanto os atrapalham quanto os põem em evidência, ou, ao contrário, mostram-se eloqüentes quanto a suas perspectivas e pontos de vista. O exercício da escrita lhes é cada vez mais familiar, sendo, hoje em dia, incontável o número de publicações de artistas: jornais, textos teóricos, entrevistas isoladas ou manifestos. Mas, enquanto os teóricos tendem a se interessar pelos movimentos que costumam ter alguma importância em suas grades de leitura (como os impressionistas, beneficiando-se em particular dos hermeneutas e dos fenomenólogos; os pintores de gênero*, beneficiando-se dos histo-

---

* Pintura de gênero: a partir do século XIX, quadro de interior, natureza-morta ou de animais. (N. de T.)

riadores; e os expressionistas, dos psicanalistas), os artistas, por sua vez, adquirem o alimento teórico a seu bel-prazer, de acordo com o humor e a ocasião, sem se preocupar com a coerência; contudo, permanecem influenciados – com a ajuda da midiatização da sociedade – por uma rede de discursos da qual não podem fugir, e, como veremos no próximo capítulo, são sensíveis a expressões, a palavras de ordem, tonalidades de pensamento que lhes servem de *impulsão de fazer*, mais do que de sistemas teóricos bem construídos.

CAPÍTULO 2
AS PRÁTICAS TEORIZADAS

Enquanto as teorizações secundárias intervinham *nas* obras, e *após* elas, procurando elucidar seus enigmas, evidenciar suas estruturas ou acompanhar sua recepção com instrumentos conceituais já prontos, precisando apenas experimentá-los ou ajustá-los a um novo terreno, o estilo das práticas teorizadas de que iremos falar agora é bem diferente. Elas nascem ao mesmo tempo em que as obras que sustentam e estão tão ligadas ao objeto que as incita a existir que não poderiam ter qualquer pretensão de autonomia, nem sequer de alguma validade, sem esse suporte. Quase simultâneos, obras e discursos são produzidos no palco da arte, conjuntamente. Um carrega o outro, e vice-versa.

Essas teorizações se apresentam sob duas formas. Uma constitui uma prática exterior à produção da obra pelo artista: é a *crítica de arte*, exercida por autores literários e que diz respeito a uma obra em particular, às obras de um artista ou ainda a todo um movimento artístico. A outra é uma prática interna, imersa na produção, da qual não se separa, resultado da *ação dos próprios artistas*: diários de ateliê, notas e reflexões, textos em forma de manifesto, ensaios, algumas vezes até tratados, escritos que pontuam a pesquisa, por meio dos quais os artistas se situam, analisam os elementos de seus trabalhos, expõem suas idéias, defendem suas crenças, posicionam-se sobre o tabuleiro dos movimentos artísticos, respondem às críticas e emitem opiniões sobre seus congêneres.

Essas duas formas de teorização, externas e internas, têm em comum, *tradicionalmente*, o fato de, em geral, não se considerarem uma teoria específica, aplicando seus princípios ao vivo, diretamente, raras vezes emitindo seus enunciados de forma sistemática, mas reivindicando, contudo, o contato com a obra em sua singularidade e o faro ou o gosto como princípio diretor[1]. Essa disposição clássica da crítica permite distinguir o que remete aos esteticistas (filósofos, teóricos de arte, como os que mencionamos na primeira parte), aos especialistas em uma disciplina específica, por eles aplicada às questões artísticas, e aos próprios críticos de arte, mais perto das obras, e, de alguma maneira, gente 'do ramo'.

---

1. O que em si, observemos, já é sinal de fidelidade a uma teoria: à da espontaneidade da arte, da intuição direta das coisas, da recusa ou pelo menos da desconfiança com relação à especulação intelectual, abstrata.

Contudo, essa repartição de tarefas tende, no presente, a se misturar consideravelmente. Com efeito, os grandes sistemas fundadores desapareceram do campo filosófico, levando junto nesse desaparecimento as filosofias da arte, as quais eram dele uma parte constituinte. Permanecem então dois dispositivos que podem servir para preencher essa parte teórica: as práticas de acompanhamento que teorizam o campo a partir de seu ponto de vista (acabamos de passá-las em revista, no Capítulo 1 desta Segunda Parte) e a crítica de arte, que, saindo de seu papel empírico, encarrega-se de uma parte da carga teórica. Assim, a preocupação de 'fazer teoria' é agora um bem comum e não mais resultado da ação de uma fração apenas do campo estético, e essa 'partilha' que retoma a herança da filosofia está mais próxima de uma comparticipação, na qual se opera uma espécie de hibridação entre as competências, os princípios e os métodos. Pode-se dizer com certa pertinência que a crítica contemporânea (a nova crítica) apresenta uma acentuada tendência a questionar menos a obra específica do que as *démarches*, os processos de invenção, os problemas colocados pela prática da arte, sua relação com a sociedade, com a política, com grandes movimentos e mudanças tecnológicas, ou ainda a questão do 'sentido' da arte; em suma, apresenta uma tendência clara a filosofar.

Temos a prova disso por intermédio da simples leitura das publicações de colóquios sobre a arte: ao perpassarmos uma série de intervenções, encontramos, por exemplo, as que falam da *abstração pictórica* contemporânea[2]: dois esteticistas, dois historiadores de arte, um psicanalista, dois críticos de arte, nove artistas. Esse painel representa bem a hibridação atual dos 'profissionais da arte'. Provavelmente seria necessário acrescentar a ele, em uma perspectiva completamente diferente – a de esboçar o quadro do meio artístico –, os curadores de museus, os diretores de centros de arte, de Casas de Cultura, de Fracs*, os membros de diretorias de arte e de cultura, cada um – e todos – conjugando os papéis de crítico e esteticista, na medida em que suas escolhas determinam valores e linhas de conduta argumentadas. Contudo, considerando que a reflexão sobre a arte, sua natureza, seu futuro, o sentido ou o não-sentido de suas produções são uma parte essencial do trabalho da obra, essas reuniões que misturam os atores do campo artístico podem também reivindicar para si próprias o *status* de obra de arte, e seus organizadores, declarar-se artistas.

Esse estado de coisas, com o qual a crítica se defronta nos meios artísticos, pode ser interpretado de duas maneiras: ou dizemos, como Arthur Danto, que a teoria, ou seja, a especulação intelectual, precede a atividade 'propriamente' artística – que consiste em produzir objetos denominados obras – e a substitui, ou argumentamos que a produção e a exposição de reflexões (em colóquios e reuniões de todo

2. 'Pratiques abstraites', *Rue Descartes*, n.º 16, Collège International de Philosophie, 1997, sob direção de Catherine Perret.

* Frac: *Fonds Régional d'Art Contemporain*. (N. de T.)

tipo) são uma ação artística que se inscreve no movimento de produções contemporâneas de não-objetos, desempenhando assim o papel de acompanhamento que sempre foi reivindicado pela crítica.

Contudo – e é um ponto que desenvolveremos como conclusão – essa imprecisão mesma, essa indistinção de formas híbridas da crítica, concede a seus discursos uma 'dimensão', uma presença, uma 'influência'. É que a crítica de arte permanece, apesar, ou até mesmo por causa, de seus desvios 'intelectuais', bem mais próxima da realidade, que ela segue e por vezes precede, e também dado que sua difusão – sobretudo hoje em dia – é mais ampla do que a das teorias filosóficas ou das análises especializadas de que temos falado até agora. É o mesmo que dizer que o exercício da crítica, a reflexão dos artistas a respeito de seu próprio trabalho estariam privados de qualquer traço de teorização? Por certo não: a teoria está presente na fala dos críticos influentes e na dos artistas cuja obra provocou efeitos no domínio artístico. Ela está presente sob a forma de escolhas coerentes, de *parti pris* prolongados.

E se, como temos afirmado desde o começo, a importância de uma teoria se mede por seus efeitos no domínio prático que ela contribui para formar, podemos, invertendo a fórmula, supor que, quanto aos efeitos notáveis produzidos no campo da arte, há enunciados teóricos correspondentes. É, pois, a esse título que investigaremos agora de mais perto a crítica de arte.

I. UMA TEORIZAÇÃO PRÁTICA: A CRÍTICA DE ARTE

A ilustração e a defesa de obras escolhidas, a crítica e a recusa de outras tantas, postas no índex, a avaliação, as comparações, os julgamentos, tais são as ações realizadas pelos críticos de arte; de um lado, promoção, publicidade, celebridade: os críticos lançam 'seus' artistas; de outro lado, silêncio ou descrédito espreitam o desafortunado que não soube agradar. Mas essa avaliação não se dirige unicamente a individualidades – obras e autores; ela atinge também o gênero, a forma, o estilo, privilegia certos movimentos em detrimento de outros, dá suas razões, cria de alguma maneira a 'moda teórica'. Pois não se trata somente de humor, mas de convicção; não somente de gosto, mas de *parti pris*. Ou, se quisermos, de engajamento.

O ponto, por certo, é o seguinte: a posição teórica – ou até o combate – que distingue a moderna crítica de arte dos textos da Antiguidade que descreviam obras, apresentando-as na figura de linguagem – e por intermédio dela – que se convencionou chamar de *ekfrasis*. No caso, tratava-se unicamente de igualar pela palavra as cores, os movimentos e a harmonia do quadro. Os *Quadros* de Filostrato[3] são um bom exemplo disso (mesmo que os quadros por ele descritos dessa maneira sejam imaginários...), bem como

---

3. Filostrato, *La galerie de tableaux* (trad. de A. Bougot, Prefácio de Pierre Hadot, Les Belles Lettres, 1991).

algumas descrições de Vitruve, de Plínio o Velho, de Luciano ou de Pausânias[4]. Claro, a *descrição* continua sendo a pedra de toque da crítica – é de fato preciso falar das obras plásticas, mudas por definição –, mas ela se abastece, a partir do século XVIII, de considerações éticas, até mesmo sociais e políticas.

Mais ainda, ela se torna um exercício difícil, para não dizer improvável: com efeito, a parte propriamente descritiva das críticas encolhe hoje em dia, até desaparecer quando se trata de arte contemporânea. É que, se é relativamente fácil narrar uma intriga (a *istoria* da Renascença), descrever e designar objetos reconhecíveis (um jarro, um divã, uma mulher, flores, um cachimbo ou a fuga do Egito) e glosar através de interpretações possíveis, é menos fácil, convenhamos, prolongar por mais de duas páginas a descrição de um quadro abstrato ou, pior, de um monocromo, para não falar de instalações cujos suportes são de naturezas diversas e cujo vazio, algumas vezes, constitui a peça principal... Falar-se-á, pois, *em torno* das obras, e o *contexto* adquirirá um lugar preponderante nos ensaios críticos: a descrição dará lugar à biografia do artista, à classificação de suas obras neste ou naquele movimento, às explicações dos litígios entre o artista e suas galerias, seus *marchands*, ou a sociedade em seu conjunto.

---

4. Para esses autores, ver a notável coletânea Millet, *Textes grecs et latins relatifs à l'histoire de la peinture ancienne* (Macula, 1985).

1. Para novo objeto, nova crítica?

Mas há ainda um local mais secreto, onde a descrição do crítico, mesmo que a ele se dedique, fracassa de modo estrondoso: esse local é o da arte tecnológica contemporânea. É preciso ter em mente, com efeito, que o crítico, ao textualizar uma obra, faz dela de alguma maneira uma prática, assume ou imita a técnica do artista, torna-se seu clínico. Ele conhece sua linguagem, os instrumentos, os métodos – diz-se com freqüência, maldosamente, que o crítico é um artista frustrado, mas também sem conhecimentos sobre o ofício e, sendo assim, incapaz de descrever ou fazer um julgamento. Mas os objetos artísticos produzidos pelas novas tecnologias são impenetráveis à crítica na medida em que obedecem a regras de produção ainda desprovidas de valor legal até o momento na esfera da arte.

Não se trata de modulações de uma linguagem conhecida, com suas inflexões ou variações semânticas, mas de uma outra linguagem, de outros instrumentos, de novos métodos; o conjunto resulta na formação de um objeto radicalmente novo, a ponto de não se lhe poder aplicar nenhum dos critérios que esteticistas e críticos de arte utilizam para selecionar o que é 'objeto de arte' ou não é objeto de arte. Trata-se, aliás, de objeto? Não, para dizer a verdade. As imagens produzidas por computador não são imagens dependentes de métodos diferentes, mas, mesmo mantendo suas características de imagem (duas dimensões, planeidade, estabilidade, imposição frontal ao olhar de um espectador passivo), não têm mais tais características. *Imagem* é, pois, um termo pouco pertinente, tão pouco pertinente quanto *objeto* ou *quadro*, e igualmente pouco pertinentes são os critérios que se aplicam às imagens, aos objetos ou aos quadros, bem como os instrumentos de avaliação e a linguagem utilizada para dar conta de tudo isso. É que estamos tratando agora de processos, oriundos de cálculos, e o que a crítica deveria avaliar não são resultados em imagens, mas os algoritmos que os produziram e que são seus verdadeiros autores. Contudo, uma imagem evolutiva, freqüentemente em progressão aleatória, e com a qual o espectador (e que não é mais um só) *interage*, ou seja, a transforma, dificilmente pode ser fechada no tecido narrativo que servia para descrever uma *istoria*, concluída.

Diante desse estado de coisas, provocado pela mudança tecnológica que afeta toda a sociedade e à qual a arte não poderia escapar tanto quanto qualquer outro setor de atividades (por que e como escaparia?), a crítica não tem voz. E, de fato, não é apenas a compreender ela mesma o manuseio dessas máquinas de comunicar, que são os computadores e seus programas, de maneira a poder descrevê-los corretamente e compará-los com outros dispositivos, que a crítica deve se dedicar (descrição que teria aliás a forma de listas de materiais empregados e de suas características técnicas, espécies de fichas com algum ordenamento). Isso é apenas uma tarefa preliminar. Mas outras tarefas aguardam-na, sendo necessário abandonar alguns privilégios ou facilidades que lhe eram concedidos por seu estatuto. O catálogo de exposição que aliava generosamente a história privada da vida do artista, o resumo elogioso das obras expostas e a elegante moral extraída do conjunto, tudo isso precisa agora ser concebido de outra maneira para as 'tecnoimagens'. A vida do autor é substituída pela composição de uma equipe; as intenções e as escolhas do artista dão lugar ao projeto devidamente atualizado de utilizar este ou aquele equipamento, este ou aquele suporte. A avaliação do conjunto leva em consideração a extensão do número de interatores, o espaço que é possível alcançar, a extensão do próprio programa, o arquivamento pretendido ou, de maneira oposta, sua 'inacababilidade/acababilidade' perpétua, com o programa permanecendo aberto. Vê-se que não é apenas a 'mecânica' que é preciso conhecer, mas é preciso também se transformar em 'operador' para testar a validade, a extensão e os usos possíveis da obra. Serão vistos, pois, críticos – de fato muito pouco numerosos, raríssimos, a bem da verdade – avaliar CD-ROMs (de um artista, um museu, um movimento artístico) em função do uso que podem ter, à maneira de uma avaliação de qualidades e defeitos de um utensílio, de um objeto de consumo corrente. O mesmo tipo de apreciação pode ser realizado sobre uma obra como a de Muntadas, *The file room*, por exemplo, cujo trabalho consiste em abrir um servidor na Internet onde seja possível consignar os casos de censura à arte ou em outros domínios, tratando-se de uma lista extensível a qualquer um que queira participar. Uma *nova crítica* se indagara então sobre o bom fundamento, a validade ou o uso possível de tal política de denúncia. O mesmo vale para Ingo Günther e sua *République des réfugiés* na Internet, em que ele cria uma série de proposições plásticas desenhando, entre outras coisas, um passaporte para os membros de uma comunidade ao mesmo tempo real e fictícia.

Nada disso se destina a agradar a tradição crítica, que prefere, pois, se abster, e trata essas obras tecnológicas com um desprezo sem limites.

A 'nova crítica' está, então, por vir e deverá descobrir seu caminho entre uma informação precisa – o aspecto 'comunicacional' ou 'midiático' e promocional, se quisermos – e uma apreciação submetida a critérios que terão de ser elaborados *teoricamente* para serem verdadeiramente pertinentes.

Talvez, aliás, como pensa e pratica J.-L. Boissier, o 'novo crítico' venha a ser o curador de exposição, o que escolhe, seleciona, sustenta, orienta a produção a partir das vias que lhe parecem fecundas. As quatro edições de Artifices[5], nesse sentido, já fazem parte de uma nova crítica, cuja dimensão mostram na medida em que designam, sustentam e colocam à disposição do público obras tecnológicas. E, no caso, menos como exposição de artistas singulares do que como

5. Bienal de novas tecnologias que se realiza desde 1990 em Saint-Denis. Seu organizador é J.-L. Boissier, auxiliado por sua equipe, que também é exibida na *Revue Virtuelle* do Centro Pompidou.

demonstração do que pode a arte tecnológica em seus diversos aspectos: redes (Internet), imagens sintetizadas, virtualidade e hipermídias. Com efeito, como esclarece Boissier[6],

> (...) os autores não são forçosamente os próprios artistas; eles podem ser os iniciadores de um site e ser mais precisamente o resultado de uma prática, de uma posição que é a do editor, do galerista, do curador. O que desloca a questão do autor e da recepção.

Acrescentemos que, em nossa opinião, os usuários de redes, interatores dos sites, editores de páginas na Web podem ser considerados críticos permanentes e, na medida em que intervêm, críticos influentes. O que desloca um pouco mais ainda para cima a definição da crítica e do crítico; com efeito, aquele que interage, que é co-autor, e que, portanto, está na origem da obra, é também aquele que, interagindo, a critica. O 'fazer crítica' seria então contemporâneo da obra no sentido estrito: simultâneo.

Mas, antes que esse papel, essa definição, esse lugar no circuito de produção de arte sejam reconhecidos, aceitos e sobretudo experimentados, uma crítica positiva das novas tecnologias, mesmo que muito parca, faz-se sobretudo recorrendo às grandes visões do mundo, à ideologia do progresso, da democracia e da técnica, na qualidade de ajuda à

6. 'Artifices IV, L'art du virtuel s'expose-t-il?', entrevista de J.-L. Boissier concedida a Jérôme Glicenstein, publicada na revista *Parachute*, nº 85 (1997).

universalidade do saber (e do conhecimento de arte). Ela permanece bastante longe das próprias coisas. Seus autores são teóricos 'generalistas', filósofos ou símile-aparentados, cujas reflexões são solicitadas para preencher o vazio teórico da crítica de arte no que concerne à arte contemporânea. Eles expressam então seus pontos de vista sobre a evolução do mundo, mais do que sua própria ligação com a realidade da arte contemporânea.

Qual é, pois, o modelo implícito a que obedece essa crítica de arte para se sentir verdadeiramente crítica e desempenhar o papel que ela supõe ter de ser o seu? Modelo tão impositivo que a proibiria de transgredi-lo se ela se ocupasse com as novas tecnologias de imagem? Ele tem suas origens em um passado bastante longínquo para ser considerado fundador e bastante próximo para não ser considerado arcaico.

2. O modelo do paradoxo crítico: Diderot

O exercício e, podemos dizer, o ofício de crítico surgem, com o papel e a postura que lhe são atribuídos hoje em dia, somente na época em que a Estética foi constituída e que, paralelamente, a arte e o artista adquiriram um estatuto senão autônomo, pelo menos reconhecido como situado à parte das outras atividades sociais, ou seja, na metade e no final do século XVIII, para florescer e tomar vulto no século XIX. Os primeiros passos na via da crítica moderna estão ainda ligados ao exercício da literatura: escritores e filósofos a ela se dedicam, assim como seus confrades, jornalistas, poetas ou gente do teatro. E, uma vez que toda arte tem seu começo atribuído a alguém, concordou-se em designar Denis Diderot o primeiro dos críticos de arte modernos[7]. Essa escolha de Diderot como instaurador da crítica é interessante por si mesma, pois mostra bem o que esteticistas, artistas e público esperam da crítica: uma reflexão sobre a arte tanto quanto um julgamento de gosto, o estabelecimento de uma relação entre a atividade artística – sobre a qual não se sabe suficientemente o que abarca – e o mundo tal como ele segue normalmente, a apresentação menos de uma obra do que de uma maneira de se comportar, uma lição de coisas e de costumes. Em suma, espera-se uma espécie de *teoria prática* a partir de um objeto concreto, exposto à vista de todos.

A instituição do 'salão', exposição oficial realizada a cada dois anos (exceto algumas interrupções) desde 1667 e cuja entrada é gratuita, torna públicas as obras, subtraindo-as por assim dizer da contemplação privada dos únicos proprietários afortunados, mas coloca-as também à prova de

7. O que, como toda atribuição, é um tanto injusto: a crítica, ou seja, a teorização da prática, existia no século XVII desde os primórdios da Academia Real. Para distinguir a corporação dos artesãos dos verdadeiros pintores, escultores e mesmo mais tarde dos arquitetos, era preciso que um discurso teórico fosse instituído, pois é a teoria que deve separar simples operários de artistas protegidos pelo poder real. Os acadêmicos deviam, pois, proferir discursos diante da Assembléia e como exemplo apresentar as obras de alguns de seus membros (os quadros de Poussin serviram assim de pretexto para as primeiras conferências). Temos de Félibien belas passagens de crítica (elogiosa) sobre o que ele considerava o exemplo acabado de pintor: Poussin. Cf. *Les conférences de l'Académie royale de peinture et de sculpture au XVIIe siècle* (ENSBA, 1996).

um julgamento moral: elas não devem nem chocar o bom gosto, nem ferir o bom senso, que é, como se sabe, o senso moral, mas, ao contrário, devem servir às luzes da razão e guiar as consciências no bom caminho. O que os censores da Academia Real fazem, no início da operação, para discriminar as obras que serão apresentadas e as que serão recusadas, o crítico repete na outra ponta da cadeia, comentando e escolhendo ele também dentre o que está exposto.

Sabe-se que, para os filósofos iluministas, todo espetáculo é em si perigoso pelo exemplo que dá e ao qual o brilho da arte acrescenta um encanto pernicioso. A teoria moral de uma obra de Rousseau é a prova disso, mas ela permanece teórica (sem exemplificação), ao passo que Diderot coloca-a em atividade ao comentar as obras expostas nos *Salões*.

Essas obras, pois, precisam ser devidamente esclarecidas pelo filósofo e *endereçadas* ao público. Esse *endereçamento*, que algumas vezes adquire ares de regeneração, é a maneira de agir da crítica. É assim que Diderot *vê* seu papel (que é de ver e fazer ver) ao mesmo tempo que ele *vive*. Entre o ver e o viver, a relação deve ser equilibrada, e é quanto a esse equilíbrio que os *Salons*, o *Traité du beau*, o *Ensaios sobre a pintura*[8] amoldam-se ao leitor-espectador.

O que vem a ser essa relação? Seria possível responder, um pouco apressadamente, que é aquilo que dá conta do

---

8. Denis Diderot, *Œuvres esthétiques* (ed. Paul Vernières, Garnier-Flammarion, 1966).

elo da prática com a teoria, do momento presente experimentado em suas sensações mais diversas, variadas, mutantes, submetidas aos humores e ao gosto, com sua reflexão no pensamento, que busca nelas a aceitação universal.

Ligar, em suma, a filosofia e a *aisthesis* é transformar a sensação de tal maneira que ela se torne moral, ou seja, *que ela impressione o sentimento*. Essa mudança, essa conversão do olhar dirigido de início ao exterior para retornar como avaliação, do espetáculo vivido à visão íntima, só é possível se munida de uma escala de valores, ou seja, de uma teoria de relações. Para isso, necessita-se previamente de hipóteses.

É assim, pois, que toda crítica deve ser descrição, mas descrição moralizada, ou seja, teorizada, e poderíamos precisar: *endereçada*. Essa característica muito 'diderotista', que tem duplo ou triplo 'endereço', é o elo entre a obra e seu espectador, e o espectador-crítico de arte e seu público. De fato, a obra 'é endereçada' de tal maneira ao crítico que ele se deixa absorver por ela (é o sinal de que o endereçamento da obra alcançou seu objetivo); e essa absorção que o crítico descreve aos leitores deveria absorvê-los por sua vez (o que seria o sinal de que a crítica alcançou seu objetivo)[9].

Esse modelo se aplica a todos os tipos de crítica, mesmo que as mais conhecidas entre elas permaneçam nos *Salons*. Na verdade, o método crítico é o mesmo, quer se trate de literatura, teatro, quer de pintura: a impressão do momento

---

9. Sobre Diderot, a absorção e a crítica de arte, cf. Michael Fried, *La place du spectateur* (Gallimard, 1990).

e o desvio reflexivo devem ser sempre entendidos em suas devidas proporções. E esse desvio, uma vez bem compreendido, pode consistir em converter um sentido em outro. Assim é com o teatro, onde é possível tapar os ouvidos para se manter atento apenas à dramaturgia, e também com um quadro, diante do qual se pode fingir ser um surdo que observa os mudos se expressarem por sinais[10].

3. Fortúnios e infortúnios do modelo

O modelo Diderot, instaurado, não sofrerá grandes alterações, mesmo que os termos do paradoxo não sejam mais os mesmos – a dupla em oposição objetividade/subjetividade substituiu a dupla sentimento/razão – e mesmo que os termos debatidos – em outras palavras, as hipóteses teóricas em nome das quais o crítico estabelece suas avaliações – mudem com o tempo.

Ainda que Denis Diderot tivesse realizado a façanha de ser ao mesmo tempo filósofo, escritor e crítico, dificilmente reencontraríamos mais tarde uma constelação como essa. A população de críticos será recrutada sobretudo entre os jornalistas, romancistas e poetas. Os escritos estéticos de Baudelaire, que são textos teóricos, acompanham e sustentam suas críticas pontuais; Zola e Huysmans, Mirbeau, Proust ou Mallarmé, Apollinaire e Breton se posicionam e são ouvidos,

---

10. Denis Diderot, *Lettre sur les sourds et muets*, edição crítica de Paul Hugo Meyer, 1965.

mas o trabalho de base é realizado pelos redatores, e os debates são feitos entre jornais e revistas, artigos e relatórios de exposições. Pouco a pouco a crítica se torna um ofício, enquanto o crítico é o intermediário entre artista e público, e a imprensa passa a ser o órgão de transmissão obrigatório[11].

Assim, ao contrário do que ocorre com as teorias propriamente ditas assinadas com brilho pelos nomes de filósofos, excetuando-se algumas assinaturas célebres, é uma multidão de jornalistas e articulistas, de nomes mais ou menos caídos no esquecimento hoje em dia, que faz e desfaz a cotação dos artistas. Eles lutam em suas fileiras e orientam definitivamente o trabalho do pintor e o gosto do público. É todo um meio a envolver desse modo o trabalho da arte, meio que milita, luta, se dilacera, invectiva e no qual estratégias e artimanhas são lei. Sempre nos surpreendemos ao saber que Gauguin era um esperto estrategista, "atuando ao mesmo tempo como Mirbeau para o grande público e como Aurier para os círculos literários; ou que Redon precisa de Huysmans, mais útil do que Hennequin, a quem abandona quando tem seu reconhecimento assegurado", que Pissarro, por sua vez, permanecia fiel ao velho sistema de uma crítica dividida em dois campos, o oficial e o da crítica independente[12].

---

11. Lionello Venturi, *Histoire de la critique d'art* (Flammarion, 1969); Northorp Frye, *Anatomie de la critique* (Gallimard, 1957); J.-P. Bouillon, N. Dubreuil-Blondin, A. Ehrard, C. Naubert-Riser, *La promenade du critique influent* (Hazan, 1990).

12. Ibid., pp. 197-9.

Enquanto dura a possibilidade de uma descrição endereçada, ou seja, moralizada, porque o sujeito a ela se presta com a figuração, depois com o lento movimento de abstração que também pode ser descrito, o modelo de Diderot desempenha seu papel: ele mantém o balanço exato entre subjetividade do crítico (entusiasmo, emoção, moral do belo) e objetividade (informação precisa, ensaio de classificação, proposições teóricas). Mas esse modelo torna-se inutilizável diante da arte contemporânea, pois, de fato, o crítico não pode manter a posição paradoxal do modelo Diderot, metade descritivo e racional, metade sentimental e apreciativo. Sobretudo com a arte tecnológica, como mostramos antes, nem o sentimento ou a moral, nem o endereço ou a interpretação se sustentam.

4. Um caso de crítica muito influente: Greenberg[13]

Outro modelo poderia substituí-lo? Que fosse mais autoritário, com uma influência mais direta sobre a produção dos artistas e suas reputações, escolhendo não mais o paradoxo diderotista, mas, sim, um dos ramos do dilema: o formalismo rigoroso das proposições.

Na articulação de dois movimentos de arte norte-americanos, que a essa época (1950-1970) se podem qualificar de

---

13. Clement Greenberg, *Art et culture. Essais critiques* (Macula, 1988); cf. também Nicole Dubreuil-Blondin, *La fonction critique dans le pop art américain* (Presses de l'Université de Montréal, 1980), e Thierry de Duve, *Clement Greenberg entre les lignes* (Ed. Dis Voir, 1996).

vanguarda, Clement Greenberg é o 'teorista' (um tanto terrorista também) do *after abstract expressionism* ou *modernist painting*. O maior crítico do século XX segundo alguns[14], o deão dos críticos do pós-guerra na opinião de Rubin[15], começou por impor a pintura norte-americana, destronando a Escola de Paris, com a *action painting*, da qual se faz o defensor e promotor; depois teoriza a pintura *modernista*, o que em seu vocabulário significa vanguarda, mas também e sobretudo retorno à verdadeira essência da pintura, sua singularidade, sua identidade: a planeidade. Com efeito – e este é seu aporte teórico –, Greenberg apregoa a especificidade de cada arte: a arte em geral deve ser vanguardista, trata-se de uma qualidade geral de toda arte que está de acordo consigo mesma, que reconhece e aprofunda sua relação com sua especificidade. Ninguém pode negar que a especificidade da pintura, sua mídia (seu local próprio), é a bidimensionalidade; assim, ser pintor é trabalhar o mais perto possível dessa bidimensionalidade, reconhecê-la, deixá-la expressar-se em toda a sua pureza. "(...) a essência do modernismo está relacionada ao uso dos métodos característicos de uma disciplina com o objetivo de criticar essa mesma disciplina".

A influência então exercida por ele (que é tido como 'fazedor de reis') deve-se a diversos fatores:

---

14. Thierry de Duve, op. cit.

15. William Rubin, citado por Irving Sandler, *Le triomphe de l'art américain*, t. 2: *Les années soixante* (Carré, 1990).

1. Nos Estados Unidos do pós-guerra, mesmo que haja colecionadores e galerias, o número de críticos de arte é restrito, e seu concurso é muito solicitado, pois os movimentos artísticos andam tão depressa que *marchands* e colecionadores sentem-se perdidos: falta-lhes um guia que marque com sua chancela (e é freqüentemente um nome, uma etiqueta) um certo tipo de procura artística e o grupo de artistas que o praticam.

2. O crítico então não é mais apenas um jornalista que segue os acontecimentos e escreve artigos na imprensa especializada; ele deve teorizar a prática, mais exatamente *escolher* teorizar *uma* prática, e para isso impor-lhe um nome: é o caso de Greenberg com o nome de *formalistas*, dado por ele a 'seus' artistas. A prática da crítica, entendida dessa maneira, tem também, como toda arte, sua especificidade e, na qualidade de disciplina, deve criticar-se a si mesma. Permanecer vigilante.

3. Ter 'seus' artistas, o que significa, de um lado, patrocinar um movimento, ser o primeiro na hierarquia e o inventor, de outro promover e colocar seus simpatizantes no cenário internacional: o crítico *faz* seus pintores, o que quer dizer que faz também seu público, que tem suas revistas, seus contatos com as galerias etc. Enquanto Castelli, o grande galerista norte-americano, que também 'faz' seus pintores, nem sempre consegue impor suas escolhas, Greenberg, por outro lado, trabalhando em um nível superior, cria seus simpatizantes, ou seja, cria as condições para o sucesso de seus pintores. De fato, ele governa um mundo.

Pois o trabalho teórico é dotado do poder particular que é ser considerado 'objetivo', alheio a caprichos, humores e gostos subjetivos. A teoria coloca Greenberg ao abrigo de disputas sobre o gosto. Ele pode mesmo afirmar que o mau gosto é uma qualidade e pretender apoiar o trabalho de pintores pelos quais não tenha nenhum apreço. Em suma, essa declaração sobre a *forma* da *crítica* – o que ela deve ser formalmente – vem redobrar a especificidade do conteúdo da *sua* crítica, que parte para a guerra contra o subjetivismo, o expressionismo do gesto (mesmo que seja expressionismo abstrato), contra o *painterly*, e vê nisso uma etapa que foi ultrapassada em direção a seus próprios limites, em direção à abstração *post painterly*, de estilo *stained color field*, plano e sem nenhum relevo. Com isso, a crítica remete à história da arte como contexto indispensável e se coloca ela mesma diretamente, com o movimento que ela envolve e assina, *dentro* da história, em suma, dentro da tradição em marcha. Barbara Rose, que foi no começo discípula de Greenberg, fala da "(...) nova consciência que o crítico tem de seu papel histórico, de seu desejo de ser assimilado ao estilo que a história consagrará como a vanguarda de um período determinado[16].

Ele trabalha, pois, ativamente, junto com seus discípulos, os 'Greenbergers', Michael Fried e Rosalind Krauss, para consagrar glórias presentes: Louis, Noland e Olitski, mas rein-

16. Barbara Rose, 'The primacy of color', *Art international*, maio de 1964, citado por Irving Sandler, op. cit.

terpreta paralelamente toda a tradição da arte moderna colocando o período presente na mesma fase do passado.

Vê-se com isso a inflexão que o crítico impõe ao trabalho de 'seus' artistas e dos que, atraídos por sua importância, tornam-se formalistas para ser defendidos por ele... É nesse sentido que se pode falar dos 'efeitos reais' de uma prática teorizada como a exercida por Greenberg, teórico, no domínio da arte em geral: artistas, bem como galeristas, *marchands*, críticos de arte, historiadores e esteticistas.

Subjetividade de escolhas, objetividade de estruturação, o crítico não pode escapar a essa dupla tentação; o principal é fazer passar a primeira ramificação da contradição pelo selo da segunda... e Greenberg foi decerto um mestre nesse jogo. O que nos importa mostrar aqui, contudo, é menos a maneira um tanto ardilosa de alcançar esses fins, ou seja, de exercer um poder real sobre o trabalho dos artistas, e portanto sobre a história da arte, do que a real necessidade da teorização; tal necessidade é, por outro lado, dupla, pois encarrega-se da teoria da crítica (como praticá-la, o que deve ser uma 'boa' crítica) e da prática artística, que é seu objeto.

Essa estruturação é útil aos críticos que quiserem se tornar 'influentes' e reconhecidos, mas é negligenciada por críticos menos exigentes que se contentam em fazer de alguma maneira *publicidade de artistas*. Atitude evidentemente tida na mais baixa conta por alguém como Greenberg, que a trata de jornalística e que, é preciso confessar, é a atitude mais comum.

A esse respeito, pode-se arriscar a hipótese de que a afluência de críticos chega a formar um verdadeiro meio próprio da arte, um microcosmo com suas leis, sua divisão de papéis, seus órgãos de difusão, alianças, batalhas e traições, estratégias, vitórias e derrotas, e que o meio assim constituído facilita (se é que não promove) a ocorrência de um número sempre crescente de movimentos artísticos, de obras novas, essa agitação cada vez mais viva que caracteriza os primórdios do século XX.

Seguindo essa hipótese, seria possível ver no mundo da arte atual a busca e a aceleração desse movimento da crítica, por sua vez ligado ao crescimento do número de exposições, de galerias, de eventos públicos, e, em suma, à extensão do mercado, que tende a encobrir ou até mesmo abafar as obras que pretende promover com seu constante e obrigatório comentário, a ponto de torná-las invisíveis.

O movimento da obra para sua crítica – que parecia tombar sob o sentido, a obra exposta à espera do comentário, como era o caso dos *Salões*, boletins da Academia publicados após cada exposição – estaria parecendo inverter-se atualmente: o crítico estilo Greenberg produziria de alguma maneira a obra, em vez de contemplá-la tão logo pronta.

Em conclusão, como observamos em relação às dificuldades de constituição como crítica da *nova crítica*, a *necessidade da teoria* se faz sentir agudamente: quando não é encontrada onde deveria, quando não há nenhum princípio nem critério para avaliar, julgar ou colocar no lugar, dois fenômenos ocorrem simultaneamente em relação à crítica: por um lado, o silêncio e, portanto, a desinformação; por outro, um discurso geral de tendências, que inicia debates de sociedade nos quais – e isso não é um acaso – é colocada a questão do sentido ou do não-sentido da arte, questão sem verdadeira resposta – ou que pode ser solucionada somente como a questão do movimento: caminhando.

Os dois modelos, o de Diderot e o de Greenberg, embora continuem de fato a trabalhar como modelos dentro do imaginário crítico, são contudo mal adaptados às exigências de uma crítica contemporânea, que fale de uma arte contemporânea em processo de se fazer. O primeiro porque seu 'endereçamento' não pode mais ocorrer, seu alvo (o burguês culto) não está mais em condições de trazer à baila os conhecimentos adquiridos, os que lhe foram úteis e os que ainda são; ou então porque a crítica, caso continue sendo feita, aceitando o endereço, obtém um resultado muito reduzido em relação ao alvo visado, que é a comunidade, maciçamente. Seu passeio pode, pois, ser atraente e de bom-tom, mas fica inteiramente à margem do que está acontecendo. O segundo porque a autoridade de que fez prova na qualidade de 'fazedor de reis' era exercida sobre um pequeno número de pessoas, trabalhando em conexão cerrada, dentro do mesmo mundo; ora, repetir essa dominação passa a ser improvável diante do número, da diversidade e da hibridação ou mestiçagem das práticas atuais.

II. UMA PRÁTICA QUE É PENSADA OU 'ISTO NÃO É UM LIVRO'

Desde os 'cadernos' de Da Vinci, da correspondência de Poussin, do diário de Delacroix, os textos de artistas vêm se tornando numerosos, adquirindo direito de cidadania no domínio da estética (como as obras de seus autores, eles estão *dentro* do sítio), mas de que direito se trata? Qual é o estatuto desses textos? Justificativos, explicativos, pedagógicos ('cursos' professados, como por exemplo os do Bauhaus), tratados (por exemplo, os de Kandinsky)[17] ou de interesse documental para futuros historiadores da arte (por exemplo, as cartas ou os 'apontamentos' de Dürer), da categoria da confissão e da meditação ('apontamentos', diários) ou promocionais e polêmicos (textos para catálogo, manifestos, respostas a entrevistas), o estatuto de textos de artistas é difícil de ser determinado: são eles 'marginais', pré ou posfácios, ou são parte integrante da obra? São testemunhas verídicas e confiáveis ou destinam-se a esconder o que parecem revelar? Uma vez mais, aqui, é no uso que se faz deles que poderíamos nos basear para achar o fio da meada.

É possível supor numa primeira abordagem que os textos para uso público são diferentes dos textos para uso privado (correspondência ou diário): os primeiros visam a uma justificação, sendo argumentação e explicação exteriores à

17. Wassily Kandinsky, *Du spirituel dans l'art, et dans la peinture en particulier* (Denoël, 1989); *Point, ligne, plan* (Denoël, 1970).

obra propriamente dita, e estariam destinados, voltados ao exterior; os segundos seriam notas escritas para uso próprio, rascunhos, rasuras, monólogo interior; fariam parte da obra a título de um movimento interno de reflexão, indispensável à prática de uma arte (nesse sentido, as rasuras e correções dos manuscritos de Flaubert são textos 'privados', do interior da obra, sendo, de certa maneira, comentários sobre ela). Mas essa distinção cede diante de uma necessária ambigüidade: como julgar por exemplo as cartas de Poussin? Elas servem a dois usos: o epistolar não pode ignorar o que deve ao pintor nem que deve trabalhar para seu reconhecimento como pintor. Ele é a mídia útil, o intermediário obrigatório. Por conta disso, submete-se a ele, trabalha para sua glória ou para seu conforto. Mas, inversamente, não se pode pretender também que a formulação, a verbalização das questões colocadas pelo eu-pintor ao eu-escriba, modifique a ordem das prioridades? O pintor seguiria então os preceitos que o escriba estruturou... na realidade não se sabe qual dos dois faz obra nem como é partilhada a invenção.

É esse entremeio que o texto do artista assegura: a intermediação entre o não-verbal e o verbal, de maneira a juntar os dois. O título de um texto recente de Noël Dolla, *La parole dite par um œil*[18], coloca singularmente em perspectiva essa ambigüidade, na qual Magritte insiste, dizendo "a pin-

---

18. Noël Dolla, *La parole dite par um œil* (L'Harmattan, col. Esthétiques, 1995).

tura torna visível o pensamento"[19]. Ou ainda a imagem de um cachimbo acompanhada do célebre "isto não é um cachimbo", proposição que é ela própria meio-pintura, meio-linguagem, e que resume bastante bem a situação de todo texto de artista; pintura/pensamento, imagem/palavras, prática/teoria: essas duplas ao mesmo tempo se opõem e se unem, de tal maneira que entre cada termo da dupla desenha-se uma fronteira móvel, um terreno vago de equilíbrio instável. Como saber qual dos dois fica em primeiro lugar, palavra ou olho, visível com a condição de ser pensado, ou pensamento com a condição de visibilidade? Distinção tênue e que muda com cada artista, cada movimento artístico e provavelmente também a cada época e cada 'moda' teórica. (A atual importância das análises lingüísticas tem alguma relação com o abundante florescimento de textos de artistas.)

É de tal maneira tênue que a obra torna-se abstrata, não responde mais aos cânones das teorias fundadoras e escapa à interpretação disciplinar e até à investigação dos críticos. A arte contemporânea – sem falar da própria arte conceitual que se serve dessa ambigüidade para com ela fazer obra – defronta-se com essa necessidade de *tornar visível não o mundo invisível, mas sua própria obra*. É ela, a coisa, que tem necessidade de visibilidade (a possibilidade de ser vista por um público), e para isso é preciso que seja transportada para o registro do escrito, do 'dito', e portanto da leitura.

19. René Magritte, *Écrits complets* (Flammarion, 1979).

"Você dirá: eu não quero falar das palavras mas apenas das coisas, eu responderei que, embora você só queira falar das coisas, isso só será possível com a mediação das palavras ou de outros signos[20]."

É, nesse caso, a leitura do texto que permite ver, que torna a coisa (obra) visível; é a argumentação, a *teoria que se vê* sob a forma que adota, na aparência de sua quase-invisibilidade. O texto do artista adquire um estatuto inteiramente diferente ou, mais precisamente, o traço que o unia até pouco tempo, de maneira bastante frouxa, à obra reforça-se, torna-se necessário, passa a fazer parte do dispositivo artístico. Dispositivo que tende cada vez mais a tomar a forma de um *texto-objeto*.

Isso pode ser confirmado pelo fato de, no período recente, não mais existirem obras sobre a arte que não recorram aos escritos dos artistas mais do que aos trabalhos de historiadores ou de esteticistas. Os livros de Kandinsky, os de Klee, de Mondrian, de Malevitch, Matisse, Magritte, os dos *land artists**, ou ainda de Barnett Newman, de Rodtchenko, de Reinhardt, de De Kooning parecem falar deles mesmos. A moda é o retorno à origem, e o documento funciona como prova.

---

20. Guillaume d'Ockham, *Écrits sur le premier livre des sentences*, citado por Joël Biard, *Guillaume d'Ockham, logique et philosophie* (PUF, 1997).

* *Land art*: movimento artístico nascido nos Estados Unidos em 1967-1968, sob o impulso de um grupo de artistas que pretendiam dissociar práticas artísticas e produção de objetos. Surgiu também na Europa ao mesmo tempo que as diversas revoltas estudantis, o triunfo da *pop music* e as primeiras comunidades *hippies*. (N. de T.)

III. O RUMOR TEÓRICO

Das teorias de fundação às teorias de acompanhamento, aos escritos de artistas e de críticos, o discurso envolve a prática da arte. Mesmo considerando, como muitos, que essa prática seja pura intuição e inspiração, não-conceitual e não-intelectual, a teorização está sempre presente, teorizando justamente essa ausência voluntária de teoria. Isso pode parecer um sofisma, como também parece paradoxal o casamento 'rumor-teoria'...

A respeito do primeiro ponto, contudo, considerando atentamente a aparência espontânea do artista, sua sensibilidade, seu 'gênio', a maneira como ele não 'reproduz o visível, mas, sim, torna-o visível'[21], percebe-se até que ponto existe, não uma constatação, algo óbvio, uma evidência incontornável, mas, ao contrário, como pano de fundo, uma teoria que irriga e orienta essas proposições. Elas erigem-se com efeito sobre um fundo filosófico, um misto de platonismo (reproduzir é ruim, pois nos afasta da verdade) e de neoplatonismo (tornar visível o invisível é glorificar o Um; o homem completa e aperfeiçoa a natureza de maneira natural). Na qualidade de teoria ambiental, vimos essas proposições no início deste trabalho. A elas se misturam uma teoria do gênio herdada de Kant e do romantismo e uma teo-

21. Paul Klee, 'Credo du créateur', em *Théorie de l'art moderne* (Denoël-Gonthier, 1971).

ria da história, que deveria se contrapor mas que na realidade se junta, e a hipótese, metafísica, de um mundo invisível que nos cerca e nos instiga a descobri-lo, mesmo diante do fato de que o sublime por definição é indizível e informulável...

Assim, o que à primeira vista pode parecer opiniões vagas, humores, gostos pessoais, em suma, o que não se discute, como diz o ditado, sujeito a modificação, sem bases bem fundadas e onde nem sequer se cogita encontrar qualquer teorização, é na verdade uma espécie de resumo de teorias mescladas, que o hábito tornou naturais, evidentes, ou seja, implícitas.

Para captar o aspecto 'teórico' dessa opinião da qual se fala tão mal, temos de repensar a natureza da doxa, seu papel, sua utilidade e o tipo de conhecimento de que se vale. Com efeito, quando se fala de opinião e de tantas acepções diversas, esquece-se a origem dessa espécie de julgamento, origem que, no caso, é a doxa, noção em geral vista como oposta ao *logos* e possuidora de todas as características de um mau *logos*, de um *logos* errático, pouco seguro, degradado, que é preciso soerguer. Para a filosofia clássica, é o último degrau do conhecimento, o conhecimento por 'ouvir dizer'. O ponto onde a teoria fracassa em ser compreendida e onde o falatório, o 'falar sem dizer nada', substitui o desejo de conhecimento[22].

---

22. No que se refere à doxa e sua relação com a arte, cf. Anne Cauquelin, *L'art du lieu commun, du bon usage de la doxa* (Le Seuil, 1997).

1. A doxa, nascimento e usos

Se nos baseamos na tradição clássica, doxa é o nome de um conhecimento de primeiro grau, o mais baixo: o que põe em cena o 'ouvir dizer', o que se escutou falar, que se recebe e aceita como um ruído, ou que é emitido como pura aparência. Poder-se-ia mesmo dizer que não se trata em absoluto de conhecimento. Essa má opinião acerca da *doxa-como-opinião* se transmitiu com constância ao longo dos séculos, é encontrada em Spinoza no *Court Traité*, expressamente colocada em último lugar, e acompanha nossas próprias opiniões – ditas 'pessoais' sobre a opinião (e veremos o quanto esse qualificativo de pessoais é errôneo...) –, dotando-nos assim de uma opinião dóxica sobre a doxa.

Mas, ao reconsiderarmos esse tipo de 'conhecimento', nós o encontramos ligado a uma configuração específica que alia tempo, lugar e papel social, e que compreende, a esse título, um dispositivo de transmissão da memória, do saber adquirido e dos métodos de aprendizagem.

Esse tempo e esse lugar são os da cidade antiga. E, de fato, a doxa não é concebível fora da comunidade urbana e do que ela oferece como pluralidade de classes, de ofícios, de organizações administrativas, de povos e de línguas diversas. A doxa nasce com a *polis,* à qual é indispensável. Por quê? Porque o funcionamento da cidade necessita da diversidade de ofícios e de saberes, e por isso mesmo, por um lado, de modos de conhecimento distintos, de linguagens distintas, e, por outro, de uma linguagem comum compreensível por todos e que una os membros da comunidade, permitindo-lhes falar entre si e participar de uma cultura comum – espécie de reservatório de memória – dentro da qual eles possam buscar o que bem entenderem.

De que forma a doxa assegura esse duplo papel?

Primeiro, pelo fato de ser o modo de saber apropriado a certos ofícios, portanto uma linguagem especializada: tal é a linguagem de todo artesanato, de todos os ofícios em que a prática é mais importante do que a especulação intelectual. Trata-se de receitas empíricas, de termos de ofício, de um saber consignado em listas e em acrescentamentos, de práticas aperfeiçoadas ao longo dos anos, transmitidas pelos mestres a seus aprendizes, e não de construção teórica. É, pois, um saber dóxico, que pode mudar – e ao longo do tempo, e segundo as escolas e os mestres –, mas é ainda assim um saber e muito útil à cidade. O que faria ela sem médico, sem arquiteto, sem marceneiro nem oleiro, sem ginasta nem músico? Todos aprendem seus ofícios por intermédio dos ouvir-dizeres, espécie de corrente que passa de mestre a mestre. Nada de universalidade, pois, nada além do particular e, assim, nenhuma 'ciência ' propriamente dita. Esta é reservada à teoria e aos teóricos, ou seja, aos filósofos, que detêm esse estranho poder de dizer a verdade, o bem e o belo, e de dizer também, na mesma ocasião, que a doxa e os doxistas não o podem fazer. A estes cabe apenas dizer o verossímil, o que se parece com a verdade, trabalhar na esfera da ilusão e da diversidade das aparências.

Contudo, considerando a importância dessas dóxai, que tecem no seio da cidade uma cadeia de palavras particulares, chega-se a dizer que, em termos de ligação útil, a doxa ultrapassa de muito a palavra isolada, elitista do filósofo, ainda que uma seja particular e a outra, universal...

2. Transmissão do elo e lugar-comum

É que também são mulheres e crianças e algumas vezes escravos os detentores da palavra dóxica, e a linguagem deles, esse contínuo ruído de fundo, é o bem e o elo comum da comunidade. Claro, trata-se de falatórios, palavras à-toa, palavras ao vento, mas também, e ao mesmo tempo, o fundo memorável da educação, do aprendizado do povo e da comunidade.

Preceitos, lendas, superstições, histórias e História se misturam em um constante rumor, enfeitadas com migalhas de saber, de receitas privadas, de conselhos e opiniões, remédios caseiros, diz-se.

Podemos nos perguntar qual é o cimento que mantém juntas essas migalhas de saberes, mas, se consideramos realmente apenas viáveis e transmissíveis as organizações conceituais, não temos como não desprezar essa disparatada colcha de retalhos. Mas a lógica das deduções silogísticas que comanda a montagem desses fragmentos heteróclitos é inteiramente diferente, e há que reter prioritariamente no mínimo uma de suas características: essa montagem é extremamente sólida, resiste a todas as críticas e manifesta uma vitalidade a toda prova. Será necessário perguntar-se qual a causa e o que a torna tão indestrutível. Contudo, será necessário também indagar-se a que uso essa montagem se destina e se é preciso, como apregoa o *logos* da lógica, reorganizar sua desordem ou deixá-la em sua inconseqüência.

A solidez da doxa se deve curiosamente à sua extrema maleabilidade; a doxa está entregue à apreciação de indivíduos, sem doutrina para fixar seus contornos; e as opiniões dóxicas se adaptam com efeito às circunstâncias; daí seu aspecto mutante ao mesmo tempo em que os traços característicos de seu exercício permanecem constantes. Veremos assim, em relação ao que nos diz respeito – a atividade artística –, a doxa adaptar-se às novas condições da prática da arte, mesmo que pouco a pouco e com certo atraso em relação à própria prática (Picasso tornou-se um 'clássico' da doxa, que fez dele um de seus ícones favoritos).

Da mesma maneira, essa solidez se deve ao fato de a doxa não proceder de uma transmissão institucional: suas proposições não são estudadas em livros; ela não é lida em textos, ela é escutada, ouvida como um ruído de fundo ao qual não se presta atenção; por isso escapa à análise e portanto à crítica. E, além do mais, como criticar, com os critérios clássicos que menosprezam a contradição e a incoerência, alguma coisa que desde logo se coloca como incoerência e contradição?

Enfim, essa doxa é um resumo (pejorativamente, diríamos um 'amontoado') de *lugares-comuns*. É a esse uso que ela é destinada, e é esse seu papel principal. Os lugares-comuns são as proposições e crenças comuns que se instalam por repetição e forjam os hábitos de pensar, de sentir e de perceber. O que se denomina 'cultura'. Sendo 'lugares', essas proposições podem ser detectadas da mesma maneira que os 'lugares' ou *topoi* da retórica antiga. Eles reúnem, com efeito, os dispositivos de argumentações possíveis seguindo os sujeitos, as paixões, os julgamentos, os atos, as intenções, as causas, as presunções etc. Um bom retórico se serve desses *lugares* para passar em revista todas as possibilidades de defesa ou de ataque e os combina entre si de modo a orientar seu discurso: essa orientação dentro do labirinto dos *topoi* é o que se chama de sentido. Na expressão *lugares-comuns*, se lugares designa perfeitamente os 'pacotes' de sentido, *comuns* designa, por sua vez, a partilha desse sentido entre todos os que formam a comunidade: o 'bom senso' é o resultado da aceitação e da afirmação repetida desses lugares-comuns. O trabalho da doxa é visto a partir de então como trabalho de coesão social; ela oferece a todos sua trama bem tecida, sem exceção, e esses 'lugares' apresentados por ela ao entendimento de todos nos tornam capazes de nos entendermos uns com os outros.

Assim, a cultura é exatamente esse tecido de lugares-comuns costurados pela doxa, aos quais todos aderimos em uma dada comunidade. E nada mais do que isso. O que é posto à disposição de todos nos lugares-comuns? O patrimônio recebido e retransmitido das 'idéias prontas' sobre a vida, a moral, a arte, o belo, o verdadeiro, a ciência, o progresso, a democracia... E esse 'amontoado' não tem nenhum rigor de montagem, a não ser o fato de poder ser inteiramente repensado, de poder passar pelo crivo da razão por um teórico... (acontecimento pouco provável, dado que esse conjunto é solidamente tramado e resistente à dissolução crítica: o mais arguto dos teóricos, o maior dos pensadores, considerará consolidadas longas listas de doxa, desde que não digam respeito à abordagem das questões de que estiver tratando). Contudo, é justo essa trama que liga os diferentes grupos dentro de uma comunidade de cultura que compartilha os mesmos valores. E se é assim no que diz respeito à idéia (e à crença) que compartilhamos sobre a ciência (seu progresso), sobre a democracia (sua necessidade), sobre a moral (inclua-se a do altruísmo, do anti-racismo, da liberdade, da igualdade e da universalidade dos direitos), a mesma coisa ocorre em relação à arte (mesmo que, no caso, as proposições sejam menos claras).

Eis portanto a doxa dando lugar aos *lugares-comuns* sobre a arte. Detenhamo-nos por um momento nessas proposições e vejamos como elas são oriundas e tecidas a partir das teorias que vimos passando em revista até agora.

3. As proposições dóxicas sobre a arte e seus usos

Sobre arte, a proposição comum consiste em admitir sua necessidade. A razão: é que sua prática é uma das características do homem (como rir ou errar). É seu apanágio;

os animais não são artistas. Ao homem cabem todas as primazias, inclusive a seguinte: realizar atos gratuitos não diretamente ligados ao interesse (a fome, a sobrevivência), um ato por nada, pela beleza do gesto.

À primeira vista, essa proposição nada tem de especial; nós a recebemos como o enunciado de uma evidência absolutamente natural. Olhando-a mais de perto, contudo, nos damos conta de que ela se parece estranhamente com um dos quatro momentos do julgamento de gosto kantiano: o 'desinteressamento'. Ela se parece com ele, mas não é idêntica; com efeito, para Kant, trata-se de um dos traços do julgamento estético *vis-à-vis* um objeto de arte, dentro do espaço circunscrito que é o dele; para a doxa, em compensação, trata-se de uma característica do homem em geral, sem que a questão seja o julgamento de um objeto especificado. A doxa transmite, pois, de fato, *alguma* teoria, mas à sua moda, ordenando o conteúdo. A generalização é um de seus ardis; outro de seus ardis, que facilita a transmissão, é falar do objeto do modo como a teoria falaria de julgamento ou de atitude. Com efeito, da atitude estética que deve ser desinteressada segundo Kant, a doxa passa ao objeto de arte: ele não deve suscitar interesse, ele não deve ser consumível nem utilitário de nenhuma maneira. Por outro lado, o que para Kant cabe aos que olham, os contempladores, e que lhes assegura que estão de fato lançando um olhar estético sobre o que contemplam, a doxa atribui o papel a outro sujeito inteiramente diferente, um sujeito único, aquele que faz a obra, o artista; é ele que, segundo a doxa, deve ser desinteressado... e no sentido mais econômico do termo.

Podemos encadear muitas outras proposições de lugares-comuns da doxa sobre a questão da arte: eles vêm de toda parte, de todos os estratos que compuseram lentamente essa vulgata, e o interesse dessa composição é seu polimorfismo, sua labilidade e a maneira pela qual ela evita quase inocentemente o princípio da não-contradição. Só para citar alguns outros exemplos:

– Do *platonismo*, a doxa retém a clara separação entre arte e técnica (que Platão nunca fez), a técnica sendo desprezível pelo fato de ser útil, voltada ao interesse, construída em torno do particular e não do universal, e vulgar demais para se aproximar da beleza. A arte não deve se comprometer com a técnica, sob o risco de se mecanizar, de se tornar fria e calculista (donde a recusa da doxa a considerar as artes tecnológicas como arte). Assim, ela adotou o discurso negativo, antitécnico e antidóxico de Platão e o confrontou com uma idéia de arte que, por ter passado por Aristóteles, por Kant, pelo neoplatonismo e por dois mil anos de discursos sobre as obras de arte, carregou-se positivamente de qualidades superiores. O resultado é esse curioso amálgama e essa inconseqüência radical que faz ignorar a parte técnica do trabalho artístico e ao mesmo tempo a exige como prova do valor da obra...

– Do *neoplatonismo*, a doxa mantém a idéia de que a arte participa do Ser e do Um, que seu valor é o mesmo concedido à alma, e que, ao se celebrar e praticar a arte, está se celebrando a Natureza e Deus. E também que a Natureza constitui ao mesmo tempo o valor a respeitar e o objetivo a perseguir (é preciso trabalhar para ser natural); é sabido que a natureza (o dom) sem trabalho não vale nada, mas, paralelamente, a doxa nos diz que o trabalho sem o natural é da mesma maneira nulo. A natureza indica o bom sentido, o caminho a seguir, ela é um dos principais lugares-comuns da doxa, mesmo e sobretudo que não se consiga defini-la. (Seria preciso perguntar-se que parte ocupa o lugar-comum nas eruditas análises de certos fenomenólogos sobre a natureza naturante e a natureza naturada... Que natureza é essa que se afirma pela obra do artista que natura a natureza?) Seja qual for, natureza ou Deus, a arte se compromete com o divino, o sagrado, e qualquer infração à reverência recebe severas reprimendas.

– Do *romantismo e da Escola de Frankfurt*, a doxa retém, embora de maneira antinômica, que a arte deve ser crítica diante dos valores do senso comum, irreverente diante de uma sacralização ou privilégios insustentáveis. É preciso ter espírito contestador de vanguarda, única garantia da originalidade desejada. Não se trata mais de natureza, no caso, mas de invenção crítica, tão longe quanto possível do real.

– De *Nietzsche e do romantismo*, que o artista é um gênio insólito, acima do bem e do mal. Entretanto, diz ainda a doxa, é preciso respeitar a moral comum, sob pena de se ser rejeitado.

– De *Schopenhauer*, que a arte apaga toda dor, bem como todo desejo; que o estado de leveza, de falta de peso, é desejável, como também a ataraxia. A suspensão fora dos barulhos da multidão, o isolamento são condições da arte e da felicidade; contudo, ainda assim, a arte deve comunicar (Kant), mesmo que o artista esteja isolado, mesmo que se queira que a arte seja incomunicável e inefável, e que nada possa ser dito, já que ela escapa a nossos sentidos, assim como a qualquer explicação.

– Finalmente, de uma verdadeira corrente de pensamento democrático vem a idéia de que a arte deve estar ao alcance de todos, do senso comum e do bom senso, que é um *lugar* comum (no sentido de espaço público), propriedade da comunidade e não de uma só pessoa, que ela faz parte da história, ou seja, de nossas memórias (mesmo que nada saibamos sobre ela, nem sequer que ela existe), e portanto está ligada ao corpo físico e espiritual da nação, se bem que por certo – diz ainda a doxa – ela seja absolutamente universal (embora, sabe-se, a doxa não saiba nada do universal, nem poderia saber nada, confinada que está no particular).

Todas essas afirmações contraditórias (que não enumeramos, seriam necessárias páginas) em nada atrapalham a doxa, que as mistura, embaralha, retira um ou diversos elementos quando é o caso de atacar ou defender, exatamente como faria o retórico, a quem ela nada deixa a desejar. Esse aspecto desordenado que ela nos mostra faz pensar que se trata de um falar sem dizer nada, de atirar palavras ao vento, e que são apenas palavras maldosas correndo pelas ruas, às quais não se deve dar nenhuma importância, seu despropósito devendo até mesmo ser deplorado.

Ora, ao qualificar a doxa de rumor teórico, no terreno da arte, quisemos mostrar que não é bem assim, que a doxa é um gênero de discurso *alogos*, não absurdo, mas ao lado e fora da lógica, da erudição e do conhecimento preciso; que esse discurso é sustentado por um amálgama de teorias, carregado por sua vez de elementos teóricos numerosos e absolutamente reconhecíveis sob seus disfarces, contribuindo para formar em torno da arte uma nuvem de sentido (bom senso e lugares-comuns) que nos mantém em suspensão, seduzidos, perturbados, e nós mesmos dóxicos a respeito da arte, da qual compartilhamos simultânea ou sucessivamente todas as perspectivas que a doxa libera.

A doxa simplifica, generaliza, retém uma imagem e faz dela a alegoria do discurso feito em outros lugares; desliza de um objeto a outro, troca sujeito contra objeto e vice-versa; mas a doxa, esse conhecimento difuso que não se considera conhecimento, que se traduz em geral por 'opinião', também transporta as teorias da arte – todas as teorias da arte e seus acompanhamentos interpretativos – em total desordem junto com certas obras (as que estão inscritas no Panteão da memória) por meio de um transbordamento de felicidade; é esse transbordamento que forma na realidade nossas crenças sobre a arte, o que nós pensamos que ela é e deve ser como resposta ao rumor da doxa, atravessada de um lado ao outro pelo teórico. Não é, pois, tanto 'opinião'

– termo que significa pejorativamente humores, caprichos e gostos individuais sem relação com o razoável, flutuando segundo as variações da moda –, mas, sim, muito ao contrário, construção pacientemente elaborada nos ateliês do imaginário, saída de um terreno comum, o dos pensamentos que foram se formando no contato com as práticas e pouco a pouco adquiriram, ao se superpor por estratos, o porte de um palimpsesto, de uma estrutura geológica estratificada, muitas vezes milenar, tão sólida quanto a rocha. Sobre a qual, como um templo, eleva-se, erige-se nossa inabalável crença na arte.

BIBLIOGRAFIA

Teorias

ADORNO, Theodor. *Théorie esthétique* (Klincksieck, 1989).
ARISTÓTELES. *La Poétique* (trad. e notas de R. Dupont-Roc e J. Lallot, Le Seuil, 1980).
HEGEL, Friedrich. *Esthétique*, 4 v. (Aubier, 1944).
HEIDEGGER, Martin. *De l'origine de l'œuvre d'art* (Authentica, 1987).
KANT, Immanuel. *Critique du jugement* (trad. de Philonenko, Vrin, 1979).
NIETZSCHE, Friedrich. *La naissance de la tragédie* (Gallimard, 1977).

Textos de artistas

CÉZANNE, Paul. *Correspondences* (Grasset, 1978).
COURBET, Gustave. *Correspondence* (Flammarion, 1996).
DELACROIX, Eugène. *Journal* (Plon, 1996).
DUCHAMP, Marcel. *Duchamp du signe* (Flammarion, 1975).
KANDINSKY, Wassily. *Du spirituel dans l'art, et dans la peinture en particulier* (Denoël, 1989).
KLEE, Paul. *Théorie de l'art moderne* (Gonthier, 1971).
MAGRITTE, René. *Écrits complets* (Flammarion, 1979).
VINCI, Leonardo da, *Carnets*, 2 v. (Gallimard, 1942).

Críticas

BELTING, Hanz. *L'histoire de l'art est-elle finie?* (Jacqueline Chambon, 1989).
CROCE, Benedetto. *Essais d'esthétique* (Gallimard, 1991).
DIDEROT, Denis. *Essais sur la peinture, Les salons 1759, 1761, 1763* (Hermann, 1986).
FRYE, Northrop. *Anatomie de la critique* (Gallimard, 1969).
GOMBRICH, E. H. *L'art et l'illusion* (Gallimard, 1971).
GREENBERG, Clement. *Art et culture. Essais critiques* (Macula, 1988).
LACOUE-LABARTHE, P., e Nancy, J.-L. *L'absolu littéraire* (Le Seuil, 1978).
Les Conférences de l'Académie royale de peinture et de sculpture au XVIe siècle (ens b-a), 1996.
PANOFSKY, Erwin. *Idea* (Gallimard, 1983).
____. *L'œuvre d'art et ses significations* (Gallimard, 1969).

APÊNDICE

Edição brasileira das obras citadas

ADORNO, Theodor. *Teoria estética* (trad. de Artur Mourão, São Paulo, Martins Fontes, 1988).

ARISTÓTELES. *A República* (trad. de Enrico Corvisieri, São Paulo, Nova Cultural, 1987. Os Pensadores).

____. *Ética a Nicômaco* (trad. de Leonel Vallandro, Gerd Bornheim e Eudoro de Souza, São Paulo, Nova Cultural, 1987. Os Pensadores).

____. *Poética* (trad. de Eudoro de Souza, São Paulo, Ars Poetica, 1993).

BARTHES, Roland. *O sistema da moda* (trad. de Lineide do Lago Salvador Mosca, São Paulo, Nacional/Edusp, 1979).

BAUMGARTEN, Alexander. *Estética*: a lógica da arte e do poema (trad. de Miriam Sutter Medeiros, Rio de Janeiro, Vozes, 1993).

CÉZANNE, Paul. *Correspondência* (trad. de Antonio de Padua Danesi, São Paulo, Martins Fontes, 1992).

DELEUZE, Gilles. *Lógica do sentido*, 4ª ed. (trad. de Luiz Roberto Salinas Fortes, São Paulo, Perspectiva, 1998).

DIDEROT, Denis. *Ensaios sobre a pintura* (trad. de Enid Abreu Dobranszky, Campinas, Unicamp/Papirus, 1993).

DIDI-HUBERMAN, Georges. *O que vemos, o que nos olha* (trad. de Paulo Neves, São Paulo, Editora 34, 1998).

ECO, Umberto. *Estrutura ausente – Introdução à pesquisa de semiologia*, 3ª. ed. (trad. de Perola de Carvalho, São Paulo, Perspectiva, 1976).

____. *Obra aberta* (trad. de Giovanni Cutolo, São Paulo, Perspectiva, 1968).

EHRENZWEIG, Anton. *A ordem oculta da arte*, 2ª. ed. (trad. de Luis Corção, Rio de Janeiro, Zahar, 1977).

FREUD, Sigmund. *Leonardo da Vinci e uma lembrança de sua infância: O Moisés de Michelângelo* (trad. de Walderedo Ismael de Oliveira; Órizonb Carneiro Muniz, Rio de Janeiro, Imago, 1997).

FRYE, Northorp. *Anatomia da crítica* (trad. de Péricles Eugênio da Silva Ramos, São Paulo, Cultrix, 1973).

GADAMER, Hans-Georg. *Verdade e método:* traços fundamentais de uma hermenêutica filosófica (trad. de Flavio Paulo Meurer, Rio de Janeiro, Vozes, 1998).

GREENBERG, Clement. *Arte e cultura* (trad. Otacílio Nunes, São Paulo, Ática, 2001).

GOMBRICH, E. H. *Arte e ilusão:* um estudo da psicologia da representação pictória, 3ª. ed. (trad. de Raul de Sá Barbosa, Martins Fontes, São Paulo, 1995).

HEGEL, Friedrich. *Cursos de estética*, 2 v. (trad. de Marco Aurélio e Oliver Trolle, São Paulo, Edusp, 2000).

____. *Enciclopédia das ciências filosóficas em compêndio*, 3 v. (trad. de Claudio Henrique de Lima Vaz e Paulo Meneses, São Paulo, Loyola, 1995).

____. *Estética:* a idéia e o ideal, o belo artístico ou o ideal (trad. de Orlando Vitorino, São Paulo, Nova Cultural, 2000. Os Pensadores).

HORKHEIMER, Max. *Teoria tradicional e teoria crítica* (São Paulo, Nova Cultural, 1989. Os Pensadores).

KANDINSKY, Wassily. *Do espiritual na arte e na pintura* (trad. de Antonio de Padua e Álvaro Cabral, São Paulo, Martins Fontes, 1990).

KANT, Immanuel. *Crítica da faculdade do juízo* (trad. de Valerio Rohden e Antonio Marques, Rio de Janeiro, Forense Universitária, 1993).

NIETZSCHE, Friedrich. *O nascimento da tragédia*, em *Obras incompletas* (trad. de Rubens Rodrigues Torres Filho, São Paulo, Abril Cultural, 1983. Os Pensadores).

PANOFSKY, Erwin. *Significado nas artes visuais* (trad. de Maria Clara F. Kneese e J. Guinsburg, São Paulo, Perspectiva, 2004).
____. *Idea*: contribuição à história do conceito da antiga teoria da arte (trad. de Paulo Neves, São Paulo, Martins Fontes, 1994).
PLATÃO. *A defesa de Sócrates* (trad. de L. R. Andrade, São Paulo, Abril Cultural, 1980. Os Pensadores).
____. *Diálogos*, 3ª ed. rev. (trad. de Carlos Alberto Nunes, Belém, Universidade Federal do Pará, 1975).
RICŒUR, Paul. *A metáfora viva* (trad. de Dion Davi Macedo, São Paulo, Loyola, 2000).
SCHLEIERMACHER, Friedrich. *Hermenêutica*: a arte e técnica da interpretação (trad. de Celso Reni Braida, Petrópolis, Vozes, 1999).
SCHOPENHAUER, Arthur. *O mundo como vontade e representação* (trad. de M. F. Sa Correia, Rio de Janeiro, Contraponto, 2001).
WITTGENSTEIN, Ludwig. *Tractatus logico-philosophicus* (trad. de Luis Henrique Lopes dos Santos, São Paulo, Edusp, 2001)

1ª edição *julho de 2005* | **2ª reimpressão** *agosto de 2012* | **Impressão e acabamento** *Yangraf* | **Paginação/Fotolitos** *Studio 3 Desenvolvimento Editorial*